中国现当代文学研究文库

追问与缅怀

主编 韩春燕

张清华 著

北方联合出版传媒（集团）股份有限公司
春风文艺出版社
·沈阳·

图书在版编目（CIP）数据

追问与缅怀/张清华著．—沈阳：春风文艺出版社，2021.12
（中国现当代文学研究文库/韩春燕主编）
ISBN 978－7－5313－6142－8

Ⅰ．①追…　Ⅱ．①张…　Ⅲ．①中国文学—当代文学—文学研究　Ⅳ．①I206.7

中国版本图书馆CIP数据核字（2021）第270497号

北方联合出版传媒（集团）股份有限公司
春风文艺出版社出版发行
http://www. chunfengwenyi. com
沈阳市和平区十一纬路25号　邮编：110003
辽宁新华印务有限公司印刷

责任编辑：姚宏越　　助理编辑：孟芳芳
责任校对：于文慧　　封面设计：马寄萍
印制统筹：刘　成　　幅面尺寸：155mm × 230mm
字　　数：352千字　　印　　张：26
版　　次：2021年12月第1版　　印　　次：2021年12月第1次
书　　号：ISBN 978-7-5313-6142-8
定　　价：65.00元

自 序

追问与缅怀，构成了最近若干年笔者的研究与批评工作的基本动机，当然，也可以说是基本动力、内容、途径以及目标归属。

记得有哲人说过，业已发生的历史，会因其不断增生的部分而发生变化，“过去是为未来而存在的”。确乎，从历史的大逻辑和小逻辑看问题是完全不同的。从局部历史看，春秋时代无论是孔夫子还是老庄的思想都是保守的，在某些年代还曾被批为“反动”。但过了若干年人们重新审视时，又发现事情没那么简单，陈旧的老庄可能早跑到我们的前面去了——今天的“生态文明”思想，某种程度上不是对老庄哲学的阐发和回应吗？抑或反过来说，过了两千多年我们才真正明白，什么叫人与自然和谐相处，什么是天人合一，人对于自然和“道”的违拗与破坏，是多么愚不可及。

所以，关于文学的看法也没有一成不变的，过去似乎已有定论的，还需要不断地审视与追问，以前被宣告终结的，也还要不断地返回与参悟。每次追问和缅怀，总会有新的角度与发现。本书中的这些文字大抵不出这样两个视角，追问那些已成定论的，缅怀那些已经逝去的，看看会发生什么，会带来什么样的思考和启悟。

2012年，我获得了一个社科基金一般项目，叫作“中国当代文学的潜结构与潜叙事研究”。其实在此之前笔者思考这类问题已经多年了，早在1997年笔者出版的《中国当代先锋文学思潮论》一书中，便曾多次谈及“潜叙事”的概念。对于潜文本、潜结构的多年的观察与思考使我坚信，在文学叙事的表层构造下，以个体无意识或集体无意识形式存在着大量的潜层构造，而发掘研究这类结构，一方面可以使前二十七年的研究获得更大的和“有意思的深度”，使得我们可以在文化研究之外，重新建构起这些文学作品的“文学性”。因为很显然，文化研究不能确立它们的文学品质，而是干脆将之赶进“文化文本”之列。而关于潜结构与潜叙事的研究，却可以真正建构起它们本有的复杂性与精神性，特别是人性的多面性，这样也就等于重新构造了它们的文学质地，使得我们的研究回归到“文学研究”本身，而不是其他。同时，对于二十世纪八十年代之后发生的新潮与先锋文学运动，也等于有了一个有的放矢和恰如其分的研究方法——因为说到底，当代文学的变革就是对于人的生命世界的重新发现，对于人性、无意识、身体、感性等因素的不存偏见的深入观照和探究，没有精神分析的方法，无法读懂这些变化。所以这种研究方法和路径可谓一举两得。

本书中的第一辑，便主要是关于这一思路的探究，当然，更多的具体性的讨论我将以专书展开，这里只是一些提纲挈领式的论述。

第二辑中的文字，主要是关于先锋文学的讨论。昔日的先锋而今安在，是我一直悉心观察和追寻的。关于这一历史的延续，在当代批评界似乎出现了某种不易觉察的“转场”之后的衰败，或是断裂。2015年，我听到了“现在的年轻人不读先锋文学”的说法，这个讯息刚好出现在新潮文学三十年的纪念性时刻，不能不令人感慨系之。我不能判断其真实性的尺度，但某种衰败感确乎不期而至。而今在新一代批评家中，关注先锋文学的境况的，愿意探究其前世与今生的，确实不多，它们在急于构建自己的新谱系，对历史似乎并不那么感兴趣。

这当然是正常现象。我不必以遗老的心态自我烦扰，“文变染乎世情”，一时代有一时代的文学，这是古训了。但我又想说，最近三四十年来中国文学的变革，其间真正的推力不正是发生于1985和1987年的两拨新潮运动吗？难道舍此还有别的什么推力吗？如果没有世界视野的出现，没有新潮先锋文学运动所激荡的变革浪潮，当代文学会有今天的成就和面貌吗？而如果我们今天对这一点还没有足够清醒的认知，那就是白混了。年轻人可以有不同的理解，但作为亲身经历了这段历史的人，我必须坚持客观的历史态度。

本书中第二辑的文字，主要是集中了最近几年我在这方面的思考。需要说明的是，我当然也承认新潮和先锋文学都属于“历史范畴”，认为作为文学现象和精神运动，新潮与先锋文学都已经属于历史，包括当年的那些作家，而今也早已“不再先锋”，他们也有自己的演变轨迹。因此，我一方面会追溯历史，同时也在探究他们的新变。他们不是一成不变的，我自然也不会刻舟求剑。这些文字的思路无疑是多样和充满歧义的。

关于诗歌的研究在本书中不是重点，但可能是相对形式自由一点的文字，也是我比较敝帚自珍的部分。该小辑中，我关于细读批评的原则，还有关于“民间诗歌地理”的话题有别致的讨论。这其实也比较鲜明地表露了我一贯的倾向，即“生命本体论的诗学”立场，以及对“民间世界中的诗歌力量”的注重与偏好。同时，也还有对于“进步论式的谱系学”的反思，以及“空间性”或“文化地理诗学”的构建。而这一点之于当代诗歌的观察，应该是一个补正性的视角。

我想强调的一点是，关于诗学的讨论我并不志在本体论，而是相信韦勒克的话，关于文学的一般原理其实就隐含在具体的文本批评之中。而且随着年龄的增长，我似乎越来越倾向于认同“人本”式的批评，即将“文本”与“人本”结合起来加以考察，或将“人本”投射至“文本”之上来观照。这类似于古人所主张的“知人论世”，或“读其文，想见其为人也”的那种视角，使关于文字的辨析与讨论，最终归结于生命人格实践，或者精神人格处境意义上的一种探究。这启示我努力摆脱技术化的谈论，尽力避免庸俗化的评论路子，而在研究中将对象同更为广大的生命世界建立联系，使话题能够升华为与生命有关的谈论，能够部分地抵达哲学或者精神现象学的层次与境界。

这当然只是理想，能不能达到我则完全没有把握，只是一个努力的方向而已。

剩下的部分大约是一些“杂拌”性的文字。有关于当代文学研究与批评史的梳理的，有表达自己的批评观的，还有一些文本的细读与作家的讨论。这些文字虽然散了一些，但其中同样贯穿着一个历史的维度，即对失去年代的看法——如何“怀念黄金时代”？是简单地将过去诗化，还是坚持“历史的”视野与方法？还有，如何做文学批评，用什么样的尺度，是将批评看作是“权力”还是“权利”？是用绝对尺度来衡量，还是用相对尺度来比照？是单向度的“指导”、教训、呵斥，还是平等的精神对话？

总之，我希望所从事了几十年的这点工作，在历经世事变迁之后，依然有一点乐趣，有一点可以继续的理由，它依然朝向着对真理或者真相的探寻，作为一个精神活动的场域，依然没有成为一汪浊水，或全然沉寂。

还有——依然没有成为“历史虚无主义”之物。假如这样的警惕是必要的，那么我以为我们对于历史本身的所为何来，应该时时保有警觉和自省，因为我们曾经受惠过的那些时刻，那些财富，正在被享用者迅速地遗忘。遗忘有不同的表现形式：一种是习焉不察的忽略，一种则是不愿正视的解释。

“如何怀念黄金时代？”如果没有看到这年代的艰辛与荆棘，没有看到那时人们的筚路蓝缕，没有看到历史进步之中所有的那些付出，并让这些怀念成为我们理解今天、确定方向的参照，这种怀念有什么意义？

从残冬到初春，窗前的光线渐渐强烈起来，我断续整理着这些杂乱的和时有陌生感的文字，注视着这缕光线的变化，看到宁静中万千尘埃的翻卷，仿佛一场无声的风暴，或像另一道显性的逝水，在无声地翻卷着。我知道，这样的时刻从创世至今一直存在着，在遥远的未来也会一直如许下去。它是存在，也是虚空，是世间的一切生命，甚至是文字的初始、本相和终局。

笛卡儿看到过这景象，他于是说出了“我思故我在”。思是飘忽转瞬的事情，故以文字固定下来，但文字所力图呈现的“道”，依然是“恍兮惚兮”之物。

所以鲁迅在历经复杂而艰难的言说之后，说“去罢，野草，连着我的题辞”。当他这样说时，我意识到他有一种悲凉，一种无奈，但同时也必定感到了一种洞悉，一种彻悟。我没有这样的大彻大悟与大智大慧，但确乎拾人牙慧，望文生义，知道了九牛一毛，一点点思的奥义，以及文字本身的限度。

2019年3月18日，于北京清河居

目录

“传统潜结构”与红色叙事的文学性问题

迄今为止，关于当代革命文学或红色叙事的“文学性”，仍是一个棘手而未予澄清的问题。“革命文学的文学性”究竟怎样，这是我们判断此类文本在社会学研究、历史文献研究价值之外，还有否“文学价值”的基本依据。在本文的角度看来，仅从“文化研究”或文学社会学研究的角度，无论是“新左”还是“自由主义”的看法都无法解决这一问题。将之贬到地狱，啐为垃圾；或捧为至真经典，奉若圭臬，赋予其种种“现代性”价值的解释，都有强辞之嫌。而当我们转换角度来看，或许有柳暗花明、峰回路转之感——在这些革命叙事的红色釉彩下，其实有着大量来自传统的旧的叙事结构与故事元素，是这些东西在暗中支持红色叙事之所以成为“叙事”的文学性魅力。而对此，以往的文学研究与文学史著中则少有认真自觉的关注。

因此，笔者主张在红色叙事的研究中应广泛而自觉地加入“叙事学”与“精神分析”等视角，从寻找“传统潜结构”与“个体动机”的角度进行剖析，找出其中所包含的作为“集体无意识”的叙事结构，以及作为“个体无意识”的“潜文本”构造，便可以使这些看起来“简单和粗糙的文本”获得“可解析的深度”。而且某种意义上，这种深度同文化研究中强加给文本的文化与政治属性有所不同，它是这些文本真正拥有对读者的吸引力，真正可以在历史时空限度之内得以流传，同时也在今天保有一定文学研究价值的原因所在。据此，本文将通过红色叙事中若干具有传统根基的、作为民族集体无意识的结构模型的分析，对于红色叙事中的潜结构与潜叙事进行一些发掘尝试，同时为当代文学史的“文学性建构”提出一种可供参考的思路，以就教于方家。

“潜结构”或“潜文本”的概念，追根溯源要追到弗洛伊德《梦的解析》中对于“典型的梦”的分析，该节中他以安徒生的《皇帝的新装》、索福克勒斯的《俄狄浦斯王》与莎士比亚的《哈姆雷特》为材料，解析出其中包括著名的“俄狄浦斯情结”在内的一些人类共有的无意识秘密。这其实就是对于文学作品中的“潜文本”与“潜结构”的最早的分析[①]。在当代作家和理论家的阐释中，“潜文本”有更具体化的说法，比如法国新小说的代表性作家娜塔丽·萨洛特在阐述当代小说的新趋势时，就提出了“潜在的真实”与“潜对话”[②]的概念，当然她只是从作品中“人物对话关系”的意义上提出这一说法，并非是指一个文本针对其他文本或读者的潜在回应关系。在国内，最早将“潜文本”作为经典理论概念的学者有据可查的大约是申丹，她的《叙事、文体与潜文本》一书，运用结构主义加精神分析的方法，对欧美一些重要的文学作品进行了“深层意义”[③]的分析，堪称潜文本细读分

① 参见弗洛伊德：《梦的解析·梦的材料与来源》，国际文化出版公司2000年版，第138～67页。下同。

② 娜塔丽·萨洛特：《对话与潜对话》，见崔道怡等编：《“冰山”理论：对话与潜对话》（下册），工人出版社1987年版，第566页。

③ 申丹：《叙事、文体与潜文本——重读英美经典短篇小说》，北京大学出版社2009年版，第11页。另外，笔者在《中国当代先锋文学思潮论》一书中也数度提到“潜文本”的说法，只是未曾对这一概念细加阐解。如在谈及部分中老年作家的“新写实小说”时，指出其与“新潮小说家相比，他们对作品潜文本的设置与深度开掘的自觉要相对弱一些”；在讨论“先锋小说”向“新生代”蜕变时，指出了其“从注重潜文本到注重表层叙述的本体性”的特征。参见该书江苏文艺出版社1997年版，第281页、284页。

析的可参照的范例。

另外，需要特别指出的是，“红色叙事”与“革命意识形态”是两个性质完全不同的东西，本文只针对“红色叙事”本身，即“革命时期的文学”进行研究，而并非对革命时期的意识形态与价值观念进行臧否。因此本文中所做的细读性和解构性分析，只是针对这些红色叙事本身的叙事学意义，而不涉及对于其对应的时代政治的任何判断。

一　“传统潜结构”的当代理解

关于当代红色叙事与中国传统小说叙事间的暗合或传承关系，有学者曾做过相当深入的讨论。如李杨即以《“传统”与“革命”的融合、分裂与冲突》为题，探讨了《林海雪原》中的传统叙事要素，认为其成功地“将政治使命转述为一个道德化的中国故事。‘革命’穿上了‘传统’的外衣”[①]。而笔者也在十多年前分析过《青春之歌》中作为集体无意识的“才子佳人”“英雄美人”的叙事模型，以及作为个体无意识的林道静的两个梦[②]。不过总体上，学界迄今对当代小说中“传统集体无意识”“个体无意识”的认知，同对其中“民间文化因素”的讨论相比要稀薄得多。

这一问题显然需要我们继续转换角度。即便撇开作家“十七年”时期必须和自觉的“民族主义文化认同”不谈，传统文学及其美学趣味中的“无意识结构”在红色叙事中的作用也是不可忽视

---

① 参见李杨：《50—70年代中国文学经典再解读》第一章，山东教育出版社2003年版。事实上，《林海雪原》一类作品更像是“传统叙事穿上了革命的外衣”，这符合革命叙事的诞生奥秘与内在机制。作为一种意识形态，革命叙事在很短的时间内诞生，只能借助对于传统叙事与“五四”启蒙叙事的一种借用与改装。

② 参见笔者：《从“青春之歌”到“长恨歌”——当代文学叙事演变的一个视角》，《当代作家评论》2003年2期。

的。陈思和曾在他关于“民间问题”的论述中提出了一个命题，即当代作家创作生命力的保有，与当代文学作品文学性的含量，在一定程度上是取决于其“民间文化因素”的含量。由此，他提出了“民间隐形结构”的概念①，只是关于这一发现未能展开更多的细读研究与批评实践。现在回顾这一理论，仍然很有启示，但作为文学史构想和实践，或作为一种批评尺度和价值标准，“民间理论热”与20世纪90年代初“转型期”的特殊文化气候有密切关系，具有很大的“隐喻”意味，喻示着“知识分子立场”在难以获得单独的合法性时，不得不“向民间文化借力”的一个处境。现在时过境迁，文化的紧张关系不复存在，民间理论的隐喻价值也相应被减弱了。而这时当我们转换角度，以“传统结构”再来审视当代文学史的时候，所发现的文化和美学的空间要更大一些。因此，转借上述说法，“传统潜结构”也许是一个更有待研究的视点，一个富矿。当我们这样看的时候就会发现，有的曾被主流文学史观推至突出地位的作品，其文学性却显得十分稀薄。因为很简单，它们的叙事过于“干净”了——属于中国传统的那些叙事经验与结构原型被压抑，或被删除殆尽，作品被“改造”得过于成功了，其内容的丰富性和叙事艺术的魅力反而趋于贫乏。像《创业史》《红日》等作品均是接近于这方面的例子。相反，那些在原来的文学史格局中相对边缘的作品，在今天看来也许更具有“文学性”的含量。因为它们即使是在叙事的“文学色彩”相对粗糙、作者的综合文化水准相对低下的情况下，也较多地保有了中国传统叙事的元素与魅力——类似《林海雪原》《铁道游击队》《烈火金钢》等应属于这样的例证。

这实际上涉及了一系列根本性的问题：当代中国的“红色叙事的文学性”究竟应该怎样认识？“关于中国当代文学史的叙事”应该

① 参见陈思和：《民间的浮沉：从抗战到“文革”文学史的一个解释》，《上海文学》1994年1期；《民间的还原：“文革”后文学史某种走向的解释》，《文艺争鸣》1994年1期；《中国当代文学史教程·前言》，复旦大学出版社1999年版。

如何建构？对于哪些文本应该给予相对较高的地位与评价？入史的尺度应该如何掌握？笔者认为，这其中有一个我们以往没有给予足够重视的因素，即其叙事中民族传统审美经验（很多情况下属于“无意识经验”）与叙述方式的含量。由此我们可以重新来审视中国当代文学史或小说史的叙述格局，重新来考察其评价标准与知识谱系。

如前所述，那些受时代政治的“询唤”改造得最为得体的作品，有可能正是传统结构被压抑、其旧套路与旧趣味变得相对稀薄的作品。对于这一类，我们不妨重新加以考量，以区分其文学性的质地与含量。这个重新发现与研究的视角或渠道，就是要进一步考察其深层叙事结构，找寻其包含的“传统无意识”。因为支持其文学性的因素不是别的，正是其“传统潜结构”的含量。比如《红旗谱》《青春之歌》一类作品，它们既最大限度地体现了时代与主流话语的要求，同时又颇为自然和巧妙地“乔装”了它们的叙事内核，在革命的外衣下包藏了比较丰富的传统结构要素。如《红旗谱》中所包含的朱冯两家的“家族恩仇录”的原型故事，在《青春之歌》中所包含的林道静与余永泽之间的“才子佳人”故事、林道静与卢嘉川之间暗含的“英雄美人”模型，以及在林、余、卢三者之间暗含的“三角”“偷情”或“出轨”故事的原型，等等。假如将这些内容予以重新发现，给予必要的诠释，便可以在旧式的解读之外，拓展出新的思路。

关于“传统潜结构”，这里有必要再予阐明一下。我们对中国传统叙事的认识，在以往存在诸多误解和盲区。自梁启超的“新民”与“新小说”论以来，经由“五四”作家与革命文学的放大，在对于旧小说的改造中，理论家片面强调了小说的启蒙价值与认识功能，而忽视了小说的本体特点与艺术要素，这是使现代小说一直处于“社会属性过剩、文学属性不足”的窘态的一个重要原因。事实上，在中国传统叙事中存在着非常值得探究的独异方式与模式。

1827年的歌德偶然读到中国的一部才子佳人小说，居然认为它与德国人民的情感相去无几，“世界文学”的时代业已来临[①]。这表明，一个民族的叙事经验类型中，最核心的东西并不多，而它对于各个时代的作家甚至不同民族的叙事来说，都具有潜在的规定性和内在构造的一致性，是至为珍贵的东西。而以往对于这些元素性的叙事经验的研究在我们这里是相当匮乏的，甚至更多时候是片面地将之当成“千人一面，千部一腔”[②]的俗套，当成需要批判的东西。同样的文本在不同的视野里有着如此大的分歧，难道是由于歌德与曹雪芹对于文学理解的不同而致吗？当然不是，在笔者看来他们不过是不同的前提与语境下，一个强调了文学的共通性与普遍性，另一个则强调了自身创作的独异性与唯一性。作为今天的研究者，我们不但要警惕创作中的趋同性，同时也必须要深入研究叙事中的规律性与规制性，因为这些具有一致性的元素，确乎构成了文学中最内在和最关键的东西——“传统的集体无意识”，它可能是结构模型，可以是主题原型，可以是叙述套路，总之它潜伏于一种文化心理的内部，成为民族或人类共有的无意识诉求或冲动。正如俄国的结构主义理论家普罗普所揭示的，小说的故事可能千差万别，但叙述的方式、功能和类型总是固定的。“变幻的是角色的名称，不变的是他们的行动或功能”，而“功能的重复性是惊人的”。在对各种“神奇故事”的叙述因素进行了比较研究之后，普罗普甚至说，“这似乎相当于动物学中对脊椎与脊椎、牙齿与牙齿等的比较”[③]。这些程式化和

---

① 参见《歌德和爱克曼的谈话·1827年1月31日》，伍蠡甫主编：《西方文论选》（上卷），上海译文出版社1979年版，第468页。

② 曹雪芹在《红楼梦》第一回中关于 “历来野史，皆蹈一辙……或讪谤君相，或贬人妻女，奸淫凶恶，不可胜数”的批判，以及“至若佳人才子等书，则又千部共出一套”的批评，当然是正确的，但不应成为我们对于中国传统小说的叙事模型与构造方式简单地嗤之以鼻不予深究的理由。

③ 弗拉基米尔·雅可夫列维奇·普罗普：《故事形态学》，中华书局2006年版，第17页，第154页。

功能性的叙事规则或原型，一定会通过各种方式潜伏下来。何况在“十七年”出现的作家，大都没有多少现代西方的叙事经验，应该只是从中国传统小说中获取了某些艺术营养[①]，这必然会影响到他们的叙述方式和趣味。尽管“民间”与“传统”这两个范畴事实上也多有交叉，互相包含，但传统仍不能等于民间，特别是那些比较“正统”意义上的作品，和民间文艺中的审美趣味与结构方式相比，还是有着本质区别的。所以，当我们考察“十七年”的红色叙事在艺术和审美上的独异性与价值时，除了考察它民间性因素的多少，更要深入地探察它结合和暗含了哪些传统小说的叙述方法、模型、风格与美学因素。当然，其中同时也必然暗含了许多西方小说的叙事因素与方法，只是在多数情况下它们更处于隐而不显的状态。

从接受心理、审美嗜好的角度看，作为“集体无意识”的“叙述模式”的形成绝不是偶然的。可以设想，假如歌德读了三本以上的才子佳人小说，他对于《玉娇梨》的评价可能会是另外一个样子，但这并不妨碍文学中结构性叙事要素不断复归的合理与必然。而“潜结构”与这些因素——包括“母题”“模式”“构造”“原型”等均有密切的联系，假如从“集体无意识”的角度看，它甚至还是“积淀”在“种族记忆”或“文化记忆”中的一种“基因性的元素”。以中国小说中的“才子佳人”为例，它不只是一种俗套，还是一种包含了种族文化秘密与人类普遍记忆的叙事，如果我们把曹雪芹的分析和巴赫金关于一种古希腊小说的分析加以比较，就会看出两者之间惊人的相似性：

---

① 如《林海雪原》的作者曲波就在后记中反复声称自己“水平低”“文字粗劣”“内心的感情在笔下表达不出来”，但要是“叫我讲《三国演义》《水浒》《说岳全传》，我就可以像说评书一样地讲出来”，所以“曾力求在结构、语言、人物的表现手法以及情与景的结合上都能接近民族风格”。见曲波：《林海雪原・关于〈林海雪原〉》，作家出版社1957年版。

历来野史，或讪谤君相，或贬人妻女，奸淫凶恶，不可胜数。更有一种风月笔墨，其淫秽污臭，荼毒笔墨，坏人子弟，又不可胜数。至若佳人才子等书，则又千部共出一套，且其中终不能不涉于淫滥，以致满纸潘安、子建、西子、文君，不过作者要写出自己的那两首情诗艳赋来，故假拟出男女二人名姓，又必旁出一小人其间拨乱，亦如剧中之小丑然。且鬟婢开口即者也之乎，非文即理。故逐一看去，悉皆自相矛盾、大不近情理之话，竟不如我半世亲睹亲闻的这几个女子，虽不敢说强似前代书中所有之人，但事迹原委，亦可以消愁破闷；也有几首歪诗熟话，可以喷饭供酒。至若离合悲欢，兴衰际遇，则又追踪蹑迹，不敢稍加穿凿，徒为供人之目而反失其真传者……[①]

一对婚龄男女，出身不详，带点神秘。两个人都美貌异常，又纯洁异常。他们不期而遇，一般是在喜庆佳节。两人一见钟情，势不可遏，如同命运，如同不治之症。可是他们不能马上完婚。男青年遇到了障碍，只得延缓婚期。一对恋人各自东西，互相寻找，终于重逢。而后又失散，再相聚。恋人们常见的障碍和奇遇有：结婚前夜新娘被抢，双亲（如果有双亲的话）不同意婚事，而给相爱之人另择配偶（虚设性质的配偶），恋人双双出逃。他们启程旅行。海上起浪，船舶遇险。人奇迹般得救，复遇海盗，被掳关入囚室。男女主人公的童贞遭到侵犯。女主角经受战争和战斗作为赎罪的牺牲。被卖作奴隶。假死。换装。认出或认不出……横加罪名。法庭审理。法庭查验恋人的纯洁和忠诚。主人公们找到自己的亲人（如果他们还未出场）。同突如其来的朋友或敌人相遇、占卜、预言、梦魇、预感、催眠草药。小说以恋人完婚的圆满结局告终。[②]

---

① 曹雪芹：《红楼梦》，人民文学出版社1982年版，第5页。

② 巴赫金：《小说的时间形式与时空体形式》，见《小说理论》，河北教育出版社1998年版，第277～278页。下同。

上述两段话，都属于一种“结构主义叙事学的分析”，只是曹雪芹是从讥讽和批评的角度，巴赫金则是从客观分析的角度，但他们对于两种叙事构造的分析，无论是从方法上，还是从这些叙事的特征上，都惊人地相似。虽说曹雪芹活在结构主义诞生两百多年前，但他已清楚地意识到了中国小说中某些重复性的因素。两百年以后的鲁迅也一样，他也早在结构主义诞生之前，在《中国小说史略》中对这类叙事做了结构主义式的分析：“至所叙述，则大率才子佳人之事，而以文雅风流缀其间，功名遇合为之主，始或乖违，终多如意，故当时或亦称为‘佳话’。”他还以许多小说为例，归纳分析了这些叙事中共同的元素，如中间要经历诸多的磨难，或“途次遇盗”“避祸远徙”（《玉娇梨》），或“被怨”获“诬”，遭到“拘讯”（《平山冷燕》），或因“梗直得祸”而遭权贵“逼婚”（《好逑传》），或遇天灾离乱，“中途舟破”（《铁花仙史》）……但最后结局无不皆大欢喜，奉旨“成婚之日，凡事无不美满”。至于小说的题旨，则无非门当户对、郎才女貌，有的或也“显扬女子，颂其异能”，只是又套路化地设计成“凡求偶必经考试，成婚待于诏旨”，更有甚者，“事状纷繁，又混入战争及仙妖异事……”[①]这些都可以视为本文所说的“传统潜结构”与“潜叙事”的要素，因为它们在革命叙事中照样有各种丰富的“潜伏”或变体。

如果再进一步细究“传统潜结构”的含义，笔者以为至少有三个层面：一是从“原型”或“母题”的意义上说，古老的故事就像某种幽灵或基因，会不断转世赋形，卷土重来，并且获得新的生命，类似古希腊、希伯来两大神话系统在西方各国文学中的不断“重写”就是最好的例证；二是从叙事功能与类型的意义上说，类似

① 鲁迅：《中国小说史略·明之人情小说》（下），见《鲁迅全集》第9卷，人民文学出版社1981年版，第189～196页。

曹雪芹从明清小说中所总结的诸种弊病与特质，普罗普从俄罗斯和欧洲民间故事中所抽取提炼的各种“公式”，还有巴赫金从希腊小说中所概括的“时间形式”“时空体形式”，等等，都有形似或神似的共通性；三是从精神分析学的角度看，作为一种“文化的集体记忆”“叙事的集体无意识”或者“作为集体无意识的美感嗜好”，它们都具有牢固的潜伏性与存在的合理性。某种意义上，今天“好莱坞式”的制作方式，类似“007系列”电影，同巴赫金所分析的古希腊小说的叙事形式，同歌德所赞美、曹雪芹所批判的中国的才子佳人小说之间，都具有惊人的内在相似性。革命叙事也一样，尽管它看起来是一种“全新”的东西，实际上却在革命的釉彩下包裹了非常传统与古老的东西，而且也正是这些东西使它们获得了一定的叙事魅力，变成了具有“有限的文学性”价值的叙事。只有将这些东西一一挖掘出来，才能赋予革命文学的研究以文学性的内涵，使当代文学史的重构获得新的理由与意义。

二　革命叙事中的“潜结构”类型及其文学传统

革命叙事中的潜结构与潜叙事的类型，事实上与一切叙事中所包含的类型一样，都是无所不包的。首先，作为“个体无意识”的潜结构与潜叙事会存在其中，比如笔者曾分析过的《洼地上的“战役”》中志愿军战士王应洪的“白日梦”[①]，便足以令人震惊地揭示出该作品中的敏感的“个体无意识结构”。年轻的志愿军战士在与朝鲜姑娘发生了为革命军队“铁的纪律”所不能容许的爱情之后，希望能够被包括国家政治与父母在内的“权威”予以合法认证，在战场负伤且处于半昏迷之际，便梦见了自己的母亲来到天安门与毛主席

① 参见笔者：《探查潜结构：三个红色文本的精神分析》，《上海文化》2011年2期。

在一起的场景，母亲向毛主席表达“感激”之情。梦醒后，他更加清晰地认定了自己违反纪律的事实，以及正置身战场的危险处境，遂坚定了殉身——以死来完成道德与荣誉的自我救赎的决心，最后拉响手榴弹与敌人同归于尽。这些敏感的无意识活动，当然不能说是作家完全自觉地设置的“深度叙事”，却是构成小说复杂寓意与精神深度的主要原因，也是此类作品在革命文学中最终能够水落石出，历经淘洗而后存的重要原因。分析这些成分当然也可以彰显此类作品的文学性，但限于篇幅，对此我将另文专述。这里只对属于“集体无意识”的“传统潜结构”予以分类分析。

“传统潜结构”的形态显然是相当多的，因为导致产生这些潜结构的集体无意识非常多杂。正如弗洛伊德从古典悲剧中发现了“俄狄浦斯情结”[①]一样，所谓集体无意识，通常就是作为一种古老叙事的母题或者模型而“潜伏”下来的构造。因此，分析一种叙述的母题或者模型，也就意味着对这种集体无意识的隐秘构造进行分析与认知；反过来这个逻辑也同样成立，要想解析作品中的某种集体无意识，就需要发现和分析叙事中的某种母题、模型或结构。这些东西，我们通常便可以视之或称之为“传统潜结构”。

细加考察，我们会发现，中国传统叙事中有一种最为典型的“男权主义集体无意识”结构。如同弗洛伊德和一些精神分析学家所分析的典型的男权主义无意识所致的梦境一样，这类奇怪的东西在“十七年”文学中也有惊人的遗存，只是经过掩盖与装饰之后变得更加暧昧。数千年来，支持着历代书生们古卷青灯、殚精竭虑地读书和“赶考”的精神力量，除了“达则兼济天下，穷则独善其身”“先天下之忧而忧，后天下之乐而乐”的观念理想，更隐秘和真实的则

① 参见弗洛伊德：《梦的解析》，第155～161页。《亲友之死的梦》一节通过《俄狄浦斯王》和《哈姆雷特》分析，解析了其中暗含的“弑父娶母”的无意识。虽然弗洛伊德是从个体分析的角度入手，但实际已经接近于一种集体无意识的分析了。

是“书中自有黄金屋，书中自有颜如玉”的“力比多幻象”在驱动。但男权主义无意识是一个奇怪的东西，需要经过为道德所支配的“梦境检查制度”的监督，并且会发生各种奇怪的“改装”[①]，这就有了各种传统的“情侠叙事”与《聊斋志异》中的各种“男被动、女主动”的爱情传奇与鬼怪故事；有了《水浒传》中“好汉”常被女色诱惑、拖累或伤害的故事，以及女性要么是“不男不女”的好汉（一百零八将中的“母大虫”“母夜叉”“一丈青”三位“雄化的女性”），要么是淫乱逾矩祸及人伦的“荡妇”（被称为“三大淫妇”的潘金莲、潘巧云、阎婆惜）的描写；有了《西游记》中各种化身为美女淑媛的“妖精”的叙事……以至于中国历史叙事中也有了类似“千金一笑”“倾城误国”的被夸张的恶例。这些传统思想积淀于写作者的头脑中，便构成了一种深刻的无意识：男性牢牢占据道德与快感的优势地位，既享受女性身体带来的快乐与慰藉，同时又把倾城误国的罪责加之于女性，最终在心理上实现自己的性别统治与道德优越感。革命叙事由于其传承自启蒙思想的“男女平等观”，对于这些男权主义的思想遗存本十分警惕，但在文学叙事中还是留下了各种形迹。比如在萧也牧的《我们夫妇之间》、邓友梅的《在悬崖上》等作品中所流露的嫌恶“糟糠之妻”的念头，便是在革命文学的“人性探索”或“干预生活”名义下的蠢蠢欲动。在后者中，作家甚至设置了一个有“妖魅”嫌疑的“混血女”加丽亚的形象，来作为男主人公“出轨”的诱惑者。很显然，加丽亚妖魅与浮浪的性格来自于其一半的“西方资产阶级”血统，美丽但是“不严肃”，也不可靠。两个小说均采用了以“组织批评”的方式来矫正错误思想与行为的叙事，以最终解除男主人公的罪错，并且将之委过于“资产阶级”的“错误思想”，或者干脆推脱于女性的单向诱惑之下。

---

① 弗洛伊德：《梦的解析》，第160～161页。

但最典型的“男权主义幻想”的叙事是产生于孙犁的小说中，这是一个有意思的现象：恰恰是在孙犁这样最具有浓厚的传统意味——包含了“传统文人的无意识”的作家笔下，才有了更多的文学性与美感意味，使他成为政治话语遮覆之下少有的“风格化作家”和有叙事魅力的作家。而在大量被“新文化”和“革命观念”改造得十分彻底的作家笔下，往往更多地丧失了文学品质。在孙犁的小说中，总是会出现一个近乎“聊斋式”的狐媚或妖魅人物，《铁木前传》中的小满儿，《山地回忆》中的女孩，《吴召儿》中的山村少女吴召儿，乃至于《风云初记》中的几个女性，都或多或少地具有类似特征。尤其是小满儿这一人物，她在《铁木前传》中本是一个故事主干之外的次要人物，但作者按捺不住自己的喜好与笔触，旁枝斜出流连忘返地盘桓于她的故事，以至于喧宾夺主超越了对于铁木两家儿女婚事的描写，将之当作主要的描摹与“抒情对象”。作者甚至非常不得体地化身为“干部”出现在叙事中，变成了一个直接面对小满儿的人物，去暧昧地描写和享受她对于他的“诱惑”。小说中有两段没来由地写到小满儿深夜与“干部”独处，做出种种可疑之态的诱惑，包括了身体的接触，写到小满儿一大早跑到“干部”的房中找东西，将自己的“胸部时时摩贴在干部的脸上……”这明显具有男权主义集体无意识所致的梦境改装的意味，一个乡村女孩再浪漫和妖媚，也不至于如此生硬地投怀送抱于一个身份不明的“干部”，而孙犁竟可以在一个意图歌颂“新旧社会两重天”的政治主题的小说中，如此放胆地描写男女之间身体的交接，实在是一个出格的范本，也是一个意外地获得了“充沛的文学性”的范本。假如我们从革命文学与写作的一般规则看，《铁木前传》显然是一个在结构与叙事上有严重“缺陷”和问题的小说，但正是这些“缺陷”与问题，使这篇小说获得了意外的成功。

事实上，回溯至“五四”文学与现代文学时期的叙事，也会发现类似的男权主义无意识的蛛丝马迹。郁达夫的《沉沦》中，最后写到男主人公在艺伎馆过夜之后，在极度的颓废与抑郁中准备自杀之际，将死亡的原因“升华”为是因为“祖国的不强大”，暗示主人公除了自身人格的报废与坍塌之外，更深层的死因是“对国家的失望”，反而仿佛屈原式的悲壮自沉。作者将主人公之死提升为去国者的凄凉，或者“零余者的悲愤”，原本属于自身原因的颓废与病态却被掩藏起来。还有像巴金的《家》中，写到觉慧与鸣凤的爱情悲剧，将之诿罪于封建家长的阻挠，是由于“巧合”的错过致使鸣凤投湖自尽，这与《红楼梦》中宝玉与黛玉被贾府设“调包计”偷梁换柱一样，归根结底是为男主人公的罪责进行开脱。假如将这过分的“巧合”抽掉，很明显，这是一个“始乱终弃”母题的精心改装。

显然，从“接受心理”的角度看，“传统潜结构”也是大众的一种欣赏趣味，一种牢固甚至“俗套”的构造模式。比如“才子佳人”，这种看似“原罪”的叙事，其实并非一定是“落后”和注定要“被批评”的对象。歌德为什么对一个稍嫌俗套的中国小说大加赞赏，巴赫金为什么没有对于“传奇时间”模式的希腊小说予以讥嘲，中国的普通读者也没有对这类叙事表示厌恶……其中主要的原因恐怕是在于，第一，歌德读的中国小说还少，如果他像曹雪芹那样熟知这类作品的套路与弱点，当然会有另一种解读。第二，在所有的文学叙事中，不管是在“高级”的文学性很强的叙事中，还是在比较“低端”和消费性明显的叙事中，都会有同样的结构类型，比如在《红楼梦》中也仍然有与男权主义集体无意识所致的梦境相一致的东西，贾宝玉虽然比西门庆“纯洁”得多，但在对女性的占有欲上则是殊途同归的，他周旋于众多的异性之间，对于未婚和已婚的女性的评价是如此不同，对于周围无论是作为小姐还是丫鬟的女性，都有一种表面是尊重、背后是占有欲支配的“泛爱”，从黛玉到宝钗，从湘云到妙玉，从袭人到晴雯，甚至连侄媳秦可卿，都有说不清道不明的感情。甚至他青春期的第一次遗精的“春梦”，就是发生在秦可卿的房间，并以成年的秦可卿为“性想象”的对象。但这并不会妨碍人们对于这位古今第一“情种”的喜爱，也不会降低《红楼梦》作为古今中外最伟大、最占据精神与道德高地的文学作品的地位。革命文学也一样，我们对其潜结构的分析，并不会损害其道德与政治意义，而只会增加其文学性价值。

红色叙事中“传统潜结构”的类型还可以分出若干，首先是作为世情叙事的“家族恩仇”与“因果轮回”，这类叙事中最为典型的是《红旗谱》，这部小说的原型应该是一个乡村社会的家族仇杀与恩怨轮回的故事，与《水浒传》中李逵、刘唐、武松等人的故事类似，无非是恩怨纠纷、打死人、离家出逃、行走江湖、回来算账等情节的不同串联。其次是作为爱情婚姻叙事的“才子佳人”与“英雄美人”，这类故事的原型来源于明末清初的大量通俗小说，如曾为歌德所赞赏的《玉娇梨》或《好逑传》，还有鲁迅曾论及的《铁花仙史》《平山冷燕》等，《红楼梦》则是其集大成者。无非是像曹雪芹或巴赫金所分析的，有种种元素、套路与“格式”，其在革命叙事中遗存最多。以《青春之歌》最为典型。其中林道静与余永泽，与卢嘉川和江华之间，分别都构成了典型的才子佳人式或英雄美人式的爱情关系。在《林海雪原》《三家巷》《第二次握手》中也有相当典型的描写，在《烈火金钢》《铁道游击队》《红旗谱》中也都有类似的故事与人物关系。再次是作为绿林传奇叙事的“义匪”或“侠盗”，这类小说的原型主要来自于《水浒传》和《三国演义》，在红色叙事中演绎为另一种“革命历史传奇”，《林海雪原》《铁道游击队》《烈火金钢》最为典型，《新儿女英雄传》《吕梁英雄传》《敌后武工队》《野火春风斗古城》庶几近之，无非是将“啸聚山林、打家劫舍”或“行侠仗义、替天行道”的传奇故事，改装为党领导下的抗日、剿匪、除奸的革命故事。其中包含的仍然是“结仇”“报冤”“奇遇”“历险”，将“改朝换代”改为“改天换地”，将“义烈千秋”换以“光荣牺牲”，间或杂以“英雄救美”“情侠成眷”的老套情节。最后是作为鬼怪神魔叙事的“妖魅”“淫邪”与“洞窟”，这种模式主要来源于六朝志怪、《西游记》《聊斋志异》等明清笔记小说，其所刻画的妖魔鬼怪不期成为红色叙事中的重要资源，因为它确乎适用于对敌人或“反派人物”的描写。《红岩》这部小说之所以凭借粗糙的故事线条而获得头榜畅销小说的地位①，原因概在于其借助酷似于“洞窟”与“妖魔”的囚牢与酷刑、令人发指的牢狱生涯与场景、形形色色的“金钱与美色”威逼利诱的描写，等等。这些酷虐与惊悚的内容经过改装，居然成为最吸引读者关注的噱头。在《林海雪原》中，对于包括座山雕、许大马棒与蝴蝶迷夫妇、河神庙妖道等的土匪巢穴与匪类做派的描写，也进行了典范的妖魔化处理，其淫邪与凶残，同传统小说中的妖魅叙事可谓近似。

显然，上述传统叙事的结构内核经过意识形态的改装，得以重新粉墨登场，成为革命叙事的内在根基与骨架，并且对读者的阅读趣味与审美喜好产生了强烈吸引，这是红色叙事之所以能够成立、能够在较短的时间内取得一定的文学成就、获得较高的评价与“销售奇迹”的一个原因。固然因为精神产品的极度贫乏，读者有无法选择的困顿，但假如这些作品根本不存在像样的文学描写，充其量只是一些“革命历史斗争故事”的话，便不可能取得上述成绩。假如不认识到这一点，关于这些作品的研究将难以找到真正有效的门径。

三　革命叙事中“传统潜结构”的分析方法

前文中其实已经列出了几个“传统潜结构”的类型：诸如“男

① 以笔者手头《红岩》版本“中国青年出版社2000年7月北京第三版、2004年10月河北第75次印刷”所标为例，总印数已达3690000册；据李杨统计，《红岩》自1961年出版，截至2002年其发行量“早已超过1000万册”，“这一天文数字的发行量，不仅在50—70年代的中国文学中绝无仅有，很可能还是整个20世纪中国文学中长篇小说的最高纪录”。见李杨：《50—70年代中国文学经典再解读》，山东教育出版社2003年版，第177页。

权主义无意识或梦境改装”“才子佳人”与“英雄美人”“家族恩怨与复仇故事”“绿林英雄与侠盗传奇”“鬼怪神魔与淫邪妖魅”，等等，这些模型又互相交叉延伸，杂糅出更多的叙事型构。它们经过乔装改扮，“潜伏”于叙事之中，成为前无古人的“旧套路派生出的新故事”，但只要我们稍加留意，就会发现其隐藏的方式与踪迹；如果将这些东西一一解释出来，一部乏味的当代革命文学史就变成了非常有意思和有意味的文学史。

如何对这些东西进行分析呢？笔者以为，“叙事学加精神分析”是比较实用和有效的方法，而叙事学的理论范围和运用实践是如此广泛，从普罗普的形式主义分析①，到列维-施特劳斯的结构主义神话学，从巴赫金的小说诗学与文化诗学的结合研究，到欧美流行的“新叙事学”，都是可以借鉴和综合的方法。但这些形式的分析必须结合以精神分析学视野的无意识结构的探查，只有充分发掘出其中的无意识内容，这些结构与形式的分析才会产生意义与更多启示。

笔者暂时还不能“创立”一整套系统和分门别类的方法，但借助上述理论家的发现可以做出很多有意思的分析。比如依照普罗普的方法，可以非常便捷地解开《青春之歌》一类小说的叙事奥秘，而且是多角度地发现其作为“神奇故事”——也就是巴赫金所说的“传奇时间形式”，或者中国传统小说中所说的“传奇”——的特性。普罗普在分析俄国民间故事时归纳出的第一个出现的“初始情境”的“功能项”即是：“一位家庭成员离家外出。”如果我们用对应的方式，很容易就会发现这些归纳完全适合《青春之歌》——小说开头即是林道静离家逃婚，出走北戴河；然后，普罗普概括的第二个功能项“对主人公下一道禁令”，刚好对应着其继母徐凤英的愤

---

① 普罗普创造了一种独特的“数学式分析法”，比如他将故事归纳出三十一种“角色功能”，七种“功能项”或“角色圈”，等等，人们将之称为“普罗普公式”，这些方法深刻地影响了结构主义思潮的发展。见《故事形态学》，中华书局2006年版，下同。

怒；第三是“打破禁令”，这对应着林道静愤然出走，要追寻属于自己的人生与爱情；第七是“受害者上当并无意中帮助了敌人”，对应着林道静在北戴河杨庄小学寻亲不遇，被小学校长余敬塘设计挽留，欲将其献与当地县长邀宠；第十二是“主人公经受考验，遭到盘问，遭受攻击，等等”，对应着林道静与卢嘉川等革命者接头遭到盯梢，在张贴革命标语之后被捕入狱；第十五是“主人公转移”，对应着林道静被党营救，转移至乡下；第十六是“主人公与对头正面交锋”，对应着林道静之前与余永泽之间的对立，在狱中与敌人的正面斗争；第十九是“最初的灾难或缺失被消除”，对应着林道静因为卢嘉川和自己的被捕，与余永泽之间的不幸婚姻得以终结；第二十一“主人公遭受追捕”、第二十二“主人公从追捕中获救”分别对应着林道静入狱和获救的过程；第三十一“主人公成婚并被加冕为王”，对应着林道静终于成长为“成熟的革命战士”，领导了北平的地下抗日救亡的学生运动，并且与江华结合[①]。

假如我们来对照一下中国传统的才子佳人小说，会发现上述分析同样适用，虽然普罗普与巴赫金均未读过它们，但它们与希腊的传奇小说、与俄国民间故事的叙事要素与功能之间是如此一致和吻合。以《玉娇梨》[②]为例，其故事情节无非是：一、离家——科甲才子白太常老来得女，貌美异常更兼才情出众，一十六岁尚未觅得夫婿，不久太常得机赴任，携女赴京。二、以诗结缘——才女急中生智代父作诗，赢得嘉许，引来求婚之人。三、祸起萧墙——因不能答应权臣求婚而被用计远使塞外，不得不托孤与亲。四、偶遇才子——随舅舅避祸金陵，同样以诗结缘，遇到才貌双全的贫家公子苏友白，欲招为婿，不料相亲之际却“错认”丑女。五、几番错

① 普洛普：《故事形态学》，第23～59页。

②《玉娇梨》，又名《双美奇缘》，作者署名“荑荻散人编次”，一说为清代秀水人张匀，但无从确证。“荑荻散人”又作“荑荻山人”“荻岸散人”等，也是另一部与《玉娇梨》齐名的小说《平山冷燕》的作者。

过——白公复命回朝，复还金陵看望女儿，仍期以诗招婿，但不料事有蹉跎，才子之诗被他人盗用。六、错认郎君——途中偶遇同姓苏公子，亦冒名求亲，苏友白赴京途中先是拾金不昧，后是路遇强盗，穷途中不得不卖诗求生，结果又有巧遇获赠，得以脱困。七、金榜高中——苏友白春闱秋试皆得高中，做官赴任，又遭权臣之祸，挂冠而去，而婚姻大事也屡遭小人拨弄。八、终成眷属——由苏御史做主，新科翰林终于得见白、卢两家女儿，以诗对质，尽释前嫌，遂与两位稀世美女共成眷属。这是小说的结尾：

花烛之下，苏友白偷眼将白小姐一看，真个有沉鱼落雁之容，闭月羞花之貌，可谓名不虚传，满心快畅。再将卢小姐一看，宛然与卢梦梨一个面庞相似，心下又惊又喜，暗想姊妹们有这等相像的。此时侍妾林立，不便交言，将无限欢喜都妨关肚中。只等众人散去，方各各归房。

……三人从此之后，相敬相爱，百分和美。苏友白又感嫣素（丫鬟——引者注）昔日传言之情，与二小姐说明，又就收用了。[①]

确乎是“怎一个俗字了得”。难怪曹雪芹和鲁迅都嗤之以鼻，这种一夫多妻的婚姻虽然刻意被伦理化，背后蛰伏的仍是地地道道的男权主义无意识。然而对照《林海雪原》《青春之歌》《暴风骤雨》结尾的处理方法，竟然也不无相似之处，革命者“各得归宿”或“终成眷属”。《林海雪原》中，同样是“以诗为媒”男女主人公相恋，中间经过的无数延宕与磨难，不过是由“小人拨乱”置换成了残酷的敌情、艰苦战场环境的阻遏，然而最后的结尾一样是由权威（王团长）与长老（蘑菇老人）主持予以确认。甚至连肖像的描写、男女主人公的心理活动，也都与前者如出一辙。在《青春之歌》

① 荑荻散人编次：《玉娇梨》，上海古籍出版社1994年版，第158～159页。

中，林道静与余永泽的相识相恋也是因为海涅的一首爱情诗，由此女主人公对男主人公才产生了“多情的骑士，有才学的青年”的想象，而男主角对于女主角的感受也是“含羞草一样的美妙少女，得到她该是多么幸福哇”的感叹。随后，经过了一番时局的动荡，被坏人（杨庄小学校长余敬唐之类）的阻遏与激发，两人终于走到一起。假如小说写到这儿就告结束，那么无疑便成了一个与清末民初的“鸳鸯蝴蝶派”完全一样的“才子佳人”故事，只是因为革命叙事的需要，才不得不将其“贬低”而另起炉灶，又构造了卢与林之间“英雄美人”的故事。很显然，英雄美人比才子佳人更容易“改装”为革命叙事。

上述元素与功能的分析模式也完全适用于《红旗谱》一类小说，只是顺序和功能项有些微小的差别：“离家”（主人公父亲惨死，姐姐遭辱，不得不避祸关外）——“归来”（闯荡江湖二十多年后，带着两个儿子回到锁井镇，俨然准备复仇）——“较量”（几个回合，时机未到，积蓄力量）——“转机”（遇见拨云见日的党，化身贾湘农指引道路）……之后是阶段性的“成功”，儿女成长与婚事（运涛与严萍之间很像“才子佳人”“穷书生与富家小姐”的故事），保定二师学潮，最后是在失败中重获转机。如果联系之后的续篇《播火记》《战寇图》，总体看，各项元素便更接近前者。

宽泛点看，革命叙事与传统小说的叙述模型之间，除了个别“功能项”次序的颠倒和数量差异，就主干部分看，线索、逻辑与作用几乎是完全一样的，开头与结尾尤为一致。这表明，革命叙事中的传奇因素同古老的传奇故事之间，有着一个改装或装扮关系，古往今来所有“历险记”模式的叙事，几乎都适用于这一程序。从《荷马史诗》中的《奥德修纪》，到中世纪的骑士小说、流浪汉故事，到近代笛福的《鲁滨孙漂流记》、更为晚近的马克·吐温的历险记系列，甚至中国《西游记》的历险故事，《水浒传》及大量“侠义小说”中的局部故事（即每个人物的“历险单元”），以及前文所引鲁迅在《中国小说史略》中所分析的“明之人情小说”中“始或乖违，终多如意”的故事，就其情节要素、叙事功能而言，都是接近的。这种程序当然也适合“革命者的历险与成长”，不止林道静、朱老忠，《三家巷》中的周炳，《创业史》中的梁生宝，凡有“个人历险记”或“成长”逻辑的革命叙事，在总体结构与功能上都是一致的，只是数量和顺序有微小的差别而已。

但革命叙事中历险记式的“传奇模型”又有不同的种类，比如一类故事中的人物是“典型传奇式”的和“完成型”的：人物高度类型化，基本没有“成长性”，类似于法国理论家福斯特所说，是一种“扁形人物”[①]。如《林海雪原》中的杨子荣、少剑波、刘勋苍，《铁道游击队》中的刘洪、李正、王强、林忠、鲁汉，《烈火金钢》中的史更新、肖飞、丁尚武，还有《红旗谱》中“遇到党”之前的朱老忠，这些人物的性格均表现为突出的类型化和“非成长性”，单质、透明、夸张，其叙事更像传统的旧传奇小说，故事的模式化也更明显，更容易从中找出各种“潜结构”与“潜叙事”的结构与逻辑；另一类是“写实型传奇”，类似于巴赫金所分析的“希腊小说”与“教育小说（成长小说）”之间的情形：人物既具有传奇的命运，同时又必须体现在革命历史中的“成长”——因为只有描写出其成长的履历，才能体现“党的作用”。这类人物最典型的有林道静、《三家巷》中的周炳、《创业史》中的梁生宝，还有“遇到党”之后的朱老忠等，受到“现实逻辑”的制约，此类人物的叙事就不能过于传奇化，而必须按照现实的条件逐步成长，因而性格也变得更为复杂，其与旧叙事的纠结也更为隐性。但很明显，《青春之歌》中的才子佳人与英雄美人的传统潜结构，同《林海雪原》中的传统潜结构比起来，要隐秘和丰富得多，也更有意思；《三家巷》中周炳的经

---

① 福斯特将人物分为“圆形”和“扁形”两类，扁形指类型化倾向明显、不具有成长性的人物。参见福斯特《小说面面观》一书，花城出版社1984年版。

历所包含的情感的跌宕起伏，比起少剑波爱情的获得，要漫长和丰富得多。

上述分析的思路或许精细清晰，但其“文学性”的价值与意义尚不能完全体现。假如我们再借助巴赫金的理论，便能够更深入地揭示其中的秘密。前文所引的巴赫金对于希腊小说中“传奇时间”模式的归纳与分析，就带给笔者巨大的启示：从“时间修辞”的角度看，叙事的“时间长度”不但可以决定一部作品故事的长短，还可以决定它的美学属性[①]，这是非常有意思的，比如，《青春之歌》之所以能够成为“青春之歌”——成为一部喜剧或者“壮剧”，是因为它只写到主人公“阶段性成长”的完成，写到其终成眷属，写到“王子和公主从此过着幸福快乐的日子”——用巴赫金的话说即是，“主人公们是在适合于婚嫁的年岁在小说的开头邂逅的；他们又同样是在这个适于婚嫁的年岁，依然是那么年轻漂亮，在小说的结尾结成了夫妻。中间经过的难以数计的奇遇的这一段时间，在小说里是没有计算的”[②]。可假如我们按照叙述的自动逻辑继续推演下去，写到主人公饱经沧桑的中年、寂寞凄凉的晚年，写到其最终的死亡，喜剧自然会变成了悲剧，一部蓬勃昂扬的“青春之歌”自然也就依次变成了深沉跌宕的“中年之歌”、衰败悲凉的“老年之歌”，以及“天长地久有时尽，此恨绵绵无绝期”“一朝春尽红颜老，花落人亡两不知”的“长恨歌”……很显然，革命叙事必须是一种“青春叙事”，如果不是，它在美学上的喜剧与正剧悲壮色彩便不可能实现。

巴赫金的分析视角是极具延伸性的，从此生发开去，我们可以看到，中国经典的传统小说，包括历史叙事与家族叙事，从时间修辞与美学属性上大都是一种“长恨歌”式的悲剧叙事——《水浒

① 参见笔者：《从“青春之歌”到“长恨歌”——时间修辞与中国当代小说的叙事奥秘》，《当代作家评论》2003年2期。

② 巴赫金：《小说的时间形式与时空体形式》，见《小说理论》，第280页。

传》写的是“从聚到散”；《三国演义》写的是“分久必合”和“合久必分”（无论是“从分到合”，还是“从合到分”，都是一段完整的历史逻辑，一个感慨“滚滚长江东逝水，浪花淘尽英雄”的悲剧）；《金瓶梅》写的是“由色入空”；《红楼梦》写的是“由盛而衰”，因为它们都强调了“完整的时间长度”，以及人的命运的完整逻辑。而革命叙事很难模拟这样的叙事，因为它必须写“进步”与“成长”，写“青春”与“胜利”，所以只能模拟和改造中国传统中的另一类别——即为曹雪芹和鲁迅所批判过的“才子佳人”“风月笔墨”“野史佳话”。这类叙事中无不隐含着一个结构主义的秘密，那就是，只能写到主人公历经磨难之后皆大欢喜的“大团圆”而告结束。研究一下所有革命叙事的结尾[①]，无不如此。几个要素依次是：第一，要么主人公的性格变得成熟，要么其获得了合法的爱情（《青春之歌》《林海雪原》《三家巷》皆是如此）。第二，革命取得了重要的或阶段性的胜利，或展示出了胜利的前景（《红日》《红旗谱》《暴风骤雨》《闪闪的红星》皆是，《三家巷》则兼而有之）。第三，暂时的困难获得了消除，反动或落后的人物要么被瓦解消灭，要么得到了改造和转化（《三里湾》《山乡巨变》《创业史》均是）。第四，重要的领导人物出现，在“高处”有一个振奋人心的演讲，然后是“铁流滚滚”的场景（《保卫延安》《林海雪原》最典型）。第五，即便有革命者的牺牲，也会获得“普罗米修斯式”的“不死”身份。《红岩》的结尾处因写革命者集体越狱惨遭屠杀，不得不正面和大量地写到死亡，作为主人公之一的齐晓轩在冲出牢房的最后一刻被罪恶的子弹击中。但这时朝霞满天，红旗招展，齐晓轩“双手叉腰，张开两腿挺立在鲜血染遍的红岩上”——在埃斯库罗斯笔下的普罗米修斯也是这样一个形象：被绑于高加索山岩上，被宙斯派出的鹰撕开胸

---

① 笔者曾统计了二十余种革命叙事，多为长篇小说，其结尾除了《红岩》一部是以革命者齐晓轩的牺牲来告结的，其余都十分近似。

膛，不断地啄食其心脏和肝脏，可他依然顽强挺立，叫骂不止且不断长出新的内脏——普罗米修斯是不死的，而齐晓轩也是“朝着胜利的旗海，最后微笑了”。从这个角度看，革命叙事也不只是包裹了中国的旧传统，也隐含了来自西方的古老母题。有人在分析革命者的无意识状况的时候，将马克思比作“普罗米修斯的模仿与追随者”、有着牺牲与毁坏的魔力以及激情与幻想的人物[①]，是不无道理的。小说最后的修辞是：“湛蓝的天空，万里无云，绚丽的朝霞，放射出万道光芒。”[②]细究这个修辞也许是有问题的，“万里无云”与“绚丽的朝霞”之间似乎是矛盾的，却是一个必要的处理。因为如果不将死亡升华为永生，整个叙事的逻辑就被打破了，其“革命的壮剧美学”便无从建立。这应该是传统文学中“大团圆”的无意识的另一表现形式。

对于革命叙事的潜结构的分析还有很多角度，以《青春之歌》为例的话，可以更清楚地看到其丰富性。首先，从“时间序列”看，小说依次讲述了“娜拉出走的叙事”（林道静从家中出走，反抗封建婚姻，这是一个“五四主题的叙事”）——“少女落难的叙事”（在北戴河寻亲不遇，被余敬塘设计坑害，这是古老的“童话叙事”）——“才子佳人的叙事”（与余永泽之间的爱情，这是中国的传统模式）——“英雄美人的叙事”（与卢嘉川之间的偷情，也是传统的老套路）——“另一个英雄美人的叙事”（与江华之间的复杂关系，已被改装得类似二十世纪二三十年代的“革命加恋爱叙事”）——“大团圆”（道静入党、与江华定情且同居、成功领导北平地下学生运动）。其次，从深度序列看，表面上是一个“知识分子的叙事”（知识分子如何成长为革命者的故事）；但从基本内核和自然

---

① 威廉·布兰察德：《革命道德——关于革命者的精神分析》，中央编译出版社2004年版，第142页。

② 罗广斌、杨益言著：《红岩》，中国青年出版社2000年7月第三版，第592页。

延续的角度看，则是一个“小资个人叙事”（是“一个女人与多个男人的悲欢离合”的故事，而以往所有男作家书写的都是“一个男人与多个女人的恩恩怨怨”）；从隐含的角度看，它又似乎包含着一个“隐形的女性主义叙事”（虽刻意抬高了小说中的男权地位——使两个优秀的男性成为“党的化身”，将林道静的地位降解到“被教育者”的角色，但她依然是实际的结构中心和主要人物）；从小说的最核心的结构骨骼看，又可以看作是一个中外文学中均古已有之的“历险记叙事”（这是全人类共有的最原始的叙事原型）；用巴赫金的眼光看，它还是一个典型的“‘教育小说’式的‘成长叙事’”（这是一个接近西方近代以来的叙事传统的特点，它表明，革命叙事同时也是非常“西化”的一种叙事，因为中国传统小说中并无原发的成长叙事）。上述分析更加表明，革命叙事不等于简单的叙事，相反它更有可能是复杂和多重形态的叙事，它所包含的无意识内容与“传统潜结构”既有来自本土的古老模式，同时也有来自西方和现代的各种原型与套路。

四　“传统潜结构”分析与当代文学史重构的可能

用社会学与政治学的话语体系来解读革命文学作品，确实无法实现对其所蕴含的丰富意蕴的全面把握，而借助以精神分析与技术性的结构主义分析，用潜文本与潜结构的细读分析，来搭建一个开放性的多维话语空间，才能使关于当代文学史的叙事与“知识谱系”有根本的改观。因为，即便是十分“中性化”的话语表述，甚至否定式的人文主义的批判，也很难回避红色叙事的历史背景、制度情境与话语逻辑，并切入到文学的内部空间。而一旦我们注意到文本的深层结构和潜台词，关注到作家的个体动机、人物的个体无意识，特别是在文本构造中发现和阐释出各种传统模式的积淀，表现为故事模型、母题或主题原型、叙事套路、审美趣味等的民族集体无意识，甚至是“语言的无意识”——比如《林海雪原》中对于人物肖像的类型化描写，正面人物的极尽“俊美”与反面人物极尽“淫邪”的描摹；《青春之歌》中人物内心嘀咕的“含羞草一样的美妙少女”“有才学的青年”，即“佳人”与“才子”之间互相的吸引；还有《铁木前传》中“干部”深夜遭遇小满儿来访，花头巾上绣着的一朵“大牡丹花”所暗含的“花妖”之意，等等——当代文学史的谱系及“知识”的属性，便会发生奇异的变化。

某些文化研究学者强调“红色叙事”作为飞来之物的“全新”属性，也许是只看到了部分表象。只关注表层的政治设计，而无视其中所包含的传统底色与旧的叙事骨架，便会被文化研究的“现代性”价值逻辑所绑架，被“格式化”。毋庸讳言，新“左”式的文化研究固然从表面上会阐解出“现代民族国家神话”的某些属性或诉求，但必须指出，这最终仍然无法赋予这些作品以基本的“文学价值”，所得出的结论往往只能证明这是一些“奇怪的文化文本”，而并无在文学上存在的理由。或许最好的办法，仍然是在这些文本与中国传统叙事、与有史以来人类的叙事传统之间建立一种“暗通款曲”的关系——事实上它们之间本来也就有这样的关系。没有一种叙事是真正的飞来之物，所有成熟的叙事套路无不是集体无意识的产物，而从这个意义上，革命叙事也是一种最为古老的东西，是经过了快捷乃至急就章式的改造之后的产物，认识不到这一点是无法真正接近它们的。很难设想，革命时代的青年们阅读这些文本只是为了接受意识形态的教育，相反，最隐秘的动机有可能是借助这些有意思的故事去猎奇和享受其中隐秘的个体与集体无意识。这就难怪，《青春之歌》居然在革命叙事的外衣下，令人匪夷所思地包裹了才子佳人的传奇，包裹了隐秘刺激的“婚外恋情”（与卢嘉川之间）、“未婚同居”（与江华之间）的私生活经验。在二十世纪五六十年代“革命禁欲主义”的严控下，居然还潜藏了这样的叙事，真是奇迹。也正是英雄美人的老套路为这类叙事搭建了其藏身之所，设下了柔软的“障眼法”，否则道德至上的革命叙事中怎么会容得下如此矛盾和“不堪”的情节呢？然而在今天看，也正是这样的元素丰蕴了这些作品，使它们历久不衰，成为革命年代“最有意思”的叙事。

与此对照，那些处理得相对干净的作品，旧的模型与套路以及无意识内容相对稀少的作品，其命运便没有它们这样幸运。像柳青的《创业史》，在《当代文学史初稿》《当代文学概观》等最早的教科书中都是以“专章”评述的，但今天看起来，这些分析已经有很多显得不合时宜和站不住脚。假如要重新确立这类作品的文学价值，便需要重新梳理和发现其中的“潜结构”。但很遗憾，对《创业史》的分析除了遵从主流和意识形态话语的逻辑，很难找出有效的文学分析的入口，因为它实在是太干净和平滑了。我注意到，在洪子诚的《中国当代文学史》和董健等主编的《当代文学史新稿》中，已将之降为“专节”地位，论者虽不愿认可其文学价值，但又存在一种出于尊重原有谱系的不得已；而在陈思和主编的《中国当代文学史教程》中，则干脆只字未提《创业史》，这无疑是一个大胆的删削，不过，只字未提的还有《青春之歌》，虽然该著充分注意到了“逼挤正统文本”[①]的叙事策略，但并没有对后者进行充分的潜文本分析，不能不说是一个遗憾[②]。

很显然，在已有的最具影响力的几部文学史著中，除了陈著在绪论中注意到“民间隐形结构”的问题，有研究者著述中有部分章

① 弗兰克·伦特里契亚：《福柯的遗声——一种新历史主义？》，见王逢振等编《最新西方文论选》，漓江出版社1991年版，第465页。

② 但该著又对《红日》以“战争小说的巨构性探索”为题做了专节处理，便与前两种处理策略产生了矛盾。因为这部小说也不是一个潜结构最为丰富的案例，除了某些人物的传奇意味之外。

节具体运用了潜叙事的分析[1]，其他著述尚未充分关注到对于“传统潜结构”与潜文本的分析。在此，笔者以为应该尝试根据文本的“文学性的含量”来重新解读革命文学作品，决定论述主次和繁简的差别，考察在革命叙事中“传统潜结构”及其他无意识内容的含量。由此可见，像《创业史》《红日》《保卫延安》属于“潜结构”的含量较低的文本，因而其文学性的可阐释性很有可能相对不足；而《青春之歌》《红旗谱》《山乡巨变》《红岩》《林海雪原》等，则应该更加充分地阐释出其中的传统因素，并在此基础上提升对其的分析水平和做文学性的解读；而另一些以往认为相对次要的作品，如《三里湾》《风云初记》《铁道游击队》《三家巷》《苦菜花》《野火春风斗古城》等，则也可以通过潜结构的分析而获得新意，赋予其更多的文学评价；甚至以往一些根本不曾进入讨论视野的作品，如刘流的《烈火金钢》、高云览的《小城春秋》等，也有可能是在文学性上比较突出和有意思的作品，应该在当代文学史的知识谱系中占有一席之地。

还有一些特别的例子，如产生于“文革”期间张扬的《第二次握手》。“文革”结束后这部作品曾名噪一时，广为转载评价，但兹后各家的文学史著中又都鲜有提及。当初，人们误以为这是一部反对“文革”专制或“四人帮”的小说，作者也曾经因为写作而遭到“残酷迫害”及至几乎送命[2]，但殊不知，这部描写核科学家生涯与

---

① 张健主编的《新中国文学史》上卷第一章“小说”中，由笔者执笔的第二节讲述“革命历史的多元叙述”，将其分为“类史诗、类传奇、类成长小说”，分析了《青春之歌》等作品中“才子佳人”与“英雄美人”的“隐性叙事”。见北京师范大学出版社2008年版，第96～98页。

② 杨健所著的《“文化大革命”中的地下文学》一书第十一章“1974年江青集团对‘地下文学’的围剿”中，详细记录了张扬如何五易其稿，《第二次握手》被定为“反党小说”，张扬本人由一个地方知青变成惊动中央的人物、被抓捕、逃亡、丢失原稿、再度创作，最后被判处死刑、差点送命的过程。见朝华出版社1993年版，第299～324页。

情感故事的作品，根本不是什么反对“文革”专制的作品，而是一部十足的改头换面的“革命加恋爱”小说，是一个旧式的才子佳人的老套路、一个典型的三角恋故事，与清末民初的鸳鸯蝴蝶派小说、二十世纪二十年代“革命文学”中的三角爱情故事、杨沫《青春之歌》中的才子佳人故事都是一样的，甚至它写到苏冠兰在海滨浴场“英雄救美”，从风浪中把遇险的美少女丁洁琼救上岸的情节，还明显地有“照搬”前者的嫌疑，因为余永泽从大海边救起轻生的林道静的浪漫情节，在这一代人心中早已是一个典范的“潜意识”了。至于小说中写到科学家丁洁琼历经艰险从美利坚回到祖国怀抱，投身祖国的核武研制，在失意和痛苦之时又受到周恩来总理的关怀，等等，不过也是传统传奇故事要素的“变体”而已，惊险的环境、神奇的行业、危险的挑战、三角爱情的矛盾、悲情戏剧、权威人物的“做主”，等等，这些都是典型的旧套路中的要素。而资料表明，这位当时年轻的作者张扬不过是一个普通的插队知青，根本不了解核科学，也未曾经验过科学家的生活，但他凭借想象力与一个传统的故事构架，硬是虚构出了这样一个惊动一个时代的作品。类似这样富含“传统潜结构”因素的小说，也值得我们研究并在文学史中给予其适当的关注和位置。

“传统潜结构”当然只是一个方面，前文中曾提及的“个体无意识结构”的含量，当然也是重新解读分析文本和重构文学史的重要维度，只是限于本文的话题边界，这里不再赘述。总体上，发掘当代红色叙事的传统底蕴，诠释或钩沉其与“传统潜结构”的联系，有助于将当代文学研究推向一个比较复杂和深入的水准和境地，能够推动其进一步脱离表层的“社会——历史”的结构模式，而结合以“精神——文化——心理——人格——传统”的深层结构模式；同时还有助于“纠偏”近年来“文化研究”对于中国当代文学研究的影响，文化研究虽然打开了当代文学研究的思想视野，但也在一定程度上影响和取消了“文学性研究”的合法性，使“文学研究”

完全变成了“文化阐释”。而“传统潜结构”的研究则通过对无意识的深度分析，发掘其“有限度的文学性价值”，证明“革命文学并非是简单的文学”这样一个基本事实。此外，还可以使当代文学的研究格局进一步得到整合，避免“十七年文学”和“新时期文学”是“两种完全不同的研究”的分裂局面，可以使两个不同时期的文学和文本通过“潜结构”的解析而“同时复杂化”，从而形成一个崭新的文学史格局，构建一个更“富有历史传统的当代文学史”。当然，也会最终起到深化当代文学的研究与批评、建立新的批评理论范式的作用。

当代文学中的“潜结构”与“潜叙事”①

一

今天我的要讨论的话题是“当代文学中的‘潜结构’与‘潜叙事’研究”，这一命题的研究对象主要是中国当代小说。首先，我要对这个话题的研究意图做一个说明。近几年我承担了一个项目，意图通过自己的观察，发现当代文学形形色色的叙事背后所暗藏的东西，这种“发现”让我很着迷。各位或许都有体验，只有当文学研究富有发现的魅力时，研究者才会有真正的兴趣，并使文学研究本身有一定的文学性。当下，中国当代文学研究的一个主要趋势是文化研究和社会学研究。文化研究与社会学研究无疑打开了中国当代文学研究的广阔空间，也提升了研究的难度和复杂性，但也带来了一定问题，即把文学文本当作了文化文本、历史文本、政治文本。比如当学界津津有味地讨论“红色叙事”中《创业史》这些文本

① 本文根据作者2016年5月在首都师范大学的演讲记录稿整理，整理人为首都师范大学中国现当代文学专业硕士研究生李扬，已经过本人审定。

时，不小心将自己变为了“新左翼”。文化研究领域中，纵然涌现出一系列水平颇高的学者，但其研究又变得面目趋同。就我个人而言，文学研究仍不能离开它的“本分”，我们必须在比较“不合时宜”的情况下，逆流而上地讨论一下当代文学的“文学性”问题。

我主要的研究方法是借用叙事学与精神分析理论。也就是说，我们要争取为自己准备一副“眼镜”，一副好比一台X光机的眼镜，戴上它我们便可以透视文本内部的诸多秘密，以使我们的研究建构一种深度。当然，这种深度就不同对象而言也有所不同，“当代文学中的潜结构与潜叙事研究”在我这里主要分为两个部分，一部分是针对二十世纪八十年代以来的新潮文学、先锋文学以及当下文学，因为从事这些文学创作的作家普遍吸收借鉴了精神分析理论。在西方哲学思潮的浸润下，他们懂得文学的目的是表现复杂的人性，甚至还偏执于表现人性的幽暗，着力表现人类意识的“黑匣子”。“黑匣子”是一种比喻的说法，众所周知，飞机失事后要寻找“黑匣子”，因为它记录着整个飞行过程中的秘密，借助“黑匣子”可以揭开谜底。许多作家都致力于表现人类精神世界中的秘密。我认为，如果说现代主义以来文学有一个共同性，那就是表达人性的秘密或说幽暗世界的景观。因此，我们必须掌握进入幽暗世界的方法，但是传统的社会学方法在这里是失效的，至于文化研究的方法也很难施展于这个命题，文化研究主要是考察文学文本外围周边的情况，无法透视文本内部的结构，但是文化研究本身也是十分复杂的，其中性别研究也具有精神分析理论方法的色彩，但总体而言文化研究着力于文学外部研究。我认为，文学研究还是要进入“内部”。那么，对于二十世纪八十年代以来的新潮文学和先锋文学，必须要采用精神分析理论才能进入。

另一部分，是针对革命时代和“准革命时代”的文学。从二十世纪四十年代末到二十世纪七八十年代之交，主要是在革命意识形态、简单阶级论、庸俗社会学等认识方法驱动下形成文学叙事。八十年代以前我们对这种文学类型给予了很高的评价，甚至认为这是人类历史上最先进的文学。当我回忆起我读大学时老师所讲述的外国文学，觉得有些“尴尬”，那时认为从欧仁·鲍狄埃到高尔基到苏联文学才进入了人类历史上先进的文学时代，而之前要么是封建阶级要么是资产阶级的文学，都是包含了种种缺陷和糟粕的文学。这些观点显然是十分片面的。到二十世纪八十年代以后，新思潮的介入使得人们迅速改变了看法，大学课堂几乎回避了这一段文学史，因为其政治化和缺乏“文学性”的问题，无法见容于这个时代的新思潮与新视野。九十年代思想与文化的转折之后，文化研究忽然兴起，自然也就兴起了文化研究视野中的“革命文学热”。文化理论、文学社会学、历史研究的方法，次第在此领域内展开，逐渐形成了现今的研究景观。这些研究方法固然是重要的，但对这一时期文学的“文学性”的认识并没有被建立起来，因为它们是以不承认这些作品的“文学性”——只承认其作为文化文本的价值——为前提的，这显然是有问题的。对于这两种对象，分别要采取不同的方法，我认为，即便是在“十七年”及“文革”时期的文学中，也仍然“积淀”（李泽厚语）了许多“无意识”，这种“无意识”我认为分为两部分，一部分是集体无意识，另一部分是个体无意识。“集体无意识”主要是一些结构性的东西，“个体无意识”主要是一些比较隐秘的个体动机和个人心理，这些都需要我们去发现、梳理。

从研究的路径上，如何进入这些文本的内部，去探查它们的“潜结构”与“潜叙事”呢？这是我们今天要重点讨论的。“潜结构”与“潜叙事”的概念，我在1997年出版的《中国当代先锋文学思潮论》[①]一书中曾经反复提出过，但没有作为专门的理论概念来探讨。作为学术概念，与之接近的是陈思和先生在《中国当代文学史

① 张清华：《中国当代先锋文学思潮论》，江苏文艺出版社1997年版。

教程》的前言中提出的“民间隐形结构”的概念[1]，他主要讨论的对象是抗战以后一直到“文革”时期的文学，基本观点是：这一时期的文学经过政治的规训，其民间文化因素逐渐减少，“文学性”相应也越来越低，但是文本中还夹杂潜隐着未被规训的成分，在政治主题的边缘或缝隙里还潜伏着作为“隐形结构”的民间性文化因素。显然，他非常敏锐地捕捉到了一个重要的文学现象，只是具体论述还未及展开。他认为《沙家浜》里存在着一种“一女三男”模式，《李双双小传》中的“先结婚后恋爱”模式，等等，虽然还不属于典型的主题原型或结构主义叙事学意义上的讨论，但方法和思路是可行的。

我在这里借此将“潜结构与潜叙事”扩展为“传统隐形结构”的概念，借以来讨论我们的话题。何谓“传统隐形结构”？我认为就是一些潜伏于文学叙事中的“集体无意识构造”。从学术的角度看，这种解释显得更为严密、客观，显示出一种历史脉络。弗洛伊德作为伟大的精神分析学家主要关注个体无意识，而在集体无意识方面做出探索的主要是荣格，弗莱也运用集体无意识的方法讨论文学问题。但是弗洛伊德的非凡之处在于，他其实已经凭借着超常的敏感，对大量集体无意识活动做出了精彩分析。在《梦的解析》第五章“典型的梦”[2]一节中，他提到了两部重要的文学作品，一部是古希腊戏剧家索福克勒斯的《俄狄浦斯王》，另一部是莎士比亚的著名悲剧《哈姆雷特》，他通过对这两部戏剧的分析得出一个重要概念——“俄狄浦斯情结”。“俄狄浦斯情结”实际上就是一种潜伏在文学叙事中的集体无意识。这甚至已经渗透到了人类学研究之中，虽然并不是那种从生物学出发的人类学研究，但更近于一种文化意义上的人类学研究，因为他已深入人的生物学本能的内部，并从文

---

① 陈思和：《中国当代文学史教程·序言》，复旦大学出版社1999年版，第13页。

② 弗洛伊德：《梦的解析》，赖其方、符传孝译，作家出版社1989年版。

学作品中找到了证据。在文学作品中常常“积淀”着复杂的集体无意识，比如鲁迅的《阿Q正传》中阿Q的形象之所以那么深入人心，每个时代、每个民族的人都会在阿Q身上找到自己的影子，正是因为阿Q身上不仅有个体无意识，还隐含着人类最广泛的集体无意识。在《俄狄浦斯王》与《哈姆雷特》中，弗洛伊德发现在文学作品中隐藏着人类早期社会中发生的乱伦、弑父等非文明行为的痕迹。换言之，人类进入文明社会之后，那些动物性本能就会被压抑、被剪除了，但它们会以种种方式巧妙地潜伏在文学叙事中，这种分析对我们有很深刻的启示。“文学是人学”，是何种意义上的“人学”？我认为是极其复杂的、潜伏了大量无意识现象的人学。弗洛伊德还在同一章中提到了安徒生的童话《皇帝的新装》，弗洛伊德以前，人们常常在“卑贱者最聪明，高贵者最愚蠢”的简单逻辑中形成一种共识性解读，认为正是孩子勇敢地揭示出被权威规训后的成人不敢揭示的真理。《皇帝的新装》揭示了我们每个人内心深处无意识的秘密：几乎每个人都做过类似在公共场合“赤身裸体的梦”，人们在此类场景中表现出极大的尴尬。而这才是《皇帝的新装》之所以引起广泛震动的真正的心理基础与隐秘缘由。

二

毫无疑问这会将分析引向深入。或许弗洛伊德对《皇帝的新装》的分析也是不全面和不彻底的，因为类似的梦境会与“春梦”经验密切相关。但从此出发我们可以走得更远些。针对这一点，我围绕马原的代表作《虚构》写过一篇文章（《春梦，政治，什么样的叙事圈套——马原的〈虚构〉重解》[①]）。上海评论家吴亮以这篇小说

① 张清华：《春梦，政治，什么样的叙事圈套：马原的〈虚构〉重解》，《文艺争鸣》2009年第2期。

为对象写了一篇天才的评论文章——《马原的叙述圈套》[1]，使吴亮一举成名。当时结构主义理论还未进入中国，吴亮凭借自己的智慧与敏感创造了一个新术语——“叙述圈套”。新叙事学传入中国后，这一现象被称作“元虚构”或“元叙事”，从华莱士·马丁等人的著作中我们可以清晰地了解这些经典的解释[2]。什么叫“元虚构”（Meta-Fiction）？就是在一篇小说里面，在叙事的同时也讨论叙事本身。马原在《虚构》这篇小说中其实是叙述了一个“春梦”，但这一点被吴亮老师忽略了，因此他的分析也许没有聚焦到这个小说的核心。在我看来，这个小说的叙事核心是一个男人的色情梦，正如同《红楼梦》第五回讲述的贾宝玉的“色情梦”一般。贾宝玉的“梦游太虚幻境”其实就是一个春梦。曹雪芹将这个春梦做了改装，做了复杂化的处理，可惜弗洛伊德没有读过《红楼梦》，若他读过《红楼梦》，他必定可以写出一部更加伟大的精神分析著作。

我们简单地看一下这个梦：这一天，贾宝玉随着贾母、王夫人和王熙凤等一行人来到宁国府赏花，午饭过后宝玉突生困倦，便睡在宁国府长孙媳妇秦可卿的房间里。按辈分讲，贾宝玉是贾蓉的叔叔，秦可卿是他的侄媳妇。贾宝玉此时应该是十二三岁的样子，富家子弟本就比普通百姓家的孩子性早熟。贾宝玉在秦可卿的房间里突生倦意，这时一个嬷嬷说道：“那里有个叔叔往侄儿房里睡觉的礼？”嬷嬷在这里起到类似于“撒旦的挑逗”的作用，提醒了贾宝玉的无意识。按照弗洛伊德的说法，贾宝玉此时可以说正由“恋母”阶段“移情”于成年异性。我们当然无法在小说中看出贾宝玉有明显的恋母情结，但他对秦可卿的迷恋是毫无疑问的。小说提到，秦可卿于是抱来了“西子浣过的纱衾”“红娘抱过的鸳枕”，总之这些被褥都是有故事的，这些被褥上面直接带有秦可卿的身体信息。当

① 吴亮：《马原的叙述圈套》，《当代作家评论》1987年第3期。

② 华莱士·马丁：《当代叙事学》，伍晓明译，北京大学出版社1990年版。

这些被褥加盖到贾宝玉身上时，让我联想到一篇当代短篇小说——茹志鹃的《百合花》。我曾为这篇小说写过一篇文章《作为身体隐喻的献祭仪式的〈百合花〉》[①]。我从初中课本中读到这篇小说，后来在大学课堂上讲了多年，我慢慢体会出这篇作品的“秘密”，《百合花》究竟“好”在哪里？我认为，这篇小说最后让人感动的“秘密”在于，那个“新媳妇”把她新婚的唯一器物——带着她新婚的身体信息，带着她和丈夫“百年好合”的身体秘密的那床新被子，加盖到了另一个陌生男人身上。这相当于人类学当中的“献祭”。何谓“献祭”？在古代的战争当中，战争的动机很大成分上是杀掉对方部族当中的男人，抢掠对方部族中的妇女。这种现象恰如两个狮群交战，目的是把另一个狮群中的雄狮咬死，把其中的雌狮带走，以此实现基因互换，让自己的种群获得优生优育的可能。这就是“物竞天择”的秘密。在大量的艺术作品中，比如欧洲同题的著名绘画《抢劫萨宾妇女》，描述的是古罗马时代的抢劫者杀掉萨宾的男人，抢走当地妇女，表现出战争的一个“秘密”，战争之中隐含了古老的动机——妇女的牺牲与献祭。《荷马史诗》中阿伽门农战胜后回到希腊时，就携带了从特洛伊俘获的女奴卡桑德拉。我认为，在《百合花》这部小说中隐含了一个人类学意义上的献祭母题。小说中描写的“小通讯员”从未接触过女性，见了女人就紧张，小说极力渲染他的这一特点，目的首先在于突出他作为革命者的“无性化”，为了说明革命者是远离性欲的。这就像《水浒传》中把所有的英雄都写成了“同性恋”，除了矮脚虎王英，其他英雄都不近女色，兄弟道义为大。小通讯员见了女人便语无伦次、像个孩子，而战争中他成熟勇敢，关键时刻扑向了一颗手榴弹，用自己的生命掩护了支前的民工。小说另一方面是想要表达两个妇女对这个纯洁青年的

① 张清华：《作为身体隐喻的献祭仪式的〈百合花〉》，《小说评论》2009年第2期。

怜悯。她们看到青年为革命奉献了生命，于是她们想，难道我们就不能为英雄奉献一次身体吗？即便不能奉献身体，也可以用一种象征或隐喻的方式，来表达对这个从未接近过女人的青年的怜悯和爱。当然这个小说极其复杂，前面这个主人公，第一人称“我”曾经还说“爱上了这个青年”，但情感随即转移到了新媳妇身上，因为新媳妇是一个合适的角色——新媳妇刚刚结婚，这个身份充满了性暗示。“百年好合”的被子对新媳妇而言非常珍贵，不应给任何人，当初小通讯员来借被子时，她不肯借的原因就在于，这是她新婚时的器物，带着身体的秘密。而现在，她不顾一切地将这床被子的一半铺在战士身下，一半盖在战士身上，所有人看到之后都充满了无言的感动。我想，这种感动便是来源于内心深处无意识的触动。

让我们回到贾宝玉的梦。贾宝玉盖上了秦可卿的被子，被子带给了他身体上强烈的暗示，此其一。其二，墙上还有一幅唐寅的《海棠春睡图》，虽然不是春宫画，但也带有鲜明的暗示色彩。画的内容应该是一树灿烂的海棠花下有一个酣睡的女孩——这也许是一个史湘云式的女子，美丽性感而憨态可掬。其三，秦可卿的卧室里还燃着一种香，香的仪式感和它对人精神的暗示也是不言而喻的。以上这些都是条件。接下来，贾宝玉便睡着了，他梦见了警幻仙子带着他游园。而贾宝玉真正的秘密在于警幻仙子称他为“天下古今第一淫人”，这实际上也是一种合法性的获得，警幻仙子代表了一种神的授权，“好色”成为合法的取向。随后，警幻仙子向宝玉介绍了一个漂亮女孩，这个女孩看上去“鲜妍妩媚，有似乎宝钗；风流袅娜，则又如黛玉”。但最终与宝玉发生关系的并非此女子，因为彼时宝钗与黛玉均未成年，不可将她们当作性行为的对象。警幻仙子最终引给宝玉的女子乳名唤作“可卿”，经“秘授”云雨之事，终于发生了贾宝玉的梦。我想，这是包括曹雪芹在内的每一个人成长过程之中的关键性的秘密。一部优秀的文学作品里会设置类似的个体无意识的隐秘经验，但一部伟大的作品会将之处理得如飞鸿雪泥一般了无痕迹。在《红楼梦》中，个体的无意识活动和从总体经验而言的“人生如梦”“家族兴衰是一场梦”“历史不过一场梦”等这些更大的叙事之间，形成了一个同心圆，曹雪芹将大梦与小梦用套叠的方式装置在一起，它的复杂性和它内部的圆融性是不言而喻的，这就是一个伟大作家处理公共经验和个体经验之间关系的方式。个体经验作为一个最隐秘的“核”，被赋予了一种无边的公共性，因此每个读者阅读《红楼梦》时，既是读这部著作，也是读自己，陷入对自己生命经验的体味和分析之中。一部伟大的文学作品能够成为每一个人的生命镜像。“一千个读者眼中有一千个哈姆雷特”的说法，在中国语境里可被置换为“一千个读者眼中有一千部《红楼梦》”，每个读者都会把其中的人物当作自己的镜像。这启示我们，思考一部文学作品的潜结构，也即其无意识世界的复杂性和作品的意义之间的共生关系。甚至歌德都佩服莎士比亚，在《歌德谈话录》中歌德与爱克曼对话时提到：“一个创作家每年只应读一种莎士比亚的剧本，否则他的创作才能就会被莎士比亚压垮。”[①]歌德认为莎士比亚“把人类生活中的一切动机都画出来和说出来了”[②]。我们也可以赋予《红楼梦》这种评价。

让我们还回到马原的《虚构》。我认为这部小说写的就是一个春梦。小说一开始要了很多“花招”，作家一开始为叙事人设置了一个暧昧的身份，他开头写道：“我就是那个叫马原的汉人，我写小说，天马行空。”但他同时又说：“我此刻就住在安定医院。”这意味着，“我”既是一个不凡的小说家，同时又是一个“精神病患者”——显然，一个作家某种意义上也是作为一个“精神现象学意义上的精神病人”的身份，鲁迅就使用了这样的一种隐喻形式，书写了最早的白话小说《狂人日记》；同时，一个伟大的小说家或诗人必须具有多

① 爱克曼：《歌德谈话录》，朱光潜译，人民文学出版社1982年版，第93页。
② 爱克曼：《歌德谈话录》，朱光潜译，人民文学出版社1982年版，第93页。

重性的人格结构，像刚才分析的《红楼梦》中，便包含着一个在世俗伦理意义上并不合法的无意识构造。接下来，马原写道，“我”为了写一部关于麻风病人的小说，钻了七天玛曲村。作者接下来写了一个令人恐惧同时又具有“性的诱惑力”的女麻风病人，其中便可以探查到隐含的大量集体无意识——关于女性的诱惑与恐惧的男权主义无意识。回溯中国古代关于女人的叙事，从春秋时期的妲己、褒姒到汉宫秋燕、貂蝉、虞姬，还有武媚娘与杨玉环……这些美女哪个不是“倾国倾城”。《聊斋志异》中大量写到作为妖魅鬼狐女子的诱惑与为害，与这些古老的传统叙事和观念都是一脉相承的。甚至汉语都积淀了大量类似的无意识内容，当我们描述一个女人的美丽时，会以“倾国倾城”“沉鱼落雁”一类词语来形容，其中显然暗含了“美丽是有害的”这一普遍认同。

接下来，马原写道：“我”五月二日从拉萨出发，路上走了一天，来到了玛曲村，那么到玛曲村的日子应该是五月三日。来到玛曲村的第一个景象就像《梦的解析》中的一个场景：从玛曲村的村口走到街道，第一眼看到的是三个袒胸露乳、裸着下半身的妇女。这明显是一个“色情梦”的景象。当然，小说对这种春梦做了特殊处理。“我”越过这个场面来到村子里，看到了一群人围着篮球场打篮球，女主人公此时也出现了——球场边上的一个妇女，正在给一名男婴哺乳。这让我想起沈浩波的《静物》和《一把好乳》，如果今天讨论当代诗歌，我们便可聊聊当代诗歌中的无意识。这个妇女主动地与“我”搭讪，“我”则保持警惕，妇女暗示我可以去她家，但我并没有去。晚上我来到村外，在一个睡袋里睡下了。但是夜里突然寒流来袭，我被冻感冒了，迷迷糊糊发起了高烧，被人抬走了。等“我”醒来时发现已躺在女病人的家中，变成了“病人的病人”，得到了女主人悉心的照顾，过了几天后“我”身体痊愈，便来到街上溜达。“我”注意到一个奇怪的人，鬼鬼祟祟十分可疑，“我”跟踪这个人，发现他是一个哑巴，但是这个哑巴是会说话的，“会说话的哑巴”也只能是在梦境中出现的情形了，这是一个非逻辑的设置。“我”来到哑巴家里，故事发展到这里，我不得不又得停下来讲述的一个关键点，即，该小说不只是写到了一个“春梦”，同时也出现了一个“政治梦”。“政治梦”对二十世纪六十年代以前出生的人而言，是一种非常重要的经验。我小时候流传着一个“少年英雄刘文学”的故事，在二十世纪六十年代末七十年代初，毛主席每天教导“我们”“千万不要忘记阶级斗争”，要“注意阶级斗争的新动向”，每个孩子放学后主要的事情就是监督“地富反坏右”的一举一动，孩子于是变成了“偷窥者”。作为毛主席的“红小兵”，“我们”当然表现得正气凛然，而老地主是被强制改造的，走路自然佝偻着腰，显得鬼鬼祟祟。刘文学跟着一个老地主来到田野，老地主伸手抓了一把辣椒塞到裤兜里，刘文学大喝一声，随后抓住老地主的胳膊要求他去公社说清楚，此时老地主忙掏出一把糖果递给刘文学。这完全是虚构的，老地主如果有糖果，为什么还要冒着风险偷辣椒呢？地主随后又掏出了钱收买刘文学，被正气凛然的刘文学痛斥，并坚决要将老地主带到公社去。老地主走投无路，便把刘文学掐死了。于是就有了“少年英雄刘文学”的故事。请注意，这个故事完全是杜撰的，因为并没有目击这一切的第三者在场。因此，大量的关于阶级斗争的革命年代的故事充满了想象和虚构性。

让我们回到《虚构》，此刻“我”跟着哑巴来到他的房间，趁哑巴不备的时候我打开了他的抽屉，发现了里面的一枚“青天白日”徽章和一把二十响的盒子枪。哑巴告诉我说：“我在这等你二十年了。”“我”本身是一个革命青年，现在竟与一个特务接头，这表明了一种无意识的错乱逻辑。“我”还发现了哑巴的另一个秘密，那就是与一条母狗的关系暧昧。这一切都是为了“我”接下来的出格举动寻找心理平衡——在“我”临走的前一晚，“我”与女麻风病人同处一个毡房，这女人伸出了她光洁浑圆的腿，“我”经受不住诱惑与她发生了关系，并对此十分恐惧。这好像是一个“梦中梦”，我们有时会在梦中讨论这个梦的真实性。第二天“我”逃离了玛曲村，因为极度疲劳在一个山区的青年旅馆住下来睡着了，当“我”醒来时问周围的人今天是几号，周围的人说今天是五四青年节（请注意，这个故事从五月二日算起已经发生了若干天），而且告诉“我”昨夜下了一场暴雨，北面的半个山都塌了。这意味着玛曲村被泥石流夷为了平地。地点消失了，时间也被颠覆了。小说一开头说“我”钻了七天玛曲村，但当“我”醒来时只度过了五月二日到四日。这时马原写道：“我梦见我在幼儿园里的情景，我尿了。”“尿床”其实是一个隐喻，这个春梦到此结束，意味着什么，大家可以想见。

在我看来，这部小说是两个梦的混合，一个是“色情梦”，一个是“政治梦”。性和政治混合起来，就使得这部小说要表达的潜台词极其丰富。当我们说马原是中国当代文学中的重要作家时，应该要能够回答，他用什么推动了中国当代文学的变革？通过这样一种解读，我们终于证明了马原的一种复杂性，他为我们提供了复杂的文本，深刻地触及了他这一代人的无意识。这其中不仅有个体无意识，还充满了历史的无意识——一代人的红色恐惧症。那么，解读中国当代的新潮先锋小说，必须要有一副X光机一样的眼镜，去探查其内部的构造，才能够真正读懂这部小说，发现其中的秘密。

再比如，我还写过一篇文章，《春梦，革命，以及永恒的失败与虚无——从精神分析的方向论格非》①，其中曾讨论格非的经典短篇小说《傻瓜的诗篇》。这部小说讲述的是一个精神病患者与一个精神病医生的角色互换，是一个弗洛伊德式临床治疗的故事。我简单地介绍一下这部小说：医科大学毕业的杜预，他的研究兴趣不在临床病理学，而在于带有精神现象学意味的题目，他写的毕业论文是《论精神病的传染》。“精神病的传染”显然不是一个医学命题，而是

① 张清华：《春梦，革命，以及永恒的失败与虚无——从精神分析的方向论格非》，《当代作家评论》2012年第2期。

一个精神现象学或哲学的命题。当我们置身精神病院，我们不自觉地变得敏感，当我们与精神病人对话时就变成了一个多重人，我们自己也成了潜在的病人。杜预因这篇毕业论文被分配到精神病院，成为一名精神病院的大夫。杜预年近三十岁还未谈过恋爱，因此十分焦虑，并患上了胃病。格非老师擅长精神分析学，他认为胃病就是精神病的一种。小说提到杜预也是一名诗人，此时，杜预被赋予了多重身份，他是一个潜在的诗人，一个性焦虑者，一个胃病患者，一个被强迫来到精神病院的医生。小说里还交代了更远的背景，杜预的父亲是一个诗人，“文革”时期被红卫兵带走，当时少年杜预受到红卫兵的诱惑，若交出父亲的笔记本便可加入红卫兵。杜预为了自己的私利，把父亲的笔记本交出去了，结果笔记本成为父亲的一个罪证，致使父亲在监狱中被迫害致死。这就意味着杜预对父亲的死负有责任，受到良心的谴责，或说他是父亲的一个出卖者，也是一个间接的弑父者。父亲死后，杜预的母亲便疯了，一天杜预放学回家刚好看到母亲从楼上跳下来的场面。也就是说，在杜预的个人身份和心理背景之上，还有母亲的遗传，以及“间接弑父者”的自我谴责。接下来，杜预得到了一个机遇，医院里来了一个女病人，一个漂亮的女大学生，名叫莉莉。护士们当着医生的面把莉莉的衣服剥下，给她换上条纹服。杜预第一次看到女孩子的身体，感到十分激动。几天后，他便计划“勾引”这个女孩。在一个周末的黄昏，将莉莉引到他的办公室里，他本以为莉莉会反抗，但莉莉并没有反抗，当两个人马上进入关键时刻时，走廊里突然响起了脚步声，门被推开了。杜预的同事葛大夫推门进来，葛大夫与敏感、脆弱的杜预不同，他的神经无比坚强，是一个洞若观火的角色，在杜预身旁作为一个极其老练的旁观者兼窥视者，这也加重了杜预的焦虑。葛大夫进来后假意道歉，他把抽屉打开，匆匆拿了些资料便离开了。他出去后又探进半个身子说：“杜大夫，我认为你应该将门反锁上。”他就是如此“善解人意”，但这种“善解人意”背后隐含着让人恐惧的态度。杜预和莉莉发生关系的过程中，两人有亲密的交谈，莉莉把自己发病的经历告诉了杜预。第二天，杜预在回忆当中整理昨天发生的情景以及莉莉所有的讲述，便开始讲莉莉的故事：莉莉从小丧母，父亲一人把她带大，父亲在女儿成长过程中从未续弦，自然成了一个性苦闷者，便对女儿有了不伦之念，常常在女儿洗澡或如厕时借故闯进来，莉莉对她的父亲十分不满甚至恼怒，便潜伏了一个想法，恨不得把她父亲杀掉。果然有一天，她父亲死了。莉莉对精神病医生说是她杀死了父亲，她到派出所自首时，一个中年警察制止了她，并告诉她父亲死于脑溢血。中年警察使莉莉得以安全，但趁机占有了莉莉，莉莉从此过上了地狱般的生活。好在她后来考上了大学，终于可以远走高飞，但幸运中的“不幸”是考上了中文系，还迷上了写诗，并遭遇了一场失败的恋爱，她因此发疯了。随后她来到医院，碰到杜预，与杜预发生关系，向杜预讲述了这一切。这恰好是弗洛伊德式的精神分析治疗法。大家可以参考美国人欧文·斯通撰写的《弗洛伊德传》，弗洛伊德当年在治疗病人时常会遭遇类似的事情，那就是精神病人爱上精神病医生，产生依赖之情，弗洛伊德因此放弃了临床治疗而走向研究道路。我意在说明，在当代先锋文学中有大量的文本，甚至能作为精神分析学原理的形象阐释。

三

再让我们回到第二类现象，即“红色叙事”上来，红色作家们对弗洛伊德知之甚少，但是，不了解精神分析学并不意味着“红色叙事”中不存在无意识。相反，在大量的革命叙事中，存在着复杂的集体无意识和个体无意识内容。我先举个体无意识的例子。比如，路翎的小说《洼地上的“战役”》，我们一般认为是二十世纪五十年代非常重要的一部短篇小说。但当我们追问它好在哪里时，回答是语焉不详的。我主要借助其中的一个梦来分析这部小说。这部小说写的是，一个十九岁的志愿军新战士王应洪，还有一个比他成熟一点的班长叫王顺。王应洪住在一个朝鲜人家里，这户人家只有阿妈妮和她的一个女儿叫金圣姬。金圣姬爱上了王应洪，但是按照志愿军铁的纪律，这是不被允许的。王应洪陷入了矛盾，他步步后退，但金圣姬步步紧逼，两个人僵持着，暧昧着，这一切被班长看在眼里。小说写到班长非常奇怪的心态，班长很少给家里写信，和他的妻子之间感情很淡漠，但是他注意到这个朝鲜女孩爱上了年轻的王应洪，我们可以对王顺进行精神分析，他为何对自己的家庭麻木却对眼前的情景敏感？他并没有将二人的感情立刻汇报给上级，上战场之前，金圣姬送了礼物给王应洪，无非就是女孩亲手制作的袜套和手帕之类的，王应洪情急之下只好接受下来，随后便上了战场。在战场上王应洪负了伤，战斗间隙，他反复思考，认为自己的错误是不可原谅的，他于是就主动向王顺汇报，但王顺说他早就看出来了，只是按下不表。王顺考虑到王应洪已经负伤了，现在生死难料，只有等战斗结束之后再讨论此事。王应洪此时处在一种非常复杂的内心斗争当中，他负伤后因失血过多晕倒在阵地上，迷迷糊糊中他梦见自己回到了童年，十岁时过春节母亲给他做了一件新棉袄。他为什么会做一个返回童年的梦呢？显然是为了脱离当前的困境，他很清楚即使保全了生命，战争结束后也会被当作违反军队纪律的反面典型被批判，他陷入了痛苦。他梦见自己的母亲从安徽乡下来到北京，来到了天安门广场，天安门广场的尽头立着一个人——毛主席。他梦见毛主席站在金水桥边，母亲奔向毛主席，这暗示着王应洪渴望自己拥有一个伟大、权威的父亲。他想，如果拥有一个毛主席般的父亲，便可以修改纪律了。母亲来到毛主席身边，激动地鞠躬，说："多亏你老人家教育我的儿子，他现在到敌后捉俘虏去啦。"这是一种暗示，意味着母亲和父亲之间的对话，但这一定是一个父权的家庭，母亲向父亲表达的是对权威的崇拜，当然，这也是为了建立一种合法关系，向毛主席求情，言下之意是希望毛主席看到儿子的英勇，体谅他的错误。王应洪接着梦见金圣姬穿着盛装打着鼓来到天安门广场跳舞。这意味着，在王应洪的无意识中希望由最高权威认可他和金圣姬的爱情。但是，此时此刻的王应洪突然醒来，他发现一切是不真实的，便决定牺牲生命，以捍卫自己的荣誉。他故意在等待敌人冲上来时掩后了一步，掩护王顺突围，拉响手榴弹和敌人同归于尽。当我们用精神分析的眼光去打量这部小说，就会发现它内部的秘密，这充分体现了个体的敏感丰富的无意识活动。

再试举一例，孙犁先生，他是所有革命作家中公认的作品“文学性”最强的作家之一。原因在于他在革命文化的规训当中，顽强地保留了一个旧文人的思想。我最近写了一篇小文章，题目就叫《穿干部服的旧文人》。在孙犁的小说中存在大量类似于《聊斋志异》的场景，譬如一个书生在灯下夜读，凉风吹开门，悄然进来一个美女，女孩不计代价奉献身体，男子则十分受用，但代价就是会患上恶疾。这当然隐含着前面所说的男权主义的无意识。用宋真宗赵恒的《励学篇》中一句俗不可耐的诗概括就是：“书中自有黄金屋，书中自有颜如玉。”这都是“男权主义色情幻想”的表现。孙犁先生时常露出这种无意识，他时常化身为一个“干部”的角色，此干部并非一个军事或生产方面的干部，而是一个文人，一个作家。这个干部走到哪里都会有“艳遇”。譬如《吴召儿》中，组织上很体贴地“送”给“我”一个妙龄少女，她烂漫美丽，带“我”在山里躲避扫荡。当遇到敌人时，女孩就把自己的棉袄翻过来，露出黑色的部分；敌人走后，便把棉袄红色的里子穿在外面，下雨时，女孩的身体与“我”紧紧挨在一起，挤在岩石下面。这显然都属于《聊斋志异》式的色情梦式的想象。最典型的是《铁木前传》，这部小说本意是通过铁匠家和木匠家的儿女婚姻故事，来反映“新旧社会两重天”的主题，但孙犁先生写作过程中旁逸斜出，忘记了这个主题，他主要关注了另一个女孩——小满儿。对于小满儿的美丽在小说中有一段类似《陌上桑》的描写，女孩出现在大街上时发生一片骚乱。小满儿来到姐姐家里住，她的姐姐奇丑无比，姐夫是个傻子，她却如花似玉，她住在姐姐家引起了整个村子的不安，这简直是一个民俗学意味的场景。干部来到这个村里，不住到积极分子家或干部家，而是住到小满儿的姐姐家。小满儿把干部的房间打扫得干干净净，干部晚上开完会回到房间，备感温馨。这时悄无声息地进来一个女孩，头上裹着一块毛巾，毛巾上绣着一朵大牡丹花，女孩进来后坐在干部对面，说："同志，请给我倒一碗水。"她为何自信地让干部倒水呢？因为她刚刚把干部的住所收拾得停停当当、无微不至。她与干部攀谈，随即便哭起来了。正当这个男人有些心思浮动时，女孩突然走了，接下来就是干部一夜未眠，他听见屋里的老鼠整夜游行，外面的驴子一夜都在啃槽帮，他心乱如麻，天刚蒙蒙亮时女孩又进来了，在他的头前翻东西，这时小说有些过火地写道，"女孩的胸部时时摩贴在干部的脸上"。这表明孙犁老师是一个蒲松龄式的作家，他偏爱写这种妖媚的女孩，女孩总是带着主动的挑逗以及各种各样的性暗示，十分近似古人"书中自有颜如玉"的男权主义色情梦。如果以叙事学的眼光看待《铁木前传》，它是一部有严重"缺陷"的小说，但正是这些"缺陷"使它劫后余存，成为历经淘洗而犹在的一部文学作品。设想，如果没有这些看起来不太"靠谱"的东西，或许它的文学性就反而大打折扣了。

还有一个典型文本就是《青春之歌》，我接下来要以此为例来谈一谈作为集体无意识的"潜结构"的话题。《青春之歌》在大部头的"红色小说"中，为什么能成为极有研究可能性与研究价值的作品？原因就在于它结构的多重性。小说一开始写到了林道静的出身，她的出身很像是童话叙事，她拥有一个身为地主的权贵的父亲和一个作为佃户女儿的身份低微的母亲。这个设置是杨沫老师作为作家给知识分子的一个身份定位，意在指出，知识分子的血缘是复杂的，既有剥削阶级的血缘，也有劳动人民的血缘，这是一个社会学的解释。如果从古老的叙事学角度看，这部小说就是一个“灰姑娘”的叙事原型。林道静的父亲远走高飞，她不幸落入了继母的魔掌，继母极端险恶、贪财好利、贪婪冷血。继母利用林道静的美色，让她受教育，目的是让她嫁个好人家以图从中牟利。林道静考入北京女子高等师范学校，入学前夕继母要求她嫁人，这一年林道静十七岁，她愤然离家出走。这个故事到此为止是一个典型的“五四”叙事，一个“娜拉出走”的故事。但是故事仍在发展，林道静来到北戴河附近的杨庄小学投奔表哥，她的表哥在这里担任教员。但不巧的是表哥因散播进步言论被开除了，她寻亲不遇，小学校长余敬唐假意善待林道静，实际上是盘算着将她送给当地县长来邀宠。林道静听到了余校长的密谋，走投无路之下来到了海边准备自杀，这是一个典型的浪漫主义场景。当她准备投入“黑色”的海水中时，一双温暖的大手从后面抱住了她，是余永泽搭救了她，两人渐生爱慕之情。暑假过去，余永泽准备回到北京大学读书，两人在车站依依不舍地分别，余永泽在心中默念：“含羞草一样的美妙少女，得到她该是多么幸福哇！”这是一个文人士大夫的心态，但是他又发现林道静性格泼辣娇嗔，他又嘀咕道：“好一匹难驯驭的小马！”那么，林道静对余永泽是什么看法呢？她认为余永泽是“多情的骑士，有才学的青年”。前者是一个西化的标准，但是余永泽长相一般，算不得“白马王子”，所以与其说林道静爱上余永泽，还不如说爱上余永泽背后的那个“想象”——北京大学中文系的学生，在过去可称得上是一个“才子”的标签或符号。两人在车站依依不舍地分手，开始了书信恋爱。如果故事在此结束，那么这部小说便可谓一部鸳鸯蝴蝶派的旧小说了。

但余永泽走后，九一八事变爆发，小说出现了另外一个男主人公——卢嘉川，这个青年带领一群爱国青年从山海关经过，遇到了林道静，林道静发现这个青年与刚离开的余永泽相似而又不同。相似的是，他也是北大中文系的学生，不同的是，他英俊如王子，而且所操话语与余永泽所讲的柔情缠绵的个人话语不同，是慷慨激昂的国家话语和宏大叙事。林道静被他的魅力深深折服，于是她有意激化与所在环境的矛盾，也回到了北京。回到北京后，她没办法直接去找卢嘉川，因为必须有一个心理上的先来后到，她先去找余永泽，并匆匆忙忙地和余永泽结合。这个结合绝不是归宿，这让我想到翟永明的《女人》组诗中那句“家是出发的地方”。林道静与余永泽走到一起，无意识当中则是为了尽快摆脱余永泽。两个人在一起很快就发生了矛盾，但是有一点，余永泽是林道静救命恩人的事实是很难改变的，然而做梦可以“修改记忆”。革命作家的笔法也是很厉害的，这一天，林道静在回家的路上遇到了她的闺密白丽萍。白丽萍是一个浪漫女性，一开始也是个激进的左翼青年，后来投靠了权贵。她规劝林道静和“老夫子”余永泽分开，与卢在一起。而卢嘉川此时也时常来林道静家里，给林道静讲革命道理。林道静听了白丽萍的规劝后，心思动摇，她躺在余永泽身边却同床异梦，便开始了以做梦来修改记忆的尝试。

法国当代著名女作家杜拉斯有一篇访谈文章叫《我把真实当作神话》[①]，她写道，她曾经在医院昏迷，做了很多噩梦，其中的一个噩梦情景就是她的朋友克罗德·雷吉在梦中侵犯了她，她醒来后给雷吉打电话痛斥他的恶行，雷吉表现得很茫然。这说明现实和梦境混杂在一起，而梦境具有修改记忆的作用。林道静梦见，船在大海上行驶，有一个穿长衫、戴礼帽的男人背对着她，风浪骤起，她惊慌失措地哭喊，但坐在对面的男人一动不动，她愤怒地冲过去掐住这个男人的脖子，骂了一句：“你这个见死不救的坏蛋。”但当这个人转过身来时，她才发现他是卢嘉川。两人惊喜万分，此时风平浪

① 杜拉斯：《我把真实当作神话——杜拉斯访谈录》，《杜拉斯文集·写作》，曹德明译，春风文艺出版社2000年版，第170页。

静、碧空如洗。正当两人沉浸在幸福中时，风浪突然又起来了，这意味着她内心的惊涛骇浪，林道静若背叛丈夫，良心会受到谴责。她手里的橹掉入了水中，卢嘉川奋不顾身跳入水中打捞，但是被黑水吞没了。林道静呼喊着从梦中惊醒。这是《青春之歌》中的一个梦。如果我不去敏感地注意到这一细节，小说就好像没有这个场景似的。过去的革命理论家批判这部小说，似乎都太“厚道”了些，他们没有X光眼镜，没有弗洛伊德式的黑暗心理，因此没有抓住这个“把柄”。很显然，通过这个梦，林道静解决了一个困扰自己良心的问题：余永泽不再是她的救命恩人，这个角色换成了卢嘉川。

另外，小说中还有一个“白日梦”。卢嘉川被捕后，林道静因张贴革命标语也被捕入狱半年多，出狱后组织上体谅她，让她到乡下“避风”并接受工农群众再教育。林道静来到乡下的一所学校，正当她十分苦闷时，组织上又为她派来一名工人阶级的后代，同样是北大学生的江华。林道静此时对卢嘉川牺牲的事实并不知情，但当她知道组织上派一名青年学生来与她接头时，便有了微妙的心理活动。她一大早便兴奋地起床，来到田野上，为自己准备了一个白日梦。她先是采了一丛丛的二月兰，来到一座孤坟前献花，并唱起了怀念革命烈士的歌《五月的鲜花》。这是什么意思呢？这意味着林道静在内心中暗示自己，卢嘉川已经死去，她即将投入江华的怀抱。这是她精心设计的一个仪式，告别旧人，坐拥更实际的现实幸福。

而江华一见面就“挑逗”道静，在一番“提示”之下引道静向男女关系方面考虑，在吸收道静入党前夕，又主动提出使二人关系更进一步。我们这样分析一部小说，发现在小说内部存在大量缝隙，含有许多敏感的个体无意识活动。不过，这里我倒是更想讨论其中的作为集体无意识的潜结构——从古老的童话叙事，到“才子佳人”以及“英雄美人”的老模式，所有这些“旧套路”“老模式”其实都是根深蒂固的集体无意识。

通过上述简要的分析，我们不难看出，对于革命文学的研究完全可以复杂化，不仅可以将其视为文化研究的对象，探讨其中的民族、国家和现代性等问题，而且可以将其还原为复杂的人性、人的精神现象学问题，以获得文学研究的属性。我希望我们能用复杂的眼光、思维，隐秘而错综的通道进入文学问题，而不是将其简单化为大而空的文化问题，这是我的一个努力方向，而我认为当代文学“潜结构”与“潜叙事”研究前景是广阔的。

叙事的长度、美学与时间问题[①]

一　时间、集体的时间，或问题的提出

时间是叙事文学中一个特别关键的、重要的因素。时间不只决定了一部小说的情节，决定一部小说的叙事长度，还会决定一部小说的美学，这是个非常有意思的现象。今天我们就尝试探讨一下时间在当代叙事当中的几种情况。作为一种修辞，作为一种叙事方面的安排，时间会有不同的形态，这几种形态分别又决定了作品的美学属性。这里我想结合一些作品，和大家一起来讨论一下这些问题。因为问题涉及的面比较宽阔、比较复杂，我尽量从理论的方面荡开些，尽量通过一些文学叙事的案例来进行讨论。

首先我想提到的是昆德拉《小说的艺术》中的一段话，他说，“在塞万提斯的时代，小说探讨什么是冒险”，他用非常短的话语梳理了小说史，“在塞缪尔·理查森那里，小说开始审视发生与内心的东西”，从文艺复兴之前，中世纪到文艺复兴的过渡阶段，小说刚刚

① 本文为2013年秋在鲁迅文学院的演讲。

在欧洲开始世俗化，就像中国的明代开始出现真正世俗意义上的小说一样。到了“巴尔扎克那里，小说发现人如何扎根于历史之中”，其实这个就比较容易理解了。巴尔扎克始终在探讨人和自己的时代之间的关系,以编年史的方式书写了资产阶级日甚一日地侵入法国社会的各个领域的状况。“福楼拜那里，小说探索直指当时还都不为人所知的日常生活的土壤，精细地展开人的日常生活的描写。托尔斯泰主要是探寻人在做出决定和人的行为当中，非理性如何起作用”，实际上就是已经深入人的无意识世界如何影响人的命运。再之后，“小说是在探索时间”，他提出来的例证就是普鲁斯特的《追忆逝水年华》，专门在一个非常密集的短暂的时间里面来探讨人的无意识活动，“探索无法抓住的过去的瞬间”，而乔伊斯则是“探索无法抓住的现在的瞬间”，两个意识流大师主要就是探讨瞬间时间当中人的存在状况、人的无意识活动。昆德拉还说，“小说家不要再将时间问题局限在普鲁斯特式的个人回忆问题上，而是要将之扩展为一种集体时间之谜”——这句话可能是最重要的。他有可能是在提醒我们，不要过于盘桓沉湎于个体经验、个人的时间。一个作家写作的初衷，开始的动因有可能是个人记忆的发酵，有自己的生命经历中“不得不写”的东西，所以他很容易会把第一部小说写成个人的“成长小说”。在我看来，特别没有出息的作家大约是一生都会把自己的经验当作描写的对象——我这样说是不是有点过分？我的意思是说，一个好的写作者应该及早地胀破个人经验、个人记忆，应该迅速地穿越个人进入历史之中，去寻找集体的经验，“集体的时间”。

我们每个人的成长经历，当然是由自己的时间经历构成的，但是如果个人的时间经历不与所谓“时代”或是公共记忆之间建立关系的话，这种个人化的东西是很可疑的。当然，伟大作家对个人经验的描写，会有一种深入毛孔的——自然也就遍及人性的一切领域的能力。因为很容易就举出例子，比如说《红楼梦》，这是一个典型的个人经验的写作，但他的个人经验和家族记忆、人性经验，同我们这个民族的文化经验，和一段历史的经验之间，是同构的，或是一个同心圆，说得直白一点，个人经验的核心与家族记忆和整个民族的文化经验以及通常的一段历史经验之间，是同一个构造。这是最伟大的作品，那没办法。

所以某种意义上，一个作家的才华决定了他的个人经验的价值，这个才华足够大，其个人记忆、个人经验、个人时间便可以成为一切人的时间，这是了不起的。昆德拉要求作家有这样一种自觉，一定要把个人记忆扩展为集体时间，而且要解析其中的谜，一种“欧洲的时间”，就像一位老人一眼就看穿了自己经历的一生，“白发渔樵江渚上，惯看秋月春风”，就像《三国演义》开篇词里讲到的。这让我觉得昆德拉不但是一位好的小说家，而且也是一位特别厉害的理论家。作为一个作家，他对小说史、艺术史、文化史、哲学思想史的认知，其深度以及纵横裕如的能力，确乎让人赞佩。

二　圆形、轮回，以及中国传统叙事的时间形构

这就引出了一个关于“时间的现代性”的命题，我想有这样几个层面：一是时间在个体生命中的意义，即，当我们把时间作为一个小说命题和一个美学命题提出来的时候，它的现代性在哪里？现代性的含义在哪里？显然，时间作为个体生命的存在基础，首先是建立在个体经验之上的，在个体无意识世界当中，它的作用尤其重要，这和古典意义上的时间是有区别的。要知道在古典小说里面，时间通常是被处理的，差不多都已经“非个人化”了。比如说《西游记》，我们阅读《西游记》的时候，人物性格始终是没有变化的，孙悟空从一开始一直到最后，既没有衰老也没有成长成熟，他的性格是固定的；猪八戒也一样，虽然他最后也成了“佛”，成了“净坛使者”，但他的性格仍没有什么太大的变化，可以说“猪性未泯”，仍然成事不足，败事有余；唐僧也一样，从一开始就是圣人，最后

还是圣人。从大唐到西天取经的过程当中，历尽了千难万险，走了许多年，但是最后几个人物并没有老去，这就叫“传奇时间”。对此，巴赫金的小说理论中有过非常细致的讨论，“传奇时间”和“物理时间”是不一样的，在传奇时间里，人物没有成长也没有变化。这通常是古典小说的处理方式。当然，古典小说也有“世俗时间”，比如说《红楼梦》就是这样。但在处理的时候，又赋予了一种更大的尺度，就是“轮回”。所谓“几世几劫”，这样的尺度又使单个人的世俗时间被赋予了更为广远的属性，与永恒性。

第二个层面是“时间的公共性”，即作为历史记忆的载体与本体的意义。时间不但是个人的，又是历史的和公共的、民族的、群体和人类的，是非个人的公共记忆的载体。但是时间本身在中国又是一个最为古老的命题，在中国传统文学中几乎是一个百科全书的核心和根本的命题，也是中国人“生命本体论”哲学的核心。稍后我们会讲到中国传统文学中的时间命题，它几乎是一个包容一切的命题，比如说我们中国人的伤春悲秋，登高望远，发思古之忧情，中国人慨叹宇宙，慨叹人生的有限和世界的无限，这些都是从时间出发的。这是中国人特有的美学，西方人很少如此，他们也感慨生命，但是他们不像我们中国人这样有“强迫症”一样地关注个体生命的冲动。

这样我们就可以引出时间的几种状况。我归纳的第一种状况，是“完整性叙事”的时间奥秘。完整性叙事主要是从中国传统叙事里提炼出来的一个说法。实际上也是在讲整体性的时间修辞问题或者悲剧是如何诞生的之类的问题——悲剧是怎么诞生的？它源于时间的完整性。当我们讲述一个人的故事，当我讲到他阶段性的成长的完成、与相爱的人终成眷属，讲到他终于金榜题名、洞房花烛，“从此王子和公主过着幸福快乐的日子”，我讲到这里结束，那自然是一曲“青春之歌”，用古老的说法，这就是一个传奇，是“才子佳人”的传奇，从美学上也就注定了是一个喜剧，这就叫“阶段性叙事”。

一个人不可能在某一个时刻停下脚步，可是叙事可以提前结束，我们的叙事结束在主人公青春年少的时候，并且宣告从此王子和公主过着幸福快乐的日子，这个叙事立刻变成了一个喜剧。如果相反，我们固执地讲到最后，讲到“天长地久有时尽，此恨绵绵无绝期”，讲到“一朝春尽红颜老，花落人亡两不知”的时候，那自然就变成了“长恨歌”，也就是一个完整的时间叙事。我所说的完整，是以一个个体的生命为本位的，就是讲述一个人的一生，完整的一生。

当然，由此也可以延伸为讲述一个完整的历史段落，如《三国演义》；讲述一个家族的兴衰存亡，如《红楼梦》；讲述一伙人的聚散成败，如《水浒传》……这就是一个完整的逻辑，“完整性的叙事时间”。这是我们中国人追求的一个癖好，我们讲故事喜欢从头讲到尾。《红楼梦》开头第一回里，跛足道人和癞头和尚提前就把这个从头到尾的故事用寓言的方式讲给我们了——就是“好”和“了”，“好”是什么？是过程，“了”则是结束，同时也是新的开始，轮回的开始，永远是“好——了”这样一个循环。

“世人都晓神仙好，唯有功名忘不了。”这是一个悖论，神仙是不会考虑人间的利益的，但是每个人都向往成为神仙，又都在追逐世间的名利。“古今将相在何方？荒冢一堆草没了。”那些荣华富贵、帝王将相如今何在？只有一抔黄土而已。他告诉你这个世界的完整性，时间的完整性，便是这样一个关系。“世人都晓神仙好，只有金银忘不了。终朝只恨聚无多，及到多时眼闭了。”年轻的时候在外面奔波不和家人相聚，等到哪儿也去不了——就有了这首歌，“时间都去哪儿了，还没好看看你，眼睛就花了”……这歌为什么感人？他就是《好了歌》的一个现代版，每个人听了以后都热泪盈眶，没办法，他就把完整时间呈现给我们，因为我们通常是不考虑完整时间的，假定我们是不死的，我们每天才像苍蝇一样经营，像蚂蚁一样搬运，去积累，去努力。可实际上在更大的哲学时间里，这些都是白费。

这种时间观的哲学基础，我们来稍加探讨。首先是先秦时期的“自然时间观”，它导致了达观的人生哲学。老子说，“天长地久”，“天地之所以能长且久者，以其不自生，而能长生”。天和地并不是自己要活，所以才能够长久地活着。所以圣人就从这永恒的事物里接收了教益和真理，“圣人后其身而身先，外其身而身存”。你先走，你先死，你去争，你历险，抢来抢去没准会惹来祸端。所以这就是老子的哲学，“无为”，以无为来应对一切，而能做到“无为而无不为”。

庄子也说，“有实而无乎处者宇也，有长而无本剽者宙也”，宇宙是如此的广大，你怎么去比？“朝菌不知晦朔，蟪蛄不知春秋。”人与自然追比是危险的和可笑的。所以孔子也回避了他学生的提问，学生问关于死的问题，孔子说：“未知生，焉知死？”他很生气地回避这个问题。

但是从秦汉以后就不一样了。秦朝的始皇帝怎么死的？其实就是为了寻找长生不死之药，吃了那些有毒的“仙丹”被毒死了。秦代到汉代的皇帝，一直到南北朝，都喜欢吃这些东西。鲁迅在《魏晋风度及文章与酒和药之关系》中也提到这一点。这说明他们已有切实的生命焦虑，都希望长生不死。在诗歌里面就出现了大量的生命主题，也生成了中国人特有的“生命本体论的时间观”，《古诗十九首》中说：“生年不满百，常怀千岁忧。”曹操的《短歌行》里也说：“对酒当歌，人生几何，譬如朝露，去日苦多。”到唐代，这样的一种情绪就变成了诗歌中最普遍的主题：“前不见古人，后不见来者，念天地之悠悠，独怆然而涕下。”一个诗人登上一座高台，想象一百年以前有人登上这里，曾经发思古之忧情，就像今天我在这儿登上一样，但是我已看不见他，因为他已经早就不在了；一百年以后还将有人登上这里，也同样发思古之忧情，慨叹生命短暂、宇宙无限，但是他也看不见我，因为我早不在了。

所以有一种绝望，一种在时间长河中溺毙的恐惧。这刚好是一千多年后海德格尔的一个说法，《存在与时间》里说到的，我们都是世界的“被抛掷”者，我们被父母生下来抛到这个世界上不管了，而且每个人都是必死的，所以生来就带着“烦”与“畏”，一种生命的烦恼和畏惧，所以才产生了存在感。其实一千多年以前的陈子昂早就有了类似的体验和看法。张若虚的《春江花月夜》也是这样，个体生命在固执地追问永恒和无限。用个体生命来丈量一切，自然就出现了一种悲剧性的体验。这类诗中的完整长度的追求，其中的个体经验的完整性，一个人从生到死，有不断轮回的完整性，投射到小说叙事里面，就幻化为这样一些情况：《水浒传》里面的由聚到散，《三国演义》中的由合到分，或由分到合，《金瓶梅》中的由色入空，《红楼梦》中的由盛而衰……

这些典范的模型说起来都是很复杂的话题，我们以《红楼梦》为例，这部集大成的奇书，可以说隐喻了中国人的时间观、生命观，我们每一个人生来必将面临一个由聚到散的悲剧体验，每个人的成长经历都是这样的。为什么说“片断的时间容易产生喜剧”？当我们年轻时，想想我们整个家族的记忆，会感觉到你的身体在不断长大，世界由远而近，你可以拥抱它，拥有它，这时你的父母可能正处盛年，你的祖父祖母还都在，过去人还会有很多姨妈、姑妈、舅舅，乃至表亲与叔伯等更多兄弟姐妹——就像《红楼梦》里描写的一样，其实说到底每个人都有一部《红楼梦》式的记忆与经验，你的家族曾经的繁华会在你年龄渐长的时候逐渐离你而去，聚的结局终将是散，所以悲欢离合的完整性，是一个典型的中国诗学或者是中国美学的体现。

类似《金瓶梅》这样的小说，会稍显抽象一些，讲的是“由色入空”的故事。当然这个“色”不只是欲望意义上的色，它指的是佛学意义上的色，色即万象，而“空”是世界的本体。“色和空”之间是一个表里关系，也是一个因果与轮回的关系。西门庆用他全部的财富和身体作为资本，永无餍足地占人妻女，他一生就像一头发情的野猪到处糟践东西，这是色；但这个人最终将怎样？小说安排他纵欲身亡，将小说最终又变为一个训诫叙事，是为空。如果我们不将这个过程看作一个道德化的命题，那么每个人其实都会有相似的经历：年轻时血气方刚、欲望旺盛，等到年纪大了，身体衰败，便成了“鸟之将亡其鸣也悲，人之将死其言也善”，就变成了“道德文章”。这是一个中国人，我们所设想的普通人的生活逻辑或者生命逻辑。

《红楼梦》是集大成者，集各种完整长度于一身的典范，我把它归结为“由盛而衰”的叙事，或者也可以叫作梦模型、梦叙事。今天人们都在说“中国梦”，我们说的是梦的另一个隐喻。梦通常指向两个方向，一个是无限美好，即说不出有多么美，诸如“梦之队”“梦工厂”“梦幻组合”云云，夸张的是梦的不可限量、未可知性；另一端指向的则是幻灭，所谓黄粱一梦、南柯一梦、终究要破产的梦。关于梦的修辞，在汉语里面是非常丰富的，而《红楼梦》大而言之讲的是繁华之梦，一场幻灭的人间繁华之梦，宽广的楼宇、大家族的生活、钟鸣鼎食、妻妾成群这样的繁华终将落尽。

这样一个家族之梦，暗合的是个人经验中最终的幻灭感，即刚才所说的，每一个个体的生命记忆中都充满了幻灭。小说的第一回就已经哲学化、纲领性地把他的时间观、历史观、生命观、美学观做了集中交代，“好一似食尽鸟投林，落了片白茫茫大地真干净”，繁华之梦终将变成一个大荒凉的幻灭之梦。也就是说，必须要叙述到终了，一旦叙述到终了，那就是一个“长恨歌”式的叙事，就是“上穷碧落下黄泉，两处茫茫皆不见”“天长地久有时尽，此恨绵绵无绝期。”我们其实可以把《红楼梦》和《长恨歌》这样的叙事搁在一起来讨论。我做了一个模型，是一个整体的结构。中国传统叙事的整体结构是一个大悲剧，因为它是一个完整的时间模型，由始到终。由始到终其实就是由生到死，有聚到散，由盛到衰，由色到空……这个完整的过程一定是悲剧的结构。古典小说中最经典的部分其实都是大悲剧，是中国式的悲剧。有人说我们中国人喜欢“大团圆”，但事实是，中国人不只有悲剧性的世界观与哲学，同时也有自我解套的方法，就是一定要让这个世界观“轮回”起来，由此来解除他的焦虑和烦恼。从陈子昂、张若虚的诗中完全可以看出，抒情者知道个体生命的短暂和必死，但又把这种死设定为下一个轮回的开始。如此，焦虑自然就缓解了。不只是对人生这样看，对历史也是，所以我们中国人可谓既深刻又达观，这有什么不好？

三　线性时间、现代性、红色叙事的来源与终结

我们再来看一下当代小说中传统时间修辞的复活。我们知道革命叙事或者叫红色文学的叙事，它在很大程度上也是现代性时间观的产物。当代小说中传统时间修辞是怎么复活的？首先一个前史是新文学叙事和革命叙事的诞生，革命终结了传统叙事，我们经常讲成长、进步、新生、革命，一般来说要讲的人物不断地进步，通常不喜欢讲正面人物幻灭的故事。但在新文学中，那些有美学品质和文化根底的作品，仍然有传统叙事的影子在里面，比如说巴金的《家》。其实巴金的作品我个人并不喜欢，因为他的语言有些粗糙。但即便如此，《家》也仍然是现代文学中最重要的作品，为什么？是传统叙事的结构，即关于大家族的衰亡的故事，或者说是《红楼梦》式的叙事挽救了它。他不过是把大家族衰败的悲剧换成了“革命到来，旧事物必然衰亡”这样的主题，做了一个置换，可是置换之后它的内核仍然是写一个大家族的衰落，这就叫“豪门落败，红颜离愁”，这才是文学。你说新人的成长是文学吗？你也可以说是，但我觉得还是和豪门落败、红颜离愁那样的主题没法比，因为缺少美感。所以《家》中最具有文学性的人物还是觉新，而不是觉民和

觉慧。从这个意义上说，当我们要深思什么是文学的时候，一定要回到文学的根，根在哪儿？就在特别传统和古老的东西里。当你叙述一个家族的衰亡的时候，才有中国式的诗意。写新人的成长就容易浅薄，你跳着高写，也写不了多好。从觉新的身上我们体会到生命的悲欢离合、家族的兴衰成败。到革命叙事时期，完整的时间修辞就被压抑了，作家们讲的都是片段的时间修辞，都是“青春之歌”。

革命叙事的片断性时间修辞催生着喜剧的叙事，但它的来源我们也要探究。简言之，这个来源即黑格尔的进步论，黑格尔认为时间是进步的，历史是有理性和方向的，时代是有精神的。黑格尔也是革命美学的发明者；再一个源头是达尔文的进化论，达尔文从科学的角度、生物学的角度证明了进步论的合理；还有西方的童话叙事，喜欢讲“王子和公主从此过着幸福快乐的日子”；再就是浪漫主义的青春许诺与未来叙事，这是它的几个基础。

比较典型的是浪漫主义对于时间的叙述，如雪莱的《西风颂》。“哦，请听从这一篇符咒似的诗歌，就把我的话语，像是灰烬和火星，从还未熄灭的炉火向人间播散！让预言的喇叭通过我的嘴唇，把昏睡的大地唤醒吧！西风啊，如果冬天来了，春天还会远吗？”这是浪漫主义的宣语，关于未来的承诺，寒冷终将过去，世界将一片光明。这是一个典型的时间修辞。但是按照中国人的想法，没有这么简单，春天来了，夏天也不远了，夏天来了秋天又接踵而至，秋天来了，冬天又往复循环，什么问题也没有解决，所以我们总是用另一种态度看春天，我想起南唐后主李煜的词《乌夜啼》：“林花谢了春红，太匆匆，无奈朝来寒雨晚来风。胭脂泪，相留醉，几时重，自是人生长恨水长东。”春天带来的只有伤感和更多的灰暗情绪，春天让人更深切地感受到人生长恨水长东，这是中国人的时间观、生命观、价值观。浪漫主义这种以进步、光明作为许诺的时间观和我们是很不一样的。

接下来看这一段话，如果我不标出这是黑格尔在《精神现象学》里的一段话，“我们的这个时代是一个新时期的降临和过渡的时代。人的精神已经跟他旧日的生活与观念世界决裂”“正使旧日的一切葬入于过去而着手进行他的自我改造”，像不像二十世纪五六十年代的革命话语？“事实上，精神从来没有停止不动，它永远是在前进和运动着，只有通过个别的征象才预示着旧世界行将倒塌。现存的世界里充满了那种粗率和无聊，可是这种逐渐的、并未改变整个面貌的颓废败坏，突然为日出所中断，升起的太阳就如闪电般一下子建立起了新世界的形相。”太阳从东方升起，大地一片鲜红，旧的世界倒塌了，新的世界出现了。这是黑格尔式的革命美学。

他对于马克思主义，对于革命党人的影响是极为深远的，在黑格尔之前找不到这样的话语。

我们沿着这样的逻辑去找寻革命叙事来源，可以找得更古老的例子，即二十世纪四十年代巴赫金的《小说理论》里面讨论的古希腊的一种小说，这种小说很像是我们中国明清时代的“才子佳人”小说，这类小说往往在讲到主人公洞房花烛、金榜题名时结束，因此在美学上即呈现为一个喜剧。这样的故事在古代被叫作“传奇”，在巴赫金的笔下也叫作传奇。

巴赫金并没有读过中国的才子佳人小说，我一直认为，如果他读了中国的小说，他的理论会更高明，如同弗洛伊德没有读过《红楼梦》是一直无法弥补的缺憾一样。但我们可以看到，中国明代的小说和古希腊的小说是多么相似：“一对婚龄男女，出身不详，带点神秘。两个人都美貌异常，又纯洁异常。他们不期而遇，一般是在喜庆佳节。两人一见钟情，势不可遏，如同命运，如同不治之症。可是他们不能马上完婚。男青年遇到了障碍，只得延缓婚期。”这是通常小说的一种必然的笔法，就是延宕，延宕以造成阅读的悬念和培养读者的强迫症。

“……一对恋人各自东西，互相寻找，终于重逢。而后又失散，再相聚。恋人们常见的障碍和奇遇有：结婚前夜新娘被抢，双亲不同意婚事，而给相爱之人另择配偶，恋人双双出逃。他们启程旅行。海上起浪，船舶遇险。人奇迹般得救，复遇海盗，被掳关入囚室。男女主人公的童贞遭到侵犯。”这就是“历险记叙事”的基本模式，通常是危险反复出现，类似的叙事我们也有——《西游记》就是典型的历险记结构，“九九八十一难”中的每一次都是相似的：唐僧永远善良而糊涂，孙悟空则聪明而急躁，总是能够一眼就识破妖魔的诡计，但又受制于唐僧，受制于他的糊涂兄弟猪八戒，猪八戒永远是帮倒忙的，而沙僧永远是无原则的和事佬。总之每一次磨难都是对上一次的重复，为什么要重复？因为这是读者心理和消费的需要，它能有效拉长故事，会让读者从中得到起伏跌宕的刺激。所有传奇叙事都是这样。

“女主角经受战争和战斗作为赎罪的牺牲，被卖作奴隶、假死、换装、认出或认不出、横加罪名、法庭审理、法庭查验恋人的纯洁和忠诚。最终证明女主人公和男主人公的童贞并未真正遭到侵犯。”法庭查验女主人公居然还是处女。“主人公们找到自己的亲人，如果他们还未出场。如同突如其来的朋友或敌人相遇、占卜、预言、梦魇、预感、催眠草药。最后小说以恋人完婚的圆满结局告终。”用巴赫金的另一句经典的话来总结就是，“主人公在年轻貌美的时候相遇并一见钟情，中间经历了无数的磨难，最后又是在年轻貌美的时候终成眷属，中间经历的无数时间是不被计算的”，这就叫“传奇时间”。《西游记》就是这样，中间经历了无数磨难，却没有写到唐僧步履蹒跚，孙悟空长了白毛，猪八戒老态龙钟，沙僧垂垂老矣。没有讲到这些，便不会有伤感在里面。

显然，中国的“才子佳人”小说和西方的浪漫传奇是同一种叙事。它们都使用了片断的时间修辞，即一定要写到主人公洞房花烛、金榜题名然后结束。

让我们回到前面关于革命叙事的讨论，革命叙事与古典传奇中的类似叙事很像，但与更为经典的“奇书”叙事和《红楼梦》式的经典很不一样。到二十世纪九十年代，奇书叙事的完整时间在作品中大面积地复活，九十年代小说当中出现了大量的旧趣味，同时也是尼采意义上的“悲剧的（重新）诞生”。革命小说不写悲剧，只写喜剧或正剧，而到九十年代，最好的一批作品，比如苏童的《妻妾成群》《红粉》，都仿佛回到了传统经典的趣味——为什么这些作品会成为苏童的代表作？我想跟他小说中的老模式和旧趣味是有关系的。比如《红粉》中，我们看到作者一方面是颠覆了革命叙事，另一方面是恢复了古老的叙事，这才使得苏童一下子变成了一个不寻常的作家。不但作为一个先锋小说作家，而且还是有着深厚的中国文化底蕴，有着东方的美学能力、质地的一个作家。如何让自己的写作获得升华，我觉得苏童是一个例子。

再看一下贾平凹，他在1993年出版的《废都》，我认为是一部当代版的《金瓶梅》，为什么它会成为贾平凹最具代表性的作品？因为它可以向中国传统小说致敬，可以跟中国传统小说之间打通关系，这就不是一部一般的小说了。它可以概括为“一个男人和多个女人的悲欢离合”。这类的小说你若要概括，可以涉及大量中国传统小说，包括《红楼梦》和《金瓶梅》都可以跟它发生关系，它不是设定一个主人公在当代社会生活里的那些具体处境，它是把这样一个命题还原为一个古老的母题，就是一个男权主义的无意识的母题，就是一个男人和多个女人是如何悲欢离合的故事，再过一万年，也不会过时。而一个关于中国当代的改革，或者是社会变迁的主题将会很快过时。我们怎么样让自己的小说由现实主义的描写升华为哲学的、文化的语言，而不是一个只在现实层面上有效、在文化层面上无效的写作，而今我看到的大多数作家都在做这样的努力。

再看王安忆，王安忆的《长恨歌》在1995年出版，这也是一部现代中国女性的悲情之歌，或一个“现代的传奇”。它的名字对应的就是白居易的《长恨歌》。王安忆无疑是用她的《长恨歌》向白居易的《长恨歌》致意的，或者说，她是存心要写一部现代的《长恨歌》。这个小说从最简单的角度可以概括为“一个女人与多个男人的恩恩怨怨”——男作家喜欢写“一个男人和多个女人的悲欢离合”，女作家当然也有权利写“一个女人和多个男人的恩恩怨怨”。这个小说就是一个掩藏着女性主义、女权主义的主题，掩藏着历史的波澜风云的小说。她把这些东西都收纳其中，展现的是一个女人的故事，一个生错了时代的古老的红颜薄命的故事。这样就使得一个现代的命题同时具有了传统性，或者说具有了文化品质。

对于《长恨歌》的成功，我做了一个简单的概括：首先是真正恢复了中国式的美学，即讲述了一个“完整长度”的故事，一个个体生命、一个美丽女人的一生，她的红颜薄命，她的“现代”的、不一样的红颜薄命。她的命运不再是一般意义上的古老逻辑，而是“生错了时代”的结果，她的命运与时代之间产生了一个巨大的错位：一个持有着小市民观念和逻辑的女性，却与波澜壮阔轰轰烈烈的革命的现代历史相遇，她的不幸的命运也因此而获得了丰富的内涵。然而，足够现代的主题并没有使这部小说脱离古老的美学，我们越读到最后，便越会觉得它和中国传统叙事之间，慢慢融合到了一起，产生了一种中国式的或者是东方式的悲凉、感伤的情境与意绪。

但上述传统主题并没有压制它现代性主题的彰显。我认为，这部小说非常生动地回应了现代中国的历史，即它在历经巨大弯曲之后回到原点的奇怪逻辑——从小说中看，中间经历的革命年代好像是古老历史的一个余数，很奇怪，二十世纪三十年代的上海是消费的、灯红酒绿的、小市民自由自在地幸福生活着的、斑斓多彩的日常生活；中间经过了一个巨大革命的神话，最终又回到了八十年代的“改革开放”，回到了与三十年代如出一辙的生活逻辑。历史当然可以重回轨道，但一个女人的一生就这样在夹缝里度过了，所谓的“长恨”在这里获得了丰富的历史内涵，获得了现代的复杂意味。

王安忆有一本书就叫《寻找上海》，这个名字起得好，一个作家和一个城市、和一个地域文化之间会互相成就，犹如老舍之于北京，张爱玲之于上海。再过很多年，假如我们要寻找上海，除了到博物馆，到老建筑和旧街道上去找，还能去哪里？假如你要找活的上海，只能到文字里去找，现代中国的上海在哪里留存？一定是在新感觉派小说，在施蛰存、穆时英、刘呐鸥的笔下，在张爱玲的笔下，在王安忆的笔下。

四 完整时间长度、多维时间观与当代文学的复兴

还有一些与传统叙事不那么接近的，但也可以称得上是“完整时间长度的叙事”，它们往往会产生出壮美与巨大的历史内涵。这也涉及一个“中国小说诗学”的问题，如同《三国演义》一类讲史小说所生发出的巨大的历史修辞与美学一样，这类有“完整长度”的叙事，某种程度上可以说预示了当代中国长篇小说乃至文学和“中国美学”的复兴，至少我们从中可以看出某种迹象，比如莫言的《丰乳肥臀》《生死疲劳》，余华的《活着》《许三观卖血记》，格非的《人面桃花》《山河入梦》《春尽江南》三部曲……我只是选择有限的几个例子来简单地谈一下。

首先是《丰乳肥臀》，多年前我曾给予它以一个很高的估价——“新文学诞生以来最伟大的汉语小说”。为什么这样说？我是有理由的，第一是它伟大的主题，即书写了二十世纪以来中国传统民间社会被侵犯和毁灭的历史。小说中的上官家族所代表的是一个古老的民间社会，这个民间社会有其自我生长的自足的生存体系，它是一个生存系统，既藏污纳垢，又生气勃勃，它充满苦难而又充满创造力，但在二十世纪，所有的政治力量都要来侵犯这个体系，革命党、帝国主义、汉奸、江湖土匪势力、现代科技等各种各样的力量，都来侵犯这个民间社会，最后导致了这个家族的毁灭。这个

过程我将之概括为二十世纪以来中国传统民间社会被侵犯和被毁灭的历史，而在我看来，这正是对于以往所有历史叙事的立场的整合与超越。

现代社会是如何在罪恶和血泊中诞生的？一个真正优秀的作家应该关注什么？我认为应该关注如此巨大的命题，仅仅关注某一个政治派别是如何胜利或失败的是不够的，他必须要关注整个历史的转折，能够从二十世纪的历史中提升出这样一个主题的作家，一定是一个伟大的作家，这是毋庸置疑的。

第二是一个伟大母亲的形象。这个形象曾备受指责，因为仅从道德意义上看她似乎是不符合传统的，她被迫通奸，被强暴，也曾主动勾引过男人，她的一生中有太多的含垢忍辱、太多枝枝蔓蔓的经历，但是她由此生下了九个孩子。我是把这个母亲做了这样几种解读：首先，她是一个“人民”意义上的母亲，是底层人民的化身，是被侵犯、被凌辱的对象。其次，她又是一个伦理学意义上的母亲，她保有了劳动者全部的美德，劳动、创造、忍辱负重、饱经沧桑，养育了众多的儿女，繁衍了一个枝叶繁盛的大家族。最后，她还是一个人类学意义上的母亲，一个生殖女神，“丰乳肥臀”这个不无夸张的书名，便是一个合适的人类学标签。在我看来，莫言之所以比同时代的许多作家更高明，是因为他懂得人类学，或者说他是用人类学的眼光去把握历史和人物的，因此会超越道德意义上的书写，会更真实和丰富。这样的笔法使母亲的一生在成为苦难的一生的基础上，也成为创造的一生，既是承受一切苦难、消解消化一切苦难的一生，也是一个超越于社会学的生殖女神的一生，她因此而变得更丰富、更博大和更历史化了。

第三是伟大的结构，我称之为“星空式的结构”。母亲上官鲁氏是这个家族的核心，她和无数的苦难一起生下了这么多孩子，来弟、招弟、领弟、想弟、盼弟、念弟、求弟……头七胎都是女儿，最后她和瑞典籍的马洛亚牧师——这是莫言的聪明或狡黠之处，他为什么不写一个英国的、法国的、意大利和德国的牧师，而是一个瑞典籍的牧师？因为他要得诺奖（笑），他要向瑞典人民致敬，他老早就有这个“野心”——生下了上官金童和上官玉女这一对双胞胎。这当然是一个寓言的安排，即中国本土的母亲和一个西方的父亲结合的后果，其实预示的是二十世纪中国的现代历史，“德先生”“赛先生”这样的西方文化观念好比是一个外来的父亲，而中国原生的本土文化则是新文化的母亲。一个大作家对历史的认识是高屋建瓴的，不是着眼于局部。所以我说伟大的结构就是伟大的主题。这个以母亲为核心生成的巨大的放射式的“星空结构”，以母亲为中心，统领着众多的儿女，而众多的儿女又和中国现代历史所有的政治力量、外来力量之间发生关系，并最终死于这些外力的侵犯，这就是二十世纪中国的历史的结构。

从上述角度看，《丰乳肥臀》虽然只有五十万字，但它的容量是极其巨大的，结构、容量和主题都堪称是新文学诞生以来无与伦比的。我在2000年之前就得出了这个看法。1995年这部小说出版之时，曾遭到无数人的抨击，许多专业的评论家都是误读的。但我在二十世纪九十年代末看过它三遍之后，认为它就是新文学诞生以来最伟大的长篇小说。这个预言似乎是武断了一些，但是我觉得我的判断某种意义上也是有理由的。

简单地总结一下时间在《丰乳肥臀》的叙事中的设置和作用是必要的。第一，它通过母亲这个人物贯穿了整个二十世纪的历史。母亲生于1900年，死于1995年，而小说写作和出版的年份就是1995年，他用母亲的一生贯穿了一个世纪的历史，自然地成了二十世纪历史的主体。第二，通过上官金童，她的混血儿子贯穿整个当代历史。上官金童的生长史是一部当代史，当代历史中知识分子的悲惨命运，通过上官金童得以构造出来。所以我们认为这部小说其实是两部书，一部是知识分子之书，一部是民间之书，母亲代表的是民间之书，上官金童代表的则是知识分子之书，两个主体的命运合为了一部书。第三，通过将本来的第一章倒置，即母亲出生、成长和生育九个孩子的过程，放置于最后一章，使历史产生巨大的闭合感。看过原著的人一定会有这样的体会，觉得它非常出人意料又非常合理，小说产生了一个叙事的圆，历史出现了一个圆形的构造，就是闭合和自我循环的，这是一个很重要的特点。它的作用，一是使历史产生了整体性，并且获得了悲剧内涵，这个整体是波澜壮阔的血与火交融的历史，是民间社会被外来力量毁灭的历史，是中华民族可歌可泣、可悲可叹的历史，是东方的古老农业社会解体的历史……所以是一部巨大的悲剧。一个世纪即将过去，但截至那时一切似乎并没有变得更好。苦难伴随并且加深，这是作家对历史的体认，当然和政治家和我们每一个世俗生活中人的体验并不完全一致。但从根本上说，作家应该对历史具有批判性和悲剧性的思考。其次，两部书合成了一部书，一部民间之书与一部知识分子之书的完美融合，其内在的厚度就不一样了。

另一位作家格非，写了三部重要的作品，《人面桃花》《山河入梦》《春尽江南》，统称“江南三部曲”。他写的也是二十世纪中国的知识分子之书，知识分子发动了革命，参与了革命，但是后来被革命，被甩出了革命的轨道，变成了悲剧人物。格非的三部曲写的都是这样的主题，他的人物大都患有类似于精神分裂症的病症，每一个人都有“生错了时代”的错位感，但每一个人又都是其时代的精华，他们富有思想，有理想，愿意改造社会，参与推动社会进步，可他们没有一个不被历史甩出了中心，这个逻辑非常有意思。而且在三部曲的最后一部《春尽江南》出版以后，三部作品更形成了“整体修辞”，也成为一个完整的结构，完整地呈现二十世纪的历史，而且使之具有鲜明的轮回感。因为三部小说的主人公都是有血缘关系的，他们每一个人都传承了他们的母亲或是外祖母的性格，以及她们的命运。

再一个例子就是余华，他的《活着》和《许三观卖血记》也都是类似的完整结构，他讲一个人物的命运一定要讲到底，讲到最后，直至其悲剧性得以完全呈现。

至此，关于第一个问题我们基本上讲清楚了，今天要讲的内容基本上也就有交代了。

最后我再简单地把第二和第三个命题介绍一下。第二是阶段性叙事的时间，我们刚才已经提到了，阶段性叙事也有古老的传统，来自童话叙事、传奇叙事，在被革命叙事改造以后推到极致，就变成了《林海雪原》《青春之歌》《暴风骤雨》这些小说，它们都是描写主人公成长完成然后终成眷属，皆大欢喜，革命呈现出美好前景，主人公展现出美好的未来，这样来完成叙事的整体架构。包括“文革”时期出现的小说《第二次握手》，都十分典型，这里就不展开了，犹如王蒙先生的《青春万岁》，革命叙事的一个重要特点就是歌颂青春，“所有的日子都来吧，让我编织你们，用青春的金线和幸福的璎珞编织你们，而总有一天落后的日子都会过去，我要用金黄的菊花和黑白的彩带为你送终……”假如我们要对它进行续写，那么就会产生“完整时间修辞”和“片断时间修辞”之间的区别。其他的时间修辞，情况特别复杂。

在当代文学的技术层面，有特别值得讨论的东西，传统当中也有这种修辞，“现在将来过去时”，李商隐的“何当共剪西窗烛，却话巴山夜雨时”，就是“现在将来过去时”，还有海子的诗歌里面写死后的情景，我把它叫作“将来过去现在时”，穿梭于过去和将来之间，在红楼梦里面是很普遍的。鲁迅的《狂人日记》也是例子，马原的《虚构》当中设置的时间的圈套就是，七天之内怎么会发生男主人公和一个女麻风病患者的肉体关系，最后他又通过把这七天的故事处理成一个梦，让这七天无从谈起，小说的叙事最终就给颠覆了，作家本人“得上”麻风病的危险也被颠覆了。

因为时间关系，这些内容只能一闪而过，让大家知道有这么一些问题，我今天主要是为了打开大家对于时间要素在文学叙事当中的作用的思考，以及自觉的关注，主要是要强调，时间不只是生命之本、存在之本，也是叙事之本。叙事当中的时间是如何安排的，它不但会决定一部作品的长短，决定故事的类型，也会决定一部作品的美学属性，所以应该要好好研究。由于内容太庞杂，很多问题没有来得及展开，没有谈到位，所以不周全和不准确的地方，请大家批评指正。

长篇小说中的时间构造

一

长篇小说之所以不同于一般的小说，不只是因为它的篇幅与故事“长”，更内在的，是缘于其处理的时间很长。《三国演义》中讲述的是汉末建安到三国归晋，共长达七十余年的历史。《水浒传》中讲述宋江等一百零八位英雄从聚义到离散的故事，也长达数十年，且小说还设定了一个“误走妖魔”的“前史”——言自“大唐洞玄国师封锁魔王”至今已经历“八九代祖师”云云，最后又添加了“梁山泊英雄魂聚蓼儿洼”的“后史”，这样长度就不止几十年，而是数百年了。至于《红楼梦》，开篇便讲了“石头记”故事历经“几世几劫”的来历，虽是世俗人间数十年的故事，然其编述成书、流传人世的过程历经长久，而最后经空空道人等高人异士的辗转，主人公“无才补天，幻形人世”，化为一块美玉、一坨肉身，变作“古今天下第一淫人”——当然是“意淫”之人——在那繁花锦绣之地、温柔富贵之乡经历了一番故事，最后抵达“悼红轩”中的曹雪芹先生，则又历“几世几劫”矣。

空空道人因空见色，由色生情，传情入色，自色悟空，遂易名为情僧，改《石头记》为《情僧录》。东鲁孔梅溪则题曰《风月宝鉴》。后因曹雪芹于悼红轩中披阅十载，增删五次，纂成目录，分出章回，则题曰《金陵十二钗》。

单是书名便幻变了这么多次。如此，无非是强调其流传中改写编纂与增删数度的过程，言其来历的非同一般。这无疑又使小说中的时间变得漫长，更具沧海桑田和传之久远的意味。无独有偶，雨果的《巴黎圣母院》也有类似的“后史”设计，只是太西方化了。作为一个浪漫主义的哀情故事，它讲述了在经历了乞丐王国的一系列爱恨情仇的变乱之后，丑陋的敲钟人加西莫多见证了上流人物的虚伪与寡情，从钟楼之上推下了道貌岸然而作恶多端的主教，抱着被绞死的吉卜赛女郎的尸体失踪于郊外。这本可以结尾了，但最后作者又加上了一个浪漫的尾声：

之后大约两年或一年半，有人到鹰山地穴里来寻找两天前被绞死的公鹿奥利维埃的尸体……就在那些丑恶的残骸中，人们发现有两具骷髅，一具搂抱着另一具，姿势十分古怪，这两具骷髅中有一具是女的，身上还残存着几片白色衣袍的碎片，脖子上则挂着一串用念珠树种子制成的项链，上系着装饰有绿玻璃片的小绸袋，袋子打开着，里面空无一物。这两样东西不值分文，刽子手大概不要才留下的。紧拥着这一具的另一具骷髅，是男的。见他脊椎歪斜，头颅在肩胛里，一条腿比另一条短。而且，颈椎丝毫没有断裂的痕迹，很显然他不是被吊死的。因此可以断定，这具尸骨生前那个人是自己来到这里，并且死在这儿的。人们要将他从他所搂抱的那具骨骼上分开来时，他霎时化为了尘土。

这种时间上的“后史”式处置，虽则煞有介事地说是“两年或一年半”，却大大增加了原来物理时间的长度，使故事产生了恍如隔世般的沉淀或发酵，获得了“有意思的冗余”，使原来的长度被延展和升华，有了“传奇”的效果。

二

显然，时间不仅是一个叙事的技术性问题，更是一个艺术和美学的问题；它不止影响了一个故事的基本构造，同时也会改变叙述的效果。《红楼梦》使得几十年长度的世俗时间获得了更大的尺度、更久远的参照物。“几世几劫”的重复，“大荒山无稽崖青埂峰”之类的“史前地理”，还有茫茫大士渺渺真人与跛足道人癞头和尚之间的互为幻形，都使这一世俗故事获得了哲学和宗教的理解维度，使世俗的悲伤化作一种超越性的认识。

《三国演义》也是这样。作者开篇讲“话说天下大势，分久必合，合久必分”，大汉曾一统江山四百余年，但不期气数衰微，天下大乱，董卓进京之后，祸乱朝纲，致使群雄并起。年幼的皇帝不得不以血书密诏讨贼。之后经过几番英雄搏杀，终于三分天下。然而成也萧何败也萧何，吴蜀两家争斗不止，关羽大意失荆州，断送了刘备收复中原的大好时机。之后刘备怒征东吴，又遭火烧连营的败绩。刘备与曹操一双对手相继离世后，诸葛亮数度北伐，均因各种原因无功而返。最后曹操的后人亦遭因果相报，其儿孙僭位之后均寿命不永，曾孙曹芳被司马懿之孙司马炎取代，三国归晋，终于结束了七十余年的纷争。

这样的叙述，无法不令人想起苏轼的感慨：“大江东去，浪淘尽，千古风流人物……江山如画，一时多少豪杰。”又或如他的《前赤壁赋》中所写：

月明星稀，乌鹊南飞，此非曹孟德之诗乎？西望夏口，东望武昌，山川相缪，郁乎苍苍，此非曹孟德之困于周郎者乎？方其破荆州，下江陵，顺流而东也，舳舻千里，旌旗蔽空，酾酒临江，横槊赋诗，固一世之雄也，而今安在哉？

况吾与子渔樵于江渚之上，侣鱼虾而友麋鹿，驾一叶之扁舟，举匏樽以相属。寄蜉蝣于天地，渺沧海之一粟。哀吾生之须臾，羡长江之无穷。挟飞仙以遨游，抱明月而长终。知不可乎骤得，托遗响于悲风……

罗贯中的美学显然受到了苏轼历史观的影响，所以他的开篇词中也写道：“滚滚长江东逝水，浪花淘尽英雄，是非成败转头空。青山依旧在，几度夕阳红。白发渔樵江渚上，惯看秋月春风，一壶浊酒喜相逢。古今多少事，都付笑谈中。”岂不是苏轼之诗赋的抄袭版？但这都无关紧要，要紧的是，历史的叙述如何变成美学的叹息，变成人世的感慨，变成诗。这是奥秘之所在。无论是由合到分，还是由分到合，读者从中读到的，都不是历史的“进步”与时代的“发展”，而是一种“而今安在”的感慨叹息与无限伤怀。

为什么会有这样一种悲伤？窃以为个中奥妙，正在于中国人的世界观和时间观。无论是从本土的道家思想看，还是从外来的佛家观念看，中国人脑子里的时间和世界都是一个“圆”，是循环的。现代性的线性时间观是十九世纪早期后才进入中国人视野的，而在之前的数千年中，我们都只相信世事的轮回，即老子说的“常无”与“常有”之间的变化。所以，在《水浒传》中演绎了“聚与散”的故事，《三国演义》中讲述了“分而合”的故事，《金瓶梅》讲述了“色至空”的故事，《西游记》讲了“魔到佛”的故事，《红楼梦》讲了“盛而衰”的故事。

所有的故事都是一个“无”与“有”、“好”与“了”、生与死之间的往复循环。悲伤从此而来，也从此得以释解。如此长度是一个完整的因果循环，相应的处置也定会让小说产生一种悲伤的情调。读了《红楼梦》，会无可挽回地获得一颗全世界独有的感伤之心，会“变成”一个真正的中国人。这颗中国心会无限感慨于“一朝春尽红颜老，花落人亡两不知”“上穷碧落下黄泉，两处茫茫皆不见”式的悲剧，会变得对时间极其敏感，会伤春悲秋，动辄感慨人世无常，叹息富贵之如浮云，生命之如草芥，豪门富贵钟鸣鼎食之如南柯一梦……经由这样的小说，会自动获得一种中国人独有的世界观和方法论。

三

但时间的长度并不总是带来悲剧式的美感，归根结底还在于作者如何处理。古代希腊最早的传奇小说，还有中世纪的罗曼司，在时间上也都喜欢拉得很长，却不喜欢计算。用俄国的理论家巴赫金的说法，便是“男女主人公是在年轻貌美的时候一见钟情，中间经过了无数的磨难，最后依然是在年轻貌美的时候终成眷属”“中间经过的漫长的时间是没有计算的”。这样的结果便是喜剧式的，也正像《荷马史诗》中的《奥德修纪》，奥德修斯经过了十年战争，又在海上漂泊了十年，千辛万苦回到家，家里居然住满了向他的妻子求婚的人。假如按照世俗时间算，他的妻子早已徐娘半老，怎么可能还会有追求者盈门？只是因为作者并不愿意真正计算其中时间的流逝，所以主人公才会依然年轻，叙事才不会以悲剧作结。

巴赫金将这种修辞法称为“传奇时间”。因为作者故意忽视物理时间，叙事反而获得了喜剧效果，或者至少是没有悲伤。这样的例子在中国也有，明末清初出现的才子佳人小说，前人称之为“佳话”或“传奇”，便是另一种典范。和四大奇书不同，才子佳人小说不喜欢真正计算时间。如用鲁迅的话说，便是“至所叙述，则大率才子佳人之事，而以文雅风流缀其间，功名遇合为之主，始或乖违，终多如意……”中间经历的诸多磨难，“途次遇盗”“避祸远徙”（《玉娇梨》；或“被怨”获诬，遭到“拘讯”（《平山冷燕》）；或因“梗直得祸”；而遭权贵“逼婚”（《好逑传》）；或遇天灾离乱，“中途舟破”（《铁花仙史》）……但最后结局无不皆大欢喜，奉旨“成婚之日，凡事无不美满”。这样的处理方式，结局是很奇特的，那就是皆大欢喜的“大团圆”。

按照现代的观念，这种叙事是“低俗”的，但这只是现代的偏见。歌德不这么看，他在读到了一部中国的小说《玉娇梨》或是《好逑传》之后，居然认为它与德国的小说非常相似，而且因之认为，“世界文学的时代就快要来了”。显然，才子佳人式的故事与欧洲自古以来就有的一种传奇，在时间处置的方式上是很相近的。歌德的问题在于他只是看到一两部中国小说，假使他看得多了，便也会认为“俗”了。

但不管怎么说，小说中很长的时间跨度也可以处置得不那么悲伤。福楼拜的《包法利夫人》也写了二十几年的长度，写了查理·包法利医生的续弦妻子爱玛从十几岁天真烂漫的少女，到为浪漫主义小说所害，结婚后不断追求浪漫与偷情出轨的一生，也写了包法利医生自己常常困顿无措和被命运捉弄的大半生。小说不厌其详地书写了两个平常乃至平庸的可怜人的爱欲与过失、善良与糊涂，结尾可谓悲惨，最后两个人因为情感与物质之困，相继离开了人世。故事所耗费的时间不可谓不长，然而奇怪的是，其中没有中国故事中的那种悲欢离乱与生死茫茫，没有那般“不思量，自难忘”的万端感慨，这究竟是为何？

显然。西方人没有中国人世界观中的“轮回说”，他们不会将世俗时间做轮回化和宿命化的理解，不会用因缘际会、因果相报之说来感慨系之。这是两种迥然不同的世界观和美学观。

革命叙事继承了欧式传奇和中式的才子佳人小说的时间模型，构造了大量主人公在革命斗争中“成长”的故事，但通常不会写成

“长恨歌”式的故事，而是写成一种通用型的“青春之歌”。即主人公是在年轻貌美的时候出场的，中间经过了无数磨难，但结局只有一个，就是在锻炼中成长。其中会有牺牲，但所有的牺牲都是为了胜利，为了主人公的成长所必要的付出，都只会为最后革命的阶段性胜利和主人公的成长完成、收获爱情、终成眷属做铺垫。《青春之歌》《三家巷》《红旗谱》《林海雪原》无不如此，它们共同创造了一种英雄不死也不会老的“革命美学”，奥秘依然在于对时间的处理。

四

让我们来谈一点当代的例子。毕竟革命叙事已成为历史，当代长篇小说的进步，与各种传统和古老的叙事模型的修复有密切的关系。比如“非进步论”和“循环论”时间观的恢复，对于新潮先锋小说的崛起就有至关重要的作用。1987年初《红高粱家族》的问世可以说是一个信号。这部小说处理了“现代”至抗战数十年的历史，背后又设置了“爷爷奶奶”“父亲母亲”到“我”的三代人的谱系，暗喻“久远的历史”“较近的历史”和“当代”之间的逻辑关系。但莫言的处理与众不同，他没有将这一谱系按照进步论的模型来书写，相反是将之处置为一个“降幂排列”式的关系。爷爷奶奶是顶天立地的英雄，既杀人放火又精忠报国，还有自己浪漫的人生；到父亲这一辈便降为普通人；再到“我”辈，便已蜕化成为“杂种高粱”般的不肖子孙。莫言用三代人的故事演绎了一个似曾相识的历史谱系，只是没有用来寓意历史的进步，而是反思了我们民族在现代以来的精神的衰落。

显然，“失乐园”式的构造是一种古老的时间模型，即以过去的辉煌为起点，讲述失落的故事，《红楼梦》的结构庶几近之。革命叙事一度改造了这种时间观，让未来和进步变为本位和旨归，而二十世纪八十年代而下的作家们，又努力恢复了这种古老的模型。

莫言的小说常常处理较长的时间结构。《丰乳肥臀》讲述的是整个二十世纪中国民间社会的覆灭历程，中国人的一种“失乐园”故事。失却的是民间、自然、乡土、自由，所遇到的是动荡、战乱、杀戮和侵犯，是书写现代病、文明病的一种强化版。《生死疲劳》也一样，写的是半个多世纪中国乡村社会的变革与变乱，他使用了一种“转世轮回”的故事构架，用牛、驴、猪、狗、猴，以及新千年之际所诞生的大头婴儿的传递式“托生”，刻意重复地呈现了当代中国农人所受到的各种折腾。可以说，时间在莫言小说中是一个被自觉运用的重要因素与手段，它有力地强化了其作品的历史内涵与思想分量，也使其生发出浓郁的悲剧意味。

与莫言异曲同工，余华也喜欢书写有时间长度的故事。《活着》写了地主的儿子福贵漫长的一生，刚好也对应着二十世纪中叶到八九十年代近半个世纪的历史。但余华所呈现的，是“历史背面的故事”，它对应着“穷人的翻身”，重写了“富人的败落”，时间自然也不是进步论的。由此小说展示了一个在现代的时间洪流中被冲入了旋涡与回流的人的故事，福贵不止失去了“昔日的天堂”，还在不断地诠释着“现世的地狱”——所有亲人统统离去，所有的苦难都注定要与他为敌，但他成功地活到了老年。只是，他的活着更像是一种“赎罪”和牺牲，是作为早已终结了生之乐趣的“未亡人”，用自己的生来见证难以承受的死。

《许三观卖血记》与《活着》的故事可谓相似，同样有赎罪的色彩与逻辑。但是余华尝试用一种喜剧的风格来进行叙述，所以许三观虽然饱受磨难，却越过重重的关隘，战胜了饥饿和贫穷，也成功地来到了老年——他最后的一次卖血，已不是出于生活所困，而是要借以回忆自己的一生，回味卖血的经历，以及刷一刷自己历经苦难而犹在的“存在感”。但这一次卖血被拒绝了，因为他的血已经太老。最后许三观一路哭着走过小镇的大街，像是一场演出和谢幕，感动了所有目击的人。余华奇迹般创造了一种妥协——进步论在一种限制中似乎获得了有限的合法性，这在当代小说中，也可谓是标立了一种新范型。

时间问题所衍生的叙事与艺术问题远不止这些，但篇幅所限，本文只能草草收场。言不尽意，相信读者自会从中感悟出更多。

2017年6月20日，于北师大京师学堂

论《蝴蝶》的思想超越与语言内省

——一个历史的和解构主义的细读

对于《蝴蝶》这篇小说的分析，涉及当代文学历史的若干问题，应该首先置于历史主义的考察视野之中；如何进入这篇作品，应从其特殊而超前的“话语嬉戏”中找到入口；主人公与作者尽管都存在着立场与认知方面的局限，但作品意外地超越了个人和历史的局限，通过对革命话语的反思与分析，找到了历史的谜底；从解构主义的方法看，《蝴蝶》中充满了对革命权力与意识形态的生成、构造及演变历史的深刻认识，其讽喻与颠覆的力量应得到充分的重视。

一　回溯历史的钥匙，也是《蝴蝶》的钥匙

在叙述当代文学史的时候，人们渐渐开始淡忘一些东西。这似乎是没办法的事情，时光荏苒，岁月累积，有的东西逐渐变得不那么重要了。比如，作家张贤亮的去世，才使人们忽然意识到这代作家已经剩余不多，即或还有也已是耄耋之年了。很多问题已经被淡忘了——比如，他们的文学成就究竟几何，应该如何评

估，在日益变化和面目全非的当代文学史格局中，这代作家曾经轰动一时的那些创作究竟还有没有意义？似乎已没有人有兴趣回答这些问题。

但假如时光回溯，让我们回到百废待兴的二十世纪七十年代末，会更能理解那时尚处于中年的这代人，理解他们被迫抱以青春的激情出现在历史拐弯处的种种不得已。在关禁了将近二十年之后，他们再度“归来”，再度与“人民”一起“胜利”，并重新获得了“曲折道路”中的“光明未来”。有的复出诗人用了很大的口气发出了“我是青年”[①]的呼喊，甚或还有“马群踏倒鲜花，/鲜花，/依旧抱住马蹄狂吻”[②]的诗句，前者的意思是要用中年的肩膀承担起青年的使命；后者则更为过分，所表达的“忠诚”之意有肉麻之嫌。如今看来这些表达都不够得体，浮泛的热情要么虚假，要么显得愚蠢，根本没有看到那时人心的危机、历史的循环以及人性的更深黑暗。但不要忘记，对这代人来说，这就是某个历史的关头和起点。

如何来看待这代作家的创作，在当代文学史的叙述中似乎并不是什么难题。在谱系学的意义上，他们早已经被列入“伤痕”“反思”“改革”文学的知识架构之中，被格式化和概念化地编订和处理，被当作重要但又迅速翻过的一页。简言之，谁也没有说他们“不重要”，但到底有多重要，他们的文本在文学性的意义上应做何判断，却多属语焉不详。遥想最初的若干年，他们确曾被充满激情地叙述过，因为他们的文学形象不仅是那时人们谈议的话题，甚至也是改革和社会意识变化的推进剂。但不幸的是，他们很快遭逢了“新潮文学”迅猛崛起的年代，宽广而多维的文化学与人类学视野迅

---

① 杨牧：《我是青年》，发表于《新疆文学》1980年第10期，该诗获得1979—1980年全国首届中青年诗人优秀新诗奖。影响较大。

② 梁南：《我不怨恨》，见《野百合》，江苏人民出版社1981年版，第29页。

速代替了窄狭僵化的社会学视野，洞烛幽微的精神分析很快取代了“人物性格二重组合论”[①]，各种结构主义与“新小说”的叙事观念很快取代了单调的现实主义叙述方法，复杂的文化寓言、历史寓言与人性寓言的构造取代了“再现生活真实”的老套子，甚至也取代了放脚式的“准荒诞派”的常用技法……他们的雄心壮志还未等完全变成现实，历史就翻过了新的一页——张贤亮曾经宣布要推出的“唯物主义启示录”系列，在只发表了《绿化树》和《男人的一半是女人》之后就草草收场了；王蒙在稍后推出的长篇小说《活动变人形》，虽然也是试图描画出当代知识分子的精神史，但没有企及钱锺书《围城》所达到的讽喻效果与高度。如同在“刷新”过快的电子时代老式计算机会很快过时一样，在新观念的涌动与新方法的风靡之下，虽然这代作家也曾试图将寓言的、意识流的、荒诞与喜剧的因素融进其写作中去[②]，但与年轻一代作家的作品相比，这些新元素是那样稀薄和不协调，在艺术和思想方面又是显得那样生硬和笨拙。

显然，由王蒙、张贤亮、刘心武、谌容、宗璞，甚至高行健为代表的这代曾才华超群的作家，很快被贾平凹和王安忆、莫言和残雪、马原和扎西达娃、余华和苏童们取代了。在并不持简单进化论观点的我看来，这个年代的文学变革其实是中国当代文学真正的起点——现代性得以真正确立的标志。因为在他们之前的当代文学，甚至连现代文学三十年所达到的叙述技艺与艺术难度都未曾接近过，在思想水准

① 刘再复二十世纪八十年代中期的观点，认为人物性格不应是单面的，应该是善恶与美丑的复杂组合。该观点在理论界影响巨大，但与1985年的新潮文学实践之间显然并不匹配。参见刘再复：《性格组合论》，上海文艺出版社1986年版。

② 如1985年发表的王蒙的《选择的历程》，宗璞的《我是谁》，谌容的《大公鸡悲喜剧》和《减去十岁》等，都运用了类似夸张和荒诞的手法，像是一种充满讽喻意味的“社会寓言”。但与同年爆发的新潮文学相比，在技法上还是显得单调和吃力。

上更是难以望其项背——从鲁迅的“救救孩子”到刘心武《班主任》中“救救被四人帮坑害的孩子”，是何等让人百感交集又羞赧惭愧的变化与传承。而新一代作家们以其迅速掌握的现代主义表现方法，以及敏感的本土文化意识，从两方面建立起写作的思想资源与高度，使之成为承续中国现代文学、对接当代世界文学的真正开端。

但是话又说回来，这丝毫也不能成为抹杀这一代作家曾经做出重要的贡献的事实，不能取消他们的作品曾经在历史中的影响作用，任何有历史感的人都不会这样理解问题。缘于此种原因，我决定谈一谈王蒙的《蝴蝶》[①]，尽管其中有些观点只是“阐释出来”的，或许对于作者而言只是限于“无意识”。但是回顾1980年的历史情境，这篇小说像一个奇迹，孤独地孑立在历史的曙色与朝霞之中，显得那么特立独行。以这个年代人们的认知能力，写出《蝴蝶》几乎是不可能的，因为它对于刚刚过去的时代的反思，不是仅限于概念上的，而是根本性的，尽管它的作者不可能从政治无意识和个体无意识的角度全面否定这个时代，却敏感地从语言的角度，从话语方式的转换上，写出了近乎石破天惊的主题——即“意识形态话语的失效”，及其荒诞感的问题。

或许有人会笑我，这么耸人听闻的结论是如何得出的，其实很简单，小说中不过是引用了一段有意思的流行歌词——在1980年开始半公开半秘密地流行的邓丽君的一首叫作《千言万语》的歌，用它打开了回溯历史与理解现实的钥匙。小说似乎颇不情愿却又感慨万端地引用了这首歌中的句子：

不知道为了什么，忧愁常围绕着我，我每天都在祈祷，快赶走爱的寂寞……

---

① 王蒙：《蝴蝶》，《十月》1980年第4期，作品引文出处同，不再另注。

作者说，“一首香港的流行歌曲正在风靡全国（注意：不是香港而是台湾。歌的名字叫作《千言万语》，不叫“爱的寂寞”。这个常识的模糊，更表明了它给人物——当然同时也是给作者——所带来的震惊与陌生感，理性中的不屑和无意识中的好奇）。”作为“张副部长”的主人公张思远，在重回当年下放劳动的山村的路上，在与一个贸易公司采购员合住的小招待所的房间中，通过那人携带的录音机，“一遍又一遍地听到了这首歌”。

在普通人那里，这首歌或许只是一首迅速占领了其感官和日常趣味的流行曲调，在王蒙所精心刻画的主人公这里，却意识到了一场历史性的冰消雪融，一场静悄悄的、全面的、悲哀而无法抗拒的塌陷，曾经的革命意识形态的无声而确凿的塌陷。“他想砸掉这个采购员的录音机……这是彻头彻尾的虚假！这是彻头彻尾的轻浮！那些酒吧间里扭动着屁股，撩着长发，叼着香烟或是啜着香槟的眉来眼去的少爷们和小姐们，那些……混蛋们，他们难道真正懂得什么叫爱情，什么叫忧愁，什么叫寂寞吗？”革命者的意志似乎在支持着他本能地坚拒这首歌，拒绝它所代表的一种资产阶级的意识形态，但是连他自己也没有想到，他居然犹豫了——

一首矫揉造作的歌。一首虚情假意的歌。一首浅薄甚至是庸俗的歌。嗓子不如郭兰英，不如郭淑珍，不如许多姓郭的和不姓郭的女歌唱家。但是这首歌得意扬扬，这首歌打败了众多的对手，即使禁止——我们不会再干这样的蠢事了吧？谁知道呢——禁止也禁止不住。

主人公义正词严的鄙视，并没有战胜他刹那间不由自主的犹疑。为什么这样一首被鄙视的歌居然可以响彻遥远边地的小旅馆，响彻神州大地的街巷与角落，可以“得意扬扬”地，轻易地替代曾经强大的革命文艺，成为这个时代最新的文化标签与符号？他难以置信，究竟“是怎么回事？三十年的教育，三十年的训练，唱了三十年的‘社会主义好’‘年轻人，火热的心’，甚至还唱了几十年‘老三篇不但战士要学，干部也要学’之后，一首‘爱的寂寞’征服了全国”。这让人沮丧、百思不得其解的疑问背后，其实是一个反问——为什么历经几十年的灌输与改造，革命意识形态看似深入人心，却因为这样一个靡靡之音的旋律，几句浅薄无聊的歌词，就轻而易举地土崩瓦解，顷刻间被解除了武装？

还需要更多和更直接的话语吗？王蒙在这里为我们提供了一把通过现实进入历史的钥匙，当然也是我们进入他的小说的钥匙。邓丽君的歌所代表的，其实是人们对于日常生活和世俗情感的接纳，这是一个渺小而又巨大的信号，旧时代的终结与新时代的来临就是从这里开始的。它被旧政治视为非法的身份，却因为“无边的日常生活”的包围而获得了胜利，实现了权力拥有者尚未觉察的僭越。张思远当然不是先知，王蒙也不是，但是他们确乎早于大多数人意识到，一个蔑视世俗价值的革命神话的时代结束了，那些在历史已经止步的地方，还背靠背互为表里的权力意识形态与旧文艺，其实也已开始退出时代的舞台。这样一种认知在1980年，在新思潮还处于孕育之中、潜于地表之下的年代，在中年一代作家那里，已然是十足超前的观念。

二　“革命者”的身份局限与超越

谈到了人物的主体身份与作家的认知立场，就不能不说到陶东风教授的文章，《一个知识分子革命者的身份危机及其疑似化解——重读王蒙的中篇小说〈蝴蝶〉》[①]（以下称“陶文”），数月前拜

---

① 陶东风：《一个知识分子革命者的身份危机及其疑似化解——重读王蒙的中篇小说〈蝴蝶〉》，《文艺研究》2014年第8期。

读到它，觉得确乎是一篇妙文。它对于该篇小说中所蕴含的一个巨大的思想局限所做的分析可谓鞭辟入里；对其所蕴含的一个关于当代中国知识分子精神缺陷的命题的解剖也发人深省。的确，即便在王蒙这样有代表性的作家身上，文化身份的自我确认仍然是困难而充满矛盾的，而这决定了他们在思想意识上所能够达到的境地，也决定着当代文学所能够达到的思想高度与艺术境界。从文化分析和思想批判的角度，我认同其高远的立论和深湛的思想，对其洞烛幽微的精彩细读也深为赞佩。

然而，稍稍转换一下角度，我认为也还存在着另外的认知可能，即一种“历史的认识”。对文本的解读自然可以有绝对性的或理想的标尺，但对当代文学的认识无法超越历史本身。而且在对人物的思想逻辑和作家的认知逻辑的理解上，笔者与陶文不同，认为恰好应该采取相反的逻辑。陶东风教授的逻辑是，当代作家理想的认知与合理的身份认同，应该是具有独立思考与批判精神的“知识分子”，而王蒙并没有达到这样的认知水平，他一直认同自己是一个“少共”作家，只不过在《蝴蝶》中适时地表达了其身份与“认同的危机”，而其中的局限性是不言自明的。从这个意义上，《蝴蝶》当然也是有局限的。这个逻辑并没有错，但从另一相反的方向看，陶文所设置的“绝对尺度”又远远超越了历史固有的可能，在笔者看来，返回时间现场的“历史逻辑”应该是，王蒙这一代作家的文化身份是早已形成的既定事实，无论在意识还是无意识中，他们都不可能超越历史而给自己设定一个独立知识分子的文化身份。他的价值就在于，在历史已然铸就的局限之中，他居然获得了超越自己文化身份的认识，达到了总体反思旧式政治与意识形态的高度，而且是从“语言——话语构造”的基本层面上进行反思，这就使得他的意义超出了他原有的动机与可能。这一切正如恩格斯对巴尔扎克的赞赏一样，作为一个政治上的保皇党人，巴尔扎克居然书写了他所深恶痛绝的新兴资产阶级的胜利，并为他深爱的贵族阶层唱了一曲灭亡的挽歌，从而实现了“现实主义的伟大胜利”[1]。这一相反的认知方向显然会得出不同的结论，正如条件的置换会使逻辑关系颠倒，“虽然有优点，但缺点更多”，与“尽管有不足，但优点很明显”的表述效果是完全相反一样。

很显然，从历史具体性出发和从绝对标准出发，所得出的认识是完全不同的。在1980年中国的政治与主流文艺界的文化气候中能够诞生出《蝴蝶》，在笔者看来是一个奇迹，一个超出了作者预料，也超出了其基本立场与认知能力的奇迹。当然，在同时期的朦胧诗人或部分处于“地下写作”的诗人那里，确乎已经有了立场相对鲜明、有基本的独立思想与精神品质的人格的迹象，但这些人格形象的背后，写作者的现实人格构成其实也并不稳定。比如，或许北岛、顾城、舒婷等“朦胧诗人”的身份是比较独立的，但舒婷也在同时写了《祖国啊，我亲爱的祖国》等相当“主流”的作品，据说江河的《纪念碑》本来是写给《人民文学》杂志的，只不过被退稿了，才转而刊登在《今天》上[2]。许多处在“地下”或“潜流”当中

---

① 恩格斯：《1884年4月初给玛·哈克奈斯的信》，原话是：“……是的，巴尔扎克在政治上是一个保皇党，他的伟大作品是对上等社会的必然崩溃的不断的挽歌；他的同情是在注定要灭亡的那个阶级方面。虽然如此，当他让他所深切同情的贵族男女行动的时候，他的讽刺却是最尖刻不过的，他的嘲弄却是最毒辣不过的……他看出了他所心爱的贵族的必然没落而描写了他们不配有更好的命运，他看出了仅能在当时找得着将来的真正人物——这一切我认为是现实主义最伟大的胜利之一，巴尔扎克老人最伟大的特点之一。”见米海伊尔·里夫希茨编：《马克思、恩格斯论艺术》，曹葆华译，人民文学出版社1960年版，第10～11页。

② 关于这一说法，来自笔者对于与江河熟识的诗人林莽与宋海泉的询问，他们持共同的说法。此外，这样的例子还有食指，“文革”期间食指一直创作着两种诗歌，个体性抒情的作品如《相信未来》《四点零八分的北京》等，但同时他也写了《我们这一代》《红旗渠组歌》《南京长江大桥》等作品。在《我们这一代》中也有这样的句子：“毛泽东的旗帜／正在标志着／共产主义道路／第三个里程碑……”见林莽、刘福春编选：《诗探索金库·食指卷》，作家出版社1998年版。

的诗人，其实都有“两支笔”，同时进行着体制外和体制内两种话语与两种姿态的写作。在文化身份上并不存在截然独立的一个群体。在诗歌中是这样，在小说界我们能够奢求什么呢？《蝴蝶》写于一个在文艺界还充斥着政治话语与概念化主题的年份，三年后的1983年还发生了“反对资产阶级精神污染”的政治运动，在这样一个时刻要求王蒙获得独立知识分子的精神立场，显然是超历史的观点。

关于中国当代作家的文化身份问题，是一个一直没有完全水落石出的问题，不仅王蒙这代作家，在接下来的新潮与先锋文学作家那里，似乎也并未完全解决。在二十世纪九十年代，这个问题几乎就要解决了，但在世纪之交以后反而重新变得暧昧不明。对此笔者也曾专门撰文讨论[①]，之前是因为政治因素的纠缠，二十世纪九十年代文化关系的相对紧张与市场经济的初起，使作家和知识分子被迅速边缘化，这反而成就了他们，使他们的著述与作品的言说立场具有相对充沛的人文主义情愫；而在世纪之交以来，随着国家在经济上的成功和知识分子经济状况的显著改善，部分作家甚至富豪化了，加上来自体制的日益扩大的利益撬动，这种本来并不坚定和明晰的立场又重新陷于松动。中国作家正在沿着市场、国家政治、传媒需求所分别做出的“利益规划”前行，用丹尼尔·贝尔的话说，是“文化本身的聚合力”正在销蚀，“俗鄙的盛行大有淹没严肃文化之势；畅言无忌的亚文化群已经向社会各重要阶层提供了种种自我中心模式……现代性本身就在文化中产生了一种涣散力”[②]。一言以蔽之，中国作家正在日益偏离人文主义的写作，而这正是当今中国文学的最大危机。如果说在二十世纪九十年代许多作家还能朦胧地意识到自己作为“知识分子写作”的文化身份的话，到了世纪之交

---

① 张清华：《身份困境与价值迷局：中国当代文学的世界处境》，《文艺争鸣》2012年第8期。

② 丹尼尔·贝尔：《资本主义文化矛盾》，赵一凡等译，生活·读书·新知三联书店1989年版，第133～134页。

以后，连这个阵营内部也对知识分子的文化身份表示了怀疑与鄙夷——诗歌界的“盘峰论争”就是一个例子。假如说在二十世纪九十年代“知识分子写作”曾经建立过文化上脆弱的合法性的话，那么在近十几年来，这个口号则变成了被揶揄和嘲讽的对象。

当然，出现这样的问题表明当代中国的文化情境的确是太复杂了，太敏感多变了。但扫视目下，有助于我们认知上个时代。陶东风教授的文章确乎深刻地揭示了当代中国作家和知识分子的思想局限，但以张思远为标本，要求在他身上，在王蒙小说中找到理想的现代知识分子的理性精神，也确乎是镜花水月的游戏。

不过陶东风教授的文章也再度激发了我对王蒙作品的兴趣，启示我认识到他小说中这类人物的共性：常常是一些具有特殊政治地位又具有一定思考能力的人，早在1956年的《组织部新来的青年人》中的林震，《春之声》中的科学家岳之峰，《布礼》中的钟亦诚，《海的梦》中的缪可言，《蝴蝶》中的张思远，以至于《活动变人形》中的倪吾诚……他们大都具有特殊的感受力与超乎身份的思想力，即便有特殊的政治身份，也常常不由自主地成为“作者的影子”。以张思远为例，他在进城之前是解放军的师长，之后是军管会的副主任，之后依次是张副市长、反革命分子张思远、下乡改造的老张头，而后官复原职且很快晋升为张副部长。细审这一身份，丝毫也看不出有过什么知识分子的底色或成分，但叙事的需要，作为主人公同时又作为回忆者和“意识流”的主体角色，作者赋予了他强大的思考力，让他成为置身体制内却不断对体制进行反思反讽的一个角色，让他成为一个奇怪的“语言的觉醒者”，一个超前的具备了“解构主义意识的反思实践者”。通过对个人半生经历的回忆，对于革命本身的动力与奥秘、体制与机制、革命话语的来源与构造、意识形态的虚伪与运行方式，等等，都进行了入木三分的分析与描绘，这不能不说是一个奇迹。

三　作为首个解构主义例证的《蝴蝶》

《蝴蝶》最大的意义在于，它可以视作当代作家“语言意识觉醒”的一个标志，也可视为“通过反思语言来反思体制与意识形态”的最佳范例。它不但因为在深层含义上取了《庄子·齐物论》中道家哲学的思想而显得富有精神深度，充满了“恍兮惚兮”的人生怀疑与存在追问，而且通过对当代语言政治与语言暴力的哲学求思，开始了对重大政治与社会命题的深层拷问和触及。这里，我也尝试用细读的方法，来分析一下其中的解构主义思想元素。

显然，本文的理论前提并不是基于西方的论述，西方解构主义理论的引入已迟至二十世纪八十年代后期，王蒙不可能在1980年就知晓西方的解构主义。但是在中国，在古老的哲学与禅宗思想中，在中国人日常的语言智慧中，在新文学的许多经典文本中，早已有着丰富的解构主义实践[①]。在《道德经》的开篇，老子就提出了“作为本体的存在”与“作为语言的认知”之间的不对称关系，“道可道，非常道；名可名，非常名”早已指出了存在与认知之间、意识与表达之间、语言与意义之间一系列的不对称关系，而这正是解构主义理论的最原始的起点。对逻各斯中心主义，对德里达所说的“关于存在的形而上学”的怀疑与颠覆的思想，早已包含在老子的命题之中。禅宗故事中六祖慧能回应五祖弘忍的“生死大法”，针对神秀“身是菩提树……”的偈语，反其意而作的“菩提本非树……”可谓是最经典的解构主义命题了。在新文学中，钱锺书的《围城》可谓是解构主义思想极为丰富的作品，小说中异常活跃地运用了语言中的间离和反讽，昭示了“五四”文化精神在二十世纪四十年代

① 可参见笔者《存在之镜与智慧之灯：中国当代小说叙事及美学研究》，福建教育出版社2010年版，第五章“解构主义与当代小说的美学变异”。

的彻底颓圮。其中新文学话语与旧的传统话语之间、中文与西语之间多重的错位关系，都被渲染得淋漓尽致。在“十八家新诗人”之外的“第十九家”的曹元朗所作的一首《拼盘姘伴》中，其文白夹杂、语法混乱、中西文硬性地互文插接的状况，已然呈现出“能指狂欢”的意味：

昨夜星辰今夜摇漾于飘至明夜之风中
圆满肥白的孕妇肚子颤巍巍贴在天上
这活守寡的逃妇几时有了个老公？
Jug！Jug！污泥里——E fango è il mondo！
——夜莺歌唱……
雨后的夏夜，灌饱洗净，大地肥而新的，
最小的一棵草参加无声的呐喊：“Wir sind！”[①]

当代诗歌中类似的实践也有非常典范的例证，“非非主义”的理论观念，王朔小说中三重话语的狂欢，先锋小说叙事中的“元小说”策略，伊沙早期的诗歌，等等，都可以视为解构主义实践的范例，但所有这些都晚于《蝴蝶》。

很明显，在西方的解构主义理论到来之前，中国人完全有可能进行自己固有的解构主义文化实践，敏感的作家会首先发现这样的机遇。在《蝴蝶》中，我们可以找出太多例证。它通过“日常话语”（叙述话语）、“政治话语”（革命歌曲、张思远所记忆、援引和疑惑的权力话语）、“主体话语”（作为具有“知识分子气质”的思考者张思远的内在话语）、外来作为“他者”角色强行嵌入且不战而胜的“陌生话语”（邓丽君的歌）之间展开的“话语嬉戏”，十分多义和精彩地传达了为德里达所描述的“中心消解”“总体性破碎”“现

① 钱锺书：《围城》，人民文学出版社1980年版，第74～75页。

实与历史之间的紧张关系”等信息。德里达说，“由于不存在一个中心或本源而造成的这种自由嬉戏的运动，是一种增补性的运动”，它以“能指过剩”的方式，彰显了“自由嬉戏与历史之间的紧张关系”，以及“与此在之间的紧张关系”，并昭示出“此在的瓦解”[1]。

与此对应，我们可以从《蝴蝶》中找出至为精彩的例证，来看一下王蒙所意识到的“革命话语的破碎”，以及其中心消解之后的游戏感。他用了隐忍的反讽，来细致地描述了新中国成立之初作为军管会副主任的张思远前往礼堂为共青团员们演讲的情境。大礼堂中座无虚席，但“麦克风坏了”，就在修理麦克的当口，十八岁的美少女，共青团员海云，指挥大家“分声部”合唱起了革命歌曲《解放区的天是明朗的天》。历史的在场者显然是处于身体的亢奋和意识的沉睡之中，但是作为遥远的回忆者，张思远的回溯与反思使这首歌的歌词出现了“断裂中奇妙的敞开”——它的奇怪的修辞与“能指的空转”状态被意外地彰显出来。小说将歌词直接抄录其中：“……民主政府爱人民哪，爱人民……共产党的恩情，恩情……说不完哪……说不完……不完……”

“呀呼咳咳咿呼呀咳，呀呼，呀呼……咳咳！咳咳！咳咳！咳咳……”

全礼堂都在“咳咳咳咳咳咳”，好像在抬木头，好像在砸石头，好像在开山，在打铁。是的，打铁。

在奇怪的“和声效果”中，这话语游戏与狂欢的属性暴露无遗。作家对这个“能指极端过剩”的游戏产生了前所未有的质疑，他猛然意识到，正是这些“咳咳咳咳”的无意义音节，通过旋律和

① 德里达：《结构，符号，与人文科学话语中的嬉戏》，盛宁译，见王逢振等编《最新西方文论选》，漓江出版社1991年版，第144～147页。

巨大人群的组织形式，通过和声与重复的加强，生成一种不可抗拒的认同力量，并且转换为“新社会”和“新生活”的合法标记以及专制力量。反过来这也表明，在过去的几十年中，人们实际上是生活在这样一种“话语的虚构”游戏之中。

这便是真正的觉醒和历史的揭秘了。1980年，哪一部小说能够达到如此历史揭秘的深度？接下来，就是张思远的演讲。之前，小说已令人震惊地揭示出“语言即权力[①]的秘密——王蒙几乎就要说出这句话了，尽管他此时并不知晓米歇尔·福柯为何许人，但非常清晰地意识到了革命话语所蕴含的巨大力量，意识到革命的权力是通过革命话语的传播与加强来实现的，而这样的力量，只要通过他的虚构，通过他为权力所赋予的身份和“为真理做判断的集会”[②]，就能够轻而易举地实现。这套革命的、充满暴力的宏伟词语所向披靡，无所不能，“要什么就有什么”，真是奇妙极了。

……他的话，他的道理，连同他爱用的词汇——克服哇、阶级呀、搞透哇、贯彻呀、结合呀、解决呀、方针呀、突破呀、扭转哪……对于这个城市的绝大多数居民来说都是破天荒的新事物。他就是共产党的化身，革命的化身，新潮流的化身，凯歌、胜利、突然拥有巨大的——简直是无限的威信和权力的化身。他的每一句话都被倾听，被详细地记录，被学习讨论、深刻领会、贯彻执行，而且立即得到了效果，成功。我们要兑换伪币、稳定物价，于是货币兑换了，物价稳定了。我们要整顿治安，维护秩序，于是流氓与小偷绝迹，夜不闭户，路不拾遗。我们要禁赌禁娼，立刻“土膏店”与妓院寿终正寝。我们要什么就有什么。我们不要什么，就没有了

① 米歇尔·福柯：《话语的秩序》，肖涛译，见许宝强、袁伟选编《语言与翻译的政治》，中央编译出版社2001年版。

② 克尔凯戈尔：《“那个个人”》，见W.考夫曼编著《存在主义》，陈鼓应、孟祥森、刘崎译，商务印书馆1987年版，第93页。

什么。有一天，他正对着市政工作人员讲述“我们要……”的时候，雪白的衬衫耀眼，进来了一位亭亭玉立的大姑娘……

这套宏伟的词语，不仅转化为摧枯拉朽的专政力量，而且还当然地俘获了少女的爱情。主人公的话语权力、政治权力和性权力奇妙地结合在一起，实现了戏剧性的结合。

但这还没有完，王蒙接下来还要浓墨重彩地描绘出张思远“报告”的情景，他的这番看似无比正确的宏大叙事，彻底地彰显了他的“红色修辞的虚构性”，以及“能指”被无限夸大的状态。他的横空飞来的话语繁殖力便开始了华丽的表演：

“共青团员们！”鼓掌。“同学们，向你们问好！向你们致以革命的、战斗的敬礼！”鼓掌。“你们是新社会的主人，你们是新生活的主人，先烈的鲜血冲开了光辉而宽阔的道路，你们将在这条道路上，从胜利走向胜利！”点头称是，一字不漏地往小本上记，但仍然不影响频频地鼓掌。“中国的历史，人类的历史，开始了崭新的篇章，我们再不是奴隶，再不是任凭命运摆布的可怜虫，我们……失去的只有锁链，我们得到了全世界……”更加热烈的鼓掌。他看见了海云激动的泪花。

多么激荡人心却又空洞无物的承诺，谁将是这没有具体主体的“主人”？作为听众之一的海云在不久之后就被打成了右派，而被永远剔除出了“你们”的行列。张思远靠着这由虚拟的修辞所产生的巨大力量，使自己得到了令他自己都难以置信的辉煌成功和满足。他整个地已经“工作”并置身这种由词语造成的红色幻象之中。因此，当他的妻子海云痛失了刚刚出生的第一个孩子之时，没有尽到父亲之应有责任的他，便用了一个奇怪的逻辑来批评妻子的软弱：“你不能只想到自己，海云！我们不是一般的人，我们是共产党员，是布尔什维克！就在这一刻，美国的B-29飞机正在轰炸平壤，成千上百的朝鲜儿童死在燃烧弹和子母弹下面……”他竟然没有搞明白，难道共产党员就应该对自己耽搁了病情而死亡的儿子无动于衷吗？难道儿子的死，相较于远在千里之外的朝鲜儿童的死，一定是某种必要和必然的代价吗？沉醉和迷恋于这种语言幻象的张思远，习惯性地做出了这种推论，否认了他作为父亲的失职之过。借用罗兰·巴特的话说，这就是“一种语言自足体的暴力，它摧毁了一切伦理意义。……它不是一种内心的态度，而是一种强制性的行为”[①]。

《蝴蝶》中揭示语言与权力关系的秘密，揭示话语本身的虚构逻辑的自觉，不是即兴和意外的神来之笔，而是非常系统的思考。比如，他清楚地意识到了“词语决定存在”的问题，小说主人公张思远在经历了几度人生的沉浮之后，发现自己命运的变迁最终不过是几个词语的变来变去。他因此发出了这样的追问——

……那个坐着吉姆牌轿车，穿过街灯明亮、两旁都是高楼大厦的市中心大街的张思远副部长，和那个背着一篓子羊粪，屈背弓腰，咬着牙行走在山间的崎岖小路上的“老张头”，是一个人吗？他是“老张头”，却突然变成了张副部长吗？他是张副部长，却突然变成了“老张头”吗？这真是一个有趣的问题。抑或他既不是张副部长也不是老张头，而只是他张思远自己？除去了张副部长和老张头，张思远这三个字又余下了多少东西呢？

语言主宰了人的命运，决定了一个人的生存。并且，语言还有时会大于和“先于存在”：在一个又一个运动中，张思远亲眼看见人被预先安排好的词语符号“击中”，词语想让谁一夜之间完蛋，总是

---

① 罗兰·巴尔特：《写作的零度》，李幼蒸译，中国人民大学出版社2008年版，第33页。

具有魔术般的灵验，“揪出来，定性，这是比上帝的旨意，比阎王爷的勾魂诏更强大一千倍的自在和可畏的力量……这简直是一种魔法，一种丝毫不逊于把说谎的孩童变成驴子、把美貌的公主变成青蛙、把不可一世的君主变成患麻风病的乞丐的法术”。

福柯在论述历史的构建方式的时候，曾精辟地反思了被各种话语和材料建构的历史叙事的局限。一方面，“文献”是沉默的，“印记本身常常是吐露不出任何东西的”，另一方面，那些被权力设定好了的讲述，又同样不会接近历史本身。所谓的“伤痕”与“反思”叙述，都属于这种在政治框架上和叙事构造上已然设定好了的讲述：美好的童年或者开端，而后风云突变，某种僭越的邪恶势力强行改变了主人公的命运，然后是受难，关禁，亲人的离散，等待，黑暗尽头曙光出现，噩梦醒来是早晨，主人公被永恒正确的主导力量所拯救，重获自由与光明，团圆和胜利。总结是，前途是光明的，道路是曲折的，革命道路是不平坦的，但最终是一定会胜利的。这样的叙事已然成为一种“叙述的习惯”。福柯说：“只有重建某一历史话语才具有意义。”[1]《蝴蝶》在某种程度上，正是通过陌生话语与一个反思者主体的构建，在另一语境中复活了那些已悄然消失的历史话语，并将之投放在新的意识强光中，重现了历史内部隐秘而黑暗的路径。

某些时候甚至作者也按捺不住，要通过人物的意识来强行插入议论，以表明他所意识到的政治话语对人性的统治与遮蔽。张思远复职后，要把他一直深爱的远在山乡的秋文接来，但他无法向部长交代，他只能说“他要解决个人问题，似乎这样说才合法，才规范。如果他说他要去看看他的心上人，那么人们马上会认为他‘作风’不好，认为他感情不健康或者正在变‘修’。把爱情叫作‘问

---

① 米歇尔·福柯：《知识考古学》，谢强、马月译，生活·读书·新知三联书店1998年版，第7页。

题’，把结婚叫作解决问题，这真是对祖国语言的歪曲和对人的情感的侮辱”。这个说话人的身份显然已经不是人物，而是作者自身了。

例子还有很多，王蒙几乎是搜罗了他所有能够找到的语言例证，不惜以“堆砌”的方式将它们烩于一勺，从而达到充分的“话语嬉戏”的效果。比如他写到主人公复职后最敏感的是大字报仍如影随形、旧时相识一般地敲打着他，那些熟悉的话语常让他不知今夕何夕。他听到“左派”们喝酒时的“拳经”，可视为是革命话语直接的“解构主义戏仿”了：“一元化呀，三结合呀，五星红旗呀，八路军哪……”两个不在哨位上的警卫战士，正“模仿样板戏的对话：‘……两件什么宝？’‘好马，快刀。’‘马是什么马？’‘吹牛拍马。’‘刀是什么刀？’‘两面三刀。’”如此，等等。甚至作者本人的叙述也在这种活跃的语境中受到激发，变得飘忽而滑动、戏谑而膨胀：“美兰是一条鱼。美兰是一条雪白的天鹅。美兰是一朵云。美兰是一把老虎钳子……”四个词语的能指是完全不相干的，但它们可以同时指向一个所指。它再次强烈地暗示着作家的一个荒诞体验：语言就是对现实的虚构、扭曲、粉碎和戏耍，语言本身即充满了暴力。

四　如何认识《蝴蝶》的意义与局限

陶教授的文章这样分析了张思远这一人物的局限性，认为他“除了认同革命，忠诚组织，根本不可能有别的任何认同或忠诚。这也决定了获得‘平反’之后，张思远的‘反思’根本不可能触及造成‘文革’社会灾难（包括张思远自己的悲剧命运）的根源”[①]。的确，从绝对性的意义上来说是这样，张思远不可能从一个完全的人文知识分子的高度上，意识到“文革”的根源，并找到另外的认

① 陶东风：《一个知识分子革命者的身份危机及其疑似化解——重读王蒙的中篇小说〈蝴蝶〉》，《文艺研究》2014年第8期。

同，因为他不可能超越历史，王蒙先生也不可能超越历史。这一点，我并不会因为出于“历史主义”的立场就会加以否认，同时，我也并不认为从一般和永恒的意义上，这篇小说会有多么了不起的艺术价值。但从历史出发，我仍然服膺于它敏锐的语言自觉与精妙的解构主义实践。认真阅读作品，将之放还至1980年的历史场域，会得出这样的结论，会吃惊于他对体制本身与意识形态痼疾的深入思索，对其构成秘密的率真揭示，以及“春秋笔法”也无法掩饰的讽喻立场。在我看来，它通过语言（而不是观念）层面上具体而精准的戏仿与反讽、狂欢与嬉戏的解构活动，敏感地揭示出了革命意识形态及其话语构造的来源，其生成机制、传播奥秘、权力的实现形式，以及在某些时候的病变与弥漫，其可怕的虚构性、荒诞性与欺骗性。这样的反思高度，恰恰是这个年代的绝大部分文本所无法抵达的。因此，历史地看待，我主张给它以客观和高度的评价，这或许是更实事求是的态度。

我之所以说《蝴蝶》是“孤独”的，是因为在它之前这样的自觉是没有的，在它之后很长时间里也没有。直到1985年之后，类似具有解构主义实践意义的作品才陆续出现。1985年还只是个苗头，在莫言的《透明的红萝卜》中，小石匠对着公社革委会副主任“刘太阳”说的那番话，似乎有一点游戏红色主流话语的味道；王安忆《小鲍庄》中给那个封闭山村的孩子们取名的方式（文化子、建设子、社会子等），也颇有反讽的意味。除此之外就是王蒙自己了，在他1985年前后的小说如《冬天的话题》《来劲》《选择的历程》等中，都充满了对语言的“施暴”和对宏伟词语，包括对政治和知识分子意识形态双重的游戏倾向。但王蒙的局限在于，他的语言意识似乎并未从《蝴蝶》更前进一步，他过分强化了“作者”——叙事主体的兴趣和理念，几乎将叙事变成了自己的“语言表演”，而不是侧重于历史情境中的人物的语言活动。虽然有的作品中的这类表演很有着某种与解构主义接近的表征，像《来劲》中的一些句子：

“……你可以将我们的主人公叫作向明，或者项铭、响鸣、香茗、乡名、湘冥、祥命或者向铭向鸣向茗向名向冥向命……以此类推……”但这同他在《蝴蝶》中所表现出的语言方面卓越的颠覆性相比，根本没有什么进步。看起来他这里是刻意夸张地对汉语中字音与字义之间的差异性进行一种“实验”写作，甚至也试图借此对中国文化中的某些“亦此亦彼”的模棱两可的因素进行讥讽，但他还是没有从精髓上抓住当代社会特别敏感的情境，从而将对语言的处理深入历史与政治情境的核心之地——1988年以后的王朔比之王蒙之所以有一些进步，主要是在这方面。在小说叙事语境的设置，以及人物对话过程中使用反讽、调侃、语意颠倒与语境偷换等技巧，是王朔的特长。

另外，如果从“解构主义阅读”的角度看，《蝴蝶》还是一个典型“男权主义叙事”的例证。即使它不同寻常的政治深度，也不能掩盖它“皇帝婚姻结构”的叙事内核。主人公虽历经磨难，也还保有超出常人的反思精神，但政治的沉浮赐予他的，最终是“三易其妻”的机会，第一任妻子海云是“浪漫型”的，曾与他有过浪漫的精神对话；第二任妻子美兰是“生活型”的，曾把他的生活安排得井井有条；第三个“对象”秋文是历经考验的“完美型”的，她是知识分子出身，经历了人生的风风雨雨，思想性格散发着成熟之美。对张思远来说，还有什么比这更受用的呢？悲欢离合、荣辱浮沉，最终不过都是他人生辉煌和成功的必要和浪漫的组成部分罢了。假如从这个角度看，《蝴蝶》又变成一个可以进行精神分析与女权主义批评的对象了。

先锋的终结与幻化

——关于近三十年文学演变的一个视角

在沉寂多年之后，“先锋”“先锋文学”在2015年再度成为一个热词，纪念和讨论之声不绝于耳。但关于这些讨论，学界似乎并不十分认真。因为历史在经过了三十年或更长时间之后，先锋文学与今天的文学究竟是怎样的一个演变关系，才是问题的关键所在。它演化出一系列的问题，比如——先锋文学还存在吗？如果存在，它演变成了什么样子？如果不存在，它去了哪里？它的终结和“幻化”究竟意味着什么？它留给今天文学的遗产是什么？今天的文学受到它什么影响，因此该如何评价？假如我们失去了对历史的感知，便不可能对今天的文学及其趋向做出客观和清楚的把握，这是常识。

在笔者看来，必须要试图解答上述问题，宁可冒着跌入历史或者概念陷阱的危险，也要促动一下关于先锋文学的问题的思考与讨论。此前，笔者曾以《谁是先锋，今天我们如何纪念》为题，关于先锋文学的历史流脉，关于今天我们应该以什么样的出发点和立场来纪念先锋文学，进行粗略的辨析[1]，但毕竟该文只是针对更为久远

① 张清华：《谁是先锋，今天我们如何纪念》，《文艺争鸣》2015年第10期。

的历史，而关于后续——先锋文学的演变与终结的晚近状况，并未做出厘清。在本文中，我将尝试对这些密切关联的问题再做一些梳理。

一　先锋文学的终结

说先锋文学“终结”，当然不是预言家的占卜和宣告，而是一种历史的和文化意义上的探讨，以及从内在精神线索上小心的梳理。事实上，与中国当代文学的历史流脉相比，这一话题早已显得过于古老了。从历史逻辑上说，这一预告应该在二十年前，在二十世纪九十年代中期中国社会的转型之际。如同丹尼尔·贝尔所说，“现代性用迅速接受的办法来阉割先锋派，就像它同样安之若素地把西方的过去……的种种因素，接收到它的文化大杂烩中一样”①。这种情形非常像二十世纪九十年代中期中国文学的境况，因为社会观念的结构性的松动，原来的新旧对立迅即瓦解，先锋文学所产生和赖以依存的紧张情境陡然消失了，社会仿佛一夜之间迅速地接纳了十几年来一直被迫暗流涌动潜滋暗长的先锋文学，人们对所有陌生新鲜的趣味忽然都不再感到新鲜。用这个年代的批评家的说法，先锋派的境遇是经历了“从绞架到秋千”②的变化，绞架固然危险，但成就了先锋派的文化英雄角色，而一旦绞架变成了秋千，主体的身份即迅速瓦解了。不仅其人格化的力量迅即消弭，其文本形式也迅速地俗化或粗鄙化。这一逻辑替换成贝尔的话说，即所谓“天才的民主化”，他在讨论美国二十世纪五六十年代的文学与文化的时候，也描述了类似的一种演变。从“强调艺术中的等级观念”的汉娜·阿伦特等二十世纪五十年代的批评家，到将“高级和低级文化（又称大

① 丹尼尔·贝尔：《资本主义文化矛盾》，赵一凡等译，生活·读书·新知三联书店1989年版，第149页。

② 朱大可：《燃烧的迷津——缅怀先锋诗歌运动》，载《上海文论》1989年第4期。

众文化和通俗文化）的分野”“嗤之以鼻”的苏珊·桑塔格，人们对于先锋派的认识迅速改变，认为其与俗文学之间的关系，不过是“独特物品和批量产品”之间的区别而已。贝尔还引述桑塔格的话指出，严肃艺术家本有的特殊价值，具有了“一种明确无疑的非人格特征”[①]。

仅是这样比附当然不足以阐明当代中国先锋文学的状况，正如彼得·比格尔在《先锋派理论》中反复强调的“审美范畴的历史性”[②]一样，“超历史的知识”是靠不住的，甚至超出历史逻辑单纯以自我的审美取向来进行判断也是有问题的。据此，他对卢卡奇和阿多诺的先锋派批评都进行了分析和质疑[③]。在笔者看来，关于中国当代先锋文学的“历史化”的理解，是谈论这一问题的基础。关于这一点，我已在之前的文章中做过梳理，这里只能稍加回溯。“先锋文学”在当代中国当然是一套审美价值观念，一种自由的艺术精神，一种反叛的力量，一堆作家和文本的集合。但归根结底，它又是一场具体和历史的文学运动，是由一系列定格于历史时空的事件、文本和人的连续化构成的。因此我们可以将它看作是在历史中持续发生和存在过的一场文学运动，或是一个具有变革性的文学潮流。在笔者多年前的描述中，它是一场始自二十世纪六十年代“历史黑夜”的，以启蒙主义思想为内核的，以现代主义的艺术元素为表现载体的，在前期是由社会范畴中的启蒙向着文化范畴中的启蒙逐渐深入的，在后期是由启蒙主义转向了个体本位的存在主义思想内核的……是一场持续二三十年时间的，由地下逐步浮出水面的，由弱小逐渐壮大的，由不合法而最终合法的，并且进入了当代中国文学与文化谱系的顶端的……这样一场波澜壮阔的思想文化与文学艺术

① 丹尼尔·贝尔：《资本主义文化矛盾》，第178～179页。

② 彼得·比格尔：《先锋派理论》，高建平译，商务印书馆2002年版，第79页。

③ 参见彼得·比格尔《先锋派理论》第五章，关于“阿多诺与卢卡奇的争论”一节，第162～172页。

运动。这是笔者早在1997年出版的《中国当代先锋文学思潮论》对先锋文学所做描述的一个基本轮廓[①]。它不止包含了小说和戏剧界的变革，更是以诗歌领域中遥遥前出至历史黑夜之中的“地下写作”的思想变革而肇始。因此，所谓“纪念先锋文学三十年”，其实只是一个并不完整和确切的话题，假如从当代诗歌写作中现代性思想的发端开始算起，先锋文学的纪念起点何止已经四十年。

然而本文的意图不是探讨这无限久远的历史，而是要探讨它的终结。在笔者看来，先锋文学一定是一个历史范畴。假如只将先锋文学理解为一种“精神”，自由的精神，那么它将无法被看作一种历史，所以我们从当代中国文学历史的大逻辑来理解，它从最低限度上，是对于“左”的政治意识形态时期文学的一种反拨；从较高的限度上说，是对“五四”新文学传统的一种恢复和弘扬，因为新文学是在一种世界视野和中西文化冲撞的条件下才出现的；从最高的也是最根本的意义上说，它又是中国文学自身不断运化前行的必然要求。也就是说，现代性的必然诉求，加上二十世纪六十到八十年代的历史契机，导致出现了这场时空旷远又广泛联系的文学运动。它的根本使命不外有两个，一是要通过文学的方式来续接中断的启蒙，这与“五四”是遥相呼应的；另一个则是要通过一场艺术的现代主义运动，追赶越来越被拉大的技术距离。而对于这样一场启蒙主义与现代主义相交杂的文学运动的整体性想象，就是我们对于“先锋文学”的基本理解。这基本上重合了西方对于“现代主义”与“先锋派”的交叠关系的理解，但也有一个重要的区别，即在西方先锋派被认为是进行“自我批判”的，比格尔举例说，“作为欧洲先锋派中最激进的运动，达达主义不再批判存在于它之前的流派，而是批判作为体制的艺术”本身[②]。而中国当代的先锋派文学，虽然也包

① 张清华：《中国当代先锋文学思潮论》，江苏文艺出版社1997年版；中国人民大学出版社2014年修订版。

② 彼得·比格尔：《先锋派理论》，第88页。

含了类似的极端观念，但主要还是基于对之前旧的艺术方法——那些植根于简单认识论、机械反映论、庸俗社会学的艺术方法——的全面摒弃与僭越。只是到了二十世纪九十年代的后期，在大众文化逐步兴盛起来之后，极端性和行为化的写作方才逐渐显露出来。这是另一个问题，下文我还将详述，这里我想说的是，它恰恰表明了先锋派文学运动在当代中国的衰变和式微。

从上述逻辑看，归根结底，先锋文学在当代中国是一场启蒙主义的文学运动，只不过它所采用的艺术标尺和背景改换为现代主义而已。而这场运动的结束，实际上也就不难推断，启蒙的终结就是先锋的终结。当然，我说的启蒙不是历史范畴中的启蒙，而是作为功能和实践范畴的启蒙，在二十世纪八十年代的语境中，任何新知和新的方法论世界观，就其功能与实践意义而言，都是启蒙。而启蒙的终结标志，形象地说就是“从绞架到秋千”，启蒙主义文化情境的消失，终结了先锋派的主体价值以及人格力量；贝尔所说的“天才的民主化”庶几近之，即艺术创造蜕变为风格复制，先锋派独有的人格化内涵遂趋于散失。

仅从逻辑上推论当然不够，再让我们来看看事实：1993到1995年，是中国社会从政治中心转向经济中心，价值与伦理发生剧烈动荡的最初几年。正是在这几年中，中国文学发生了几个标志性的事件。一是人文精神大讨论，这场历时近三年的论辩几乎席卷了整个知识界，其主要的分歧在于，面对市场时代新的价值规则，知识者是以“顺从”还是“抵抗”，是守住“崇高”还是“躲避崇高”，是以“宽容”还是“不宽容”，出现了两种看似截然对立、实则又殊途同归的论争。这一讨论的实质，现在看来其实是再次证明了一个关于历史与道德之间的古老的价值背反关系。面对市场经济带来的物质至上主义，抵抗者着眼的是坚持既有的启蒙主义价值立场和精英意识，以此来抨击讽喻世风日下人心不古，缅怀其似曾拥有的辉煌过去；而顺从者着眼的是社会的发展进步，认为不能为市场经济的某些负面所障目，真正的社会变革和文化理想需要通过市场经济的建立来实现，没有市场经济的基础便不可能有自由创造的思想空间，因此没必要大惊小怪。在极左政治的年代中，“压根就没有”什么人文精神，又“上哪儿失落去”“现在终于可以大谈特谈了，是不是说明市场经济的发展终于使人文精神有了一点点回归呢？”[①]这是王蒙对抵抗派的一个劝导，他所谈的，正是贝尔所揭示的“文化经验的多样化”的开端，在这种渐趋多元的价值结构中，先锋派文学的土壤——危险的社会语境和清晰的文化紧张关系已经近乎含混不清；同时，知识分子群体内部的价值分化，也使其原有的“天然合法”的启蒙主体角色迅速瓦解。

第二个标志性的事件，是1993年贾平凹的长篇小说《废都》的出版，这部作品之所以成为人文精神讨论的导火索之一，是因为其中充斥着刻意夸张的性描写，用了大量的“□□□”一类的删节符号，来刻意凸显对性的商业性兜售。显然，这样的作品在1992年之前是难以出现的，尽管在历史与社会批判的力度上，先锋文学始终要大得多，也尖锐得多，但奇怪的是，先锋小说居然没有遭到什么像样的批评；而在社会更加开放的1993年，《废都》遭到了激烈抨击。这刚好也应了贝尔的说法，“先锋派的性质即对某种传统的摒弃”。《废都》摒弃了新文学以来小说的基本写法和立场，显得在道德上异常惊世骇俗，但没有人认为其是“先锋文学”；因为与大量同时期的作品比，它显得更像是中国传统小说的复活——仿佛是《金瓶梅》的当代版。而这刚好可以富含深意地表明，中国古老的旧小说传统在新文学历经了将近一个世纪的变革之后，居然重新借尸还魂。毫无疑问这是一个征兆，即以变革和反叛为己任的先锋文学，正在迅速失去其刚刚被拟定的合法性，一种“怀旧”的写法反而具备了更为敏感的现实基础。

---

① 王蒙：《沪上思絮录》，《上海文学》1995年第1期。

果然，无独有偶的是，1995年王安忆推出了她的长篇代表作《长恨歌》。与《废都》一样，《长恨歌》也是向传统致意或致敬的小说，在形式上模拟了白居易，在故事结构和神韵上又仿佛是“简版的”《红楼梦》，或是戏仿了明代的拟话本小说《王娇鸾百年长恨》。总之在这部小说中，王安忆早期本就较为稀薄的欧化探索意向，早已被贴着社会历史和人物命运前行的写实手法所取代。在二十世纪五十年代出生的作家群中，贾平凹和王安忆无疑是具有代表性的两位，他们在市场经济和大众文化复归的年代共同地显现出回归传统的取向，绝非偶然。当然，这个年份中也出现了莫言的《丰乳肥臀》，这部作品中的先锋性依然无可否认，它用了非常接近于马尔克斯和福克纳的结构，来展现二十世纪的中国历史。但它“反进步论”的历史叙述，也透出了类似中国传统小说中的“轮回化的时空观”，这在其早期的小说中是绝不可想象的。在余华等作家的笔下，我们还看到了另一种相反的向度，即早已为批评界反复论述过的“向着现实主义的转型”。他在1992年出版的《活着》和1995年出版的《许三观卖血记》，一反他之前那些极具形式探索意味的中短篇小说的写法，呈现了刻意的直白和简单。这其中当然也有许多深层的可阐释的联系，但作为先锋派代表人物的余华，其创作风格的陡然变化，也正是敏感地喻示了先锋派文学作为一场运动的幻形，或者终结。假如我们要简单化地解释这个原因，那么贝尔所说的“现代性用迅速接受的办法来阉割先锋派”，似乎是一个比较传神和准确的结论。

很显然，小说领域中1985年的新潮运动和1987年的先锋派崛起，在政治和文学上都几乎未曾遭到任何的抵抗，之前在二十世纪八十年代之初雏鸭试水般的“今天派”和“朦胧诗”却遭到了激烈的批判。之所以会出现这种现象，原因一是前行者已然筚路蓝缕杀开了血路，二则是社会文化环境中固有的紧张早已不复存续，危险的“绞架”业已变为游戏的“秋千”。在二十世纪九十年代之初短暂的回潮与压抑之后，1992年急速转型的政治与文化又迅速置换了这些压力——对知识者来说，压力不再来源于同旧式政治之间的紧张，而是来自市场比照下的囊中羞涩。具有明显游戏意味的大众文化与新一茬的消费主义的叙述，正在“尖叫”着挤进将临散场的文学殿堂。先锋派所实践的看似陌生和新鲜的一切还未曾稳住阵脚，一代新人便排队登台，他们以更通俗的形式和更令人吃惊的叛逆姿势，迅速地抢夺且盖过了先锋派的风头。

事实上，笔者早在《中国当代先锋文学思潮论》一书的最后一章中，即以“先锋文学思潮的分裂与逆变”为题，预示了先锋文学可能的终结。迄今这个判断被时间证明是客观的。我的依据正是“人文精神讨论”所标识的价值分裂对先锋文学精神根基的自我颠覆。其中我对先锋文学运动停滞的背景原因大致做了四个方面的归纳：一是“启蒙主义的受挫和被商业文化悬置”，二是“进化论神话的崩毁和相对主义的价值困境”，三是“一个总体的‘后现代’假象在上述背景上的出现给当代文化带来的深刻误导”，四是“文学本体的弱化、虚化、迷失和认识论方法的畸形发育与膨胀”[①]。这些分析可能有言不及义处，但总体上说出了先锋文学根基的动摇，从精神内核、思想资源、价值依托以及文学自身的诸种状况上，阐述了先锋文学即将被大众文化主导的消费文学所围困和替代的逻辑与趋势。

二　先锋去了哪儿

先锋文学去了哪里？这是紧随“终结论”而出现的问题，照贝尔对欧美先锋派去向的论述逻辑，先锋派在遭遇后人的“迅速接受”以及复制之后会无疾而终。这种逻辑在当代中国还有另一种“善终”，即很自然的一种消融，它渗进了土地和万物的根系，成为

---

① 张清华：《中国当代先锋文学思潮论》，江苏文艺出版社 1997 年版，第344～348页。

后来者的基因。犹如一位虽不曾成为先锋派诗歌的代表，但亦堪称同路者的骆一禾，早在1982年的一首题为《先锋》[①]的诗中所预言的，“在春天到来的时候／他就是长空下／最后一场雪……／明日里／就有那大树常青／母亲般夏日的雨声”。犹如一位真正的预言家，他在朦胧诗处于被批判和半是秘密流传的处境之中时，便预告了它作为“先锋”的终将胜利。只是他非常清楚，这种胜利已不是郭沫若式的预言——“凤凰涅槃”般惊天动地的再生，而是悄无声息的最终消散——当它被接受之时，也就是它深入人心“化雪为雨”再无踪迹之日。所以，诗人说：“我们一定要安详地／对心爱的谈起爱／我们一定要从容地／向光荣者说到光荣。”这也如同李商隐的“何当共剪西窗烛，却话巴山夜雨时”一样，是一种“现在将来过去时”或“将来过去现在时”的说法，是汉语里独有的表达时态：在未来的胜利之时说到今日的困苦守望，遥想那时必定是一种难以言喻也无须言语的百感交集。

先锋派去了哪里？让我们来尝试着回答这个问题。在我看来，先锋文学的类型大致应该有三种，一是基于社会和文化的，一是基于哲学与形而上学的，还有一种更多是基于形式探索的。第一种的代表是早期的启蒙主义写作，还有二十世纪九十年代初期诗歌写作中承受压力的一脉，主要是针对旧的非人性的集权文化的一种反动。朦胧诗是其中最典型的例子，之后的“第三代”也有反对旧意识形态的一面，但它更多地是以文化而非政治的姿态，某种意义上他们还成为先锋诗歌中自我终结与埋葬的部分，因为它还兼有“反艺术制度”的一面，充满了文本与技术上的破坏性与自我颠覆性。第二种便是“海子式”的，近乎一种稀有的特例。他与骆一禾作为

① 该诗最早见于北京大学“五四”文学社未名湖丛书编委会，老木编选《新诗潮诗集》（下），该书后记表明编成时间是1985年1月31日。在西川选编的《骆一禾、海子兄弟诗抄》一书中，该诗标注的写作时间为1982年，江苏文艺出版社2014年版。

同道，在二十世纪八十年代书写了一种现代的诗歌神话，也同时完成了自己“诗歌英雄”的主体设计——这也符合苏珊·桑塔格所推崇的“人格化创造”的先锋派范式。我一直认为，海子或许是在农业文化经验之中产生的“最后一位”抒情歌手与诗歌英雄，虽然他崇敬的人格范型更近于浪漫主义的“诗歌王子”，他致力于构建的是穿越古典与现代，同时具有文化原乡、原型以及“弑”的现代性创造的“伟大诗歌”写作，但其哲学根基是存在主义与现代性认知的混合体。他用农业时代的象征体系与经典语言，创造了一个“现代史诗”的文本类型，并通过其“一次性的诗歌行动”[①]——自杀，而将之祭上了神坛。海子无疑属于先锋派的经典形象，但他的创造通过人格的自我圣化，被封存于他自己的“雪山神话”之上，一部分被定性为“不可解读”的伟大诗歌，另一部分则被简化和俗化为农耕文化条件下的乡土抒情，或“现代田园诗”。在二十世纪九十年代之初，这股因为缅怀和追随海子而涌起的“新乡土诗潮”，显豁地证明了这种先锋写作的降解与终结形式。随着另一位更年轻的诗人伊沙的一首《饿死诗人》[②]的嘲骂，这股流俗化的诗歌潮流便迅速消失了。

显然，海子诗歌所派生出的“新乡土诗”热，正是“天才的民主化”和“现代性用迅速接受来阉割先锋派”的范例，先锋派正是消失在这种迅速的接纳和泛滥的模仿之中。这其中当然有文本复制与创造之间的差异，但更重要的是“创造性人格”本身的不可复制性，即海子所推崇的人本与文本合一的“一次性诗歌行动”，这种“一次性”犹如屈原同时写出了《离骚》并且殉身于汨罗一样，是无法模仿的。这当然是极端的例子，其实在先锋诗歌运动的早期，所

① 海子：《诗学：一份提纲》，其中一节为《伟大的诗歌》，见西川编《海子诗全编》，上海三联书店1997年版，第898页。

② 该诗最早见于民刊《非非》1992年复刊号，原诗中有句：“城市中最伟大的懒汉／做了诗歌中光荣的农夫／麦子，以阳光和雨水的名义／我呼吁：饿死他们／狗日的诗人／首先饿死我／一个用墨水污染土地的帮凶／一个艺术世界的杂种。”

有诗人都有一种人格化的建构，比如北岛，他在《回答》中即描画了自己作为牺牲或者殉道者的决心与形象："如果海洋注定要决堤/就让所有的苦水注入我心中/如果陆地注定要上升/就让人类重新选择生存的峰顶。"仿佛是拉奥孔或者普罗米修斯，他有一种为真理而承受苦难的冲动。顾城是另一种例子，虽然他没有诗歌英雄的理想，却以其极端和病态的人生演绎了另一种悲剧型的人格例证，构成了一种病态的精神现象学的范例——某种意义上，顾城也是一种介乎于浪漫主义者与现代主义者之间的诗歌传奇。但这种情形在除海子之外的"第三代"之后，便不再延续。在李亚伟、于坚、韩东和伊沙们的笔下，主体人格被刻意露骨地矮化和俗化了，成为粗糙粗鄙和粗陋粗俗的形象。假如说在他们这里，故作姿态的自我矮化似乎还具有一些文化反抗的意义的话，那么到世纪之交以后的"下半身""垃圾派"与"低诗歌"群体这里，人格几乎已完全不再有文化含义。所以，所谓"先锋性"在文化上也就无以附着了。一句话，先锋在他们这里，已经完全异化为一种极端的恶作剧，或者纯然的撒娇游戏。

另一种情形，是先锋美学幻形为"中产阶级趣味"，这也是丹尼尔·贝尔最经典的论述。在论及美国二十世纪五十年代的文化状况时，贝尔提出了这个极具贬义性的文化概念——"中产趣味"。他引述另一位文化批评家德怀特·麦克唐纳的话说，"大众文化的花招很简单——就是尽一切办法让大伙儿高兴。但中产崇拜或中产阶级文化却有自己的两面招数：它假装尊敬高雅文化的标准，而实际上却努力使其溶解并庸俗化"①。贝尔没有详细地讨论这种中产阶级趣味的来历，他只是指出了其与大众俗文化之间眉来眼去的关系；但他的另一个说法可以看作是对其来历的精妙解释，即"先锋派的制度化"。本来是反制度的，没承想也成了制度化的东西——被作为主要

① 丹尼尔·贝尔：《资本主义文化矛盾》，第91页。

消费者的中产阶级当作一种新的意识形态。贝尔说："先锋派观念一旦为人接受，它将在礼节、道德以至政治领域内确立起文化至上的制度化形式。"而这极有可能就会变成中产阶级所追慕的消费品。如同凡·高在活着的时候一幅画也卖不出去，但死后其作品迅速成为一种制度化的风格、一种经典的消费品一样，中产阶级趣味就是这样一种看似追随高雅和先锋文化，实则骨子里空洞和平庸的东西。贝尔接着说："今天已不复存在具有重要意义的先锋派，亦不再有令人震惊的艺术与受震撼的社会之间的那种张力——这种平庸普遍的观点仅仅证明先锋派已经取得了胜利……"[①]

以上这段话无疑可以看作是对"先锋派去了哪里"的精妙的解释。通过制度化和消费化，变成被社会接纳却也矮化了的消费文化，这是看似胜利，实际却变质了的一种东西。在二十世纪九十年代后期，这种状况变得尤为明显，1999年春天的"盘峰诗会"上，作为"民间派"前锋的诗人徐江，就曾以尖酸刻薄但又极具杀伤力的口吻，对"知识分子写作"的一方予以讥讽，诸如"开着私家车，搂着洋妞，过着中产阶级的生活，冒充国内流亡诗人……"[②]云云，粗蛮的话语道出了一个敏感的事实，即在这个年代先锋诗人合法身份的丧失。很明显，在二十世纪九十年代之初，先锋派诗人无论怎样写都不会有身份问题，西川的《致敬》、欧阳江河的《傍晚穿过广场》、王家新的《帕斯捷尔纳克》《瓦雷金诺叙事曲》，无疑都成了这个年代先锋诗歌的代表性文本。然而为什么仅仅在数年过后，这种写作的可持续性变成了一个问题，诗人的身份也变成了一个问题？就是时代的转换，文化紧张关系不再，致使那个原本受尊敬的"知识分子身份"被悬置了。简言之，在压力之下先锋派诗人的文化身份是明晰的，但当压力戏剧性地消减，且在国际化和经典化的过

① 丹尼尔·贝尔：《资本主义文化矛盾》，第80～81页。

② 1999年5月"盘峰诗会"上徐江说这番话时，笔者刚好在场，且被指定充当了这场论争的记录人，故可以为证。

程中更为戏剧性地变成“过度的获益者”之后——他们的文本和美学趣味被制度化了，其文化身份却变得虚浮和暧昧起来。当写作者作为“知识分子”变得不那么理直气壮的时候，其随后的写作便可以轻易地被质疑和指摘。一旦诗人们在这样的身份危机之中再毫无觉察地滥用身份的优越权写作的时候，就不可避免地带上了“中产阶级书写”的嫌疑。在2006年，笔者意识到这一问题的所在，曾指出过在诗歌写作中比较普遍地存在的一种精神危机：

中产阶级趣味是我们时代的文化与艺术所表现出的一种新的审美观，它所代表的是一种删除了精英知识分子的启蒙批评立场的、同时也隔绝了底层社会的利益代言角色的、与今天的商业文化达成了利益默契的、充满消费性与商业动机的、假装附庸风雅的或者假装反对高雅的艺术复制行为。[①]

这些观点后来遭到了不少人的批评，但这些批评大都是基于误读，是疑虑笔者片面地讥讽了“知识分子写作”群体。但实际上我所试图解答的，是先锋写作所面临的整体逻辑与情境的延迁，是关于当代诗歌先锋精神式微与衰败的分析，而无关乎具体的写作者风格的指摘与质疑。

以上是诗歌中大致的情形，在小说领域中我们所看到的是作家的普遍“转型”，也即前文所述的先锋写作的第三种类型——基于形式探索的一脉，普遍放弃了早期的试验写法。关于这一脉系，我以为大致有这样几种情况，一是由“寓言性写作”转回“现实主义”，这是一个标志性的变化；二是由西向学步借鉴欧美现代小说的形式，转回向中国传统叙事看齐；第三是更加靠近市场和体制的写作，以各种花样翻新次第登台。但除了这三种情形，仍有部分写作

---

① 张清华：《我们时代的中产阶级趣味》，《南方文坛》2006年第2期。

以边缘或极端的形式延续了先锋的精神与气质。关于传统的转向，我在前文中已有涉及，这里要强调的是，在以《废都》《长恨歌》还有莫言的《檀香刑》以及晚近格非的《江南三部曲》为代表的复活中国叙事的这一向度上，我们所预见的不只是“先锋的终结”，同时也是一种可能的出路。因为毕竟在新文学诞生将近百年之后，在先锋写作开启了与现代派文学的全面对话与互动之后，传统的再度浮现不会是简单的复辟，而一定是获得了他者视野之后自我身份的再度觉醒。从这个意义上，我们谈“先锋的终结”并非单纯是一个“悲剧性的话题”，而应该有更加客观开放的逻辑。

有关先锋寓言写作的现实主义的转向，大概是一个相对棘手的话题。因为所谓新潮和先锋小说运动，很重要的就是以现代哲学为认识论基础的寓言化写作，对于以反映论为基础的现实主义写作的反动，这一逻辑几乎可以涵盖整个先锋小说运动的思想与精神轨迹。正如加缪所强调的“哲学和小说”之间的互融关系，“人们不应该过分地强调艺术和哲学之间的古老对立”，艺术家应该以少言多，“伟大的小说家是一些伟大的哲学家……”[①]先锋文学所做的全部努力，追根溯源是对历史、世界和人性的哲学求思，以及试图揭示其全部的复杂性的冲动，而现在他们大都重回写实的轨道。以余华的《活着》和《许三观卖血记》、格非的《欲望的旗帜》、苏童的《蛇为什么会飞》等为标志，先锋派出现了为批评界所关注的整体的“转型”。而曾经追随他们的新生代的一批作家，如毕飞宇、李洱、东西、艾伟、邱华栋等，也从早期相对浓重的寓言意味的写作，转向了写实的轨道。关于这一向度，当然同样意味着“先锋的终结”，不过从他们的自身逻辑来看，变革的目的当然不只是一味地让读者感到繁难和陌生，而是要获得更切近的理解和更清晰的现实及物性。

① 加缪：《西西弗斯神话》，见《加缪文集》，郭宏安译，译林出版社1999年版，第689页、692页。

从这个意义上说，转向现实或许就是早年的实验性写作的最终“正果”。也难怪余华迄今最为经典的作品、最为大众认可、最具有现实的批判性力量、也最具有历史和人性的寓言深度的小说，不是早期的那些艰涩的中短篇，而是《活着》和《许三观卖血记》；而苏童最为人称道的也是其最具有中国传统神韵的《妻妾成群》和《红粉》一类作品；最能代表格非写作成就的，也恰恰是其最具“红楼梦气质”的《江南三部曲》。作为新潮和先锋小说的集大成者的莫言，则同时展现了他罕有的“混合能力”——他是最具有民间和中国性叙事风格的作家，也是最擅长切近地处理中国现代和当代历史的作家，是始终保有清晰的外来影响痕迹的作家，也是最具有文体探索自觉与独创性的作家，他的《丰乳肥臀》《檀香刑》《生死疲劳》和《蛙》等长篇小说，可谓既鲜明地标识了先锋文学的终结，又强烈地暗示着它的精神和生命的幻形与延续。

还有王朔和王小波的例子。他们可能属于另一类型，虽然风格写法不尽相同，但在文化上的谐谑和反讽都包含了尖锐的反叛性，尤其他们都针对后革命时代的意识形态、人性弱点与语言无意识，以喜剧性的“话语嬉戏”进行揶揄，并以此具备了典范的先锋性质。德里达在《结构，符号，与人文科学话语中的嬉戏》一文中，亦曾反复指出现代学术话语中的一种能指过剩的现象，诸如其“自由嬉戏与历史的紧张关系”“与此在的紧张关系”，以及“重复的自由嬉戏与自由嬉戏的重复”[①]，等等。借此我们可以来确认此“二王”在文学上的独特价值与先锋意义，即，它们创造了一种属于当代中国的具有敏感的文化解构力的话语嬉戏。然而对他们来说，这种话语嬉戏的意义是建立在与历史和现实的紧张关系上的，一旦紧张不复存在，其批判性价值也就接近于散失。王小波因为英年早

---

① 德里达：《结构，符号，与人文科学话语中的嬉戏》，见王逢振等编《最新西方文论选》，漓江出版社1991年版，第146～147页。

逝，在困境尚未出现时便终结了写作，但王朔在二十世纪九十年代中后期面临了无法绕过的困局——他过剩的幽默与沉湎于能指游戏的讥讽，因为上述根基的消失而陷入了纯然的油嘴滑舌。王朔的不可持续性，某种意义上也显示了先锋文学的一个固有缺陷。

或许用二十世纪九十年代早期徐坤的一篇题为《先锋》的小说，来拟喻“解构性写作”所面对的悖论是更为形象的。当然，它不仅寓意了解构主义者的困境，也是暗指了整个先锋文学运动的一个逻辑陷阱，其必然衰变和没落。在荒蛮的圆明园的遗址，这个象征着历史的屈辱与颓圮、现实的灰暗与无望的精神废墟之上，出现了一个自命不凡的先锋艺术群落——这似乎是暗指二十世纪九十年代初“圆明园艺术村”的特殊事件——以撒旦、鸡皮、鸭皮、屁特组成的一个“先锋艺术家”群体创造了一个名为《存在》的艺术奇观，用一只空的画框矗立在圆明园著名的大水法遗迹之上，旁边是其天才的注释：“一切的虚无皆是存在，一切的存在皆是虚无。”然后还附上了子虚乌有的新潮杂志《太平洋狂潮》的评论：A类是“多么高妙的艺术的空框”，B类是“瞎掰，《存在》存在吗?”围绕这一“作品”展开了令人啼笑皆非的争吵和行为推销。这一作品可谓精妙地表明了先锋派文本已然退化为纯然的“文学行动”的性质，也尖锐地揭示出其天然的弊病。

三　先锋文学的末端或余绪：极端写作

这仍是回答“先锋去了哪里”的问题。在历史范畴中的“先锋文学的终结”，当然不意味着精神和美学意义上的消亡，因此人们也可以说，先锋不死。但作为一种历史化的精神潮流与文学运动，先锋文学在世纪之交以后演变出了新的形态，我将之称为“极端写作”。这既是先锋派终结的标志，也是其新的幻形。这个说法仍是受到了德里达的启示，他说，“二十世纪现代主义的，或至少是非传统的文本，都具有一个共同点，即它们都写于文学的一种危机经验之中”。它们是“对于所谓‘文学的末日’十分敏感的文本”[①]。德里达所说的当然是指现代主义文学的一个普遍特征，它的起源之一即是现代派作家对于原有的“文学建制”是否走到了终点，是否还可以存续的质疑，但在当代中国的语境中，这种“写于危机经验”中的、类似于面对“文学将死”或者“已死”的预感的文本，更接近于一种“极端性的写作”。

极端写作的基本属性，在当代中国，是先锋文学内质丧失之后表现出的一种焦灼，一种“危机的反应症”，它不只是贝尔所说的“制造丑闻”的策略，更是基于一种假设，即既往的写作已经“过时”。因此，他们才会想出种种花样，用耸人听闻的方式来展示这种文学的危机。亦如德里达所说，这种状况常常使文本充满了自我颠覆性，“它的开始便是它的终结”，“它的历史的建构就像一个根本未存在过的纪念碑的废墟。这是一种毁灭的历史、一种制造事件以供讲述并将永不出现的记忆的叙述”[②]。这多像是徐坤的《先锋》中的情形——“《存在》存在吗？”这种自我的建构与颠覆、回答与诘问，表明了创作者并非在展示自足的文本，而是在进行一场极端的“嬉戏化”的“文学行动”。

极端性写作表现为普遍的“文学行动”，还有一个背景，即世纪之交特有的狂欢气氛的弥漫，这种与“官方节日”相区别的“时间节日”（巴赫金语）所隐含的戏剧化含义是难以言喻的。同时，网络新媒体的迅速发育，更加速了这种气氛的生成。因为写作者相信，在网络的世界里，每个主体都变成了虚拟意义上的“隐身者”，因此写作的伦理和原有的美学准则都随之不复存在。关于“狂欢节”的文化现象，巴赫金有至为精彩的描述，在对拉伯雷小说的分析中，

---

① 德里达：《文学行动》，赵兴国等译，中国社会科学出版社1998年版，第8～9页。

② 德里达：《文学行动》，第9页。

他敏感地指出了其粗鄙场景与语言狂欢中所暗含的民间文化内涵，以及作为民间仪式所包含的心理诉求。他说："拉伯雷从古老的方言、俚语、格言、谚语、学生开玩笑的习惯语等民间习俗中，从傻瓜和小丑的嘴里收集智慧……通过打趣逗乐的折射，得到淋漓尽致的展示。""狂欢节仿佛是庆祝暂时摆脱占统治地位的真理和现有的制度，庆祝暂时取消一切等级关系、特权、规范和禁令。"在修辞上，它体现了"对崇高东西的贬谪"，"在这里，'上'和'下'具有绝对的意义和纯粹地形学的意义……从纯肉体的方面来说，上就是脸，下就是男女生殖器官、腹部和臀部……在这里，贬低化就是世俗化"[①]。巴赫金反复展开讨论了"诙谐""怪诞""假面""贬低"等关键词，感性而深入地描绘了"狂欢节文化"的各种表现。借助这些讨论，我们似乎可以来理解世纪之交中国"文化狂欢"的景象。限于篇幅，我这里无法列举太多现实中的例子，2006年，当笔者输入"百度"查找关键词"狂欢节"（英文carnival，又译"嘉年华"）时，所得到是十数万计的条目，而2015年底输入同一个条目，所得到的数据已变成四千多万个。这表明，狂欢在中国人的日常生活中出现的频率之高，已近乎难以估计。我无法准确地解释出这种历史的相似之间，究竟暗含了什么样的文化联系，毕竟中世纪与我们今天的社会已是如此不同。但按照一般规律，一个越是结构完备和维系压力的社会，无疑会越容易滋生出狂欢的需求与冲动；同时，现代社会愈来愈强大的技术统治，某种程度上也会滋生出一种相反的力量——在网络世界中形成的"民间社会"便是这样一个奇怪的存在。总之，这些都成为极端写作最合适的土壤与产床。

狂欢文化对于文学的影响首先是"行为化"，在过去的十数年中最为知名的"文学行动"可谓数不胜数，苏非舒的"裸体朗诵"、杨

---

① 巴赫金：《拉伯雷的创作与中世纪和文艺复兴时代的民间文化》导言，见《巴赫金文论选》第94页、105页、119页，佟景韩译，中国社会科学出版社1996年版。

黎的“自我关禁”、曾德旷的“吞食垃圾”和自我虐待、赵丽华的“梨花体事件”……种种骇人的事件和耸人听闻的景观层出不穷，在诗歌的江湖上又出现了新的行吟者和流浪汉，出现了各种网上的叫骂和争吵。当然，这些几乎都还只是止于“自虐”，2000年出现的“下半身写作”以及随后的“垃圾派”“低诗歌”则表现出了更大的冒犯性，更令持有传统诗歌观念的人无法接受。对此，笔者当然也有同样的反应，但是假如一定要在文化上给出一个理由，那么巴赫金给予拉伯雷的解释是一个最好的借口，他关于“下半身语言”所包含的文化含义早已做了充分的诠释，“在拉伯雷的作品中，生活的物质和肉体因素——身体本身、饮食、排泄和性生活——的形象占了绝对压倒的地位”。“就文艺复兴时代而言，这是典型的‘为肉体恢复名誉’”。他还指出，“在怪诞现实主义中，物质和肉体本性是一种非常积极的因素”[①]。我似乎不便再罗列他为肉体所做的那些滔滔不绝的辩护，也不想将“下半身写作”所呈现的语言暴露与之等量齐观，但假如我们是在一种历史的“文化狂欢”的境遇中来认知这一现象，那么巴赫金的观点是不可回避的参照。也许沈浩波的说法是有那么一点点道理的，因为它们看上去是如此相像——他说：“知识、文化、传统、诗意、抒情、哲理、思考、承担、使命……这些属于上半身的词汇与艺术无关，这些文人词典里的东西与具备当下性的先锋诗歌无关。”“所谓下半身写作，指的是一种坚决的形而下状态，指的是诗歌写作的贴肉状态，追求的是一种肉体的在场感，意味着让我们的肉体体验返回到本质的、原初的、动物性的肉体体验中去。”[②]在历史的或者人类学话语的意义上，或许对这些谈论应予以认真对待，但如果据此将之归类于先锋写作的谱系之中的话，我又无法说服我自己。

---

① 巴赫金：《拉伯雷的创作与中世纪和文艺复兴时代的民间文化·导言》，见《巴赫金文论选》，第116页。

② 沈浩波：《香臭自知——沈浩波访谈录》，《诗文本（四）》2001年版。

在“反道德的极端写作”的旁侧还有娱乐化的写作，就其“行为化”而言，它不仅显现着写作者自身的娱乐动机，更重要的是由媒体和读者共同制造出的作为“事件”的意外而巨大的“公共性”。2006年由赵丽华在个人博客上登载的几首诗引发的“梨花体事件”，几乎造就了新诗诞生以来参与者最多的公共传播效应。从文本看，以其《一个人来到田纳西》为例，这首诗可谓无厘头之作，但正是这种刻意的寡淡和无聊所导致的不同看法，引发了读者的围观，由此生成了巨大的点击量，也造就了作者的知名度。事实上赵丽华也有常态的和有意义的诗歌文本，但在此种传播语境中，那些“正派的文本”已然不再有吸引力。这也算是另一个极端文本的案例，只是它的“极端性”是基于大众娱乐的“传播奇迹”而诞生的。

以上种种似乎都是处在文学外围的风景，假如我们要注视一下既往那些业已经典化了先锋派诗人的踪迹，会发现他们也在尝试书写极端文本。比如西川和欧阳江河，排除个人的风格所致，西川写于近年的长诗《小老儿》便是一个例子，无论从哪方面看，这都是典型的“非诗化的文本”，不只散文化的语言和外形，连“诗意”本身也完全是“反诗化”的，甚至连“解构”“戏谑”“反讽”这些概念和解释也很难将它套住。我只能笼统地将其看作是用了“拟儿歌”的形式，来传达一个“矮化的主体”在今天的文化与社会中的境遇，其中充斥着无奈的经验游戏和无方向的认知，至于价值、自我、理性、人格，这些传统知识者强调和追求的东西，在这里几已踪影全无。在欧阳江河的长诗《凤凰》中，我们看到的是另一种极端化的文本景观，词语与词语的拼接，能指与能指的重复，观念与观念的组装，拟喻着那两只用后工业时代的观念和垃圾材料拼装起来的凤凰，它们在白天的认知下的“碎片”与“废物”属性，同在夜晚灯光映照下的光明璀璨之间的对照与分裂，在欧阳江河的互文性的诠释下，生发着令人瞠目的斑驳碎光。

在小说世界，先锋的诉求似乎早已是昨日风景。放眼望去，如今是一片波澜不惊的写实景象，连极端文本也属于奢侈之想了。唯有在某些不愿从众的作家笔下，还间或呈现着一些极端性的修辞。但这些极端修辞所支持的文本的并不充足的先锋性，遭到了读者的广泛质疑。比如莫言的《檀香刑》中对酷刑的正面而极致的描写，就遭到了许多尖锐批评；在阎连科的小说中，“怪诞美学”一方面使他的文本的技术厚度得以增加，也成功地缓冲了其过于尖锐的批判性，但另一方面也增加了其接受的障碍；还有余华，在他的《兄弟》和《第七天》问世之前，他几乎是先锋派作家最完美的代表，但这两部作品带给了他太多的争议，关于其中的暴力的描写，关于众多极端事件的插接，都遭到来自他昔日的忠实拥趸的讥嘲和批评，特别是《兄弟》中关于窥视、下半身话题、处美人大赛等情节，更是让很多人感到愤怒。但对照巴赫金关于拉伯雷小说的诠释，余华的这些描写倒是更敏感地触及了我们时代的某些文化病症。关于这一点，余华自己早有辩护[1]，笔者也曾另文撰述，这里不再展开了。

在结束本篇文字的时候，我发现它并非是一个“悲剧性的叙事”，尽管也有一丝悲凉的叹息。无论如何，历史是不能翻转和重来的，从孕生、发育到沉落和消失，是一切文学运变无法改变的逻辑。更何况，它确乎融入了今天文学的内里和根部，不管如何变化幻形，蜕变沦落，那些曾经令人激动的文本都不会消失，那些探索和涨破所带给文学的动力也不会白费，文学的道路，依然延续不息。

---

① 余华、张清华：《“混乱”与我们时代的美学》，《上海文学》2007年第3期。

莫言与新文学的整体观

假如从胡適《尝试集》中最早的几首算起，“新文学”至2016年，即可以算作一百年了[①]。百年新文学业已给学界带来诸多有意思的话题，然而真正将新文学“作为一个不可分割的有机整体进行把握”[②]的整体性探讨，似乎还并不太多。尤其是在内在逻辑上将其看作连续的历史，真正在观照与评价方式上打通“现代”与“当代”沟壑与壁垒的研究，可谓寥若晨星。甚至连国外的汉学家也言之凿凿地戏称“中国现代文学是五粮液，当代文学是二锅头”[③]，将两者分割甚至对立地予以评价。

这样的思维不能不说确有学科壁垒在作怪，但更重要的，还是一种习惯。其实，早在1985年，作为刚刚出道的复旦大学的青年学

---

① 胡適《尝试集》中开篇之《蝴蝶》《赠朱经农》《黄克强先生哀辞》分别标明民国五年八月二十三日、民国五年八月三十一日、民国五年十一月九日。见上海亚东图书馆1920年版。

② 黄子平、陈平原、钱理群：《论“二十世纪中国文学”》，《文学评论》1985年第5期。

③ 2007年3月26日，在召开于中国人民大学的“世界汉学大会”之“汉学视野下的二十世纪中国文学”专场圆桌会上，作为主角的德国汉学家顾彬教授表达了这一看法，遂引起热议。笔者作为在场者目击了这一场景和过程。

者陈思和就已经提出了“新文学的整体观”的看法，他提出“无论是现代文学研究还是当代文学研究，要得到进一步的深入和发展，在纵向上打破以1949年为界线的人为鸿沟是势在必行的。应该把本世纪第一个十年为开端的新文学看作一个开放型的整体，从宏观的角度上把握其内在的精神和发展规律”[①]。无独有偶，当时同样刚刚踏上学术之路的三位北大的青年学者黄子平、陈平原、钱理群，也非常敏锐地提出了“二十世纪中国文学”的概念，并从“走向‘世界文学’的中国文学；以‘改造民族的灵魂’为总主题的文学；以‘悲凉’为基本核心的现代美感特征；由文学语言结构表现出来的艺术思维的现代化进程”[②]这样四个角度，来论述这个世纪文学的总体性特征。目的很明确，是意图将中国新文学纳入面对西方和世界文学的、以启蒙主义与现代性美感特征为主调的总体性潮流之中。尽管“二十世纪中国文学”这个权宜之计式的时间范畴在进入“新世纪”之后已然失效，但其总体性思路、其言辞间溢于言表的启蒙主义与现代主义的诉求、其对于当代文学作为现代文学的逻辑延展的基本定性，都可谓是高瞻远瞩和意味深长的，理应得到今天学界的接受和传承。

显然，本文的目的并不只是关于莫言创作的评价和讨论，而是事关整个当代文学应该如何考量，如何建立其思想资源与精神谱系，如何构建评价的视野与坐标，如何看待其地位与作用等一系列问题的思考。当然，本文也只限于提出问题，不可能一次性地解决问题。自从莫言获诺奖以来，关于其研究与评价确实被提到了新的认识高度，且产生了大量研究文字。有的大学和研究机构甚至还召

---

① 陈思和：《新文学史研究中的整体观》，《复旦学报（社会科学版）》1985年第3期。

② 黄子平、陈平原、钱理群：《论“二十世纪中国文学”》，《文学评论》1985年第5期。

开了题为“诺奖与中国：从鲁迅到莫言”的学术研讨会[①]，有多名学者发表了与此相关的文章[②]，自然，笔者自己也贡献了“从鲁迅到莫言：这是一个谱系”的观点，认为“鲁迅是莫言精神上的路标，莫言则是一个将之发扬光大的传承者。所以，莫言拿到诺贝尔奖，是整个汉语新文学的总结和收获”[③]。与此同时，笔者还有一篇更为详细的访谈文字《应该在鲁迅与“五四”以来的文学谱系中认识莫言》[④]，在这篇文章中关于谱系的说法有更为详细的讨论。说这些是强调确有不少研究者注意到了“从鲁迅到莫言”这样一个联系性和谱系性的关系，注意到了他们之间的一致性与传承性，这是笔者的这篇文字的起点。

但仅限于这些还是不够的，究竟他们之间有哪些方面发生了内在的联系，他们之间又产生了怎样的传承、变异、深化和蜕变的关系，这是笔者试图在本文中予以诠释和回答的，同时还希望能够通过这样的阐释，进一步探求一下“新文学如何才能做整体观”的问题。

一　乡村世界书写：哀歌，挽歌，或最后的整体性

乡村经验的书写源于农业文明的自觉，而农业文明的自觉源于

---

① 2012年11月24日，中国人民大学文学院、《中国作家》杂志社、北京大学电影与文化研究中心联合举办了“诺奖与中国：从鲁迅到莫言”座谈会，参加者有北京大学、清华大学、北京师范大学、中国人民大学等高校的多名学者。

② 见刘勇、张弛：《二十世纪中国文学现实与魔幻的交融——从鲁迅到莫言的文学史回望》，《北京联合大学学报》2013年第1期；高旭东等：《诺贝尔文学奖与中国：从鲁迅到莫言》，《山东社会科学》2013年第2期；赵勇：《从鲁迅到莫言：文学写作之外的担当》，《中国作家》2013年第4期；李东木：《从鲁迅到莫言——中国现代文学在日本》，《东岳论丛》2014年第12期；栾梅健：《从“启蒙”到“作为老百姓写作——莫言对鲁迅文学传统的继承与创新》，《南京社会科学》2015年第1期。

③ 见新华每日电讯2012年11月2日：“张清华：从鲁迅到莫言：这是一个谱系”。

④ 张清华：《应该在鲁迅和“五四”以来的文学谱系中认识莫言》，《新华月报》2012年第11月号（下半月刊）。

“他者”——工业文明的出现。没有他者作为镜像的对照，很难出现自身主体的自觉，这在世界范围内都是一个趋同性的命题。在西方，进步论很大程度上是产生于近代的地理大发现，或者说，现代性某种程度上是因为西方人发现了更为原始和“落后”的地域才被强烈地意识到的，亦如黑格尔所说，“世界的新与旧，新世界这个名称之所以发生，是因为美洲和澳洲都是在晚近才给我们知道的。”[①]对于近代中国来说，情势同样如此。现代性话语与启蒙意识的出现，是源于一个“中国式的地理大发现”——从林则徐主持编译的《四洲志》，到魏源的《海国图志》，然后方有严复的《原强》及其翻译的《天演论》，中国人才开始“睁了眼睛看”世界，近代的启蒙意识与现代性话语才算是有了根基和雏形。

而这也是为什么乡村经验会成为新文学的核心经验、最主要的书写对象。中国传统社会是典型的农业文明社会，乡土经验是中国人的日常经验，可为什么古典时代除了少量的“田园诗”以外，居然没有“乡土文学”？在“三言二拍”和“四大奇书”中，在明清以来大量的市井传奇与才子佳人小说中，居然没有一部作品正面描写过乡村世界的景象，记录过农业社会的起居饮食，更何谈对土地的忧患，对古老生存的反思，对国民精神的质疑和探索。简言之，一个本然的乡土社会却没有产生出乡土文学，而恰恰是在西方文明以坚船利炮和奇技淫巧逐渐侵入之后，在工业时代的脚步渐渐迫近之时，中国人才突然重新发现甚至“发明”了自己，新文学作家也“发明”了“乡土文学”。这就是鲁迅和文学研究会的作家们纷纷以乡土社会、农业生存作为书写对象的一个原因。他们在这古老的生存中发现了苦难、愚昧、悲剧和危机，发出了“从来如此，便对吗”的疑问，也发现了世居的牧歌田园居然是“铁屋子”这样一个

①黑格尔：《历史哲学》，王造时译，上海世纪出版集团、上海书店出版社2001年版，第83页。

严酷现实。在《呐喊·自序》中，鲁迅借了与所谓“金心异”的对话场景，说了这番著名的论断：“假如有一间铁屋子，是绝无窗户而万难破毁的，里面有许多熟睡的人，不久都要闷死了，然而是从昏睡入死灭，并不感到就死的悲哀。现在你大嚷起来，惊起了较为清醒的几个人，使这不幸的少数者来受无可挽救者临终的苦楚，你倒以为对得起他们吗？”[①]这段话中，鲁迅创造了他写作生涯中著名的关键词，但我以为其中还暗含了另一个，就是“哀歌”，即在“死的悲哀”中唱响他的召唤——“敢有歌吟动地哀”的哀歌。唯其如此，方能唤醒这铁屋子中的人们。

粗略统计，在《呐喊》总共十四篇小说中，书写乡村题材的要占到一半以上，所刻画的最著名的人物如孔乙己、阿Q、七斤、华老栓等，也都属于乡村世界的三教九流。显然，是乡土文学开启了中国现代启蒙主义文学的进程。这是很有意思的，为什么启蒙主义的思想运动与文学潮流不是从城市经验、历史题材、个性主义的知识分子生活等方面大举展开，而居然是肇始于原始和落后的乡村？这便是前文所述的关键词——“哀歌”的作用了，因为书写城市和个性主义都很难成为文化意义上的哀歌，很难起到整体性的文化与文明反思的作用，只有通过书写乡村，才能够像《故乡》的结尾那样，发出逃离者的由衷悲伤和叹息，感慨众生的愚昧和土地的沉沦。

这种乡土的哀歌几乎变成了新文学的一个标签，一个魔咒，土地本身的诗意，其破败的生存与苦难想象成为合适的符号与格调，非常宜于处理一个现代性的命题，即反思文化与制度的困境，分析人性与道德的堕落，留恋器物与习俗人心的不古，感叹自然的毁坏与环境的延迁……在某些情况下还会反转和演化为另一极——在鲁

①鲁迅：《呐喊·自序》，见《鲁迅全集》第一卷，人民文学出版社1981年版，第419页。

迅和文学研究会作家的笔下，乡村是破败的，底层人民是愚昧和麻木的。而在二十世纪三十年代沈从文的笔下刚好相反，他所描绘的湘西世界，不再是破败沉沦的罹难之地，而是“希腊小庙”式的理想之邦，在这里不止普通的人性是美好的，连小偷和妓女也是有信义的。在他的笔下，浪漫主义的余绪，自然世界与农业生存的和谐共生，在现代性的烛照下产生出的对照于工业文明的异化、自然的污损败坏以及世道人心的颓圮的哲学性的反思力量，构造了一部不同于鲁迅和文学研究会作家的悲歌与哀歌模式的美好挽歌。

表面上看来，事事物物自然都有了极大的进步，试仔细注意注意，便见出在变化中堕落的趋势。最明显的事，即农村社会所保有的那点正直朴素人情美，几乎快要消失无余。代替而来的却是近二十年实际社会培养成功的一种唯实唯利庸俗人生观。敬鬼神畏天命的迷信固然已经被常识所摧毁，然而做人时的义利取舍是非辨别也随之泯灭了。“现代”二字已到了湘西……[①]

地方上，勇敢如狮子的人，徒手可以搏野猪，对于地方的进化，他们是无从有力制止的。年高有德的长辈，眼见到好风俗为大都会文明侵入毁灭，也是无可奈何的。[②]

这种与“五四”式文化批评完全不同的启蒙的反转和审美现代性意识的浮出，已经为既往许多学者所论及，这里不拟再行展开。从鲁迅到沈从文，还有“京派”的其他作家，我们可以看出“正—反”的逻辑回合。不过，无论是将乡土看作是必须启蒙的悲惨世界，还是看作即将消亡的乌托邦桃花源，有一点是一致的，即，

① 沈从文：《长河·题记》，见重庆《大公报》1943年4月21日。
② 沈从文：《七个野人与最后一个迎春节》，《红黑》1929年第五期。

他们所唱响的，都是乡土的挽歌与哀歌，他们所写下的，都是农业社会的末日与沉沦。

与前两者都不同，革命作家笔下的乡土世界似乎显得更为“客观”些——尽管不是出于自愿，而是出于意识形态的修正与制约。他们既没有把乡土写成深渊，也没有将之夸饰为乐园，既非俯瞰，也非仰望，而是采取“平视”的方式，写出了这个世界的喜忧参半与良莠交杂。尤其是在早期的赵树理等作家笔下，甚至还写出了乡村民间文化的鲜活样貌，写出了它原生的喜怒哀乐与爱恨情仇，直到二十世纪五六十年代，乡村世界的书写才彻底沦为政治的试验场和阶级斗争的大舞台，至此，原有的哀歌与挽歌，差不多变成了喜剧与闹剧。

1985年对于当代中国文学来说，绝不只是意味着一两个新潮文学现象的浮出，更重要的是中国作家对于自身的重新认识。历经将近半个世纪的自我封闭和思想的畏缩沉寂，中国作家在再度获得世界性视野之时，所发现的自我镜像，居然还是乡村社会与土地的生存，依然是作为农业文明的中国。只是，他们在发现这个自我镜像的时候，其思想与情绪不免是迷茫和混乱的，与前代作家的几种态度相比，他们无法为自己找到一种清晰和持久的姿态，看一看几位作家的寻根宣言就可以看出，他们对于新一轮的土地书写和传统再造，似乎并不甚明了其所以然。是鲁迅式的决绝批判，还是沈从文式的缱绻怀恋，还是赵树理式的亲近胶着？似乎都有，但又显得犹疑和暧昧。当他们试图为当代中国的文化建设“释放现代观念的热能，来重铸和镀亮这种自我”[①]的时候，似乎又为文学承担了太多现实责任，且在不久之后就被证明是难以为继的。寻根文学在经历了一年的热闹之后迅即陷于沉寂，便证明了这一点。

然而，稍迟到了一点，真正表明了寻根“实绩”的是莫言，

---

①韩少功：《文学的根》，《作家》1985年第4期。

1986年，当寻根文学业已悄无声息地终结之时，莫言用他充满灵异格调的书写，再度唤起了人们对于土地与传统社会的关注与热衷。如果说他之前的《透明的红萝卜》是以传奇的笔法和少年的视角书写了土地上凄美的爱情故事，少年的情感狂想与“被去势”的移情冒险，还仅仅是写得美妙和浪漫的话，那么在稍后的“红高粱系列”以及1987年结集出版的长篇小说《红高粱家族》中，则有了清晰的文化与美学自觉，他要借助酒神与非理性的力量，将中国传统社会和农业文明的生存做淋漓尽致的全景再现，将自然、土地、民俗、神话、传统、生殖、战争、死亡、种植、仪典……所有乡村世界的完整的经验系统，进行全景式的再现。某种程度上也可以说，他构造出了一部现代的史诗，一部比以往任何讲述都更有文化与审美自觉的农业文化的挽歌。

在《红高粱家族》的结尾处，他甚至按捺不住一番激荡人心的抒情之笔：

我站在杂种高粱的严密阵营中，思念着不复存在的瑰丽情景：八月深秋，天高气爽，遍野高粱红成洸洋的血海。如果秋水泛滥，高粱地成了一片汪洋，暗红色的高粱头颅擎在混浊的黄水里，顽强地向苍天呼吁。如果太阳出来，照耀浩渺大水，天地间便充斥着异常丰富、异常壮丽的色彩。

这是对业已消失的一切乡村神话的凭吊。他迅速地越过了寻根文学对当代文化重建的承诺，也舍弃了原始的农业文明与现代文化重建之间的不对称的悖论，建构了属于他自己的一种以人类学为基础的，以尼采的生命哲学与酒神哲学为指引的，在我看来是一种“审美历史主义”的乡村经验书写。这样的诗意想象，再度将我们带回农业经验的整体性的谱系与情境之中，成为一种前现代的神话和生命与生存的史诗，并将这一切神化成为德里达所说的“形而上学的假想”，同时也是诺奖委员会所评价的“世界性的怀旧”[①]，这意味着，在几乎不可能出现神话的时代，莫言用自己的天赋创造了这些神话。他说：“这就是我向往着的、永远会向往着的人的极境和美的极境。”“……我的整个家族的亡灵，对我发出了指点迷津的启示。”

可怜的、孱弱的、猜忌的、偏执的、被毒酒迷幻了灵魂的孩子，你到墨水河里去浸泡三天三夜——记住，一天也不能多，一天也不能少，洗净了你的肉体和灵魂，你就回到你的世界里去。在白马山之阳，墨水河之阴，还有一株纯种的红高粱，你要不惜一切努力找到它。你高举着它去闯荡你的荆棒丛生、虎狼横行的世界，它是你的护身符，也是我们家族的光荣的图腾和我们高密东北乡传统精神的象征！

从社会学的角度看，生于二十世纪五十年代的莫言在他的童年经历了未经破损的原始的乡村生活，也保有大自然未曾改变的童年记忆，这一切使得他的挽歌成为可能，使他的乡村经验的书写也成为最后的“整体性的范例”。之后，这样的书写便不再成立，因为皮之不存，毛将焉附，随着农业社会的解体，乡村经验的整体性也不复存在，所有晚生作家的乡村经验书写都随之碎片化了。

二　国民性批判：从单向度到多维度

鲁迅对于国民性的揭示与批判，被视为新文学最宝贵的精神资源与思想财富，历来无论是左翼文学的传承者、革命领袖，还是晚近的二十世纪八十年代以来的理论家们，无不对这一精神传统保有敬意和不间断的阐释。甚至不只是“左翼”，即使是偏于“自由主

---

① 原话为“通过幻想与现实、历史视角与社会视角的混合，莫言结合威廉·福克纳与加夫列尔·加西亚·马尔克斯作品中的因素，创造了一种世界性怀旧”。

义”一方的也同样喜欢拿鲁迅来做例子。不管是何种身份、何种目的的研究者，都承认鲁迅在反封建、在国民性的批判方面典范的和标杆式的作用：

在中国，对以儒家封建思想为中心的封建传统思想的批判是现代中国一切批判的前提，真正揭开了这个思想批判的是“五四”反封建思想革命运动，真正在深层次上全面、深刻、彻底、准确地进行了这个批判的是五四新文化运动的旗手鲁迅，《呐喊》和《彷徨》就是这个伟大的思想革命运动的卓越的艺术记录。①

这样的看法尽管还打着过渡时期的学术思想烙印，但它所强调的鲁迅和“五四”新文学的核心精神即是其激进主义的思想，即对礼教传统的负面后果——“国民劣根性”的批判。当然，很快人们也认识到鲁迅思想内在的复杂性，认识到了他不仅涵纳了“许多无法避免的矛盾言行，各不相容的思想”，还有他“对自身的矛盾有着深刻的内省与自知，却不得不同时信奉这些互相矛盾的思想……他追求人的主体性和普遍解放，却相信现代哲学对人的生存状况的深切忧虑；他倡导科学、民主、理性，却高扬施蒂纳、尼采等对科学、民主、理性持非议态度的思想家的旗帜；……他不断地向人们昭示着希望，鼓舞人们否定旧生活、开辟新生活的勇气，同时又颓废地谈论着绝望、死亡、坟墓与孤独”②。这样的看法当然极大地拓展了人们对于鲁迅和这代作家主体人格之丰富与复杂的理解，但就国民性的批判这一点，现代作家除了激烈而尖锐的否定态度，确乎缺少折中和转圜的其他条件与余地。

在钱锺书的笔下，对于知识分子自身的批判似乎前进了一步。

① 王富仁：《中国反封建思想革命的一面镜子——〈呐喊〉〈彷徨〉综论》，中国人民大学出版社2010年版，第76页。

② 汪晖：《反抗绝望》，上海人民出版社1991年版，第11～12页。

这和鲁迅相比显得略有不同，鲁迅毕生相信自己是“精神界战士”，然树敌众多，四面投枪，但从来没有整体性地对知识界表达绝望之意。钱锺书则不然，他整体性地表达了对于五四新文化运动之后果的否定与失望。而且他不像沈从文那样是在城与乡的二元对立格局中展开自身的批判，而是将之放在一种结构性的和自足的视角中来予以批判的。即便是国难当头民族危亡之时，他笔下的知识分子也没有呈现出什么积极和正面的精神状貌，而仍是一群地地道道的混世者。他们在思想领域的认识，基本上仅限于借方鸿渐之口说出的“海通以来，西洋只有两件东西在中国长存不灭，一件是鸦片，一件是梅毒”之类，而事实上类似方鸿渐和赵辛楣这样的人格缺损者，已然是小说中堪称“纯洁”的人物了。他们作为“群像”的集体阉割和精神颓圮，对于现代中国的启蒙主义思想运动而言，具有深刻的寓言意义，即，为“五四”一代作家所殚精竭虑而构筑的“德先生”与“赛先生”的神话已经彻底破产。启蒙主义的主体如此，被启蒙者又何以堪？

革命中断了以国民性批判为核心的启蒙运动，早已为李泽厚所阐释过的“启蒙与救亡的双重变奏”的大逻辑，确乎有效地解释了这种终结。在赵树理等革命作家的笔下，即便还有一点道德、政治和社会学意义上的批判，与启蒙主义范畴中的国民性思考之间已全然没有什么干系。

假如沿着这一逻辑，在革命时代终结之后的二十世纪八十年代的思想变革与新一轮的西学东渐，究其实质仍是一次启蒙主义的运动。只是与五四新文化运动相比，这一次显然是有先天缺陷的——因为受到了更多复杂因素的限制和干扰。但不可否认的是，它在思想的内核与精神价值的指向上，都是历经半个多世纪之后的前缘再续，是对“五四”启蒙主义传统的一次续接、重复与补课，虽然从《狂人日记》中的“救救孩子”到《班主任》中“救救被四人帮坑害的孩子”，批判精神与启蒙意识的命题显著降解和窄化，但是随后在寻根文学中重新获得了文化意义上的扩展，试图从最低限度的“社会启蒙”延伸至更为广阔的“文化启蒙”层面，而这一使命在莫言的小说中得到了最为集中的体现。

前文已论及，在寻根作家的作品中存在着一个显著的悖论，即文化批判的意图与试图重新发现传统中有价值的部分之间，大都存在矛盾和游移的倾向。面对原始的和民俗范畴的民间风情与乡村故事，写作者的态度和分寸感往往会成为一个问题。浪漫主义式的处置显然是不够的，在李杭育、韩少功、贾平凹、乌热尔图等人的小说中，基本上是采取了与浪漫主义相似的立场，即以“复魅”——与“祛魅”相对——的眼光、神秘主义的态度，来使文本获得文化的厚度与民间的情调，但究竟如何定位传统文化因素的价值与作用，他们似乎也感到茫然。或者说，大多数作家还没有找到一个处置传统文化与农业经验的基本的哲学依据与价值坐标。而莫言的《红高粱家族》基本上解决了这些问题，至此，我们可以说莫言找到了一个可以与五四新文化运动的价值相匹配的尺度，即以超越了社会学与伦理学的尺度，以尼采的生命哲学，以现代以来的人类学视野进行观察和观照的角度，以此解决了一个对中国传统文化进行“重新阐释”的立场和价值观的困境。

由此，莫言开始了他重新解释传统和对国民性进行反思批判的旅程。这个过程在我看来应为两个阶段。第一个阶段是重释时期，即《红高粱家族》时期，受到二十世纪八十年代文化的青春朝气的氤氲感染，这部小说与这一时期中国知识界跃跃欲试的“帮忙”冲动相接洽，与寻根作家的口号遥相呼应，从另一个向度上重新诠释了中国传统文化的内部构造。这一主张虽然在李杭育等人之前的言谈中已有所表述①，但真

---

① 李杭育强调了作为“中国文化之规范”之外的更多资源，他说：“我常想，假如中国文学不是沿着《诗经》所体现的中原规范发展，而能以老庄的深邃，吴越的幽默，取糅合绚丽的楚文化，将歌舞剧形式的《离骚》《九歌》发扬光大，作为中国文化的主流发展到今天，将是个什么局面？恐怕是很了不得的呢！”见《理一理我们的根》，《作家》1985年第9期。

正上升到哲学的清晰认识，并且以写作实践来完成这一任务的，或许只有莫言。在该作中，他召唤起中国传统与民间社会的“本土的酒神精神”，以此重构出与儒家文化和旧礼教相对峙的另一个传统，即以生命强力为本位的、反伦理的、自由和自然的精神，及其赖以寄存的藏污纳垢又生气勃勃的民间世界。而且是以“失乐园”式的，以非进步论和反进化论的观念，描述了在“爷爷奶奶”身上曾经存在的顶天立地的英雄气度，他们出入于红高粱大地“既杀人放火，又精忠报国”的自由生活和自主人格，从而颠覆了此前由“五四”作家所诠释的由封建礼教一统天下的历史概念。莫言第一次在当代文学的谱系中构造了一个“降幂排列”的家族世系：作为英雄的爷爷奶奶，他们象征着久远的祖先历史；作为寻常人格的父亲母亲，他们代表较为切近的历史；作为蜕化的“不肖子孙”的“我”，则象征着当代性的文明失落与精神衰变。这样一个谱系，与鲁迅相对照，所唤起的，是对于当代、当下中国文化与人的精神人格的反思，它告诉我们，要想解决中国现实的问题，不是去追责中国古老的文化传统，而是从我们自身去找问题。

显然，《红高粱家族》并不是单纯地讨巧，在文化批判的合法性问题上避重就轻采取耍滑头的态度，而是提出了另一个反思与批判的尺度，事实上，苛责历史不如逼问现实来得更加严峻和切实。只是他告诉我们解决的办法，不是鲁迅式的剖析国民精神中传承的旧的集体无意识，而是唤起祖先曾有过的生命强力与自由精神。这当然不一定能够真正解决中国所有的现实问题，如同鲁迅和“五四”作家的国民性批判也没有彻底解决一样，不能用类似社会达尔文主义，用非理性的方式来构建当代中国人的文化精神，但是作为一个反思的方式、一种启示与借鉴，还是非常有价值的。特别是作为文学叙事，它还是最为丰沛且恰当的，这部作品几乎一扫数十年中国文学思想的单薄与呆板、美感上的萎靡与贫乏，使当代中国文学重振了思想之魂与激扬之气。

但毕竟《红高粱家族》是莫言年轻时代的作品，单纯为了反叛和惊世骇俗而刻意夸张了他对于传统和道德的逆向理解。直到二十世纪九十年代，他才通过《酒国》《丰乳肥臀》等作品建立起另一向度的启蒙观，在新的环境与压力下找回了与鲁迅和“五四”一代作家相似的文化立场，对他们的国民性批判的传统做了淋漓尽致的和创造性的发扬，写出了更加直观精细和令人惊骇的“吃人”“嗜血”“围观”以及“精神胜利”的主题。尤其是在世纪之交推出的《檀香刑》中，这种国民性的思考与批判，可谓达到了前所未见的激烈程度。

关于《檀香刑》与鲁迅国民性批判主题的相似与契合，笔者早在十多年前就已经讨论过。在这部足以称得上惊世骇俗的小说中，莫言有过之而无不及地重述了曾经为鲁迅所生动刻画过的中国人的悲剧性格：

> 刑罚是怎样变成了戏剧——对一些人是灾难，对另一些人则是节日的?《檀香刑》极尽繁文缛节地书写了作为“戏剧”和“节日狂欢”的刑罚，它用反照甚至残酷的掩饰的方式，让我们目睹和欣赏了由种族的“集体遗忘”带来的欢乐，这是奇书的气魄和方法。但它也戏剧性地强化了《狂人日记》和《药》一类作品曾经展现的主题。[①]

在一部可以形容为“一个女人和她的三个爹的故事”的小说中，莫言极富戏剧性地将被杀者、刽子手和监斩官叙述为有着血缘、亲缘或肉体关系的三个人，他们与主人公孙眉娘分别构成了亲爹、公爹、干爹兼情人的关系，除此还有她高密东北乡的万千乡亲，他们共同构成了千丝万缕的宗法社会的亲缘关系，而正是这样一群有着盘根错节的亲缘关系的人共同谋划、密切配合、不可或缺地演出了这场屠杀与围观的檀香刑大戏。如果说鲁迅的《药》只是

---

① 张清华：《叙述的极限——论莫言》，《当代作家评论》2003年第2期。

隐约间透出了国人喜好“以他人的血来疗自己的伤”的无意识，在他的《阿Q正传》中也隐约透见了围观与杀人的快乐的话，那么，在莫言这里，所有被鲁迅揭示过的国民弱点与根性，都有过之而无不及地得到了再现。而且，“比之鲁迅的‘吃人’主题，莫言的小说中又增加了‘当代性’的思考——他要试图揭示东方的民族主义是以怎样的坚忍和蒙昧，来上演这幕民族的现代悲剧的；它要见证，乡土与民间的‘猫腔’同强大的钢铁的‘火车’鸣笛混响在二十世纪中国的土地上，上演了怎样的滑稽的喜剧；它要揭示在民族文化和民族根性的内部，是什么力量把酷刑演变成了节日和艺术……即使在《檀香刑》强烈的喜剧叙事的氛围中，也掩饰不住这样一些庄严的命题”[①]。

事实上，《檀香刑》所揭示的民族心理与性格的悲剧根源还不仅限于此，他甚至对于义和拳这样的重大历史事件中所包含的文化秘密也做了深刻的揭示。以孙丙为例，作为高密东北乡猫腔戏的名角，他本是一个英俊正派的民间艺术家，几乎没有什么缺点。在典型的乡土社会农业文明环境中，他是一个备受爱戴和追捧的人物，田园牧歌，猫腔婉转，从来如此，有什么不好？但一旦外来的强势文明——西方列强以洋枪洋炮侵入的时候，他不得不由手无寸铁的民间艺人挺身而成为义和拳的首领，然而怯懦而愚昧的清王室首鼠两端，在先期纵容利用拳民滥杀洋人之后，又以无情镇压屠戮拳民以求洋人宽宥，在这样历史环境下，孙丙这样的角色除了摇身一变谎称岳大将军再世，口念咒语以求刀枪不入之外，又有什么制胜之策呢？所以，所谓的传统文化，其实在没有强大的异己力量、“现代性的他者”围困与威胁之时，并没有什么愚昧与落后之说，只是因为外力的重压，他才显出了自身的“丑陋”。而这时，中国的统治者是以将刑罚花样翻新无所不用其极地变为“艺术”，来维持其所谓

① 张清华：《叙述的极限——论莫言》，《当代作家评论》2003年第2期。

“文明”的——小说借了德国总督克罗德之口说，“中国什么都落后，唯有刑罚是最先进的”，这样的历史认知与文化批判，在笔者看来，言其直追鲁迅也是毫不过分的。

很显然，如果我们的读者和批评家不抱先入之见，不囿于个人偏见的话，便不会贬低和否认莫言笔下的国民性思考与批判，不会将之与鲁迅的文化担当做霄壤之分。从鲁迅到莫言，这是一个谱系，也是一个整体，莫言比之鲁迅，在国民性的反思与批判方面不只走得更远，探求的方向更多，而且某种程度上也达到了更大的深度。只有这样看待才是足够公平和客观的，只有这样看待，对中国新文学才会有整体的理解，对当代文学的价值才会有理性和准确的认识。

而且，如果我并不单是为莫言正名的话，对于鲁迅主题的继承者还可以延伸到更多作家，比如余华，他早在二十世纪八九十年代之交所写的大量中短篇小说，如《一九八六年》《往事与刑罚》《现实一种》，等等，还有他在新世纪之初推出的长篇小说《兄弟》、2013年的《第七天》，也无不透示着“刑罚”“围观”“嗜血”和“狂欢”的主题，透示着国民顽劣的弱点与性格。基于此，我们应该给当代作家一个公正的看法，应该将他们与自己的前辈看作不断传承与变异、不断深化和延续的精神脉系与文化整体。

三　重返民间：价值的重建与美学的扩展

作为肩负启蒙大众使命的一代，鲁迅和“五四”一代作家大都有强烈的精英意识，对传统的激烈批评态度，使他们对底层和民间文化并没有太多正面关注。“说到‘为什么’做小说罢，我仍抱着十多年前的‘启蒙主义’，以为必须是‘为人生’，而且要改良这人生。”[①]

① 鲁迅：《我怎么做起小说来》，《鲁迅全集》第4卷，人民文学出版社1981年版，第526页。

陈独秀也说，“‘国风’多里巷猥辞，‘楚辞’盛用土语方物”[①]，在他看来民间的文化与文学向来无甚足观。某种程度上也可以说，“五四”文学便是建立在对于“今日庄严灿烂之欧洲”的文化与文学的移植与借鉴之上的，对于本土的民间传统采取的首先是摈弃与质疑的态度。这当然符合启蒙主义的基本属性，即“祛魅”，而民间文化与文学往往是以其原始的“魅性”见长的。在二十世纪三十年代的“京派”作家那里，他们似乎意识到了乡村民间社会所寄寓的桃源式的意义，但同样是在与城市和现代文明的对照关系中来诠释其意义的，民间在他们那里多为言说的借口，并未被赋予自足的本体性。沈从文自称是“二十世纪最后一个浪漫派”，他要为人们构造一个“希腊小庙”，称“这世界上或有想在沙基或水面上建造崇楼杰阁的人，那可不是我，我只想造希腊小庙。选山地做基础，用坚硬石头堆砌它。精致、结实、匀称，形体虽小而不纤巧，是我理想的建筑，这神庙里供奉的是‘人性’……”[②]显见得，他在自己用文字构建的湘西世界里，仍是一个十足的精英主义者，乡土或民间世界已经被他改造为东方式的雅典娜或伊甸园。

显然，截至二十世纪四十年代赵树理等革命作家登上文坛之前，新文学的主要场域基本上仍限于精英阶层。这当然不是一个“进步论”的命题，新文学在转向民间场域的过程中，必然会与革命政治与意识形态相遇，而革命理论、“新民主主义”的意识形态也必然要打上民粹主义的烙印，或者必须要借助民粹主义所焕发出的巨大力量，这正是《讲话》之所以出现的大背景。自然，在全民族抗战救亡图存这样的国家大势前，文学的个人性与精英主义趣味开始显得有些微不足道了，然而回到民间也自然而然地成为政治与意识形态的需要。因此，二十世纪四十年代中国文学的民粹倾向说到底

① 陈独秀：《文学革命论》，《新青年》二卷六号，1917年2月1日。

② 沈从文：《习作选集代序》，《国闻周报》1936年十三卷一期。

又并不意味着纯粹和本源性的民间价值的出现和回归。

不过，与在革命领袖那里所论述的工农兵方向仍略有不同，赵树理的话语中仍然让我们看到了一个顽固的民间身份的自我想象：

我不想上文坛，不想做文坛文学家。我只想上‘文摊’，写些小本子夹在卖小唱本的摊子里去赶庙会，三两个铜板可以买一本，这样一步一步去夺取那些小唱本的阵地。做这样一个文摊文学家，就是我的志愿。①

某些情况下这确乎可以解释为是谦逊或是低调，但赵树理的文学资源与上一代相比的确是自我“矮化”了。有记载说，1942年初，在一次太北区举行的有关华北文化的大规模座谈会上，赵树理故意从老百姓家里拿来几本这样的书：《太阳经》《老母家书》，写着“洗手开看”的《玉匣记》《秦雪梅吊孝唱本》《推背图》《洞房归山》，还有《麻衣神相》《增删卜易》，等等，说这才是在群众中占着压倒之势的“华北文化”。与会的史纪言回忆说，赵树理在会上“大声疾呼，要求文艺通俗化”②。

显然，赵树理与革命文艺的要求之间确有一个十分融洽的耦合期，这就是他写出了《小二黑结婚》《李有才板话》等一批作品，且被誉为“延安文艺的方向”的一个原因。但正应了陈思和的说法，赵树理在随后的写作中，他作品中原生的那些活跃的民间文化因素逐渐遭到了压抑和规训，他的写“旧人”的才华慢慢失去了用场，而“新人”是怎么也难于写好的，原因在哪里？就在于成熟且鲜活的民间文化因素的支持与滋养，而当他慢慢被政治修剪得越来越规范的时候，他也慢慢由一个被肯定和赞誉的作家，变成了一个无奈

① 引自李普：《赵树理印象记》，《中国现代作家作品研究资料丛书·赵树理研究资料》，北岳文艺出版社1985年版，第19页。

② 参见黄修己：《赵树理评传》，江苏人民出版社1981年版，第56页。

的和江郎才尽的作家。就在“浩然创作《艳阳天》的时候，赵树理却只能用笨拙的手段写了一些老农民热爱劳动的报道文学，他晚年终于放弃了小说创作，转向传统戏曲，改编出反屈服投降的上党梆子《三关排宴》”，“成也民间，败也民间，这就是一个被誉为是《讲话》以后代表着文艺‘方向’的作家所走过的道路”[①]。

这一看法非常准确地说出了问题的关键，政治和民间这两个曾经向度在交叉之后的分道扬镳，造就了一个作家的荣辱浮沉，当然也影响了他的艺术生命。但不论怎么说，赵树理现象确实证明了民间价值的作用与意义。正如陈思和所说：“如果以政治意识形态为衡量标准，赵树理对生活的解释怎么看也缺乏‘深刻性’，他总是执着地盯着这块土地上蠕动着的那些小人小事不放，既没有《暴风骤雨》《太阳照在桑干河上》那种描述时代风云的大手笔，也没有后来柳青式的充满理性思考的农村分析，但是，我们暂且放弃一下‘五四’以来政治与文艺逐渐结合而成的一系列评判‘深刻’‘真实’‘史诗’‘阶级性’等新传统标准，把眼光放到民间的土壤上，就不难理解赵树理笔下的朴素魅力。”[②]在革命作家中几乎劫后余存的两位——赵树理和孙犁的作品中，我们不难看出，他们历经磨难而留存的“文学性”，不是来源于别处，正是源于其作品中活跃的两个东西：在孙犁那里是来自中国传统叙事中的“旧文人趣味”；在赵树理这里，则是来自乡土世界的活跃的原生性的民间趣味。

二十世纪八十年代的文学变革看似轰轰烈烈，但仔细回想一下，并非像某些人怀念的那样，是一个伊甸园式的黄金时代。直到1985年以前，有关“朦胧诗”与“现代派小说”的合法性还依然是十分严峻的问题，只是到此后，新潮文学才仿佛一下子“冒”了出来。但真正敏感的作家，不会对意识形态的松绑过程中民间文化价

①② 陈思和：《民间的浮沉——对抗战到“文革”文学史的一个尝试性解释》，《上海文学》1994年第1期。

值重新浮现的作用视而不见，事实上，这是从“一体化”时代的一元文化格局向着开放时代的三足鼎立的文化格局迅速转换的一个微妙情境。“寻根”运动所真正寻找的，正是久已生疏的民间文化与传统文化资源，而相比之下，拥有着久远的民粹主义传统的革命政治文艺，在对待“民间文化”的态度上，更能够给予二十世纪八十年代的文化精英们以合法的空间感。换言之，这个年代真正深谋远虑的作家最清楚，精英知识分子立场获得“单独的合法性”的时机还远未到来，而对外宣称吸收来自拉美的“魔幻现实主义”——这也符合特定的国际政治的正确原则，对内则呼吁寻找传统文化与民间文化中有益于今日之“文化重建”的部分，这是不言而喻的一个明智策略。

但文化上的某种权宜之计，或者不得已的面具感是十分现实和有效的。这个时期的精英思潮借助了民间文化的材料与故事，得以推动中国文学进入全新的，以“寻根”和“新潮”这样一对看似矛盾、实际又互为表里的现象为代表的时代。“寻根”以向旧，是建立本土合法性的诉求，“新潮”以向外，是变革以求新的借道，两者互相依存，互为合法依据，才迅速生成了二十世纪八十年代中期中国文学陡然繁盛的大好局面。

这也正是莫言的《红高粱家族》出现的微妙环境，莫言不只看到了民间传奇本身的“材料”意义，更是敏感地抓住了民间文化的价值立场，也同时以哲学、人类学和民俗学的高度扩展变革了当代小说的叙事格局与美学品质，为中国当代文学开辟出一条豁然开朗的新路。这才是他成功和保有艺术生命力的秘诀。在这部小说中，他不但将既往政治化的抗日历史改写为一部民间英雄的传奇史，同时也以近乎变态的狂热，共时态地描写了高密东北乡的民间生活情态，包括婚丧嫁娶、生老病死、爱恨情仇、礼仪民俗，甚至江湖恩怨、行会谋夺，甚至《聊斋》式的鬼狐传奇、自然灵异……也正是因为这些元素，《红高粱家族》冲破了种种此前的藩篱与禁忌，终结了以进化论为主导价值的主流历史谱系，也终结了以政治社会学与伦理学为构架的叙事。这无论如何也不是一件小事。

最近有敏锐的海外学者撰文分析了中篇小说《红高粱》作为“社会主义现实主义文学的遗产”的明显的“过渡性特征”，详细分析了该小说的“超越与局限”。我认为这一看法不谬，很客观地认识到了这一时期整个当代文学的过渡性特征，文章说，“这部小说发表时，正处于中国当代文学史上的一个过渡阶段，……一个除旧布新的历史性的时刻”[①]。但问题在于，是什么原因使得这样一部具有过渡性特征的小说，打开了中国当代文学的新局面？我以为正是民间文化视角以及民间价值的重建，是民间文化的生气勃勃的原始力量与活泼形态，给莫言带来了丰沛的隐喻力与迅猛扩展的文化承载力，以及美学上的吞噬力，也给当代文学拓出了新路。从这个意义上，《红高粱家族》既是有先天局限的，同时又成功地超越了这种局限。

在将近十年后的1995年，莫言推出了他的《丰乳肥臀》，迄今为止我仍然认为这部作品是莫言全部创作中的巅峰之作，这一年他刚好四十岁。十四年前我在《叙述的极限》一文中毫不吝惜地称他以这部小说实践了“伟大小说的历史伦理”，这个伦理就是“把历史的主体交还人民，把历史的价值还原于民间”[②]，言下之意，我认为他构造了一部新文学诞生以来真正的“民间之书”，一部近乎“伟大的汉语小说”。我的理由很简单，他在这部作品中，书写了一个超越所有政治与历史限定的主题，记录了“中国传统民间社会在二十世纪被侵犯和被毁灭的过程”。母亲饱经风雨沧桑历尽蹂躏磨难而养育的众多儿女所代表的人民与民间世界，在所有外来的政治与权力因素的合谋下，在一切外来势力的侵犯下，最终陷于从肉体到精神的毁

---

① 吕彤邻著，汪宝荣译：《超越与局限——莫言中篇小说〈红高粱〉分析》，《当代作家评论》2016年第5期。

② 张清华：《叙述的极限——论莫言》，《当代作家评论》2003年第2期。

灭。这一挽歌式与哀歌式的历史书写，揭示了二十世纪的中国最内在的伦理之殇与文明之痛，即，数千年来立于我们脚下的这块美丽壮阔而又多灾多难的土地上的，既田园牧歌又风雨如晦的、既自足自乐又自生自灭的、既不断死亡又浴火重生的民间社会——正如上官鲁氏曾经多如羊群般人丁兴旺的家族一样——在外忧内乱中，在战争与物质的搏杀中，在无数政治的走马灯式的更迭中，在现代性与科技力量的诱惑中，在一切的欲望膨胀与道德沦丧中，最终陷于崩毁和湮灭。的确，在新文学史上，还没有哪一部作品能够像《丰乳肥臀》这样全景地、总结性地书写出一个世纪的历史，这是一部可以称得上是“世界性的怀旧”的小说，同时也塑造了一个集政治学、伦理学、人类学意义于一身——即同时为“人民的化身”“慈母”“生殖女神”三种母性的集合的伟大母亲的形象，以她最终合成为这个民间世界的象征。仅就莫言所刻画的人物看，我也认为，说他写出了伟大的小说绝不是夸张。

2001年，莫言得以系统地阐述了他文学的民间主张。在苏州大学的“小说家讲坛”上的演讲，原题即为《试论文学创作的民间资源》，只是发表后其关键词“作为老百姓写作”引发了更强烈的反响。但两者意思是一样的，他说：

我认为所谓的民间写作，最终还是一个作家的创作心态问题。这个问题的一个方面是为什么写作。过去提过为革命写作，为工农兵写作，后来又发展成为人民写作。为人民的写作也就是为老百姓的写作。这就引出了问题的另外一个方面。那就是，你是“为老百姓写作”，还是“作为老百姓的写作”？

“为老百姓写作”听起来是一个很谦虚很卑微的口号，听起来有为人民做马牛的意思，但深究起来，这其实还是一种居高临下的态度。其骨子里的东西，还是作家是“人类灵魂工程师”“人民代言人”“时代良心”这种狂妄自大的、自以为是的玩意儿在作怪。这就像说我们的官员是人民的勤务员一样，听起来很谦卑，很奴仆，但现实生活中的官员，根本就不是那样一回事。[1]

综合起来看，我不认为莫言的这个“作为老百姓写作”的说法是一个托词、一个玩概念的狡黠，也不是简单的自谦。他之所以坚持还原自己“老百姓”的身份，首先是为了避免将自己精英化和政治化，而提示自己要保有普通人、劳作者的本色，这样至少可以避免像历史上那些陷入各种悲剧和误会的作家一样，做无谓和徒劳的牺牲品。但另一方面，这也促使我们思考新文学的方向究竟在何方，促使我们在新文学即将迎来百年的时候思考它的成败得失与种种教训。以莫言为例，我们可以看到民间资源给他带来的不可思议的力量，看到他对于两种异化的顽固抗争与智慧拒绝。可以说，在他和这一代作家身上，新文学展现了前所未有的价值的稳定感、人文性，也展现了新奇而可靠、锐利而宽阔的美学品质。

这是他比现代作家和革命作家都要高明、睿智，同时也更加老实和诚实的地方，也是他的作品将更加具有长久生命的原因。

四　人格的“矮化”与文学的成长

早有学者注意到这样一个问题：在总体的文化人格方面，当代作家比之现代作家要有很大的变化，这种变化表现在一种“集体性的人格衰退”。因此，“从鲁迅到莫言”便成为一个难免尴尬的话题，也暗含着一个“从现代文学到当代文学”的逻辑衰变的问题。因为很显然，鲁迅是具有留学背景的高级知识分子，有大量足以证明其出众的文化素养的学术著述，有很好的外语水平、国际化的经

① 莫言：《文学创作的民间资源——在苏州大学“小说家讲坛”上的演讲》，《当代作家评论》2002年第1期。

历与眼光，同时还直接介入了新文化运动，是“五四”一代作家中最具有精神与道义担当和人格魅力的人物之一……连德国人顾彬都说，西方的作家都懂得好几门外语，“不懂外语的作家不会是好作家”[1]。而莫言这一代作家，不要说懂外语，连教育背景都并不正规，有的甚至根本就没有上过大学。按这样的逻辑，新文学所走过的，当然不是一个进化与成长的道路，而是“一代不如一代”的衰退逻辑。

因此这样的看法便显得很正常，也似乎不容置疑，即使在莫言得奖以后，也有各种各样的看法。比如“翻译功劳说”，认为中文原作是粗糙的，被高明的翻译家翻成英语之后，西方人已经看不到原作的粗糙；还有的则是通过作家“文学写作之外的担当”，去梳理这个衰变的逻辑，认为“鲁迅不仅仅扮演了一个作家的角色”，同时也“以知识分子的面目说话，担当社会的良心”，而莫言则只愿意扮演一个作家的角色，这样就会影响到他的写作的批判性。[2]这些说法都以看似严密的逻辑，推演出了新文学的必然衰变的趋势。

然而笔者不这么看。确实，单纯从精神人格或文化人格的构成看，莫言这代作家与鲁迅等现代作家相比，可能比不了他们，会有更多的局限性——更直接地说，他们没有鲁迅那样综合性的素养，包括国学、外文以及理论方面的造诣。然而“人格化”地看待他们之间的差异，同历史地考察文学的进退变异又不能等同起来。虽然在人格的意义上说，鲁迅称得上是“伟大作家”；但如果从“文本”上看，莫言则更为丰富。这是一个非常奇怪的关系，也构成了中国新文学的一个整体性景观和逻辑：不承认当代作家的精神人格力量的趋弱和萎缩是不对的，但不承认当代文学比现代文学更为复杂和

---

① 顾彬：《中国当代作家害怕面对真正的问题》，见 http://blog.sina.com.cn/langxiwang。

② 赵勇：《从鲁迅到莫言：文学写作之外的担当》，《中国作家》2013年第4期。

成熟也不客观，这就是“从鲁迅到莫言”这个时间叙事中所包含的最核心的意义。但对这个关系的认知又不能绝对化，即便鲁迅是中国现代作家精神人格的楷模和典范，但也不是白璧无瑕；即便莫言和当代作家们在精神上有矮化的倾向，但也不是一无是处。近距离地看任何人、任何作家，都会有“做人”方面的弱点或缺陷，鲁迅也不例外。人非圣贤，孰能无过？就像梁实秋所揶揄的，“假如隔壁住着一个诗人”——任何自命正常的人，都会有不寒而栗甚或毛骨悚然的感觉。然而拉开时间距离再看就完全不一样了，“生活中的人格化”和“传奇中的人格化”，以及“文本中的人格化”会完全不同。我们如今所理解的鲁迅的人格，已然是被传奇化和文本化了的，而我们对包括莫言在内的当代作家的审度，则无疑是一种“生活中的人格化”视角，由此也必然显现出更多的缺陷。实际上，福柯所说的“人死了”，某种意义上也是暗示文学之中，暗示知识分子的“人格化的主体性”的丧失，即“作者死了”，文学只剩下“文本”，而不再具有“人格化意义的作者”。就鲁迅而言，他强调文学创作的意义不在文学本身，而在于“引起疗救的注意”，旨在启蒙以立人。他的文学世界虽然足够庞大，却没有体量稍大的长篇小说，有人认为这是鲁迅离世太早的原因，然而，文学史上许多长篇杰作问世的时候，其作者都不及五十岁。莫言在获得诺贝尔文学奖时还不到六十岁。虽然莫言没有在“人格”上赢得鲁迅式的尊敬，却写出了《丰乳肥臀》这样的近乎伟大的作品，更何况，他的《檀香刑》《酒国》也有过之而无不及地传达和书写了与鲁迅同样的主题。我们仅仅用人格的矮化自然会带来文学的退化这样的逻辑，又如何能够说得通？

因此，在2008年，我在出席上海文学界举办的一个“新时期文学三十年”的研讨会上发表过大致如下的观点：“如果把改革开放以后三十年的文学和‘五四’以后三十年的现代文学做一下比较，我们会发现，现代文学有‘伟大的作家’但几乎没有‘伟大的作品’，而当代文学虽然没有‘伟大的作家’，却几乎出现了‘伟大的作品’。”①

这些话当然不可能说服持上述观点的人。但是我们可以设想，即便中国当代的作家们有成为鲁迅式的“文化英雄”的雄心，也很难再变成现实。不但像鲁迅那样的在改革社会意义上的“启蒙主义的文化英雄”已经不复存在，连海子那样“纯粹哲学意义上的文化英雄”也已经成为神话了。他的名篇《祖国（或以梦为马）》中著名的诗句是，“我不得不和烈士和小丑走在同一道路上”。假如按这样的标准，海子之后的苟活者无一不是文化意义上的“小丑”。以鲁迅为标高要求当代作家，恐怕只是一个勉为其难的幻想。从这个意义上说，莫言说自己只愿意作为一个老百姓写作，无疑也有事实上的不得已。

然而，刨除所有这些当代性的纠结，从更长的历史尺度来看文学，莫言所说的不只是自我的辩护，也是度越百代的事实：

……请想想《二泉映月》的旋律吧，那是非沉浸到了苦难深渊的人写不出来的。所以，真正伟大的作品必定是“作为老百姓的创作”，是可遇不可求的，是凤凰羽毛麒麟角。

像蒲松龄写作的时代，曹雪芹写作的时代，没有出版社，没有稿费和版税，更没有这样那样的奖项，写作的确是一件寂寞的，甚至是被人耻笑的事情。那时候的写作者的写作动机比较单纯，第一是他的心中积累了太多的东西，需要一个渠道宣泄出来。像蒲松龄，一辈子醉心科举，虽然知道科举制度的一切黑暗内幕，但内心深处还是向往这个东西。如果说让他焚烧了他所有的小说就可以中一个进士，我想他会毫不犹豫地点起火来的。到了后来，他绝了科举的念头，怀大才而不遇，于是借小说表现自己的才华，借小说排

---

① 傅小平：《当代文学：有大作无大师》，《文学报》2008年4月24日。

遣内心的积怨。曹雪芹的身世更加传奇，由一个真正的贵族子弟，败落成破落户飘零子弟，那种人情冷暖、世态炎凉的体验是何等的深刻。他们都有大技巧要炫耀，有大痛苦要宣泄，在社会的下层，作为一个老百姓，进行了他们的毫无功利的创作，因此才成就了《聊斋志异》《红楼梦》这样的伟大经典。①

这些话当然没有鲁迅的《中国小说史略》《汉文学史纲要》的论断来得更学术化，更能见出一个知识者的素养和见地，但它也同样说出了文学的真理，道出了自来伟大的文学有可能便是"作为老百姓的写作"这样一个事实。因此，道德化地、形而上学地理解作家的精神人格，在有的时候是有道理的，在有的时候则是勉强的。严羽说，"诗有别才，非关理也"，有学问的人很多，但未必都能够成为好的作家，懂外文的人也很多，但可能与作家根本就不沾边。仅仅从作家身份、人格的文化状况"倒推"文学的高低，更多时候是不灵的。冯梦龙说，"但有假诗文，无假山歌""而歌之权愈轻，歌者之心亦愈浅"②。意思是说，写作者的身份越是低微，写出的东西就越真实和自然。中国文学自"书契以来，代有歌谣"，久远的文学传统中，最具活力和最为宝贵的便是其民间因素，而与民间因素生长一起的，也定然是"作为老百姓的写作者"。因此，这实际上也许不只是一个写作身份的问题，而是一个关于文学的过去和未来的基本问题。虽然当代作家的文化身份是相对庸常和粗鄙的，但他们写出了并不庸常和粗鄙的作品，虽然他们不太具备鲁迅那样出众的自我阐释能力，但找到了更适合自己写作的角色和位置。在他们这里，身份的降解并不只是意味着文学某种程度的衰变，同时还意味着另一种脱胎换骨的成长，和一种古老而欣然的回归。

---

① 莫言：《文学创作的民间资源——在苏州大学"小说家讲坛"上的演讲》，《当代作家评论》2002年第1期。

② 冯梦龙：《序山歌》。

归去来，或从故乡的方向看

——读莫言新作的旧角度

近几年中，我有机会去了几次高密东北乡。有两次是开会顺访，参观了莫言在故乡的旧居，还有一次是作为“文学顾问”，跟随纪录片摄制组张同道等前往，一起陪莫言回了一次故乡。这次还参观了他当兵时在高密县城的旧居，好像是在南关的一座小小的院落，有他亲自盖起来的几间平房，院中有两棵长势很好的石榴树，好像还有一棵是银杏。深秋时节，院子里一地金黄，虽是寒碜了一点，但比老家那个旧居是好得多了。莫言说他的《丰乳肥臀》就是在这里写的，他告诉我，那时里屋的这张桌子上只有一摞写就的稿纸，其他什么也没有。

桌子还是从前的老样子，照片里的人却由年轻而沧桑了许多，当然，也比年轻时看上去更帅气了几分。我摸摸那桌子，其实就是一张再普通不过的、民间手工制作的桌子，上了很浓的清漆。它的并不光亮的桌面，仿佛见证着主人当年简陋而清贫的时光。但在这里，分明曾有过一个世纪的风云激荡，有过主人公澎湃汹涌血火交织的历史想象。

所谓的高密东北乡，在小说里是一片磅礴原始而又苍茫的土地——甚至你可以将其解读为“民间”或“大地”一样的概念性的去所，那么巨大的存在。但在现实中，是那么小小的一点。

我时常回忆起在《红高粱家族》和《丰乳肥臀》中的高密东北乡，在那其中，仅胶河就十分宽广，还有一条稍远一点的墨水河，两者都是水流滔滔、流淌着逝水年华和历史变迁的名河，往昔的浮光跃金，如今都只剩下一条时常断水的小河沟了。墨水河我没看到，但胶河已然是断续的水洼。自然的衰败——终归也是人事的衰微——似乎是无可挽回的，但现实与文学想象，确实也有距离。在小说里，我设想主人公的家距离胶河要有一段不小的距离，那里安放着一个莽莽苍苍的自然世界，有野物出没，有莽汉逍遥，有可供骏马驰骋的丛林与开阔地，而现实中莫言的旧居，只是坐落在距河边不过三十几米的地方。

我遂感慨，童年的空间感就是如此，你直到长大了，才知道那片土地有多么小。

更小的是那片低矮的老屋，说是五间草房，其实总的面积也不过二三十平方米，西头两间是当年父母亲住的，一盘土炕占了一间，另一间是贮藏室，放粮食和农具的地方，一架母亲用的纺车还蹲在那里。中间一间是门厅，其实也是灶屋，贴地盘着一个锅台，几个人进来就站不下了。东面的，就是莫言的婚房了，当年娶媳妇、生女儿都是在这里。墙上糊着一层旧报纸，算是唯一不一样的“装修”，一个相框，里面嵌了许多张老照片，其中引我注意的一张是莫言戎装持枪的照片，很是威武。相框下摆着几个小件，其中一个是一只喝水的军用瓷缸子，似乎油漆还是完整的。

这便是昔年的全部家当。无法想象这就是昨天，这个家庭曾经历的清寒与贫乏，但就这里，诞生了那些令人难以置信的诡奇想象，凝成了那些大河滔滔般的有生命的文字。

这就是故乡，比鲁迅的那个要简陋数倍，但同样是出发且归来的地方。

它才是莫言魂牵梦绕的。跟着他回来一趟，才会有贴近的这种感觉。

几年来屡有朋友托我捎话，让我劝他换个地方住住，可以躲躲热闹，少些世俗的活动与劳累的应酬。我甚至冒失地建议，干脆在巴黎买一所房子，到那里可以近距离地感知一些西方作家的思想，当一个真正的“国际化作家”。但这些都被他一笑置之。尽管他也不愿被俗事所困，但他说，不懂外语去了国外便很无趣，也很难适应人家的环境。这是他的回答。我有些不以为然，心想，只要他愿意，这些其实都不是问题。

但这才发现，他说那些也都是敷衍之辞，而真正的原因不是别的，就是他无法长时间地离开他的土地。因为他的灵感很少来自别处，而总是出于那片狭小的、在地球上很难查找，但在他的精神与艺术世界里无比广大的土地。

天公如此作美。第一天是深秋，衰草萋萋，落叶满地，在故乡河边的一块洼地上，他穿过童年割草和放牛的荒野，走入一片树叶寥落的杨林。那片林子的年龄肯定没有他大，所以他对着这林子述说着他的故事，摄像机无声地跟拍。他走着，深一脚浅一脚，声音也时断时续，我忽然看到他走进了一场大雪。

一片白茫茫，仿佛《红楼梦》里的某个景象。

这当然是幻觉。同道说，我们运气真好，第一天还是秋季，第二天早上就下了这场大雪，还是那片外景地，季节却忽地焕然一变，他的片子里就出现了这神奇的一幕。莫言在故乡的土地上走着，也仿佛是穿越了时光漫漶的隧道，穿越了现实与幻境交替的存在，穿越了化蝶破蛹的一刻。文学真好，它的幻觉不仅是抽象的，也是可触摸的，它的变幻充满了哲学性的生长与升华，有始料不及的广远寓意。

莫言走在他故乡以西三里远的河道里。那里是《透明的红萝卜》故事的发生地，一座简陋的水闸还矗立在河边，连接着另一条更小的干脆已经淤塞的河沟。在那里曾经发生过一个凄美的、荡人心魄的爱情故事，少年的幻想与悲伤仿佛还在空气里沉浸。我知道那个砸石子的黑孩，其实就是莫言自己，但他现在穿了一件棉布夹克，戴着鸭舌帽，围着一块厚厚的围巾，摇着他中年的步子，走在荒草起伏的沟坎上，有几许兴奋，或者也有些许伤感地看着周围。他的手势一摇一摇的，在我们的前面兀自走着。

我看见他瞬间被大雪——乡愁般的大雪遮挡了身影。他回到了他的记忆、童年，以及属于他的高密东北乡。而我们，都是银幕以外走不进去的观众。

遇见乡人的时候，莫言干脆收起了他那有口音的普通话。就像陶潜《饮酒》诗中所说的，“父老杂乱言，觞酌失行次”，还没等喝酒，便说起了似乎有那么一点“醉意”的高密东北乡的方言。他告诉我，2012年末去瑞典领奖的时候，一位“洋老乡”驱车几百公里来祝贺他，这女士长着一头金发，一双碧眼，却可以说一口纯正的高密东北乡土话。她在中国出生并长大，二十世纪七十年代才回到瑞典，是一位在高密东北乡传教的瑞典籍牧师的女儿。我遂知道，《丰乳肥臀》中所写的那个马洛亚牧师，不是故意给设奖者“眉目传情”，而是确有原型的。

而我多年中，都无意识地放大了这个人物的“对话性意图”。

进了他的家——其实是他二哥的家，他九十多岁的父亲现住在老二家。张同道架着机器，外面雨夹雪在落着，老爷子的声音洪亮得很，但说的话别人基本听不懂，当然别人说的，他也听不懂。莫言就不断地转换口音，为他翻译。其时他的生日快到了，莫言希望与全家和亲朋在城里面吃一顿饭，但老人家坚决不应，坚持要在家吃。后来莫言急了，便说您这样是不给大家方便嘛。他用笔在一张纸上郑重地写下理由，还有吃饭的地点，老爷子最终还是答应了。

宴席我没有赶上，但后来看到了私人视频，莫言还在亲朋中间讲了话，讲得很精彩，可惜没有更多人看到。作为不在现场的读者，不知怎的，我却似乎更像是一个在场者，因为我在莫言随后的小说中看到了更多，仿佛他们也都是参加宴会的人物。

至为奇怪，随他回了一次乡，我感觉自己变成了他小说世界中如影随形的人物。无论再次读旧作，还是初遇其新作，都有了一个挥之难去的幻觉，仿佛那些人物都是真的，是他那些乡人中的一个，而且也都成了我的熟谙的“故人”。

这些熟人一直在我眼前晃动，仿佛也让我穿越回童年，或者往事之中。

在《地主的眼神》里，我看到着力的一个“意”字，那“眼神”似乎比人物本身还重要。眼神里，有着历史的恩怨纠结，难以言喻的人性奥妙，它让我们体会到历史确乎没有政治那么简单，善恶也没有阶级那么分明，乡村的伦理和农民的文化也不是那么容易改变，家族的恩怨情仇似乎还一直在后人之中延续，又随着时间的沧海桑田在发生着和解与湮灭。一个短篇几乎包含了所有乡村历史的风云，与人世的无常翻转。我在莫言的乡人中搜寻着，其实也是在我的乡人中搜寻着，仿佛一张旧照片，我感到他就存在于我童年的记忆中，觉得那么熟悉。

我还需要言之凿凿地说，这是好的小说，或者出色的人物刻画之类的话吗？那些笑骂的，或斥之为平庸的、江郎才尽的，尽可以表达他们的看法，但一个真正的好作品难道不是在唤起你的记忆或者经验的同时，让你忘记或感觉不到它的存在吗？

另一篇《等待摩西》，亦是对近几十年历史变迁的缩写式素描。它所包含的其实是一个长篇的容量，所传达的内涵也不亚于一个长篇的形制。这个半是好人半是骗子的柳摩西，他所做的一切，打爷爷、骗妻子、假豪爽，耍各种伎俩，几经发迹又潦倒落魄，正是显示了乡村在这些年中的伦理颠覆与财富轮回，印证了人心世道在这个过程中所经历的一切。他其实可能就部分地活在我们身上，或者就是我童年的某个玩伴，是我曾经交集与爱憎过的一个兄弟，或是芸芸众生中的任意一员。读这部小说，你无法不为自己所亲尝或听闻的故事，而感到如在眼前且五味交杂。

还有《左镰》《斗士》等，在其中我都看到了莫言活跃的记忆及其不断的发酵，这是作家与我们不同的，也是作家必须有的责任。遗忘是社会的天性，也是人性的本然，它投射到历史之中，便会成为人类的阿喀琉斯之踵，一旦遗忘，人类便再难进步。这里有变相的自审，也有历史悲剧的强调，更有现实的殷殷提醒。在他隐显交织的笔墨中，分明闪现着这种焦灼，也断续有这样的提醒。

真正发出强烈提醒的还有《天下太平》。这篇幽默而又令人不安的小说里，充溢着莫言惯用的寓言笔法。水塘里的鱼是如此肥美，打鱼人心中充满了喜悦的贪欲，但叙述的情境近乎一个荒诞的梦境，少年被那只鳖咬住了手指，引发了打鱼者与看守人的争执，也扰动了平静得近乎空心化的村庄，更昭示了自然环境急剧且后果不明的恶化。所有的危机都似乎在一件不足挂齿的小荒唐事中露出了端倪，而鳖背上隐约可见的“天下太平”四字，反而更衬托出这种“乡村正在死亡”的危机的深远与难测。

显然，我并不想在这篇随记式的文字中端着架子逐个评说。我想表达的是，作为一个试图接近并且接近过作者的经验世界，特别是接近过其故乡以及故乡人事的读者，我似乎找到了一个更加直接和切近的角度。

当然还有历史，以及由历史演出的戏剧。以往莫言写出了戏剧般的小说，《檀香刑》《生死疲劳》都庶几近之，也写出了戏剧化的历史。远的不说，近的也有作为双重文本之一的戏剧体《蛙》，这次又读到了他的戏曲剧本《锦衣》。我想说，他还是钟情于他的历史叙述——在诸多围栏或是天花板下的、戴着镣铐舞蹈的叙述，以及用借古喻今或是古今对话的笔致，表达他的感愤或忧思、对人性与文化的解读与抨击。

只是，这次他彻底换了腔调，戏曲，地方性的戏曲——他写作中如果有“假想唱腔”的话，一定首先是他故乡的茂腔，或“猫腔”。不知为何，我在读《锦衣》时，耳边响起了高密东北乡的土话，间或还有操着家乡话在念白的莫言的口音。

“这里有英雄救美，有移花接木，有善恶必报，也有偷梁换柱，种种旧戏中常见的结构与主题，在其中都有体现。当然，最重要的，是它再度深入探究和处理了近代中国的革命与社会问题，既生动地再现了中国社会的各种弊病，披露了人性与国民性的致命缺陷，又从文化、制度、伦理，甚至文明的层面，深入地揭示了国家衰亡和人民造反的原因。可以说，莫言以他独有的戏剧性笔触，通过人物的对话，活脱脱将之彰显无遗。”

这也是我之前的一小段时评文字。我不想再重复戏中的精彩，这捕风捉影的故事或许有些许传说中的出处，但更多是移花接木与望文生戏，它说到底，仍是高密东北乡这块土地上固有的蛮荒与野性中疯长出的故事。

我读出了几许悲伤，还有更多的无奈。比之年轻时的澎湃汹涌，现在的莫言或许已是静水流深，但故乡依然是他灵感的温床。我读出了几分屈原和杜甫，也读出了几分陶渊明和李白，当然，都是下降到尘土、接上了地气的他们。我终于知道，莫言为什么总是喜欢回到老家去写作，这与现代作家几乎是背道而驰。鲁迅选择了离去，沈从文选择了遥想，而莫言选择了归来，虽然他们所批评的、所切肤疼痛的东西，是这样一致。

“羁鸟恋旧林，池鱼思故渊……”这也许是古老的天性，抑或是有现实的驱赶——“久在樊笼里，复得返自然。”我不太愿意用类似“晚期风格”（赛义德所谈）式的概念去形容，但这些作品中所显示的某种从容、宁静、缓慢、自然，以及它背后所隐含的某种不易觉察的矛盾、困顿、疲倦与伤感，还有其中可能的传统式的“归返心态”，确实绊住了我的心。

我知道，他只是不断地归来，还不是——也可能永远不会成为——另一个陶渊明。“后诺奖时期”或许是有的，但“晚期风格”还谈不上，我们只是因之看到了他更趋多面的性质，对我来说，确实有一个不断出发的现代主义的莫言，也无疑地看到了一个不断归来的模糊的莫言，他不再一味地“现代”，却变得更为丰满。

知识，稀有知识，知识分子与中国故事

——如何看格非

虽曾写过多篇有关格非的文字，但总觉得还有些话没有说尽。一种强烈的预感告诉我，未来格非将会被重新提起，会得到更显豁的认识与评价。道理很简单，他为当代中国贡献了独特的叙事，同时也在某种程度上修复了几近中断的“中国故事”——从观念、结构、写法、语言，乃至美感神韵上，在很多微妙的方方面面。在他的手上，一种久远的气脉正在悄然恢复。

这无论如何也不是一件小事。这意味着格非将不再是一个只具有个体意义的作家，而同时还构成了一种现象、象征和标记，即，新文学以来隐匿许久的中国叙事，在历经了更复杂的西向学步之后，出现了“魂兮归来”的迹象。更何况，他也同样是一个景观复杂、格局渐大的作家，他写下了属于他自己的好看而有生命力的作品，纠合了现代西方各种思想与观念的作品，同时，他也自觉地传承了兰陵笑笑生和曹雪芹们所创造的中国叙事传统，传承了类似鲁迅、钱锺书、施蛰存一类作家所特有的现代的“知识分子性”，这些都是非常值得一谈的。某种意义上，他是中国固有传统与现代的双重意义上的知识分子性的自觉传承者。通过他的努力，当代作家在精神的质地与格局上呈现了再度“做大”的迹象与气象。

有很多个角度看格非，这篇力求精短的文字也同样不可能说尽他，依然是盲人摸象的几个侧面。

一 历史诗学与历史哲学

受到当代历史的刺激，作为二十世纪六十年代出生的作家，格非有强烈的历史叙述冲动。在最早的《追忆乌攸先生》（1986）中，他的这种冲动即暴露无遗。谁拥有历史的叙述权，就意味着谁掌握了历史。作为教书先生的“乌攸”被作为杀戮与强暴的替罪羊，最终被头领出卖且杀死，可看作是他对于历史的一种寓言或解释，尽管这种解释稍显简单和概念化了一点。随后，这一主题不断在他以后的作品中重现，成为一个格非式的历史命题，在后来的许多中短篇以及更晚近的《江南三部曲》中重新被展开。尤其在后者中，关于二十世纪中国的历史、关于革命的历史、关于二十世纪中国知识分子的命运史与精神史，被再度展开其内部的全部谱系与景观。

当然，这也可以视为二十世纪五六十年代出生的作家共有的情结，其他作家也涉及了近似或同样的命题，而我要说的，是格非对历史的理解与叙述方式，这是他至为独特的东西。我曾将格非的历史观及想象与叙事方式概括为这样三个方面：一是“历史的偶然论与不可知论”，二是“文化心理结构的历史宿命论”，三是“记忆与历史的虚拟论”[①]，而今，这些看法依然有效。其中偶然论更多的是来自西方存在主义哲学的影响，因为黑格尔和马克思式的历史哲学对于中国现代以来宏大历史的构建，曾起着深深的支配作用，而关于个体历史的理解与认知对于中国人来说，是十分陌生的东西。第

① 参见张清华：《格非小说中的新历史主义意识》，见《境外谈文——中国当代文学中的历史叙事》之第七讲，花山文艺出版社2004年版。

二，宿命论的东西更多的是来自中国传统文化的熏染，这给了格非的偶然论与不可知的观念以更多本土意味的神秘感。第三，他的关于历史和记忆的不确定性的看法，来源于他对于主体精神构造的复杂认识，这些应该是得自精神分析学的启示。

格非对于历史的荒诞感与荒谬体验的思想来源，首先是中国传统的神秘主义与感伤主义，但更多的是来自西方的存在主义。他相信个体是唯一可信的历史主体，如同克尔凯戈尔所强调的“那个个人”（That Individual）才是他唯一的出发点一样[①]，个体经验与认知中的历史是唯一可信的历史，但个人所面对的历史总是“迷津”般的所在，生存于偶然之中的渺小个体无法掌握自己的命运，而只能成为历史之河中的“迷舟”。

为了说明此种观点，格非在很早就写作了短篇小说《迷舟》（1987）。其中的主人公萧本是北方军阀孙传芳手下的一名旅长，正值北伐战争势如破竹之时，他奉命镇守涟水一带的棋山要塞，而他的同胞兄弟不期成为北伐军先头部队的指挥官。手足兄弟在战场相遇，成为敌手，这样的人生处境可谓是戏剧性的。萧内心充满了恐慌，但天赐良机，家中忽然传来父亲不幸亡故的消息，他急切地回家奔丧，且趁机故意盘桓数日，与当年初恋的远房表妹杏有了亲密接触。此时他似乎“忘记”了大敌当前、大战在即的危险，沉湎于几无来由的缠绵悱恻之中。其间他听到了种种传言，感受到种种不可名状的恐惧预测，但还是无动于衷。在属下催促他尽快返回前线之时，他还连夜去了一趟榆关，去看望被丈夫残忍地阉割的杏。而此时榆关早已被北伐军占领，他的这一趟私行不可避免地具有了通敌的嫌疑。等到他天亮回到位于小河的家时，他的警卫用枪抵住了他的胸口，说要执行上峰的指示，以通敌罪将其处死。萧情急之下

① 克尔凯戈尔：《那个个人》，引自考夫曼编著《存在主义》，商务印书馆1987年版，第93页。

落荒而逃，但不想母亲正在院子里关门捉鸡，打算犒劳一下奔波多日的儿子。萧无处可逃，被警卫击毙。

显然，《迷舟》所要传达的，应该是个人作为历史之中无法驾驭自己命运的一叶小舟的叹息。面对历史的捉弄，命运的操弄，不只个人会无法做出正确的选择，甚至他对自己的内心和无意识活动也无法掌控。它试图说明，在某些历史的关头，或许正是那些难以说清的因素影响甚至决定了历史，在历史的歧路丛生中，看起来彼此背道而驰，实际却只有一念之差、半步之遥。某种意义上甚至也可以说，是“无意识”和“下意识”支配着人物的行为，也驱动铸造了历史，历史的隐秘性和荒谬性正在这里。如果萧不是一个内心孱弱敏感的人，如果他根本上就是一个“粗人”，他就不会在大战前产生出无法医治的“忧郁症”，不会在潜意识里产生难以抗拒的通敌担心与“犯罪感”，不会在内心充满深渊般的“自我暗示”，也不会在紧急和危险时刻鬼使神差地“忘记”了带枪，这一切都是他按照自己的“无意识指令”一步步滑向深渊的步骤，是他内心逻辑的不经意的体现。

《迷舟》的情景与笔法类似于一个“梦境的改装”，其中的混乱、暗示、无意识活动的细节与场景都表明了它的梦境性质。格非将一个梦与历史的某些段落予以重合的处理，反而使历史的书写散发出更丰富的精神意蕴。

其次，所谓“文化心理结构的历史宿命论”，从本体上属于中国人的文化，但在方法上是得自西方人的认识。这是二十世纪八十年代作家所热衷的一个命题：家族的衰亡史说明的是一个文化心理的痼疾；反过来，一个文化与心理的构造也会导致一个家族的兴衰。家族是种族和国家的缩微的标本，所以写家族史便是在探究国家的历史。格非在这里似乎显示了从寻根作家那里传承来的“对历史的文化反思”冲动，但细究之，其历史方法中多了对“无意识世界”的自觉认识。以《敌人》（1990）为例，更可以看出这种不同，格非所集中表达的，是“一个意念的逻辑导致了一个家族的灭亡”的主题，而不只是文化中的某种固有缺陷。这个“意念”的获得，是源于上述文化的赐予。它既表现为个体的潜意识，同时更是结构性的“集体无意识”。

在《敌人》中，传统宗法社会的生活方式引发的“仇恨”，导致了“关于敌人的想象”与本能的恐惧，这种恐惧的本能最终又导致了“内部的谋杀”，并终结了一场连环的家族历史悲剧。这个安排显然有现实的某种隐喻在。当赵家被一场无名大火烧掉了大半家产的时候，“谁是纵火者”便成为最大的疑问，族长赵伯衡临死前留下了一份猜测中的“敌人”的名单。六十年以后，这份名单其实早已“失效”，因为所谓的敌人可能早已不在，所谓的恩仇事实上也早已终结，然而关于敌人的想象与恐惧，彻底压垮了赵伯衡的孙子赵少忠。在度过了六十岁生日之后，赵少忠先后杀死了自己唯一的孙子、两个儿子，放任两个女儿的婚事，导致她们一个惨死，一个备受煎熬。最终赵少忠完成了他“剪枝”的工作——对于“敌人”名单的长久思虑使他获得了这个下意识的强迫症式的动作，也完成了“敌人”想做的一切。当他亲手杀死了长子赵龙之时，他感到一丝从未有过的轻松。

《敌人》显然也是一个古老的“劫数难逃”的故事，财富导致了“大火”，但真正的颓败发生在自己人的手里。作为传统社会的一个缩影，赵家演绎着富贵无常、盛衰轮回的古老故事，也演绎着中国传统社会内部结构运行中的固有逻辑，一个宿命论的悲剧历史模型，这与现代以来的“进化论”的历史观是相悖的。但是，当我们转换视角，它似乎也有“现代性”的一面：假定赵家并不存心要追究“敌人”，而是以和解姿态来面对灾变，便不会导致几代人不堪重负而心理失衡。是“冤冤相报”的传统文化心理结构导致了这个悲剧。这一点在中国文化中可解释为“宿命”，在西方文化视角来看则是“心理结构”的产物，一个结构主义的历史逻辑。

从叙事诗学的角度，格非也同样有着非同寻常的自觉，早在他1988年的短篇《褐色鸟群》中，这一点已经十分明晰。小说的核心思想即是讲述“叙述是靠不住的”这样一个道理，因为“记忆本身是靠不住的”，更谈何叙述。从这个意义上说，海登·怀特所说的任何历史都是“作为修辞想象的历史”的说法是有道理的[①]。在《褐色鸟群》中，格非使用了几个有意思的比喻，来设定“讲述本身的不可靠性”。一位似曾相识的女子“棋”，来到我子虚乌有的写作之地“水边”，两人有了一个温馨的夜晚。但夜晚是在“讲故事”中度过的，棋是听者，“我”是讲述者，“我”分两段叙述了一个纯属随机虚构的故事，大抵是对一个女人的妄想和追逐，其间混合了与棋的对话、棋的吃醋与离开等。对话中还涉及了现实中的人物，比如“李劼”，故事也处于支离破碎的状态。最后格非又引入了博尔赫斯式的“镜子”意象，来强化关于叙事本身的不可靠性的解释。当棋一开始出现的时候，她背着一个夹子，我问她，这是一个镜子吗，她回答说不是，是画夹；而最后她再度光临的时候，她似乎已经失去了与我交往的记忆，当我问她“这不是你背着的画夹吗”的时候，她却回答说，这是画夹吗，是镜子。

读者当然可以把这篇小说当作一个叙述的游戏，但我们可以从中看出，人的愿望、欲念、想象和幻觉这些最主观的因素对“记忆”和“叙述”本身的参与和干预，其中的复杂情形至少有这样几种：一、不同的讲述人对同一件事的记忆会完全不一样，“我”明明看见女人上了那座桥，可看桥人说桥根本就不存在，女人坚称自己十岁以后就没有进过城，可她又说她的丈夫知道这件事。二、“愿望”和“真实”之间是没有界限的，女人丈夫的死，与其说是一个事实还不如说是“我”的一个想象，“我”明明看到他在棺材中还

① 参见海登·怀特：《作为文学虚构的历史本文》《历史主义、历史和修辞想象》，见张京媛主编《新历史主义与文学批评》，北京大学出版社1993年版。

"活着"，却残酷地把棺材盖钉上，这一举动尤其可以看出"潜意识"对记忆的某种干扰和"篡改"。三、同一个人在不同语境和不同时空里会有完全不同的认识方式与记忆，棋前后所带的东西在"我"看来没有区别，但她自己微妙地将它们区分为"画夹"和"镜子"，正是这个东西导致了她和"我"之间的错位和陌生感。其实无论是镜子还是画夹，都是人的"认识"的某种形式，和"真实"之间永远是有距离的。

小说中有一句极富哲理的话——"你的记忆已经让小说给毁了"，它揭示了"叙事"对记忆的"篡改"和破坏性的作用，这既是对"文学叙事"而言的，对于"历史叙事"也同样适用，正如新历史主义理论家所阐述的"诗学"，对于文学和历史学来说，"文本"在本质上都是一种"诗学活动"，叙述会使得历史呈现出面目全非的结果，在叙述中，历史呈现着无数的可能性。因此，机械地追寻所谓历史的真实性，而不对叙述本身保持警惕和反省，是最愚蠢的认识。

另外，作品中"故事""画夹""镜子"这样一些关于"认识""反映""叙述"的概念，与"事实""历史"和"真实"之间完全不是想象中的对等关系，它们就像黄昏或者某一时刻盘旋在天空的"褐色鸟群"一样，是实在而又虚幻的，上下翩飞，闪烁不定，如若梦幻。格非以此来隐喻叙述中无限的歧路性和不确定性，使之具有"关于叙述的哲学寓言"和"关于历史的诗学分析"的浓厚意味。

二　精神分析学

上文所述几个作品中的情境，至少有两个是明显的"梦境改装"式的书写。首先，《迷舟》很像是一个"春梦"与"政治梦"的混合，出生于二十世纪六十年代的人都有类似的经验。其中战争的背景是过分浓郁的政治气候与童年经历所赐，与情人幽会的场景则来源于隐秘的性的无意识。小说中反复书写到人物的漂浮感，失去自制力的情况，混乱的行为逻辑，困窘和“忘记带枪”的细节，等等，都显露着其梦境的性质。《褐色鸟群》更是如此，小说中棋的乳房“像暖水袋一样”触到“我”的手上一类细节，目击女人的丈夫掉入粪坑淹死后自己参与了他的入殓等情境，都表明其来自梦境的底色。因为在现实中，明知其丈夫并没有死亡（“我”看到他因为嫌热而试图解开上衣的扣子）而将棺盖扣上，显然是不合法的，不可能被容许的。

格非确乎是一个擅长书写梦境的作家。《人面桃花》中他甚至舒放自如地书写了一个少女的“春梦”，显示了极端纤细的高明笔法，与曹雪芹在《红楼梦》中所描绘的贾宝玉在秦可卿房间里所做的那个春梦，可谓有着异曲同工的妙处。分析这些梦境，当然就需要借助弗洛伊德的理论了。小说开头就写了主人公陆秀米正值青春发育之际的烦躁与不安，而父亲的出走，母亲与神秘人物“表哥”张季元之间的暧昧关系，还有张季元不时向她发出的不得体的性挑逗与性暗示，都使她更加感到焦虑与不安。尤其对于张季元，她一方面是厌恶，另一方面则是不可抑制地好奇，这一切再加上由暗娼孙姑娘的东窗事发及其死亡所带来的复杂信息的刺激，以及包含了性苦闷、失父焦虑、无意中的窥淫、性引诱、不伦与性乱的恐惧、深渊与死亡的逼近……诸般心理焦虑与活动，使处于青春动荡之中的陆秀米做了这样奇怪的梦，梦中她的身体对张季元并未做出在现实想象中的道德反应——厌恶与逃避，相反是一种令她自己也感到羞怯和难为情的迎合与默契。而这一切，与她后来走上了张季元们所开创的早期革命者的道路之间，可谓有着直接的深层联系。而这大约就是格非的另一个历史逻辑的显现了——历史动力源于人性内部的隐秘欲望、“力比多”与无意识，表明性及其所引发的一切，正是革命最原初的隐秘动力。

这很像是威廉·H.布兰察德在分析马克思与燕妮的爱情时所描

述的，是马克思在现实中将自己置身于危险的境地，并且不断在诗歌中流露一种献身的激情、冒险的冲动、死亡的感伤，燕妮才深深地迷恋他，想象他在危险中对她的需要。布兰察德认为，这是一种“与马克思的支配性的个性相联系的女性的受虐倾向”，“那种‘病态的感伤’深深地吸引着燕妮”，并且有一种将她与马克思之间最初的无用者与伟大人物的关系“颠倒过来的想法”，“对她来说，似乎被击倒的英雄才具有一种特别的魅力”，而这，恰好表现了她身上“同样潜藏着施虐性的狂想”①。

精神分析学对于格非的影响，迄今在当代中国作家中可谓是最显豁的，在女作家中表现最明显的自然是残雪，男作家中则无疑是格非。这或许与他早年的环境暗示有着某种关联，格非读书一直到博士的华东师范大学，也是中国现代的“新感觉派”作家施蛰存居住的地方，出于上海、华东师大这样一个环境背景，或多或少会对他这方面的兴趣有些暗示作用。另一方面，最主要的因素，当然还是对于精神分析学理论的热衷与体悟。我无从考证格非的理论阅读，但从他的作品中，分明可以看出来自精神分析学的深刻印记。

在《春梦，革命，永恒的失败与虚无》一文中，我曾经谈及格非小说中人物的“泛哈姆雷特性格”②，不期男女老少，在格非的笔下，均有类似于哈姆雷特式的敏感与多疑、错乱与深渊的性格逻辑。最早的乌攸先生、《迷舟》中的萧、《傻瓜的诗篇》中的杜预、《敌人》中的赵少忠等这些人物，还有《江南三部曲》中的三代人，陆秀米、谭功达、谭端午、谭端午同父异母的哥哥王元庆，以及最新的中篇小说《隐身衣》中的男主人公“我”，无不有着敏感与忧郁的性格，是精神分裂式的，或近乎忧郁症、强迫症式的人物。《迷

① 威廉·H.布兰察德：《革命道德——关于革命者的精神分析》，中央编译出版社2004年版，第210-211页。

② 张清华：《春梦，革命，以及永恒的失败与虚无——从精神分析的方向论格非》，《当代作家评论》2012年第2期。

舟》中的萧，即便作为军阀的一个指挥官，也同样有着哈姆雷特式的优柔与延宕，他的悲剧几乎完全是自己的性格弱点所致。赵少忠是一个典型的“获得性强迫症”患者，他一生被给定的“排除法”的思维逻辑，最终使他陷于自我杀戮的疯狂陷阱。作为精神病医生的杜预，在对精神病人实施了“弗洛伊德式治疗”的同时，又因为家族的遗传（父亲是诗人、母亲是精神病患者）、诱奸了女大学生莉莉的罪错，而陷入了严重的精神焦虑，最终因为各种刺激而导致精神分裂。《人面桃花》中的陆秀米，作为一个女性也同样有着类似哈姆雷特的敏感与多疑，有着“局外人”的失意情绪，以及固执地走向深渊的失败性格。《山河入梦》中，谭功达传承了母亲与外祖父的性格，雅好“桃花源”式的梦想，脑子里永远充满了浪漫与不切实际，且同样有着“局外人”式的失败情绪，在本该突出政治、遵奉上司的官场中，只按照自己梦游般的性格去做事，终于被逐出了游戏。在这个人物身上，作家同时还赋予了他中国式的“贾宝玉性格”，在对待仕途和情感方面，他没有一次是按照世俗与官场逻辑去出牌，而总是按照反世俗、非驯化、拒绝长大的思维方式去行事，所以他最终也无法不成为一个失败者。《春尽江南》中的谭端午，更是一个典型的多余人式的人物，经历了当代中国政治的疾风暴雨，他退隐江湖，隐居于日常生活之中，被彻底逐出了主流和中心，并且不可避免地具有双重性格：作为当代知识分子的一个隐喻符号，他延续了现代以来知识者的社会担当角色，但更多地回到了中国传统文人的生活方式，安贫乐道也明哲保身，随遇而安却不随波逐流。在他身上，可谓既有现代的“狂人”与“零余者”的意味，也有着当代“愤青”与“犬儒”的混合性格，有着天然的桀骜不驯和“被去势”之后的逆来顺受。

所有这些人物都不可避免地带上了精神现象学的意味。他们的行为与自己的身份和时代之间，总是处于一种错位关系，性格中的某种深渊与“异类”气质总是会给他们带来厄运，在现实的利益格局中，他们总是处于局外人或失败者的角色。

在《江南三部曲》中，我以为格非的一个非常重要的题旨，即是要凸显一个“革命者的精神现象学”的命题。他成功地揭示了革命者理想主义的个体气质与革命的暴力实践之间的奇怪关系：首先是这些人发起和领导了革命，之后他们的内心弱点很快使之变成了革命的同路人，再之后便成为痛苦而尴尬的局外人，最后变成了革命的弃儿或者被牺牲者，直至变为革命的对象。陆秀米、谭功达、谭端午这三代人无不如此。这非常有意思，之前也有作家如张炜、李洱等，都曾在其作品中揭示过类似的主题，张炜的《家族》写了革命者的信仰与革命的暴力行为本身的冲突，李洱的《花腔》揭示了革命历史中“个人之死”的深刻秘密，但相比他们，格非更注重的是从主体自身的性格与心理角度，揭示其精神与文化的悲剧缘由。在他的笔下，个体的精神气质被赋予了极其敏感的性质，这只能解释为是对于“知识分子”这个特殊群体的一种文化认知，同时也是对于“革命”本身的思想与实践之间的根本对立的一种哲学解释。这很好地诠释了二十世纪的中国革命的道路：最初的启蒙思想的传播者发动了革命，组织成立了革命党，最终却沦为局外人和牺牲品。其原因是，凡知识分子均具有理想主义与个人主义的气质，而这些对于真正的革命实践而言都是不合时宜的，所以必然会有陈独秀、瞿秋白式的悲剧。与丹尼尔·贝尔所揭示的“革命的社会学”——“所有的问题都发生在革命的第二天”的论断相映成趣，格非更加宿命性地将人性的永恒悲剧，主体的分裂与革命逻辑本身复杂的内在关系揭示出来。

当然，作为文本的书写而言，更有意思的是格非对于细节部分的设置与描写。在人物身上，关于“革命动机”的解释往往更荒诞和富有启示性，比如张季元，他肆无忌惮地同时向秀米及其母亲示爱，这种“不合伦理”的冲动或许正是其“革命”冲动的一部分，他对于“大同社会”及革命的解释，都显得更为裸露而真实，更为坦诚而又荒诞不经。

还有关于“精神病的发病机理与治疗”问题的生动解释，这干脆就是弗洛伊德关于精神病的临床治疗的真实写照了。在《傻瓜的诗篇》中，精神病医生杜预与精神病人女大学生莉莉之间成功地完成了一个“角色的互换”——杜预因为垂涎莉莉的身体而设法诱奸了她，在这个过程中，他恰好无意中完成对病人予以抚慰、诱导、唤醒记忆、谈话治疗的使命；而莉莉在讲出了她的“弑父”秘密之后释放了压抑于心中的苦闷，并渐渐恢复了羞耻感和理智，最终治愈出院。杜预则在更加严重的“失恋”焦虑中，在经受了贾瑞式的煎熬与冲动之后，最终陷于疯狂。当然，为了使人物的性格与命运更为符合逻辑，格非还为杜预设置了种种遗传背景：作为诗人的父亲、罹患精神病的母亲，以及作为大龄青年的性焦虑、长期的胃病、对于诗歌的喜欢……这一切都构成了杜预最终疯狂的心理背景。关于这一点，笔者在过去的多篇文字中都已有专门论述，这里不再展开。

三 “中国故事”的自觉

有各种不同的说法：可以叫“中国故事”，也可以叫“传统叙事”，含混的说法是“中国经验”，或者更直接些称作“《红楼梦》式的叙事”，等等。“中国经验”当然也可以指“现实”意义上的当下中国的某些隐秘与敏感的部分，当然也可以指传统意义上的“中国式的写法”。什么是中国式的写法？自然不止一种，不过最核心的，乃是由世情小说的集大成者《红楼梦》所代表的结构与笔法。比如说，其内容是家族史的或世俗生活景观的，其故事构架是“由盛而衰”的悲剧模式的，其时间理念是周而复始或往复循环的，其美学格调是悲凉伤惋或哀情幻灭的，等等。

而这刚好符合格非《江南三部曲》以来的写作与风格。尽管他的方法依然“西化”，比如有现代性的文化反思、人物内心世界的复杂分析，有他依然如故的存在哲学的寓意，但他的结构与故事、笔法与神韵、格调及语言，都明显地回到了传统式的讲述，《红楼梦》式的故事。无论从内在的时空设置、外在的结构形态、叙事的风格形貌，以及美学上的气质精神，乃至其中所承载包含的生命体验与基本的反现代式、循环论的和“非进步论”的价值观，等等，无不回到中国固有的传统，实现了对中国故事的一种精心的修复，以及在现代性思考基础上的复活。

这无论如何也不能小看，格非所昭示的方向对于整个当代写作而言，都是一种不可忽略的转向的预兆：新文学以来，一直备受压抑和反复批判的传统叙事正在重新焕发活力，并再度粉墨登场。这是一个重大的信息，在所谓“世界性”或者“全球化”的时代，真正有价值的写作，或许并不是亦步亦趋地按照西方模式，或者至少不是唯有按照西方现代以来的观念，来构造我们的现代性叙事、讲述我们自己的经验和历史，而完全可以运用中国固有的哲学，完成对于当代文明及精神价值的反思与重构。另一方面，即使仅仅从“文学叙事”本身的角度看，“中国故事”所产生的深远的背景铺设，结构上古老形式的显形，经验的烛照与氤氲，语言的雅趣与根性……这一切都有一种真正的古老而年轻的赋形作用，一种招魂般的魅性与活力，它会赋予当代中国的文学以一种真正本土的和民族的品性与质地，使之获得一种原始而崭新的生命。

要说清这个问题，我需要再耗费一点笔墨做一个追溯。新文学诞生以来，传统叙事手法与故事模型在多数情况下只能作为“潜叙事”和“潜结构”，以“无意识”形式潜藏于各个时期的创作中，但即便如此，传统叙事在新文学和革命文学中也都发挥了至关重要的作用。某种程度上也可以说，它们作为潜叙事挽救了这些作品的文学性。最简单的例子是巴金的《家》，乃至整个《激流三部曲》，在我看来，支撑这部小说的文学性的，首先不是其中所要展示的革命的或反封建的主题，也不是“新人”的塑造，甚至其粗糙的语言、不无矫情的心理描写，都使小说显露了简单和幼稚的一面。然而所有这些弱点，在一个有着浓郁中国特色的“家族叙事构造”所产生的巨大的悲剧意蕴前，都显得那样无足轻重，反而生发出非常深厚的美感与内蕴。简言之，是小说中不可或缺的“呼喇喇似大厦倾，昏惨惨似灯将尽”的《红楼梦》式的结构与框架挽救了这部小说，使其摆脱了单向度的“进步论叙事”固有的单薄逻辑，而成为现代以来不可多得的有美感价值和形式意味的长篇。另一个例子是当代的革命文学，类似《青春之歌》《林海雪原》《红旗谱》《铁道游击队》这些作品，假如没有潜伏其中的“才子佳人”“英雄美人”“绿林传奇”“江湖匪盗”“鬼蜮妖魅”等传统叙事构造，这些作品将很难有任何“文学性价值”，而只能沦落为干涩的“革命历史斗争故事”。

中国故事的自觉自然并不只有，也非始于格非，但某种意义上却是彰显和赋形于格非。这是他的一个贡献，也是他长期精研中国小说的一个结果。假如追溯最早的显形，我以为应从二十世纪九十年代开始，1993年贾平凹《废都》的问世可谓是一个标志。它十分神似地修复了中国传统的“世情小说”的结构、写法与风格。虽然因其“格调”问题而遭到了批评，但如今在获得了更长时间距离之后再回过来看，恰恰是这部小说给当代中国文学带来了重要的信息——由“进步论”主导的“新文学叙事”与“革命叙事”的格局，终于开始让位于“反进步论”主导的“后革命叙事”以及“循环论”主导的“中国故事”。这绝对是一个重要的事件。稍后在1995年，王安忆又推出了她“戏仿”白居易的《长恨歌》。与《废都》相比，《长恨歌》更为切近地彰显了“天长地久有时尽，此恨绵绵无绝期”的中国式的悲剧理念，同时也成功地对其进行了“现代性的改造”——书写了一个上海女性在现代中国所经历的世俗悲剧，其中既昭示了对革命时代作为中国现代历史的一个“巨大弯曲”的深沉叹息，同时也通过将一个古典的悲情故事拼贴于一个现代的小市民女性身上，而折射出了深沉的反讽与荒谬意味。

两部小说明显地恢复了“《金瓶梅》式的”和“《长恨歌》（或《红楼梦》）式的”叙事结构，其中前者尤为神似，后者可看作其“叙事的简版”。它们都恢复了类似“由色入空”或者“由盛而衰”的故事模型，以“乱世景象”或“末世悲情”的笔法，书写了完全不同于此前的文学叙事。之后，许多作家的笔下，都显现了传统形式复活的迹象：莫言的《檀香刑》与《生死疲劳》，都采用了不同形式的传统思路，韩少功、贾平凹的小说一直运用了他们最为擅长的“杂记”或“笔记体”写法，这无疑也是“中国故事”的一种形式，《秦腔》《古炉》《带灯》《日夜书》这些小说都是典型的笔记或杂记体的小说。类似的写法在张炜的《刺猬歌》、阎连科的《风雅颂》《四书》等小说中也多有运用。但与所有这些作家相比，格非无疑是最为自觉地向着中国传统叙事的核心地带靠拢的一位，他的《人面桃花》不止使用了传统的核心意象，而且通过《红楼梦》式的循环论模式，成功地链接了此后的《山河入梦》与《春尽江南》两部书，不仅将故事与人物连缀一起，更重要的是构造了“现代中国历史的悲剧循环”这样一个重大的主题，构造了一个围绕革命历史而产生的悲剧人物谱系，一个革命者的精神现象学，一个与中国古老的历史观熔于一炉的悲剧历史美学。

显然，要想在说清这个问题的同时厘清三部作品的结构，并非易事，在此篇幅中确实难以尽言其妙，但是粗略看，还是能够简析一二。格非用了“非进化论”和“循环论”的时间思维，重新格物修史，将现代以来中国人前赴后继的悲壮努力谱系化了。仿佛是对《红旗谱》一类革命故事的续写——这种续写其实一直存在——莫言1987年的《红高粱家族》也同样是家族模式的重写。但格非完全将这一进程套入了更为古老的历史模型之中，仿佛《红楼梦》中的“大循环”，这场旷日持久的悲壮革命在格非看来不过是与一场“春梦”相套叠的个人的劫难，个体生命的消殒，红尘富贵与血色黄昏，爱情激荡与一枕黄粱，一切的爱与恨、冤与孽、情与欲、罪与罚……最终都陷于一场虚无的“几世几劫”的大循环与最终的大荒凉。关于历史的“春秋大梦”与个体的生老病死与悲欢离合、宦海浮沉与成败荣辱，最终一同化为时间的灰烬与泡影中的传奇。

格非小说中的“现代性”理念在这里成功地实现了一个分离：一方面是对于现代中国历史的反思，其中“革命者的悲剧”是最核心的，它体现了革命理念与实践之间的无法合一的冲突，从这个意义上看，无论是革命本身的悲剧还是革命者自身的痛苦都是互为表里的，这种悲剧认知早已为无数作家和思想者所领悟，格非只不过是用自己的视角，用他擅长的精神分析加深了其揭示的深度，比如革命者的精神现象学问题，这也是鲁迅在《狂人日记》中早就提出了的，只不过格非又将其进行了深化。但他在另一方面的贡献，即在更大的时间背景与中国人的历史观念中来认识这些问题的时候，获得了别人所没有的本土性的文化与美学品质：他在“革命和现代的主题区间”中再度创造了古老的中国式悲情故事，也再度证明了中国人历史眼光的长远与高明。革命也好，自由也罢，“乌托邦”或者“桃花源”，“世界大同”与“风雨长廊”，“解放全人类”与“大庇天下寒士俱欢颜”……格非在这些不同的词语间找到了历史与精神的共同传承的蛛丝马迹，从精神伦理与社会理想、人格构造与内在驱力、历史势能与个体挣扎等方面，解释出“进步的不可能性”，最终展现了《红楼梦》式的“大荒凉”与“万古愁”的中国主题与哲学，并且从而获得了独一无二的精神优势与终极思索。

“循环论”无疑是这一建构中最为核心和关键的。所谓“中国故事”，其最核心的元素便是时间模型中循环论的构造，它在《水浒传》中是“由聚到散”（同时暗含一个“来世的重聚”）；在《三国演义》中是“由合到分（或由分到合）”，所谓“分久必合，合久必分”；在《金瓶梅》中是“由色到空”；在《红楼梦》中则是“从盛到衰”“由好而了”。这种构造形成了中国式悲剧认知的基本模型：所有故事都是必将衰败、再度轮回的一个圆，是“滚滚长江东逝水，浪花淘尽英雄，是非成败转头空”，是“一朝春尽红颜老，花落人亡两不知”，是“好一似食尽鸟投林，落了片白茫茫大地真干净”。《人面桃花》终结时的瓦釜映像，失踪父亲面孔的显现，秀米所体悟到的生死大限，犹如《红楼梦》结尾处所标识的“归彼大荒”的意境一样，主人公所历经的失败与幻灭，并未引导和显形为现代性的或革命叙事中的“失败——斗争——胜利”的主题，而富有命运感地预设了谭功达及其更新一代的人生困顿，以及相似的遭际。唯其如此，中国式的悲情而又彻悟的、绝望而又洞悉的主题方能得以彰显。

我忽然意识到，在这里我可能涉及了一个无法说清的问题，因为这涉及佛学和来自老庄的古老的本土哲学的固有命题，即“常有”与“常无”的“玄学”问题，色与空、有名与无名、“观其徼”与“观其妙”之间辩证关系的问题。这是中国智慧的核心，也是中国人古老时间观与生命观的基础所在，当然也是中国故事构造与显形的基础所在，是其美学的范型与根基所在。

四　知识与稀有知识，以及知识分子叙事的可能性

前文中实际已经从不同侧面展示了格非小说中“知识的本体地位”。在现代以来中国作家中不乏具有知识分子气质的一类，“五四”的一代或多或少几乎都具有这样的气质，在二十世纪三十年代的上海也孕育了“新感觉派”，在“京派”作家中则有沈从文、废名、萧乾、师陀一类颇具文人气质的一脉，二十世纪四十年代又有钱锺书这样典型的知识分子叙事的作家。但在当代作家中，有这样气质的人属凤毛麟角。某种程度上这也是长久以来人们喜欢贬低和诟病当代作家的一个理由，原因很简单——当代作家是“没有文

化”的一群。这固然是偏见，诗有别才，非关理也，小说写得好不好，通常与作家的学问并不完全成正比。但反过来说，当代作家中缺少学者类型的一派，当代文学中罕有真正的知识分子叙事也是不争的事实，在文本中我们通常看不到作家丰富的学识、不凡的气度、高深的雅趣，也很少看到以知识分子、书生或者具有传统根性的“文人”为主要角色的故事。而格非的存在，在一定程度上为当代作家挽回了一点“面子”。

知识进入小说当然谈不上是问题。问题在于进入多少、显形的程度、进入的方式，这些是具体的和需要讨论的。某种意义上，当代小说的变革正是大量西方现代知识进入的结果，比如现代主义精神、存在主义哲学、精神分析方法、结构主义和解构主义的文本技术，乃至于女性主义、新历史主义、后现代主义、后殖民主义等当代性的意识形态，这些构成了当代中国文学变革的基本方法与动力，当代作家都或多或少地参与了这个进程。不过，对于大多数人来说，他们的知识通常只是作为“方法”，而不是作为“学问”出现，通常是隐含其中的，不会以令人敬畏、讶异和仰慕的形式出现。但在格非的小说中它们出现了，比如在《人面桃花》的后半部中假借秀米与喜鹊的唱酬所展示的旧诗写作，所谓《灯灰集》云云，其实都是出自格非自己的手笔——必须说，或许格非的自由体诗写得一般，但他的旧体诗是写得极好的——“师法温、李，略涉庄禅；分合有度，散朗多姿……”[①]，这些话当作其“自诩”也不过分。其中与“元刻本”的《李义山集》等的“互文”关系密集交会，更显其幽密而古奥。经此书，秀米还看到父亲当年的诸般“批注”，其中还隐含了对于“金蟾啮锁烧香入”一类不无色情隐喻意味的句子的阐释，其中插入了对于张季元的疑问，暗示这些早期革命者所信奉的“人妻共我”的荒谬逻辑，以及不知疲

① 格非：《人面桃花》，春风文艺出版社2004年版，第225～226页。

倦的、为人不齿的畸形情欲。但或许又正是这种隐秘的需求与无意识冲动，才成为他们投身危险而不惧的动力所在。纸短意深，在如此简约的闪烁其词中，格非暗含了多少可意会而不可言传的意思在其中，也刻意“嘚瑟”和“显摆”了其高出常人能力与趣味的学问与知识。

必须说，“知识的嵌入”在格非的小说中不只是一种装饰，更是具有不可或缺的参与意义。它彰显着格非小说的质地，并且也成为其作家身份中特有的“象征资本”，优越性是无须讳言的。在《春尽江南》中，它也成为人物的身份象征，谭端午之所以能够成为这时代真正的局外人，成为隐于闹市间的真隐士，离开他对于欧阳修《新五代史》之类的著述的研读是很难想象的。小说中甚至十分冒险地将当代知识界的许多真实人物也“嵌入”叙事之中，围绕一个“学术研讨会”将当代知识分子的群像——不是“群贤”，也不能简单地说成是“群丑”——整体地铺展开来。

……他刚刚提到王安石变法，却一下子就跳到了《天津条约》的签订。随后，由《万国公法》的翻译问题，通过“顺便说一句”这个恰当的黏合剂，自然地过渡到对法、美于1946年签订的某个协议的阐释上。

“顺便说一句，正是这个协议的签署，导致了日后的‘新浪潮’运动的出现……”

研究员刚要反驳，教授机敏地阻止了他的蠢动：“我的话还没说完！”

随后是GITT。哥本哈根协定。阿多诺临终前的那本《残生省思》。英文是*The Reflections of the Damaged Life*。接下来，是所谓的西西里化和去文化化。葛兰西。包德里亚和冯桂芬。AURA究竟应该翻译成“氛围”还是“辉光”。教授的结论是：

中国社会未来最大的危险性恰恰来自于买办资本，以及正在悄然成形的买办阶层。[1]

这种叙事让人想起钱锺书《围城》中的许多场景，大量的新知、西语词汇或语句、智慧的谈吐与对话、文本掌故互文插接等汇集其中，构成了一种充满知性乐趣的叙事体与语言流。当然，其合法性首先还是来源于对“知识叙事”本身的一种戏谑和嘲弄、颠覆和讥讽。表明了当代社会“思想贫乏而知识过剩”的尴尬现状，以及知识分子形大于实、言大于用的畸形禀赋。不过，这种叙事确实夹杂了大量的知识信息，使其在充满特殊的密度与压力的同时，也洋溢着一种奇怪的优越感。事情确乎是两面的，在指向戏谑的时候，有关知识的叙事是从负面蜂拥而出的；但在另一种比较严肃的情况下，知识生发着固有的优势，它表明了主体的博学与出众、稀有与骄傲。在另一部近作《隐身衣》中，格非刻意描写了当今社会中的一种身份特殊且隐而不显“高级人群”，一个叫作“音乐发烧友”的稀有人群的生存状况。他们有的是有身份的大学教授、知识分子，有的则并无显赫头衔，但都是音乐这一行当中的全能人物，从唱机硬件的配备组装，到对于古典音乐的精细领略与独到阐释，都令人叹为观止。

上述情形当然还不足以支持格非构造一种新型的知识分子叙事，他同时还须辅以密集的思想含量，当代性的观念烛照，充满机锋和雅趣的语言，不断引经据典和嵌入历史掌故的细部经营，还有传统小说中唯美与感伤的情调，来自《金瓶梅》或《红楼梦》中的那种简约精细而富有形质的叙述笔法……但这一切最终、最根本的还取决于人物——其所刻画的具有知识分子的属性与气质、心灵与命运的人物，他们的悲欢离合与兴衰际遇可以成为二十世纪中国历史的别样见证，构成革命者前仆后继的精神史诗，只有如此，才算

① 格非：《春尽江南》，上海文艺出版社2011年版，第319页。

得上是真正构造了当代中国的知识分子叙事，而不只是构造了写作者自己的知识分子身份。

格非确乎做到了。

最后，还须说的一点是，在当代作家中，格非所建构的自我身份，正在明显地区别于其他人——大部分作家的身份要么是体制内的，要么是民间的，要么是接近于一种“意见人士”的，要么是纯然的西方或现代意义上“知识分子”的。唯有两种身份比较罕见，即“文人”——传统意义上的“文人”，而不只是现代意义上的“知识分子”。这种作家在今日的中国很少，贾平凹算一个，他身上旧文人的气息与做派还是比较明显的，保有的写法与风格也几近于旧文人的趣味。而格非在典范的“知识分子型”的作家中，也具有了一部分“文人”的因素，标志就是他在小说中对于古典传统的精妙领悟与创造性的借用，还有他的人物身上的那么一点点传统的“颓废气息”，这点对他来说非常重要，他以此成为中国本土叙事传统与美学的最合适和高明的传人之一，这将推动他走得更远，也将流传更远。

主义与逻辑：再谈理解余华的几个入口

一　小引

关于余华的研究，经过了一个非常有戏剧性的转折。早在二十世纪九十年代，关于他的研究尚不成熟，少量文章质量非常之高，但是并没有成为一种流行的“大众知识”。而到了世纪之交以后，随着他二十世纪九十年代前期接连推出的几部长篇小说《在细雨中呼喊》《活着》和《许三观卖血记》逐渐被一般读者接受，关于他的研究也热了起来，一段时间里，“苦难”“暴力”“温情”“救赎”等说法，甚至“重回现实主义”等都成为一种人尽皆知叫人读之不免心烦的稳定知识，在高校的本科生、研究生的论文中也成为出现频率较高的题目。这意味着，余华已经随之成为一个经典作家，一个可以进入文学史谱系与知识序列的作家。这种特殊的经历，确实也影响了余华——使他变得前所未有地审慎起来，居然有长达十年的时间没有出版新的长篇小说作品。

因为这种情形，笔者在2002年的一篇《文学的减法》中，曾经在结尾处谈到了余华的“早熟”的困境——当他的形式感极强的简约风格达到难以超越的境地的时候，他很难再迈出新的步子，因此我在文中写道："即便是以《许三观卖血记》为结尾，也未尝不是一个好的结尾了。"[①]这当然只是一个比喻的说法，谢天谢地没有成为不幸的乌鸦嘴的预言。稍后余华在2005年到2006年，接连推出了他写作以来体量最大的一部小说，《兄弟》的上、下两卷，共计五十余万字。然而没有人想到的是，此前的余华作为作家几乎成了圣人，他所听到的赞誉声几乎是无保留的，他已经成为先锋作家的精神标杆、当代文学的文本典范。可是从《兄弟》开始，这种完美的身份和声誉并未因为他审慎的延迟而得以保持，反而被销蚀殆尽，余华重新回到毁誉参半的窘境。

记得在2007年新年前夕，我曾与余华通过几个互致问候的短信，最让我印象深刻的是他说："上半年是风雨交加，现在终于雨过天晴了。"他的意思是，这一年的早些时候，关于《兄弟》的争议还很激烈，等到秋季上海的批评家召开了研讨会，从总体上认可了他的作品，陈思和教授还在《文艺争鸣》上发表了长文《我对〈兄弟〉的解读》[②]，事情大致可以说尘埃落定或一锤定音了。我当然是认同这个看法的，批评界并没有针对《兄弟》做出客观耐心的细读，更没有从中国当代社会经验的混乱实质上、从艺术史和美学创造的角度，对《兄弟》的意义做出深入的解释，而上海的批评家做

---

① 张清华：《文学的减法——论余华》，原话是："作为一个作家，余华的问题在于他已经'熟透'了，这当然也是'减法'的结果，过早地返璞归真使他没有给自己留下太多回旋的余地，这或许是他目前的困境所在。很多人都已注意到，从1995年《许三观卖血记》问世至今已经将近七年了，在这么长的时间里余华的小说写作几近空白。或许我们可以把这理解为一个必要的蓄势过程，但这个时间在当代作家通常都相当密的写作周期中，也确实显得长了一点。的确，没有人会怀疑余华继续写作的能力，但对这样一个'熟透（注意，不是早熟）'的作家来说，如果无法拿出全新的作品，又不肯重复原来的写作的话，那么即便封笔也未尝不可。也许会有一个新的余华，但即使以《许三观卖血记》为结尾，也未尝不是一个好的结尾了。"见《南方文坛》2002年第4期。

② 参见陈思和：《我对〈兄弟〉的解读》，《文艺争鸣》2007年第2期。

到了。余华有理由感到欣慰。如今在稍稍拉开了一点时间距离之后，我们也确实可以更清晰地看到，《兄弟》在寓言性与戏剧性上，在它拉伯雷式的刻意粗放、粗鄙的叙事上，在叙述风格上的刻意荒诞化的处理上，都是相当成功和智慧的，否则，它无法实现对于当下经验的处置，对于现实社会情境的描写，也无法完成一个关于中国当代历史的转折与蜕变的悲剧寓言。而它叙事中的某些粗粝与过分夸诞的问题，也会随着时间的流逝而变得不那么重要；它对于当代中国人所经历的一切的简约与变形的戏剧化处置，则会越来越凸显出其艺术的匠意与合理性。

然而这也并未使余华回到先前的“圣人”地位，他仍然被置于某个价值争议的焦点之上。有人甚至会觉得余华已经完了，江郎才尽了，在成为“富豪”作家的同时也堕落了，连一部靠谱的小说也写不出了。尽管他几乎仍然是高校学生学术论文最频密的选题，但在国内批评界所排定的地位格局中，他确实有被渐渐挤出核心的可能。不过，这一切等到《第七天》出版时就显得微不足道了，在2013年夏天之前，虽然这部新作在首版就卖到了六十余万册，但网上和大众纸面媒体上几乎是一片骂声。余华几乎变成了被抛弃的作家。虽然他到目前为止仍是中国当代最具海外传播与影响力的作家，但作为批评现象，他的遭际确实值得我们思考。他究竟是一位怎样的作家。我们究竟应该如何认识他的价值？他的刻意挑战读者趣味与习惯的写作，究竟应该如何评价？本文中，我将尝试在前面的几篇文字之后，再对一些关键的角度做一些探讨。

二　极简主义，或余华与鲁迅的关系

作为一种拟古式的风格或写法，“简约主义”或“极简主义”的说法，源自人们对美国作家雷蒙德·卡佛的一种理解或看法。但其实，无论在中国还是西方，简约的叙事并不罕见，甚至还是一个传统。欧洲中世纪以前的类型化小说中有很多是简约的、故事化的，如流浪汉小说、历险记小说、骑士小说，更早的包括古希腊的传奇小说[①]，虽然故事是曲折漫长的，但程式化的情结模式与纯情的人物性格，也都使之浅白如话。另外，接近民间故事的《一千零一夜》和《坎特伯雷故事集》等，都是十分浅白的叙事。在中国，清代的《聊斋志异》无疑是高度简约的，连篇幅文字都短到了不能再短。由此追溯历代的笔记小说，都无异于极简的写法。当然，简约并不只是体现在篇幅字数上，还体现在形式和叙事的风格上，须是接近于浅白的，有“拟儿童叙事”特征的，常见的特征是：人物的性格是相对“弱智”的；故事情节须是高度形式化的，有相对固定的套路与模型；语言浅近，表层风格上尽量做到透明和“减载化”。

然而现代的小说因为要表达更为复杂的内容，要建立过于简约的叙事，确实是逆向而行的，因此典型的案例相对少见。在新文学以来假如要找“极简主义”写作的例子，就笔者所见，大概只有两个人是最合标准的，一个是鲁迅，另一个就是余华。鲁迅的极简主义表现在他叙事的简练上：形式感强，人物性格及描写简单，故事线条不枝不蔓，语言干净浅白——最重要的是还有“适度的重复”。在他最具代表性的篇章中，大约都有这样几个元素：一是情节描写往往有“重复中的不同”，如《孔乙己》中三次光临咸亨酒店，“穿长衫却站着喝酒”的落魄文人，他每次出现的细节都是酷似中有微妙差异。还有《祝福》，其中写到祥林嫂的样子也是用了三个重复的场景，每次主人公的肖像描写都发生微妙的变化。这些重复中的变化增加了小说的戏剧性与人物的命运感，也让人更容易记得住。二是人物的性格往往是有缺陷的，喜剧的或者是低能化与弱智性的，都是典型的小人物，如阿Q、祥林嫂、七斤等，有些则属于符号化的

---

① 参见巴赫金：《小说的时间形式与时空体形式》，其中在论述“传奇时间”形式时提到了古希腊的一类传奇小说。见《小说理论》，河北教育出版社1998年版。

人物，如狂人、孔乙己等，其中喜剧性人物尤其具有强烈的简单化倾向。第三，风格化的书写，鲁迅喜欢漫画化地描写人物与故事，线索简单，语言简洁，这些都是他之所以能够成为新文学之叙事典范的原因。

余华与鲁迅的渊源或许有许多值得探究之处，比如都是浙江人——海盐与绍兴相去不远；作为二十世纪六十年代出生的人，其童年的阅读中鲁迅会不可避免地成为重要的一部分，等等。余华受鲁迅的影响可见诸他的许多文字，1999年余华在编辑一本强调个人趣味的小说选的时候，曾毫不吝惜笔墨地对鲁迅大加赞赏，他说："鲁迅和博尔赫斯是我们文学里思维清晰和思维敏捷的象征，前者犹如山脉隆出地表，后者则像河流陷了进去，这两个人都指出了思维的一目了然，同时也展示了思维的两种不同方式。一个是文学里令人战栗的白昼，另一个是文学里令人不安的夜晚；前者是战士，后者是梦想家。"他称赞鲁迅和博尔赫斯"都是叙述上惜墨如金的典范，都是文学中精瘦如骨的形象……"什么是"极简的"或"简约主义"的思维？从这些比喻中我们就可以看出——一种高度提炼并同时赋予其形象的思维。当评论到《孔乙己》的时候，余华又说："鲁迅省略了孔乙己最初几次来到酒店的描述，当孔乙己的腿被打断后，鲁迅才开始写他是如何走来的。这是一个伟大作家的责任，当孔乙己双腿健全时，他可以忽略他来到的方式，然而当他的腿断了，就不能回避。于是，我们读到了文学叙述中的绝唱……""这就是我为什么热爱鲁迅的理由，他的叙述在抵达现实时是如此的迅猛，就像子弹穿越了身体，而不是留在了身体里。"[①]

但其实鲁迅的写法虽一直被人们奉为经典，却没有人敢于模仿使用。在新文学诞生以来，还没有一个类似的例证，敢于使用《孔

---

① 余华：《温暖和百感交集的旅程》，见《温暖和百感交集的旅程》，上海文艺出版社2005年版，第16～17页。

乙己》和《祝福》式的写法，因为这太容易落入一种不平衡了，一种光焰逼人的比照会使模仿者显得无比渺小。而余华不一样，他对于鲁迅深入骨髓的体味使他不由自主地放大了胆子——或者说已变成了一种叙述的无意识。也许正是因此，我们才在他的《许三观卖血记》中看到了鲁迅式的手笔，他十二次卖血的经历同孔乙己三次来到咸亨酒店的情景，是多么异曲同工，区别仅仅在于“三”和“十二”这样频率的不同。很显然，要想完成一个万字以内的短篇小说，“三”也足可以代表一生；而要实现一个长篇小说的叙事，“十二”则是一个合适的修辞。同时，人物是相近的，是卑微和有弱点的、几乎“没心没肺”的小人物，可以与儿童智商大体相当的人。所以，许玉兰也可以像《祝福》中祥林嫂一遍遍对着大街上的人说“我真傻，真的……我单知道下雪的时候野兽在山坳里没有食吃，会到村里来……”一样，一遍遍与镇上的人讲述，“天哪，我前世造了什么孽呀？今生让何小勇占了便宜……”这样的描写真的完全可以看作是一种致敬的关系：

她就只是反复地向人说她悲惨的故事，常常引住了三五个人来听她。但不久，大家也都听得纯熟了，便是最慈悲的念佛的老太太们，眼里也再不见有一点泪的痕迹。后来全镇的人们几乎都能背诵她的话，一听到就烦厌得头痛。

“我真傻，真的。”她开首说。

“是的，你是单知道雪天野兽在深山里没有食吃，才会到村里来的。”他们立即打断她的话，走开去了。

许玉兰这时候的哭诉已经没有了吸引力，她把同样的话说了几遍，她的声音由于用力过久，正在逐渐地失去水分，没有了清脆的弹性，变得沙哑和干涸。她的手臂在挥动手绢时开始迟缓了，她喘气的声音越来越重。她的邻居四散而去，像是戏院已经散场。她的丈夫也走开了，许三观对许玉兰的哭诉早就习以为常，因此他走开时仿佛许玉兰不是在哭，而是坐在门口织线衣。然后，二乐和三乐也走开了，这两个孩子倒不是对母亲越来越疲惫的哭诉失去了兴趣，而是看到别人都走开了，他们的父亲也走开了，所以他们也走开了。

其实，某种程度上《许三观卖血记》就是可以视为向鲁迅致敬的小说，其中神似的地方实在是太多，许三观三个儿子的出生一节，许三观饥饿中为许玉兰和三个儿子“用嘴炒菜”一节，还有卖血中的许多细节——卖完血到胜利饭店喝黄酒、吃炒肝尖等的重复描写，都与《孔乙己》《祝福》中的笔法至为相像。假如上升到一个小说诗学的问题，我们或许可以引用解构主义的大师、耶鲁学派的代表人物希利斯·米勒的理论，他从普遍的意义上分析说：“任何一部小说都是重复现象的复合组织，都是重复中的重复，或者是与其他重复形成链形联系的重复的复合组织。在各种情形下，都有这样一下重复，他们组成了作品的内在结构，同时这些重复还决定了作品与外部因素多样化的关系，这些因素包括，作者的精神或他的生活……作品中人物或他们祖先意味深长的往事，全书开场前的种种事件。面对所有这些重复现象，疑问接踵而至：是什么支配着这些重复创造的意义？对一个批评家来说，当他面对一部特定的小说时，他需要具备怎么样的方法论上的前提才能支配这些重复现象，有效地阐释作品？”[1]或许米勒的解释过于泛化了，已经是在一种普遍的诗学意义上的讨论，但已足够给我们启示，重复是小说叙事中极为普遍和关键的部分，而某种戏剧性的极其简约或者简化的效果，就诞生在这种重复之中。

余华小说中极简主义的另外形式，还可以举出两种情况，一是

---

① 希利斯·米勒：《小说与重复》，王宏图译，天津人民出版社2008年版，第3页。

早期小说中《鲜血梅花》一类，它用了反讽的方式戏仿了金庸或古龙的武侠小说，这些小说是这个年代最为流行的东西。有似当年塞万提斯用《堂吉诃德》轻妙地反讽了泛滥于西班牙的骑士小说一样，是典型的四两拨千斤的方式，他从类似的叙事中抽象出了一个“结构”，一个讲述的模型，并且戏用了它，从而造成一种“解构主义实践”的效果。这篇小说的篇幅只有不到三千字，故事的所有背景都省略了，而夸张烦琐地重复的是人物行走的线路，武林大师的孱弱后代行走的是两个无意义的圆，却完成了他英武一生的父亲无法完成的“复仇”——是“无为而无不为”地，无意地完成了借刀杀人的“复仇大业”。它用了一个毫无武功的角色，轻巧地颠覆了一个打打杀杀恩怨轮回，颠覆了武林叙事的无限复制。

另一种是类似《两个人的历史》中的那种描写，这部几乎被人忽视的小说，是一个余华式的极简叙事的典范。严格说来，它像是一个“长篇小说的提纲”，用了不到三千字就写完了两个人的一生，围绕的主要细节则是两个主人公对“梦”的谈论，一生的美好和幻灭都与各种不同的“梦”有关，但从“尿床的梦”到革命的梦，从兰花梦中的谭博到他现实中一模一样的归来，从再“没有梦”到晚年的死亡恐惧的噩梦……在贯穿了半个世纪的五个时间点上分别谈论梦，对两个人来说却有如此不同的背景、心境与意义。余华用这样的方式深刻地喻指了历史本身翻云覆雨的欺骗性，以及人生本身的虚无。用了叙事中“无限的简”，戏拟和隐喻了历史与人生中“无限的繁”。

其实，在《活着》《兄弟》《第七天》等其他长篇中，类似“叙述的简”也普遍存在，只是化身为不同的形式与构造。《活着》通过对人物性格与命运的减载式处理，使一个巨大的悲剧获得了恰如其分的美学控制；《兄弟》因为高度戏剧化和荒诞化的处理，而使一个庞杂的历史叙述获得了洗练的形式；《第七天》中，因为“叙述的幽灵化”而获得了特殊的“过滤与升华”，使文本显示出为通常的“现实主义”叙述无法抵达的哲学之境。这些当然需要通过精细的文本解析才能说清，但总体上，余华早期作品中“繁难中的简约”，与后期作品之“简约中的丰富”，都可以构成当代文学中的某种奇观，以及文本与美学、形式与主题的处置的典范。

三　形式主义，或叙事的戏剧逻辑

“叙述控制了我的写作。”很长时间里我一直思考余华在《兄弟》后记中的这句话。向来都是写作者控制叙事，叙述何以能够控制人？这其实是一个叙述逻辑的问题，好的叙述会有内在的逻辑，性格的、戏剧的、艺术的和美学的逻辑，是它们共同生成为一种“叙述的绵延力”并“控制”了作家。它们当然不会自动找上门来，实际还是作家找到了它们，并且一旦找到它们就如魂魄附体般地作用于叙事之中、作家身上，产生出奇妙的自动生长与绵延的效能，并最终成为一种有意思的“形式”。

细心的读者会发现，《许三观卖血记》的结尾是用了一句脏话，叫作“这就叫屌毛长出得比眉毛晚，长得倒比眉毛长”。这是许三观破涕为笑的一句话，到这里小说戛然而止。古今中外，以一句骂人话结束其叙事的，我们目力所及，可谓闻所未闻。但如果认真读下来，不会觉得这句话脏，因为它是出自一个小人物之口，它符合许三观这样一个小人物，一个历经磨难也并未“成长”的底层小市民的性格，符合他的话语逻辑，也符合小说的叙述逻辑。之前，许三观最后一次尝试去医院卖血，这一次不是因为缺钱，而是为了许多说不清楚的目的：一是他生活好了，但一直在想“以后家里遇上灾祸怎么办”，卖血是他一生唯一能够应急的办法；二是他忽然非常想喝一回黄酒，吃一盘炒猪肝，因为这是他曾经的卖血生涯的一部分，是他的“底层经济学”的核心，只有卖了血他才会舍得喝黄酒，才会觉得踏实和“合算”；第三，这大约也是他内心深处“忆苦思甜”的冲动，他要提醒大家，尤其是三个儿子，自己是从艰难中走过来的，曾经多么不容易，他要再次展现一下他的价值；第四——也可能是他最自我的一点动机，大概就是想证明自己身体依然健康，依然“能够卖血”。总之这些都已经化为他简单而复杂的无意识。过去的十一次卖血都是为生活所迫，但这一次是为了“忆苦”而卖，为了“证明能卖”而卖。所以，在新来的年轻血头拒绝并讥讽他“你的血只配卖给油漆匠”当猪血来用之后，他忽然哭了：

许三观开始哭了，他敞开胸口的衣服走过去，让风呼呼地吹在他的脸上，吹在他的胸口；让混浊的眼泪涌出眼眶，沿着两侧的脸颊唰唰地流，流到了脖子里，流到了胸口上，他抬起手去擦了擦，眼泪又流到了他的手上，在他的手掌上流，也在他的手背上流。他的脚在往前走，他的眼泪在往下流。他的头抬着，他的胸也挺着，他的腿迈出去时坚强有力，他的胳膊甩动时也是毫不迟疑，可是他脸上充满了悲伤。他的泪水在他脸上纵横交错地流，就像雨水在窗玻璃上，就像裂缝爬上快要破碎的碗，就像蓬勃生长出去的树枝，就像渠水流进了田地，就像街道布满了城镇，泪水在他脸上织成了一张网。

他无声地哭着向前走，走过城里的小学，走过了电影院，走过了百货店，走过了许玉兰炸油条的小吃店，他都走到家门口了，可是他走过去了。他向前走，走过一条街，走过了另一条街，他走到了胜利饭店。他还是向前走，走过了服装店，走过了天宁寺，走过了肉店，走过了钟表店，走过了五星桥，他走到了医院门口，他仍旧向前走，走过了小学，走过了电影院……他在城里的街道上走了一圈，又走了一圈，街上的人都站住了脚，看着他无声地哭着走过去……

宛若音乐中一段激越的快板，余华在一部完全与“抒情”无干的小说的结尾，来了这么激越而又抒情的一笔，又以一个极“俗”的乐句收场，完成了一个从世俗真实的意义上完全不合实际，却符合“艺术的逻辑”的处置——首先它是身份逻辑的彰显，即使是许三观这样一个底层的小人物，也有因饱经磨难历尽沧桑而百感交集的一刻，所谓“鸟之将亡其鸣也悲”，一旦完成了这一漫长的讲述，他作为俗人的一生也终会因为苦难以及苦难的结束而升华，从而充满无声的诗意；其次还有“美学的逻辑”，小说从总体属性上无疑是一部感人的悲剧，但因为叙述了两个小人物卑微穷困的一生，小人物性格天然的缺陷让作家无法不选择喜剧的笔法——亚里士多德早就说过，“喜剧是对于比较‘低劣’的人的模仿”[①]。反过来说，同样是因为余华一开始就选择了喜剧的笔法，才注定了如此这般的结尾，他没有让许三观悲惨地死去，而是让他成功地活到了老年。如果按另一种可能性，余华或许也可以让许三观卖血而死，那样“社会批判”的力量也许还更强，但违背了小说的叙述轨道与美学逻辑，而且会很落俗套。而坚持了小人物固有的喜剧性格，将一部悲剧的书写染上外在的喜剧格调是再好不过的处理了。所以，在最后用这句脏话结尾，无异于画龙点睛地强调了许三观的性格，也最后凸显了小说的喜剧美学。

由此，余华自己的说法也就得以成立了：“这其实是一首很长的民歌，它的节奏是回忆的速度，旋律温和地跳跃着，休止符被韵脚隐藏了起来。作者在这里虚构的只是两个人的历史，而试图唤起的是更多人的记忆……”[②]这是《许三观卖血记》1998年中文版的自序中余华的一段话。此时余华确实正醉心音乐，而音乐也确实影响了他。但真正使他获得灵感的，实际还是戏剧的逻辑，他在看似轻松和完全不经意的状态下完成了这个天衣无缝的叙事，创造了一个艺

---

① 亚里士多德：《诗学》之第五章，商务印书馆1996年版。

② 余华：《许三观卖血记·中文版自序》，南海出版公司1998年版。

术的奇迹。

其实同一段话里还有一句至为精彩的：

> 书中的人物经常自己开口说话。有时候会让作者吓一跳，当那些恰如其分又十分美妙的话在虚构的嘴里脱口而出时，作者会突然自卑起来……

你也可以将这样的表述看作一种沾沾自喜，但不是所有人都有这样沾沾自喜的资格。余华的这番话其实还是在说艺术的逻辑——人物的性格逻辑，只有发现并且拿定了人物的性格，才会出现这种“自动写作”的佳境，人物活了起来，无须作者拿捏他强行地这样那样。甚至连作者都会觉得，他说不出这样的话语。此时的作者不过是上帝的一只手，是代造物主在完成一个叙述，而那个叙事是冥冥之中早已存在的。

这种情况也适用于《活着》，有人会问：所有的人都死了，为什么福贵没有死？余华当然也可以让福贵死，可是他没有。答案是一样的，《活着》所写的，本是“比我们坏的人”——这还是亚里士多德所说的话——但苦难让他的生存得以升华，变成了一个“高尚”的人。这里面的哲学与宗教的、罪与罚的含义，我曾在以往的文字中做过讨论，这里不再展开，我要说的是，余华同样是按照小说的叙事逻辑来处理的，假如强行让福贵死去，小说就变成了一个在美学上单一的故事，而且要面临总体上的调整。而将福贵作为一个“未亡人”角色来讲述其亲人之死，更能凸显死亡的可悲，失却亲人的伤痛。这就是“艺术的辩证法”。

还有一点，福贵性格的前后变化可谓突兀：他早年是那样坏，十恶难赦，后来又是那样善，惯于忍受人世一切的苦难。但读者丝毫也不觉得矛盾，这是一个奇迹，其实机缘很简单——他输光了家产，由家财万贯变得一文不名，由横行霸道变得可怜兮兮。输光家产成为他人生由恶向善的临界点，也成为他由作威作福到历尽苦难的转折点。这样的安排无疑是戏剧性的，同时也是一个高度寓言化和哲学化了的处理。“财富的原罪”与“苦难的救赎”确是一对互为代偿的矛盾，正是由于他从世俗人生的层面上历经地域般的磨难，他的灵魂才经由苦难而升入了天堂。这正是小说的戏剧性与哲学主旨之所在，没有高度敏感的戏剧才能，不会有如此精当的处理。

当然还有《兄弟》的例子。2005年秋，当《兄弟》上卷出版并被热议，而下卷还未面世之时，我在北师大举办的一个小型研讨会上曾说，我有预感，李光头在下卷里一定把林红搞了。结果到第二年下卷出来时果真如此，刘镇的无赖李光头在成为亿万富翁之后，终于将当年的窥视对象“梦中情人”林红弄上了自己的床，而当年他还是一个穷小子的时候，曾苦苦追求林红而不得；相形之下，刘镇的好青年宋钢却在娶了最美的女人林红之后，在下一个年代里变得穷困潦倒，不得不到处打工出卖身体，并最终在羞愤与绝望中卧轨自杀。或许有人会说，这是否过于戏剧化了，落了俗套，现实生活中能是这样吗？但在我看来，这就是艺术的逻辑，不是余华要刻意这样戏剧化，而是历史本身的逻辑充满了戏剧性，这个戏剧性就如余华在小说的《后记》中所说，是两个时代之间巨大的反差与内在一致性的交混——“一个是‘文革’中的故事……一个精神狂热、本能压抑和命运惨烈的时代，相当于欧洲的中世纪；后一个是现在的故事，那是一个伦理颠覆、浮躁纵欲和众生万象的时代，更甚于今天的欧洲”“连接这两个时代的就是这兄弟两人，他们的生活在裂变中裂变，他们的悲喜在爆发中爆发，他们的命运和这两个时代一样天翻地覆，最终他们必须恩怨交集地自食其果”①。余华自己已经用精彩而简短的话诠释了这种戏剧性，也抽象出了小说叙事构造中鲜明的形式感。

---

① 余华：《兄弟·上》后记，上海文艺出版社2005年版。

谈到形式问题，早在1989年，余华在《上海文学》上发表的一篇随笔中，就谦逊而敏锐地提出了“虚伪的形式”[①]问题。但事实上那时余华是委婉而艺术地为他自己、为风行的先锋叙事进行辩护，犹如《红楼梦》第一回中即委婉地指出了自己与“历来野史”“才子佳人”之书的不同，他也指出了自己与通常的现实主义观念之间的分野。但在关于余华的研究中，我感觉并没有太多人真正重视过这些说法，其实余华的意思是，一个看起来从形式上不那么真实的小说，会更加接近于真实，而对于“人们被日常生活围困的经验而言”，他们并不知道作家可以通过看起来虚伪的形式与叙事，去更加切近地抵达真实。也就是说，一部无比真实的小说，恰恰可能使用了某种不真实的表述——这其实就是“寓言”，为本雅明所说的现代和哲学意义上的寓言，如同卡夫卡的《变形记》一样。所以余华将他的一个家庭中的连环谋杀的故事称之为“现实一种”，意思是，这是“现实之无数可能性中的一种”，它并没有发生于“表象现实”之中，却存在于人们内心的惊涛骇浪之中，昭示着人性的黑暗与人心的凶险，这可谓是萨特“他人即是地狱”的另一个说法。

形式主义绝不仅仅是“形式”的问题，它同时也就是“内容”，“形式在某种程度上也决定了内容”——另一位作家扎西达娃在1985年的一篇小说《西藏，系在皮绳扣上的魂》中开篇就这样说道。余华更是深谙这一道理。比如，“道德处境与世俗生活的反转”在余华的小说中是如此常见，《活着》中福贵的一生，还有《兄弟》中李光头与宋钢两人的对照式的人生，都表明了“道德状况与财富数量成反比”的古老主题，而小说的对称式的形式感也缘此而得以凸显。在我的另一篇文字中，曾试图将余华的若干小说做出类似数学的分析——画出其中的各种类似于几何或函数图形的结构图，这些结构图式大都与内容如此一致，比如《现实一种》，其中一个家庭中的七

① 余华：《虚伪的作品》，《上海文学》1989年第5期。

个人物之间发生的对称性的谋杀关系图，其实可以画成一座房屋的结构图，这令人惊异地显示，在一个房子中，在一片屋檐下，在一个原本可以其乐融融、温情脉脉的家庭中，居然会存在着如此黑暗的深渊。在《鲜血梅花》中，阮海阔的行走路线图和其他人物的关系图，也可以用非常规整的圆和曲线显示出来。这种情形一直延续到后来余华的长篇小说，在《活着》和《许三观卖血记》中，我们同样可以找出非常规整的人物关系图，找到故事情节发展的曲线图。这一点，因为之前我的文字中已做了探讨①，此处不再赘述。这里我要强调的是，在余华的小说中，形式的注重或形式感的强化，同时也导致了作品的戏剧性效果，使之具有强烈的结构性与戏剧感，特别是喜剧感——这是另一个重要的诗学问题。在这一点上，余华与鲁迅又是相似的，因为重复会带来强烈的形式感，而形式感与结构性特征的凸显又会使作品彰显出戏剧性，大到故事的整体结构，小到人物的性格特点，“重复修辞”都发挥了重要的作用，比如《风波》中九斤老太所喜欢重复的“一代不如一代”，《祝福》中祥林嫂重复的阿毛的悲剧，《孔乙己》中重复的“不多了，不多了，多乎哉，不多也”，都巧妙地增加了作品风格与人物性格的戏剧性。

要想说清“戏剧性”的问题，大约不是本篇文字所能胜任，因为这个问题实在太复杂了，所以我回避了从诗学本体入手来谈它的危险，而只是谈了一个局部的“戏剧逻辑”的问题，即与“形式感”或“形式主义”牢牢长于一体的问题，它在某种程度上规定了叙事的方向，也彰显了叙事的经典型与原型意味。如同出色的戏剧家总是在某个形式限制非常具体的架构下，或是类似“三一律”规定的条件下，完成丰富而激烈的冲突与故事，彰显人物的悲喜与命运一样，很显然，也只有好的作家才会有这样的自觉，以及提炼与

① 参见张清华：《戏剧的凸显或形式的诞生——〈兄弟〉及余华小说中的叙事诗学问题》，该文分别为《现实一种》《两个人的历史》《活着》等作品画出了情节结构图。见《窄门里的风景》，广东人民出版社2014年版。

运用自如的才能。

四　人文主义，或如何完成对历史及现实的记忆

在1993年余华为《活着》所写的前言中，他曾声称自己“长期以来……作品都是源于和现实的那一层紧张关系”“说得严重一点，我一直是以敌对的态度看待现实。随着时间的推移，我内心的愤怒渐渐平息，我开始意识到一位真正的作家所寻找的是真理，是一种排斥道德判断的真理。作家的使命不是发泄，不是控诉或者揭露，他应该向人们展示高尚”。即“对一切事物理解之后的超然，对善和恶的一视同仁，用同情的目光看待世界”，由此他感到自己“写下了高尚的作品”[①]。

这段话清晰而暧昧地表达了余华内心深处的一种焦虑，即他一向的写作态度。他所说的“与现实的紧张关系”，当然不只是在说基于社会历史态度的紧张，“敌对”和“愤怒”的情绪，等等，同时也是说在艺术和叙事手法上一直受制于人们习惯的“现实观”的窘境，也是在说他一直试图实现的一种真正理想而成熟的现实书写。为此他一直处于不懈的探求之中。他早期的那些叙事难度极大、形式意味浓厚的作品，在被推崇的同时也被指摘其艰涩难懂，他自己也不得不将之说成是“形式虚伪而内容真实”的作品；而现在，他可以放弃自己早年在形式上不得已的处置——因为批判的尖锐程度，不得不用了晦涩和暧昧的书写方式。他认识到，更理想的状况应该是用清晰的、自明的叙述，还有超越简单道德判断的“理解”与“宽容”、“超然”与“同情”的书写，来战胜对历史与现实的叩问与拷问中的紧张与自我遮蔽。这从文学的品质与境界上说，的确达到了更

---

① 余华：《活着·前言》，南海出版公司1988年版；《活着·前言》，上海文艺出版社2004年版。

高的层级。

但无论作家怎样表述，我们不难看出余华一直以来基本的写作立场，其底色或实质正是地地道道的人文主义。或许他的哲学立场是存在主义的或者先锋派的，但在社会立场的意义上，无疑是由鲁迅式的批判传统延续而来的启蒙思想或人文主义。这一点绝不能被某些占据了优越地位的知识与方法——诸如“绝望”“虚无”“死亡”等主题的哲学解释所遮蔽。在《往事与刑罚》《一九八六年》等小说中我们可以明确地看出这一点。“1986年”这样一个名称或许与奥威尔的《1984》有某种戏仿关系，但作家所真正要表达的，是对之前无数“伤痕”与“反思”小说的反省与超越。事实上，之前所有的反思小说都没有真正抵达过对历史本体的思考，更没有对于认识论本身之局限性的哲学警惕，而余华都做到了。他不只提醒了我们历史记忆本身的虚假性，而且揭示了“历史是如何被遗忘”的秘密。1986年离1966年刚好已二十年，这二十年中，人们与历史之间已成功地挖出了一道巨大的壕沟，中国人已集体完成了对历史的遗忘与隔离。“社会如何记忆？”保罗·康纳顿等西方理论家曾提出了这样的命题[①]，而余华的小说也堪称在当代中国最早提出了类似的命题。在我们这里，社会的记忆是通过对真相的掩饰、对个体责任的开释，以及“由词语担任替罪羊”等行为和仪式来实现的，大量“伤痕”和“反思”小说其实所起的就是类似的作用，其叙事的效果，是证明在历史中存在着一个抽象而又恶魔化的加害者，受害人则是道德上完美人格的化身，善与恶界限分明，冲突惨烈，历史结束之日，光明与正义重返，“噩梦醒来是早晨”，苦难与不公永远结束，历史已然完成新的开启与断裂……总之，不会有一个具体的进入当下的形象会与历史纠缠不清，以此来实现“对历史叙述的同

---

① 参见保罗·康纳顿：《社会如何记忆》，上海人民出版社2000年版；莫里斯·哈布瓦赫：《论集体记忆》，上海人民出版社2002年版。

时，完成对历史的遗忘”。而在余华笔下，历史依然以浓厚的阴影和厄运的形式存续着。在《一九八六年》中，多年前的“历史教师”失踪于暴力与恐怖之中；多年后“文革”结束，日常生活重新回来，但历史和现实之间已经完全陌生化。当历史教师的妻子和女儿在“废品收购站”见到他的字迹——关于历代的“酷刑”的叙述的时候，她不是惊喜于发现了多年失踪的亲人，而是陷入可怕的噩梦。因为在她和女儿的心中，一切早已埋葬，不愿意再度提起。随后大街上出现了一位一瘸一拐的疯子，他持一把锋利的菜刀，嘴里喊着“劓”“剕”“墨”“宫”等各种刑罚的名称，将刀砍向空气、四周和自己的身体，仿佛万人空巷，又宛若梦游于无人之境，让人们惊恐万状匪夷所思地尖叫，或者视若无睹适意自在地闲庭信步，直到被众人捆绑并施以车裂。但最后他依然鬼使神差地活过来，且如游魂闪现穿行在人群之中。这一切如同作为“闯入现实”的历史猛兽或幽灵的幻象，或者人们彼此交叉套叠的噩梦，纠集交错着，叫人无法判断，是“历史教师”真的变成了疯子，还是他因为执着探寻历史中的苦难与刑罚而与现实格格不入，还是历史的信息在与现实相对接之时又焕发出疯狂的暴力，抑或兼而有之？

总之，当“历史”游魂一般出现在现实的大街上，唯一的可能不是被现实所接纳，而是会被认为是不可理喻的疯子，被无视或者被捆绑关禁，连其原来的“亲人”也不会承认与他有任何联系。

让我们举出小说的开头和结尾两段，从中可以看出作者关于历史与现实之关系的寓意：

多年前，一个循规蹈矩的中学历史教师突然失踪，扔下了年轻的妻子和三岁的女儿，从此他销声匿迹了。经过了动荡不安的几年，他的妻子内心也就风平浪静。于是在一个枯燥的星期天里她改嫁他人。女儿也换了姓名。那是因为女儿原先的姓名与过去紧密相连。然后又过了十多年，如今离那段苦难越来越远了。她们平静地生活，那往事已经烟消云散无法唤回。

……她看到母女俩与疯子擦身而过，那神态仿佛他们之间从不相识。疯子依旧一跃一跃地走着，依旧叫唤着“妹妹”。那母女俩也依旧走着，没有回过头。她俩走得很优雅。

在小说的开头，余华以充满象征意味的叙述，对现实发出了哲学的质疑与叹息；在小说的结尾处，他清晰地告诉我们，现实和历史之间已成功地完成了切割，永远不再相遇。但是正因为如此，历史像可怕的幽灵，会时时出现。

另一篇《往事与刑罚》似乎可以看作《一九八六年》的姊妹篇，因为同样是书写了“刑罚与历史”主题。其中余华设置了“陌生人”和“刑罚专家”两个人物，前者所代表的是人们对历史的某种尚存的理解，或者试图“回到历史”的探寻欲；而“刑罚专家”可能隐喻了“人文知识分子”对历史的一种研究和判断。当“陌生人”被一封电报要求“速回”（到历史之中）时，他只能够回到“烟”这样一个虚幻的地方，但“刑罚专家”已经在这里等候他了——某种意义上“烟”是一个用“空间”来代替“时间”的隐喻。对于“陌生人”所能够努力回忆起来的四个时间点，“刑罚专家”做了两种解释，一是前面四种残酷的刑罚“车裂”“宫刑”“锯腰”“活埋”，二则是四种“美景”——四个日期，分别是“清晨第一颗露珠”“云彩五彩缤纷”“山中小路上的晚霞”“深夜月光里两颗舞蹈的眼泪”。但这样的景色，只有当对“陌生人”施以“腰斩”的时候才会出现，这也就是意味着：人们只有被阉割了他们的记忆和血肉之躯的时候，血淋淋的历史才会出现美丽的假象。或者也可以反过来：当历史被解释得灿若云霞的时候，也就意味着人们的身体和记忆已经完全地被阉割了。

余华对历史的思考，显然不只有哲学和精神现象学的角度，同时更充满了现实的批判性与忧患感。这种批判性在《活着》里面表现为他对于“历史背面的书写”——假如革命叙事所写的是“穷人的翻身”，那么《活着》所写出的正是“富人的败落”，这才是一个优秀的作家所应该关注的，他揭开了另一种被掩埋的历史记忆，让我们对那些被历史扫进了“垃圾堆”的人们产生了新的正面了解。在《许三观卖血记》里，这种批判性表现为用血的隐喻书写了当代中国小人物的生存史，同样挖开了宏大历史的缝隙与角落中细小而真实的人的历史。在余华尚庆幸他与历史之间达成了某种“和解”关系之时，他又写出了《兄弟》，这部小说中同样有“超然和宽容”，即使是在“文革”这样残酷和暴力肆虐的年代，两个分别从一个破碎家庭中走出来的男孩，仍然结下了本能的手足之情，余华饱蘸温情地书写了他们相依为命的童年；然而就在他们与我们一起成年之后，在这个号称空前发展且确实物质进步了的年代，这样一对异姓的兄弟，却最终因为财富的差异与观念的分化而陷于不伦冲突与自相残杀。每当有人指斥《兄弟》如何不严肃，如何丧失了批判力量的时候，我总想问，余华对于历史的书写或许因为使用了喜剧或荒诞笔法，而表达了某种妥协的话，他对于现实的书写可是未曾后退半步，你还要让人怎样严肃和强烈，怎样尖锐和苛刻？怎样书写才是正确和符合你们的美学的？

还有《第七天》的遭遇。这部小说问世之日，也是“余华神话”最后陷落之时，一方面是首发即达到近七十万册，另一方面则是网络上的一片失望与谩骂之声。有媒体以“七年磨一剑的‘网络快餐’？”为题，颇见深度地分析了作者的写作动机，认为在所谓“世界文学”图景下，余华可能是在想象一种普遍而投机的“写作策略，一是内容上的，往往越是直白、幼稚乃至粗暴的叙事，越可以满足媒体时代人们对于陌生世界的猎奇和窥视欲，就像全天候的电视纪实节目一样，能超越语言和文化的限制；二是姿态上的，小说要写给谁看才能最终获得世界级影响，中文读者还是西方读者？”是这样的“对目标读者的重新定位”在刺激着余华，让其走到了这一步。换言之，余华堕落为一个只为西方人和外国读者写作的作家，“作为一个只知道利用社会新闻和段子写作的小说家，面对这些中文读者，毫无优势可言；但假如面对的是一个西方读者，这些在中文读者那里早已视为陈腐旧闻的东西，会重新变得新鲜有趣，这些在中文读者那里司空见惯的现实事件，会重新披上超现实的魔幻外衣……”“在中国当下这样一个日常生活比文学想象更为狂野的现实境遇中，又有什么比转述社会新闻更能轻松地令西方读者瞠目结舌并惊为天人的呢？另一方面，至于语言的陈腐粗糙，对话的僵硬空洞，挑剔的母语读者或许在语感上不堪忍受，但经过翻译，反而都可以得到遮掩甚至是改进，这一点，不唯《兄弟》，更有已获诺奖的莫言作品可以作为先例……”[①]这当然也只是评论的一少部分，后面的跟帖更是具体和尖刻，对余华的写作方向与能力的质疑声可谓普遍和刺耳。

从写作策略上，我无法说服这些相当“专业”的读者和媒体批评家，也难以说明余华在作品的细部较少毛病，或许小说确有叙事构架上的不统一或不完美处。但这里我主要想讨论的还是“如何记忆现实和历史”的问题。“社会如何记忆？”让我们仍回到保罗·康纳顿问题的原点，一个民族或国际的公共记忆通常是以重大的仪式、宏大的集体图景、成功或胜利等正面事件来完成的，谁会记录下那些“沉默的大多数”的人的生活？谁会为那些不幸的冤魂、那些时代的冤死者去写一部书？谁会记录下底层和角落中那些混乱与卑微的、充满偶然与不幸的现实？这是我们考虑《第七天》的意义和价值的出发点。在我看来，余华确实是为我们这个几乎“无限美好”的时代中，那些仍旧数量可观的不幸冤魂写了一部书，因此，

① 见《新京报》2013年6月22日文章，《余华〈第七天〉：匆匆忙忙地代表着中国》，http://www.bjnews.com.cn/book/2013/06/22/269541.html

我愿意将之看作一部“安息日的悲歌或时代的亡灵书”。而且这还是一部用“唯美”和“艺术”的方式无法处理的小说，因为它的目标就是书写它的混乱和无序，以及它的美好外观内部的残酷与不公。换言之，用了任何完美的手法，来处理这个急速变化中无数偶然与突发事件的现实——车祸、矿难、火灾、纠纷、塌陷、拆迁……无数天灾的和人为的、意外的或是必然的灾祸，或许都是“不真实”的。因为某种意义上这不只是“现实”的要求，同时也是“经验方式”所决定的，在这个网络触角无处不在、传媒文化高度发达、“刷新”的频率与速度时时增加的时代，如何才能记录下这混乱的一切，记录下这混乱的背景下那些不幸冤魂的悲剧与生命?《第七天》的写法或许是可以一试的，不无合理之处的。

将近十年前我曾经与余华讨论过“混乱美学”的问题[①]，那是关于《兄弟》中所呈现的狂欢与混乱气质所提出的问题，十年后这个“美学”真的变成了一个常态。从经验的意义上，我以为余华保持了他对此特有的敏感，他的写法与时代的真相之间或许是一种恰切的匹配。虽然读者对于他的《活着》和《许三观卖血记》一类作品保持了最大限度的“好感”，但可以想象，用那种写法来表达今天的现实，记录今天的社会生活，将是多么不协调。我并不否认或许还有比《兄弟》和《第七天》更“高明”的手法，但作为记录和传达这个时代的基本手段，琐屑和荒诞、粗鄙与混乱是匹配的，某种程度上它们更像是实录，是秉笔直书。我不说这是一个秉持勇毅和良知的写作态度，也不说这是一种创造性的新美学，但我可以说这是小说“无限接近现实”的一种态度。正像福柯和一些新历史主义理论家所倡导的，历史的记录者可以用琐碎而混乱的边缘材料，构建一个奇怪的五光十色的“交叉文化蒙太奇”，而小说家为什么就不能借

---

① 余华、张清华:《“混乱”与我们时代的美学》，见《上海文学》2007年第3期。

用某些媒体叙事或网络消息？这些事件在“嵌入”小说叙事之后，如同海登·怀特所说，便不再是它们自己，而会变成一个个“扩展了的隐喻”，并生发出更丰富的现实意蕴，为什么读者一定要因为自己对这些材料的熟悉就要加以指摘？难道只有作家虚构出让人无法想象的事件与图景才算是有创造力吗？不也是他们天天在说如今“现实比小说更离奇”“新闻比故事更生动”吗？这有什么奇怪？巴尔扎克早就说过，“偶然是这个世界上最伟大的小说家”[①]，余华也不过是借助了这些偶然，怎么就反而遭到了这些读者的厌弃呢？

“社会如何记忆？”这显然是我们一时无法解决的公共性问题，我们无法要求大众都能够意识到和理解这样复杂的心理与社会学命题。但我以为，对于一个秉持人文主义立场的作家来说，意识并不是问题。不过读者的担心也是有道理的，当一个作家与现实的关系不是来自切身感受与切肤之痛——来自他的“经验”，而主要是来自他的“思想”和“立场”的时候，可能问题也会出现，他很难再写出像福贵、许三观那样鲜活的人物，那样在我们记忆与周身晃动，让我们欢喜与忧愁，让我们会心又熟识的人物，而只能变成形容冰冷、面目空洞的幽灵。而这才是余华所应该警惕的。

不过，变化一点也并不完全是坏事，余华也是人，在经历了极简的成功书写与完美的自我陷阱之后，也要允许他有所变化甚至失误。在上帝都缺席的时刻，假如必定要有一个“安息日的悲歌”的话，那么混乱和粗鄙就是不可避免的，与这混乱相匹配的书写，哪怕有些不尽如人意又怎么样，毕竟余华不是上帝。

2014年10月17日凌晨，于北京清河居

① 巴尔扎克：《〈人间喜剧〉前言》，见伍蠡甫主编《西方文论选》（下），上海译文出版社1979年版，第163页。

在命运的万壑千沟之间

——论东西，以长篇小说《篡改的命》为切入点

不管你怎么去想，当末日审判的号角吹响时；我将手拿此书，站在至高无上的审判者面前。

——奥古斯丁《忏悔录》

莫之为而为者，天也；莫之致而至者，命也。

——孟子《孟子·万章上》

假如说在世界上存在着一种以“忏悔”为模式的思维和叙述的话，那么在没有或较少基督教文化遗传与影响的东方人的思维中，会存在着另一种对人性与罪的思考，这同样也是一种哲学性的审视，但不会是从主体自身的“原罪”角度的认识，而是对于“命运”——某种来自客体异己力量的痛苦和惧怕的解释。

在我看来，能够将人世的不公和苦难，以哲学的发问和道义的审判合二为一的作家并不多，而东西是一个。眼下，书写底层苦难与社会问题的作品比比皆是，我相信这些描写是出自作家的正义感与责任心，但是有正义感和责任心未必就能成为真正的小说家，在更多的作品中我们所读到的，还只是某些表层的社会问题，能够将

之上升到一种哲学性的思考，将之放置于历史、人性、伦理与法则的多维尺度中来审视与拷问的作家，还显得凤毛麟角。而在笔者观之，能够将这样的命题置于上述维度思考的，也未见得就一定是成功的文学作品，真正成功的作品，应该是可以同时使之获得一个“恰当的形式”——用英国批评家克莱夫·贝尔的话说即是“有意味的形式”[①]，用更早的康德的话说是“对象的和目的的形式”[②]——并给予其符合美学规制的表达，方能认为是成功之作。

显然，《篡改的命》是这样的作品，它可以证明东西是作家当中的艺术家。这样说并非夸张，因为他的手艺好到可以把别人一般性予以处置的题材，升华为一种历史的、人性的、哲学的甚至宗教的寓言，他还将故事的枝蔓修剪到了一个纹丝不乱的程度——从故事的逻辑中抽取出一种与之相匹配的人性逻辑或性格逻辑，一种合成为叫作“命运”的东西，并使故事与形式、内容与逻辑最终达成了完美的结合。从新世纪初的《后悔录》，到眼下的《篡改的命》，我认为东西的小说已臻于这样的境界。

与余华等早期的先锋小说家一样，东西是懂得“叙述的减法”的，当然，与其说是“减法”，不如说是“点金术”，或说是“故事的炼金术”。即他可以在“故事的逻辑”、人物的“性格逻辑”与“命运逻辑”同历史或现实的材料之间，找到一个准确无误的、不可替代的、经典的或与经典对称的形式——比如与《忏悔录》对称的《后悔录》。而这是小说家能够成为艺术家的关键，对许多人来说，流水账式的或者无可救药的任性而自我化的叙述，则是常态。严格地说，那样的作品还不是真正的小说，而只是未经冶炼的矿石，或者未经处置的材料而已。

---

① 克莱夫·贝尔：《艺术》，薛华译，江苏教育出版社2005年版，第4页。

② 康德：《判断力批判》，邓晓芒译，人民出版社2002年版，第72页。

一　寓意与及物，作为先锋叙事的延续与变种

假如从当代文学史的角度看，东西这一代作家在二十世纪九十年代的崛起，恰好处于先锋文学所向披靡的时期，所以无法不受到其影响。而作为年纪略小、出道稍晚的“新生代”的代表，他们又有其明显的标记，即更具有当下的现实感与世俗性。在他们那里，早期先锋小说的哲学化和纯形式的写法，为更“接地气”的现实意味所取代或中和，或者说，先锋写作热衷于哲学与寓意的形而上趣味，更多地为及物性的现实关怀所取代。这当然是一个不可避免的转向。因为在进入二十世纪九十年代之后，即使是作为先锋小说三剑客的余华、苏童、格非，也表现出了同样的转向，比如《活着》《许三观卖血记》《欲望的旗帜》等作品的问世，便表现出了“对于叙述难度的搁置”和对于近距离现实中人之命运的痴迷。但在笔者观之，先锋小说留给当代文学的最重要的遗产，即是哲学寓意的熟练生成，以及叙事形式的自觉彰显。没有这些就没有当代文学的进步。假如说以莫言、马原、扎西达娃、残雪、王安忆、韩少功等开创和推动的1985年的“新潮小说”开辟了“寓言化”的写作的道路，那么稍后于1988年鹊起的“先锋小说”的主要贡献，便是“形式感”的真正彰显。限于篇幅，本文不拟在这里展开讨论这一文学史问题，但我愿意强调的是，寓意与形式的自觉正是打开文学通向哲学天地的门径，也是其渡向现代艺术的真正通途。

东西显然深受这两份遗产的影响。他早在二十世纪九十年代的作品，显示了他对先锋小说写法的迷恋，或者也可以说，二十世纪九十年代东西的作品，其实即可纳入先锋小说潮流的范畴。他的短篇小说《反义词大楼》，便是用了寓言的手法，隐喻了黑白颠倒和是非不分的现实逻辑。在一座充满了权力的强制、关禁、暴力甚至色情意味的“十八层大楼”——不免让人联想“十八层地狱”——之

中，一个叫作李果的教师，在用了洗脑的方式，训练数十位年轻人如何将“不爱”说成“爱”，将不喜欢和不同意说成喜欢和同意，将痛苦、丑陋、失败分别说成是愉快、英俊和成功……当一位叫作麦艳民的女学员不愿意将“接吻”说成是“握手”的时候，便被强行拖了出去，并遭到了保安的强奸。小说中被强奸的女学员在某一刻与“我”在大楼中的被强迫的境遇与反抗的动作还是重叠的，也就是说，它也隐约意味着作为旁观者的叙事人，同样遭到了强暴。

如果说这样的作品表达的是一种相对确定的寓意，即对历史和现实中一种持久的制度性力量的批判，而类似《溺》一类作品，则表现了先锋小说中另一种常见的寓意，即对历史或存在的某种无解的疑惑，来自偶然与荒诞逻辑的求索。乡村少年关连淹死于村头的水库之中，原因起自与伙伴的较劲，关连之死自然引发了父亲和一家人的悲伤与愤怒，但他父亲要迁怒的对象是倡导修水库的人陈兴国。就在他磨快斧头显示报仇决心的时候，他又想起了关连降生时的情形，孩子落地时突然撒出了一泡尿，照习俗说法，这样的孩子必命克父母，父亲须用手掌在尿中连切三次，且刚好婴孩尿停，方能避过不祥之兆。但陈兴国的三掌并未止住孩子的尿液，他只好用手捏住婴孩的“小东西”将其憋了回去，而尿液流在婴孩身上，又意味着将来他会有意外之死。这样看来，杀死关连的人居然又是他的父亲自己了。这篇小说表明，在死亡和突如其来的灾祸前，任何解释都是荒诞和无妄的。

还有无意识深度的表达。《溺》中的关连之死引发的官司，也可以看作是无意识的作怪，乡村习俗中的集体无意识与个体的无意识活动构成了一种复杂的纠结，它会暗示人的命运，也会解释出无法解释的逻辑。在另一个短篇《你不知道她有多美》中，东西书写了一种类似“牛犊恋”的纯洁而又深入骨髓的情结。作为街坊的念哥娶了公认的美人青葵姐，但作为少年的“我”，也就是春雷，在陪同娶亲的这天早上，在三轮车中近距离地审视这位美人时也深深地爱上了她。在此后的交往中，少年的“我”都在无意识中坚信她与自己有某种特殊的关联，常常涌起爱、依恋和保护她的冲动。但不幸的是，她居然死于那场人所共知的大地震。在余震中满身伤痕的“我”，因为对她的爱的激励，才随着人群艰难地走出了废墟。这篇小说显然是对自己童年某个记忆的祭奠。

细心的读者完全可以从中读出余华、苏童甚至莫言小说的影子，余华小说中对于暴力与规训、阉割与欺瞒的历史的锋利揭露，苏童小说中对于人性弱点与命运无常的温婉悲悯，格非小说中对于个体无意识和存在之虚无的敏感而微妙的书写，都隐约可以在东西的作品中看到影子。尤其《你不知道她有多美》中，我们甚至还可以看出与莫言的《透明的红萝卜》之间的异曲同工，其中对“未成年人的爱情悲剧”的描写，简直可以说写到了骨子里，读之令人难以释怀。当然，在更深远的意义上说，我们也还可以从中看出更多外国作家的影子，如卡夫卡、萨特、加缪、福克纳……但很显然，从作家的趣味与写法上看，无疑都是属于先锋小说这一脉系，看出他与稍早前出道的作家之间的呼应与联系。这表明，东西的小说从一开始就显示了“纯正的血统”以及很高的起点。

但另一方面，与先锋小说的叙事相比，东西与大部分“新生代”作家一样，其作品在充满寓言意味的同时，也有着强烈的及物性与现实批判的意味。比如发表于1996年的另一个短篇《我们的父亲》，便是非常典型的例子。如同戏曲《墙头记》里被儿女遗弃的父亲一样，这似乎是一个司空见惯的老故事。“我们的父亲”从乡下来到城里，依次到了“我”家、姐姐和哥哥家，但出于各种理由，没有一个儿女是认真对待他的，局促而窘迫的父亲转了一圈，最后一个人流落到街头。过了许久，“我”通过一个乡人得知，失踪已久的父亲可能已死去且被埋葬了。在公安局，“我们”查到了父亲的遗物，一只上个年代的军用挎包，里面装着父亲的烟斗，还有两件买给“我”即将出生的女儿的衣服。但他们互相怀着恼怒一起去寻找父亲的尸骨时，仍然是什么也没有找到。小说以“减法”的形式，几乎将叙事“简化”为一个典型的哲学寓言，因为意识中是“我们的父亲”，所以这个“复数的父亲”便成了事实上无人善待和关心的父亲。小说强烈的道德讽喻意味，以及对人性弱点的鞭辟入里的揭示，又十分具有现实感。

寓意是东西基本的写法，这使他从不轻易模拟和抄袭现实，而是都要经过精细的深思熟虑，以寓言方式赋予其构思与题旨以深层的含义。发表于1997年的《耳光响亮》是东西长篇小说的处女作，这部作品虽然没有引起批评界太多的关注，但在笔者看来，它是一部不可多得的二十世纪六十年代出生者的成长记忆之书。它的起笔即从1976年毛泽东的逝世开始，“失父”成为一代人标记性的精神烙印。精神之父的死亡，与牛家父亲牛正国的出走与生死不明，成为其孩子们不得不面对的残酷现实。随后，母亲何碧雪也改嫁他人，在失序与颠倒的混乱，以及贫穷而惨淡的物质生存中，一代人无法不在施暴与伤害、压抑与放纵中经历创伤与成长。所谓“耳光”可以理解为一记精神的耳光，同时又是成长中现实的耳光，是巨大的时代转换与价值翻覆中最具体而深刻的创伤性记忆。小说的最后，失却“父法”（陈晓明语）与母爱的牛家的孩子们，在姑姑的率领下，历经磨难终于找到了流落到越南（注意，是有着相似的历史与意识形态的越南!）的父亲，但他已经失去了记忆，变成了别人的父亲。他们只是从父亲的一个笔记本上隐约找到了他“出走”后的履历：偷东西，误伤人命，逃亡，迫于生计地贩毒，嫖，媾和，生养下另一群孩子……最终忘记了来路。

我不能不说这是一个绝妙的寓意，它甚至已经将“后革命时代”的许多荒诞的历史理解悄无声息地彰显出来，并以此作为“革命时代的成长记忆”的一种结果，一种始料未及和啼笑皆非的后果，使历史呈现出一种巨大的消解逻辑，一种湮灭或反转的荒谬的百感交集。它不是引导读者最终去为某一个人或家庭的悲欢离合而感慨，而是会引向对一种集体记忆的隐喻与整合，对个人记忆与宏大历史的一种“诗意的捏合”——这才是写作的正途，将历史与个人成长烩于一炉的成功处理。

很显然，如果从当代文学史演变的角度看，《耳光响亮》的评价还可以再高一点，因为在二十世纪九十年代大量的成长小说中，像这样自觉而准确地写出“六十年代人”的集体记忆的作品，能够在人物的性格与经历中清晰地表明其文化印记的作品，显然不多。这样的小说对于构建当代中国真实的历史记忆，其意义是不可低估的。正如法国人刘易斯·科瑟在对社会学家莫里斯·哈布瓦赫的评论中所说的：“对重要政治和社会事件的记忆是按照年龄，特别是年轻时的年龄而建构起来的。”“因为青春期的记忆和成长早期的记忆比起人们后来的经历中的记忆来说，具有更强烈、更普遍深入的影响。”[1]东西通过一代人的“耳光中成长的记忆”的叙述，通过个体时间（牛家的孩子们的个人成长史）和更大的历史时间（“文革”及“文革”后的社会历史）的双重设置，使得这一叙述在保持了其真实而鲜活的个体性的同时，又得以越出了单纯个人创伤的讲述，而能够以更长远的时间坐标，彰显出其历史的戏剧性与荒诞感，并且能够呈现出“后现代”式的“黑色幽默”的意味，这不能不说是一个了不起的高度。而且，东西的作品从一开始就不只显现高超的手艺，而且还显现出了鲜明而独立不倚的叙述风格与美学品质，无论如何这都是应该肯定和必须予以重视的。

二　形式与逻辑：通向戏剧性与艺术之途

在讨论语言艺术的内容、材料和形式的关系问题的时候，与克

---

① 刘易斯·科瑟：《导论：莫里斯·哈布瓦赫》，见莫里斯·哈布瓦赫：《论集体记忆》，毕然、郭金华译，上海人民出版社2002年版，第51页。

莱夫·贝尔的立场相似，巴赫金也曾提醒我们，“艺术形式是内容的形式”“也是整个依靠材料实现，仿佛固着于材料的”，但“无论如何不能把形式解释为材料的形式”[①]。一直深入探究小说文体规律的巴赫金之所以这样强调形式与内容不可分割的关系，其实是告诉我们，不要在排除叙事主题的情况下来谈论形式的问题，形式其实即是内容。或者变换一下，某种意义上也可以说，主题即是叙事，这给了我们讨论东西小说的另一个基本依据。或者反过来也可以说，东西创造出了内容与形式紧紧生长于一起的叙事典范——这便是他写于新世纪初的另一部长篇《后悔录》。在笔者看来，即便是置于整个当代文学史中来看，这也称得上杰作。它用细小然而也是巨大的寓言，用内容与形式紧紧生长于一体的叙事，构造了一个“关于命运的故事”，隐喻了当代中国大历史与个人成长之间的脱节与错位的状态。

或许东西在小说的后记中所说的话，对我们理解它是有帮助的，他说，他所试图打开的是一个“记忆的仓库”，要表达的是当代中国人“情感生活的变化”。然而，要书写这一切，最关键的是要寻找到一个有意思的形式：

这个小说耗去我最多的时间是构思，我越来越舍得花时间在构思上，那是因为我见过或体会过太多的失败，就像某城市的一座高楼，刚刚建成就要拆除，就像我们只用一天的时间来设计人生，却要为此付出一生的代价，这都是没有构思的惨痛。所以我宁可慢，也要对小说进行各项评估，试着更准确、更细腻地表达我的感受。[②]

此言不虚，东西找到或创造了一个充满哲学情境与宗教寓意的

① 巴赫金：《巴赫金文论选》，佟景韩译，中国社会科学出版社1996年版，第301页。

② 东西：《三年一觉后悔梦》，见《后悔录》，人民文学出版社2005年版，第293页。

故事架构，一个与“忏悔录”叙事相对称的叙事，这是至关重要的。从古罗马时代的圣奥古斯丁，到启蒙主义运动时期的卢梭，西方人已创建了一种深入人心的形式——“忏悔录”的叙事。这种叙事在基督教背景下的文化与文学中，早已成为人所共识的经典，即关于个人成长经历的叙述，但同时，它又是按照反省和忏悔的宗教情感与神性价值来处理的个体记忆；而东西所提供给我们的，恰好是一种对应物，一种“反转思维”的叙事——不是检点个人在历史中的罪错与妄念，而是记述个人与历史之间的错过，或是历史对于个人的玩弄，并由此生成了一种类似“命运”的东西，一种荒诞而戏剧性的逻辑。很显然，如果是置于原罪论的基督教文明中，这样的叙事也许是不合时宜的，因为其思维的起点不是个人之罪，而是个体所蒙受的不公，以及对于这种不公的质疑与追问。然而，如果是置于中国当代历史的语境之中，“后悔录”模式是合理的和合逻辑的，因为它既是对于“命运”的最佳书写模式，同时也是对个人精神世界予以解剖的别样通道。

在笔者观之，艺术逻辑是一个艺术作品的生命，它显然同生活逻辑与现实逻辑之间有一种必然的升华关系。现实中，狼吃小羊时是无须理由的，它想吃便吃了，弱肉强食是动物界的普遍法则，但在《伊索寓言》中，狼吃羊时要进行一番语言的较量，由此便产生了狼与小羊之间的“对话”。从现实逻辑看，这当然是“不真实”的，但按照艺术逻辑，如果没有这番看起来不真实的对话，便不可能使“狼性”的本质获得真实的彰显。因此，艺术逻辑是文学创作的根本之途。它在具体的情形下可以表现为故事的“戏剧逻辑”，人物的“性格逻辑”与“命运逻辑”，也可以显现为一种作家必须遵从的“叙述逻辑”，总之它具有巴赫金所说的“固着于材料”的客观性。如同哈姆雷特在“装疯”之后陷入了一种混乱的“性格逻辑”与“戏剧逻辑”一样，这一逻辑的不断延续也反过来成为哈姆雷特的命运，以及戏剧家不得不遵从的“叙事逻辑”与“戏剧逻辑”。哈姆雷特无法规避地先后用言语伤害了他最爱的人奥菲利亚，用剑误杀了他未来的岳丈波洛涅斯，无可挽回地陷入了与奥菲利亚的哥哥雷欧提斯决斗的悲剧……他从一开始就错了，尽管是出于不得已，但佯疯导致了他逻辑的错乱，铸就了现实中的一错再错，这就是他的命运。而唯有命运是最感动人的，只有写出了命运的作品才是伟大的艺术。这便是莎士比亚的哲学，也是一切艺术的通理。深谙这一点的东西，也用了类似的逻辑，写出了一个堪称与之异曲同工的人的命运。

资本家的孙子曾广贤，在无知和压抑中来到了他苦闷而慌乱的十六岁的青春期。他的性知识居然是由观赏和虐待一双交配的狗开始的。而刚好时值“文革”，在一间他们祖上留下来的仓库中，混居着三个拥挤不堪的家庭。处于性苦闷中的父亲与邻居赵老实的女儿赵山河偷情，这事被无知的“我”——也就是幼稚的曾广贤无意间说了出去，由此导致了赵山河的匆忙出嫁，也让父亲蒙受了一顿暴打。由此“我”一生的毛病就种下了。继而是母亲遭动物园的何园长猥亵，恰好被“我”撞见，母亲也因此羞愤而死，妹妹随之失踪，父亲因为“耍流氓”而被到处揪斗。当父亲知道“我”这个儿子竟是告密者时，痛恨至极而再不相认。离开了家庭呵护的曾广贤，开始了独自的人生之旅。但之前所受的刺激以及所形成的性格逻辑，仍在不可思议地支配着“我”一错再错的行为，当同学小池示爱，“我”竟然失口喊出了“流氓”，当“我”随后无数次写信给受伤害的她试图重归于好，所有的信却如石沉大海，即便贴了两张邮票也没有用。等到“我”鼓起勇气扒火车去见她时，她却早已是于百家的人了。美好的初恋就这样白白被自己的胆小和愚蠢给葬送了。之后，“我”侥幸以接班的名义做了动物园的饲养员，但孤独中最为依恋的一只小狗也背叛了自己，它引出了一连串爱的错讹与混乱的恩怨纠结，“我”先后被诬为赵敬东之死的祸首，失去了本有意于“我”的张闹，并因鬼使神差地钻进张闹的卧室而被判为强奸犯，获刑八年。

在监狱中，“我”给所有亲朋写信，试图洗刷自己的不白之冤，但所有的信都被扣押了。唯有一个在动物园的同事陆小燕，因为一直喜欢“我”而不断来看望和鼓励“我”。但“我”还是干了许多傻事，如试图越狱而获罪被加刑三年，直到监狱生活还剩一年的时候，才明白必须要翻案，这时张闹也表示愿意翻供为“我”洗冤，可她的信竟然被“我”的眼泪打湿而模糊了字迹。直到刑期将满，“我”才突然被宣布无罪释放。这时来接“我”的竟是曾诬陷我强奸的张闹，“我”到河里洗除身上的污垢，却致使“我”在这个过程中丢失了“平反”的文件。鬼使神差，“我”没有与一直一心一意待“我”的陆小燕结合，而是偏偏娶了脚踩两只船的张闹。结婚之日“我”发现张闹还一直与于百家私通，而这时再想离婚可就难了。“我”只好去找早已嫁给于百家的小池，却又致使她发了疯。之后，曾家因被没收的房产获得巨额赔偿，可是这消息又让父亲情绪激动而中风，并使“我”离婚的官司一拖再拖。房产被于百家侵吞，在改装为色情场所之后，“我”终于拿到了二十万元的补偿，在赔给张闹十万元之后方才知道，与她之间的结婚证居然也是假的。最后，于百家被抓，“我”仅剩的一点财产也随之被罚没。

在小说的结尾处，“我”对着将死的父亲，说出了一连串“如果……就……”但一切都已晚矣，父亲已永远无法回答“我”。这半生之中竟没有一件事情做对，最终也还是碌碌无为一事无成，不要说恋爱，连一次真正的肉体接触也不曾有过，有的只是让家人和朋友一个个倒霉。

某种意义上这已是“命运的万壑千沟”了。假如从现实的逻辑看，一个人再倒霉，一生再“点背”，也不至于如此下场凄惨；但从小说看，这样的逻辑是合理的，合乎大历史的内在逻辑，也合乎小说中人物的性格逻辑。作品中所刻画的这个“我”，这个由禁欲、暴力、物质的贫瘠而产生出的畸形儿，形象而戏剧性地寓意了成长于“文革”一代的命运，寓意了他们从精神到肉体充满欠缺、挫折、创伤与磨难的成长历程；寓意了他们在争斗与伤害中人性的分裂与异化，那些“诚实者的悲剧”，以及祸从口出、冤狱遍地、无处哭告、无法申诉的莫须有的罪错……作家用错乱与荒诞的叙述逻辑呈现了这个悲剧——因为诚实而获罪，因为“生错了时代”而注定受苦的人的命运。

很显然，“寓意即形式”这一法则在《后悔录》中获得了淋漓尽致的体现。一个注定会与历史冲突，与人生错过的弃儿，百转千回地走过一切人世的苦难，盖因为他的诚实与懦弱。犹如博尔赫斯笔下的“迷宫”，看似千重遮障，其实是一线相牵，两个博尔赫斯在命运的两端互相等待和寻找，冥冥之中最终会在尽头会合。而这时，戏剧终了，命运彰显，一个“迷宫的图形”也终将显现。这就是形式——或者说叙事的轨迹与逻辑，它与寓意完美地生长和生成于一体。

某种意义上这个主人公也是一个西绪福斯，一个被命运惩罚的劳而无功的推石头者，荒诞是这部作品的主调，也是它的美学。

而美学也是叙事的重要参与者。在《后悔录》中，悲剧的内质被外在的荒诞逻辑喜剧化了，使之成为另一种黑色幽默，这种格调反过来控制了作家的叙事。这是艺术创作中难得的佳境，所谓“上帝之手”或神灵附体，所谓“自动写作”，诸种说法其实都是艺术逻辑与人物的性格与命运逻辑自动显现的结果。“作者知道的并不比别人多”[①]，“叙述控制了我的写作”[②]，余华曾不止一次地表达过类似的说法，便是表明对于这种叙述逻辑的遵从；换成东西的话来说，就是“在写作的时候不要折磨我们的主人公，好作品要‘折磨’读者，但要做到这点，必须要考验作家的想象力”[③]。所谓折磨读者当然不是一种故意的延宕，而是按照作品的戏剧逻辑和人物的性格与

---

① 余华：《许三观卖血记·中文版自序》，南海出版公司1998年版。

② 余华：《兄弟·后记》，上海文艺出版社2005年版。

③ 见晶报记者：《作家东西：生活其实是在模仿文学》，2007年09月18日，搜狐网文化频道。

命运所生成的叙事动力而前进，这需要一种卓越的提炼和发现能力，驾驭与掌控能力。某种意义上它比“内心的召唤”更有值得服从之处——假如召唤不是出于对叙述逻辑的服膺，而是一种主观的自作主张的话。我之所以说东西是作家中的艺术家，理由应是在这里。

三　由现实通向哪里，或如何处理乡村和底层现实?

由“现实”通向哪里？这是我要提给当代作家的问题。当然有人会回答，现实就是现实，现实即是终极。但我所理解的现实绝非是表象意义上的部分，而应包含之上和之下的部分，包括文化的、人性的、形而上的和哲学的现实。这点在东西早期的《没有语言的生活》一类作品中早有充分的表现。在这个底层家庭中，苦难既是现实，更是象征与命运。东西在繁复和琐细的人物故事之中所精心搭建和呈现的，是这个由哑巴、聋人和盲人组成的没有语言的、无法表达一切也无法保护自身的家庭，他们备受欺凌、操弄，永远无法改变命运。他们唯一能够选择的就是承受。看起来这似乎是一个特殊群体的遭际，但东西喻示给我们的，是整个底层乡村世界的生活——没有文化就没有语言，没有语言就没有表达，没有表达就没有权利和尊严，也无法有正常的情感与生活。这种悲悯与余华的《活着》非常相似，它不是居高临下的批判，而是匍匐于同样高度的生命体察与悲怆的感同身受；甚至也不只是书写一群人和一类人的生活，而是书写和隐喻一切人共同的遭际和可能的命运。

这使我们无法不钦敬：好的作家不会因为人物身份的低下与卑贱而远离他们，甚至他们的灵魂就附着在人物身上，变成了人物的一部分。唯其如此，他们才能真切地写出人物的命运，不但写出高于或深于现实的人性与善恶，揭示出其背后的历史与文化因由，而且会使之变得感人。《篡改的命》便是这样的作品，它让我们震撼于习焉不察的城乡两种生存之间的巨大沟壑与冲突，不只是看到物质的差异与表象，更看到物质背后强烈而畸形的情感与心理，看出一种历史性的逼近和严峻。这种近乎无法填平的物质与精神的沟壑，或许可以从路遥的《人生》《平凡的世界》等作品中看到依稀的来路，但在近二十年乡村解体生存塌陷的现实中，变得更加血腥和急骤。物质的倾覆与伦理的断裂压垮了无数个汪长尺，变成他们旷世的惨烈与奇异的命运，在由乡村通向城市的道路中，他们展开了史诗般的“出埃及记”一样的跋涉，以血以泪，以死以命——

这是他想得最多的一天……把林家柏跟他的交集过了无数遍。第一遍：我替他坐过牢。他欠过我工钱。他叫人用刀捅我，我差点失血而死。他谋害黄葵，嫁祸于我，让警察到谷里抓人，害得全村人人自危，集体失眠。我在他的工地摔成阳痿，他竟然不赔我精神损失费，拦车他不赔，打官司他不赔，爬脚手架他也不赔，还跟我玩消失，什么东西？什么货色？毫不夸张地讲，是他毁了我的心情，坏了我的人生……

这是《篡改的命》中汪长尺的控诉，他与林家柏之间恩怨纠结的部分总结。而事实上林家柏直接和间接地、真实和象征地毁掉汪长尺的，远不止这些，还有他的青春、希望、情感和生命。犹如一个血本无归的赌徒，汪长尺在这场命运的赌博中无法不陷于失败，最终只能寄希望于将自己唯一的儿子送与林家柏，并且自尽于浊浪滚滚的河水中，以毁掉证明儿子出身的证据。以这样彻底毁灭的方式，来结束这场旷日持久、在下一代身上还有可能延续的恩怨官司，并将之理解为是“对命运的篡改”——偷换了儿子的出身和血缘，一劳永逸地使之由乡村人变成城里人，由穷人变成有钱人……这两个人物之间所形成的“象征性的关系”，构成了小说的戏剧逻辑，使之生成了一个形式的骨架，并且得以与作品的主旨生长扭结在一起。

这是怎样的一场绝地的抗争与搏杀？从父亲汪槐的跳楼致残，

到汪长尺的代人追债与替人坐牢，从媳妇小文被迫出卖身体从事皮肉生意，到汪长尺因工伤而断送了生育能力，到最后不得不将唯一的骨血送与有钱人，这个家庭唯一的希望就是摆脱乡村的苦海，让后代永远改变自己的出身。如果说前一代人还只是付出了辛劳和健康，还可以生于此也死于此，希望于此也幻灭于此的话，那么汪长尺这一代，则付出了贞洁、爱情、生命和身体，输到一无所有，最终还要失去祖宗血脉和生命记忆，失去那个带给他耻辱和命运的身份……这是比死还要惨烈的变更，不只是肉体的死，还是身份与记忆的死，血缘与根脉的死，彻底消失且埋葬祖先历史的死。

话题至此，我有些犹疑了，我反问自己，东西是不是有些过分？这个过于戏剧化的人物命运是否过于巧合？我是认同、肯定呢，还是应该有所保留？

这个疑问其实还是一开始的问题——如何处理小说中的现实？如何将乡村与城市这个由来已久的二元对立的现代性命题，在当代展开的悲剧性冲突中再次集中而历史地、艺术而形神兼备地书写出来？或许有人会说，东西的处理有过于巧合和夸诞之嫌，确实，如果从“反映社会问题”的角度看，从眼下千差万别的城乡具体矛盾看，东西的故事可能有虚构之嫌，但从中国正面临的数亿人的城镇化进程，从乡村世界的崩毁，从一场“几千年未有之大变局”的巨大历史变迁，从二十世纪八十年代以来中国暴风骤雨般的工业化背后数亿农民工所付出的代价与牺牲等来看，他站在底层人群立场上的这一书写，就不但显得真实，而且还切中要害和恰如其分。

如何书写乡村？这需要我们稍稍回溯一下历史，一个有意思的问题是，作为典范的农业社会，中国传统文学中竟然没有“乡土文学”。繁多的传统文学类型中有“归隐”和“田园诗”的主题，却鲜有“乡土”的观念与形象。这表明，所谓的乡土其实是现代性的产物，当城市、工业和现代文化作为一个异己的“先进的他者”出现之后，“乡土的自在体”才获得了一个镜像：原来它是如此愚昧、贫穷和落后。新文学的确立，某种意义上就是从这种现代性的乡村叙事——鲁迅的笔下的鲁镇与故乡——开始的。启蒙主义的立场赋予了这种乡村以与“现代”相对立的“传统”含义，赋予了其作为“国民性”之温床或者封建愚昧之所在的意义。现代中国的作家们基本上是传承和秉持了鲁迅的立场来理解和书写的，直到沈从文写出了另一意义上的乡村——作为精神乡愁之寄托的“湘西”，乡村才具备了另一含义，具备了浪漫主义文学视域中原始而单纯的美，成为可与“希腊小庙”相提并论的“世外桃源”的承载地，或者可以与现代文明相对峙的道德优越感与文化的合法性。

上述两种“现代的”和“反现代的”乡村叙事，作为新文学的两种传统，在当代作家笔下演变成了一种混合和暧昧的状态。一方面是类似启蒙主义的对乡土的穷困与落后的叙述占据了主导，另一方面是在某些情况下又将乡村世界描写为原始的精神故乡或者生命乐园。从贾平凹、路遥、莫言、张炜、陈忠实、张承志、阎连科、韩少功、郑义、李锐等到更年轻一代的苏童、格非、毕飞宇等，他们的趣味多数是兼而有之，区别仅仅是成分的比重不同而已。但在最近的十余年中，我们不得不说，关于乡村故事的讲述，正面临着另一个合法危机和巨大的变动，那就是它的再度严峻的毁灭，与随之而出现的我们社会的道德破产。对于中国在快速工业化和城市化进程中乡村所承受的创伤，农民的相对贫困化以及在进入城市之后所承受的压力与苦难而言，严峻而非“诗意”的叙事，已变成了唯一得体合适的模式。

而这就是《篡改的命》出现的背景。在我看来，东西对于现实的处理不但是合适的，而且获得了真实与寓言性的统一。在汪长尺身上，我们可以读出阿Q、骆驼祥子、多多头、高加林、福贵等这些农民形象和人物的痕迹，但又可以看出一个最新的化身：他是千千万万个历经了近二三十年城市化和工业化进程，为之付出了一切的农民青年的一个代表，他短暂的、诚实但并不弱智的一生可能只有三十几岁或者四十岁，但已足以称得上是“命运的万沟千壑”，经过了无数的沟坎与磨难。他的命运其实就是无论怎样努力也赶不上时间赋予他的差距，贫穷使他无法正常地获得任何机会，而一切努力的结果都只是拉大这先天的距离，同时还要付出更多，鲜血、身体、用命挣来的钱，永远难以应付的各种意外伤病与风险，最终还要付出所有的尊严。这个命运一方面是汪长尺个人的，同时也是历史的；是属于一个农民的，但更是整个乡村世界的。城市吸引和召唤着他们，同时也诱惑和改变着他们，最终销蚀和毁灭着他们。在汪长尺的身后和周围，东西也描绘了这个正日益分裂的世界，它的一部分消失于同城市的赌博之中——成功者以各种方式“融入”城市，失败者则成为他们必然的代价或者分母；它的另一部分则自生自灭于日益荒芜和废弃的乡村，不只土地上产出的一切已经无法养活他们，原有的淳朴乡情也已渐渐皮之不存。小说不断地以“返乡”的方式，描写着这个日益破败的村庄：

回到家，堂屋已坐满乡亲。王东的手指断了两根，说是到深圳打工时被机器切的。刘白条又赌输了，要跟汪长尺借钱。张鲜花因为超生，不仅挨了罚款，老公还结扎了。代军说张五患了一种怪病。二叔说什么狗屁怪病，就是梅毒。汪长尺想张惠靠卖身挣钱，挣到钱后寄给张五，张五又拿钱去嫖，这不就是一个循环吗？……

在这两者之间，汪长尺仿佛是一个奇异的杂糅与混合，他失败了，最终毁灭于城市这个无情的庞然大物；但他又“成功”了，他的儿子终于“变成”了出身高贵、物质优越、有车有房、生活富足的城里人，他历尽磨难终于以自己的死终结了这一苦难的链条，一举“篡改”了世世代代从未改变过的命运。

这个结果当然就是东西的主题：他要为千千万万个汪长尺，为最终融入城市而消失了自己的乡村人，为正在一天天消失的乡村本身，它的土地上的一切，包括生活方式、伦理情感、风物民俗，一切美好的和原始的、穷困的和干净的、愚昧的和坚忍的……为这个世界唱一曲无边的挽歌，为汪长尺们曾经的血肉之躯树一座纪念碑。汪长尺或许就是“我们时代的最后乡村”的一个化身，一个将乡村扛于自己的肩头、存于自己的血液与内心的人，他的死不只是个体肉身的毁灭，更是整个他身后的历史、传统、身份和文化的毁灭。这是城市和资本的胜利，从“大历史”的宏观逻辑看，这似乎是波澜壮阔的进步和风云际会的前进；可是从“人”和文化乃至文明的角度看，这波澜壮阔与风云际会中又充满了血色的惨淡与命运的荒谬，充满着生的艰难与死的悲怆。这一切最终会消失于历史之中，湮灭于城市的高楼大厦与万家灯火之中，但会长存于东西的悲歌与寓言之中，存在于《篡改的命》的一唱三叹之中。

四　节奏与旋律，或作为艺术的小说叙事

《篡改的命》一直让我想起现代以来最好的一个小说谱系，《骆驼祥子》《活着》《许三观卖血记》，因为他们都属于有节奏和旋律的小说，如前文所谈及的，是有戏剧性的结构和叙述的波澜起伏的小说。《骆驼祥子》中三起三落扣人心弦的买车过程，《许三观卖血记》中主人公让人刻骨铭心的十二次卖血经历，《活着》中福贵一步步下地狱（现世意义上）同时又一步步上天堂（德行意义上）的让人惊心动魄的交叉曲线，《篡改的命》中汪长尺的一步步跌入命运的环套又一步步走上绝境的悲怆历程，都是如此丝丝入扣。就像余华在《许三观卖血记》的中文版序言中自诩的：“这本书其实是一首很长的民歌，它的节奏是回忆的速度，旋律温和地跳跃着，休止符被韵脚隐藏了起来……”[①]的确，叙述的节奏让他的小说变成了音乐，

① 余华：《许三观卖血记·中文版自序》，南海出版公司1998年版，第2页。

在多数篇幅中是从容的慢板，如歌的行板，在某些地方则变成了激越而悲伤的快板。无独有偶，东西的《后悔录》与《篡改的命》也非常接近音乐作品的节奏，前者像是一首无边际的变奏曲，常伴随着幽默、跳脱与荒诞的不和谐音，后者则是一首降调的悲怆而离奇的叙事曲，中间穿插着小号和钹镲的怪异碎响，细部跳荡着偶尔温暖的乐句，但它的整体，汇合为一曲钢琴与大提琴的交响——钢琴是男主人公命运的足迹，大提琴则是作者隐含的怨愤与悲伤。总之我感到主人公最后命运的显现是一种必然，这既可以理解为是前文所说的“叙述逻辑”，当然也可以理解为是音乐的旋律本身使然。

其实，无论是叙述逻辑或是音乐旋律，归根结底它们都是命运的派生之物，而命运是唯一能够感动人的因素，这是《篡改的命》能使我们感到震撼和悲伤、“怜悯和恐惧”的真正原因。关于这一点，我们不难在小说的后记中找到答案，东西说：“我依然坚持‘跟着人物走’的写法，让自己与作品中的人物同呼吸共命运，写到汪长尺我就是汪长尺，写到贺小文我就是贺小文。以前，我只跟着主要人物走，但这一次连过路人我也紧跟，争取让每一个出场的人物都准确，尽量设法让读者能够把他们记住。一路跟下来，跟到最后，我竟失声痛哭……”[①]我相信东西这样说绝不是夸张，他找到了他每个人物的命运与角色，并且完全进入了他们身体与情感的内部，顺从于他们的独立意志，因此才能够写出属于他们内心的声音，属于他们角色的语言。在传统的写作理论中，这叫作“塑造人物”，在东西的叙事学中，这就叫“跟着每一个人物走”。我想这就是叙述的佳境了，当他叙述上一代农民父亲汪槐和母亲刘双菊的时候，包括讲述“谷里”的每一个村民，他的表达语气都是如此的贴切，他们的质朴与狡黠、自私与善良，他们“小农经济学”的精打

① 东西：《篡改的命·后记》，上海文艺出版社2015年版，见310～311页。

细算和愚昧透顶，他们用一生的代价来换取一个不同命运的决绝，用土里刨食和嘴里省饭的方式来支撑“小农经济的方程式”的意志……都可谓跃然纸上；当他叙述汪长尺、贺晓文、张惠这些年轻一代的农民，他们的困境与诉求、欲望与灵魂的时候，也是这样传神和生动，汪长尺由一个怀抱志向的读书青年一步步变成身体残损自尊全无的打工者的过程，贺小文由一个淳朴善良的乡下姑娘一步步变成为钱奔忙的卖淫女的过程，都是这样地自然而然和环环相扣；甚至，他描写黄葵与林家柏这种坏人，写他们作为坏人的行为逻辑，以及常振振有词地为他们的厚黑和蛮霸辩护的时候，也是这样地立竿见影入木三分。可以说，东西完全“入戏”了，只有完全进入了小说的戏剧逻辑，他才会写得如此充满对称性的角色感——

最让林家柏难以接受的是，汪长尺的眼睛竟然还大还双眼皮，五官竟然端正，眉毛竟然还浓，牙齿竟然还整齐……林家柏想狗日的要不生错地方，那也算个型男。汪长尺想原来骗子杀人犯也长得这么秀气。林家柏想不管他们长得美丑，其诈骗的用心和手段几乎都一样。汪长尺想人不可貌相，海不可斗量，肉食者毒，塘边洗手鱼也死，路过青山草也枯。林家柏想动不动跳楼，动不动撞车，社会都被你们搞乱了。汪长尺想信誉都被你这样的人破坏了。林家柏想是你们拉低了中国人的平均素质。汪长尺想是你们榨干了我们的力气和油水。林家柏想你们随地吐痰，到处大小便。汪长尺想你们行贿受贿，包二奶养小三官商勾结。林家柏想你是人渣。汪长尺想你是蛇蝎。林家柏想真臭哇，你的鞋子。汪长尺想你洒了什么香水，臭得我都想吐……

这是在因工伤索赔的一次对峙中，汪长尺与有钱人林家柏仇人相见时分外眼红的心理活动。东西用了“内心演出的戏剧”的笔法，来饱和式地叙述这个充满角色对峙意味的场景与过程，将人物完全置于其心理的支配中，从而展现了巴赫金所说的“复调的叙述”——两种声音都不是作者能够支配和控制的声音，相反，它让人觉得连作者也被人物的“速度与激情”裹挟了，作者完全听从了人物的召唤与安排。

还有小文的渐变。一个几乎从不为利益和俗物所动的乡村少女，一个本死心塌地喜欢着汪长尺的纯情女孩，在城市的逻辑与欲望的熏染下，竟一步步走上了卖身之路。东西将这个过程写得如此平滑自然，在回乡过年的卖淫女张惠的引领与怂恿下，小文重复了无数乡村女孩进军城市的相似道路。东西用了近乎寓言的笔致，将这个“渐变”的过程，一笔便勾勒了出来：

为了证明小文真是一朵鲜花，张惠一有空就教小文化妆，把她的长发剪成短发，还把自己的衣服穿到小文的身上。小文一天一变，开始像个民办教师，慢慢地像个公办教师，像乡里的干部，县文工团的演员，电影里的女特务，最后被打扮得像个城市的白领。

仿佛一个进化与变异的演示图，这个逻辑使得小文在随着汪长尺进入省城的那一天起，其命运的方向就已经注定了。某种意义上这也是乐句式的叙事，它将复杂的故事和漫长的时间流程变成了简约的旋律。如同余华在《许三观卖血记》所描写的主人公的十二次卖血经历一样，它可以是展开的变奏，但又是一个原始主题构成的主导旋律。汪长尺一次次考学复读的尝试，一次次打工挣钱的经历，一次次进入城市的努力，一次次受伤破产的遭际，到一次次容忍自己的妻子去洗脚城卖身，一次次在林家柏们的特权和金钱之下败退，到最后的孤注一掷……可以说与许三观一次次卖血的壮举构成了异曲同工的旋律。

在这个过程中，“细节的重复”起到了至关重要的作用。或许与鲁迅、余华小说修辞的影响有关系，至少也可以说受到了某些启示——东西在《篡改的命》中使用了大量类似“重复”的修辞，“汪长尺不想重复他的父亲汪槐，就连讨薪的方式方法他也不想重复，结果他不仅方法重复，命运也重复了”。“我在写字的时候，力争不重复，不重复情节和信息”[①]，但事实上这种不得已的重复，细节、场景和人物命运本身的重复，反而帮了东西，使他的叙事具有了旋律感和戏剧性，以及强烈的寓言意味。这很像耶鲁学派的批评家希利斯·米勒所讨论的，“一个人物可能在重复他的前辈，或重复历史和神话传说中的人物”，而批评家对于重复现象的关注，便是落脚于“分析修辞形式与意义的关系”[②]。有意味的重复不只成就了鲁迅、余华，成就了他们小说中浓郁的寓言意味、戏剧性和形式感，也成就了东西，成就了《篡改的命》中叙述的节奏性与旋律感，彰显了人物血缘与命运的前赴后继，以及西绪福斯般的徒劳与困厄的努力。

还有饱蘸的感情。在许多片段中我意识到，东西所说的“失声痛哭”绝不是夸饰。他因为做到了与人物同呼吸与共命运，所以人物本身的遭际与悲欢便成为他自己的遭际与悲欢，叙述的节奏由此紧紧扼住了他的笔端，使之无法不频频出现激越或华彩的段落，出现不是抒情但又胜似抒情的笔墨。比如当汪长尺看到年迈且残疾的父亲与母亲来到城市，沦为乞讨者和拾荒者的时候，作者也无法抑制住他泪如泉涌的笔致：

因为人流量大，汪长尺没有勇气靠近。他躲在一棵树下远远地看着，咬牙强忍，眼泪却不争气，哗哗地流，流一点，抹一点，恨不得把眼前这幅画面一同抹去。仿佛是有了感应，汪槐抬头朝汪长尺的方向看过来。汪长尺发现他的脸又黑又瘦，眼睛变小，眼窝变

① 东西：《篡改命运·后记》，上海文艺出版社2015年版，第311页。

② 希利斯·米勒：《小说与重复》，王宏图译，天津人民出版社2008年版，第2页，第4页。

深，连胡须也没刮。汪长尺把头磕到树干上，一下，两下，三下，磕得老树皮都掉了。汪槐看了一会，没发现异常，又把头低下。校园里传来上课铃声，马路上的人流量减少。汪长尺抹干眼泪，从树后闪出，走到汪槐面前，把带回来的两万块钱丢进口盅。口盅仿佛不能承受，一歪，滚到汪槐手边。汪槐的手一颤，像被针戳似的。他慢慢抬起头，木然地看着，仿佛眼前是一道强逆光。但很快，他深陷的眼窝挤出一串泪水，整个脸部瞬间扭曲，似哭非哭，似笑非笑。当他脸部的扭曲一过，泪水便滑出眼眶，但只滑到半脸就凝固，仿佛久旱的大地没收雨滴。看着眼前这张干瘦缺水开裂的脸，汪长尺刚刚抹干的眼眶重又噙满泪水。他蹲下来，抱住汪槐，叫了一声爹……汪槐的泪腺好像被这声叫唤打通，眼泪唰唰，流过高山流过平畴。汪长尺问妈呢，汪槐指了一下对面小巷。汪长尺抱起汪槐朝小巷走去。他没料到汪槐这么轻，轻得就像一个孩子。他没料到汪槐会这么小，小得就像一个婴儿。汪槐越轻他就越难受，汪槐越小他就越悲伤。

这样的段落与许三观最后一次卖血被拒时的痛哭流涕沿街哭诉，真可谓是有异曲同工之妙。作者已经无法按捺住其努力的超然，不得不与“复调”的人物意志与声音再度构成了交响或者和声，甚至合二为一，成为一个人的内与外，里与表。由此我可以确信，东西不仅写出了文化和道德意义上的挽歌，也写出了生命与情感意义上的悲歌，写出了作为精神记忆的哀歌。他遵循着自己的内心情感，不由自主地泼洒下这些真挚而感人的笔墨。

五　荒诞、哲学，或者结语

在《西绪福斯神话》中，阿尔贝·加缪开宗明义说：“只有一个真正的哲学问题，那就是自杀。”如果这话是对的，那么也意味着我们的主人公汪长尺同样具有了哲学处境，或者说也几乎思考了哲学问题。因为他最后终于跨越了命运的万壑千沟，完成了奋力而悲壮的一跳，向着那浊浪滚滚的河流中。虽然他的死更多地不是缘于哲学的虚妄与无所事事，而是缘于穷困潦倒和对世俗之“命”的抗争，但也正像加缪所说，“人们从来只是把自杀当作一种社会现象来处理”，可“正相反，问题首先在于个人的思想和自杀之间的关系。这样的一个行动如同一件伟大的作品”[①]。汪长尺的死某种意义上也是一件伟大的作品，他结束了自己无法颠覆的人生与命，终结了世世代代无法替换的卑微与贫穷，完成了父亲不能完成的愿望——用了他比父亲更多的知识和见识，处心积虑将儿子实实在在地送入富人之家。毫无疑问这是一个杰作，一个由灵感和奇思妙想构成的杰作。但也正因为如此，它也将小说的美学升华至加缪所推崇的荒诞之境。“一个突然被剥夺了幻觉和光明的宇宙中，人感到自己是个局外人。这种放逐无可救药”“这种人和生活的分离，演员和布景的分离，正是荒诞感”[②]。加缪的推理仿佛是为东西所设，为汪长尺所设，他提醒我们不能只从“现实”的层面来看待这部小说，它确实以异常尖锐和深远的方式，叙述了一种生存历史的终结，一个族类或者群落的消亡，一个时代的悲剧。但更重要的是，这部小说也为我们展示了加缪式的世界观，即“一个人永远是他的真相的牺牲品”[③]。汪长尺正是这样，他并不知道，他的奋力一搏也许并没有改变任何现实，正如他与林家柏对簿公堂时验证自己儿子的DNA，得出的结论居然不是他的亲生一样。儿子最终也变成了别人的，这一切的努力到头来对于他自己和人类来说，都是一个旷古未有的笑话。

---

① 阿尔贝·加缪：《加缪文集》，郭宏安等译，译林出版社1999年版，第624～625页。

②《加缪文集》，第626页。

③《加缪文集》，第643页。

东西不愧是加缪的追随者，这个角度也使我看到了更远处的东西，使我对小说的某些直观的问题，某些叙述的不和谐或者不匹配有了合理的解释——比如说，从整个的故事结构与人物经历看，汪长尺之死应该是在二十世纪九十年代的事，因为最后其儿子“汪大志”变成了“林方生”并长大成为一名毕业自警察大学的刑侦员，是他偶然“发现了”自己身世的疑点及身份线索。这表明他的出生时间最晚也应该是在1990年前后，而汪长尺是在其儿子大志出生后上小学（初中）时自沉而死的。这便有了一个问题：东西使用了近年的某些流行文化符号，来描写了他的身份与二十世纪八九十年代的故事，用“死磕”“弱爆”“屌丝”“抓狂”等眼下的流行“热词”，构成小说前几章的题目，这当然不是十足恰切的，它使故事本身的情境与叙事的话语之间构成了一种游离或不统一。但假如是以刻意的荒诞美学来看，这不能算是问题，而且还是其荒诞逻辑的一部分了，作家用了荒诞的风格与手法，用了眼下的修辞去处理十几年前的事情，反而显示出他的一种鲜明的态度。

至此，我想我可以收尾了，但我还是要借用加缪的话来作结，他说：

如果人们承认荒诞是希望的反面，人们就看到，……存在的思想必须以荒诞为前提，但是他论证荒诞只是为了消除荒诞。这种思想的微妙是耍把戏者一个动人的花招。

加缪分析说，当一位作家“经过充满激情的分析发现全部存在的根本的荒诞性时，他不说‘这就是荒诞’，而说：‘这就是上帝：还是以信赖他为好，即便他不符合我们的任何理性范畴。’”①显然，加缪的意思是想说，荒诞才是这世界的真相或者本质。如

①《加缪文集》，第644～645页。

果这样的话是可以成立的，那么东西的小说也不只叙述了现实中的离奇故事，而更是以哲学的面目和骇人的深广，向我们揭示了这个世界的荒诞，人性的、人心的、社会的、历史的、时代的和价值的荒诞。

这也是我肯定东西的理由。

2015年10月3日凌晨，于北京清河居

文本还是人本：如何做诗歌的细读批评

在英美人发明“细读批评”之前，似乎从来不存在一种单从文本出发的阐释工作。但细察中国文学批评史，我们的先人似乎早已有一种类似的实践。而且就“批”与“评”而言，在中国人这里，是产生于读者与文本及作者的一种“对话”，常穿插于行文之中，原书之内，行间为批，文末为评。此早见于各家经史子集的注疏，仅就《史记》版本而言，正文间就同时穿插了“集解”“正义”“索隐”等内容，文末还有作者自己的评论，“太史公曰”云云，读其文可谓有种类似“复调”和“解构主义情境”的体验。在文学领域，则盛于明清之际的小说批评。如张竹坡批评《金瓶梅》，李卓吾批评《忠义水浒传》，毛宗岗批评《三国演义》，至于《红楼梦》的批评，则更是产生出了一门让人望而头晕的“红学”。批评文字的掺入，使这些小说都变成了“双重文本”，彼此构成一种“中国式的解构主义”实践。在诗歌领域，我们的先人也同样有很多精细的做法，历代选家的各种归纳和分类，诗家所作繁多的“诗话”，都有细读功夫在其中。然诗歌与小说终究不同，很多阐释并不求达诂。从孔夫子的“诗三百，一言以蔽之，曰，思无邪”开始，就很有些刻意地语焉不详——明明有很多需要阐释的复杂含义，有许多“无意识”的、身体的、力比多和性的隐喻闪烁其中，却偏要说“思无邪”。还有王国维式的那些感悟之说，“有我之境”与“无我之境”的体味，古今成大事者之“三重境界”云云，都是越过逻辑直奔真理的讨论，而并不刻意体现字里行间的“细读”功夫。

细观两种批评，英美的“新批评”强调的是唯文本论，不准备考虑作者的因素，而只探察“文本”本身的技术与含义。但在中国古人的批评观里，首要强调“人本”的意义，从孟夫子的“知人论世”，到司马迁的“悲其志，想见其为人也”，历代的读书人无不强调这种读其诗书，设想其人格境界的“人本”立场。而这也正是笔者早在十多年前即试图诠释的“上帝的诗学”之理由与缘起。所谓上帝的诗学，实在是一种极言之的借喻，是“生命本体论的诗学观”的一种说法。即，对文本的认知，应该基于对写作者生命人格实践的探知与理解。这就像“上帝”——或者造化与命运法则本身——所持的公平，赋予了写作者多少痛苦与磨难，就会在文本中还其以多少感人的力量与质地。而这也正应了中国人“文章憎命达，诗穷而后工”的理解，从司马迁所说的“屈原放逐，遂有离骚；左丘失明，厥有国语”的“发愤著书”，到杜甫怀想李白时所叹的“文章憎命达，魑魅喜人过”，从韩愈的“不平则鸣”，到欧阳修的“穷而后工”，都是近乎这种生命本体论的诗学观的典范论述。

而此种理解，在雅斯贝斯的哲学中也得到了类似的阐述，他在推崇荷尔德林等作家时曾解释道，伟大作家“是特定状况中历史一次性的生存”，“伟大的作品，是毁灭自己于作品之中，毁灭自己于深渊之中的一次性写作”。他列举了西方文艺复兴以来的米开朗琪罗、荷尔德林和凡·高，认为他们都是此种类型的创造者。从人格上说，他们要么是一些失败者，要么是一些“伟大的精神病患者”。在所有伟大的诗人中，“只有歌德是一个例外”，只有他成功地躲过了深渊和毁灭。这些说法与司马迁以来的人本主义文学观可谓是相似或神和的。当代的海子也表达了近似的观点，他说，“伟大诗歌是主体人类突入原始性力量的一次性诗歌行动”。这种不可复制的一次性，指的也是文本与人本的合一，生命人格实践对作品的见证。“我必将失败，但诗歌本身以太阳必将胜利。”在他的堪称“小《离骚》”的抒情诗篇《祖国（或以梦为马)》中，他甚至还做了这样骄傲的预言。

某种意义上可以说，海子这样的诗人，正是“上帝的诗学”或“生命本体论诗学”的最经典的例证。

因此，我所推崇的“细读”，说到底并非是一种“唯文本论”的技术主义的解析或赏读，而更多的是试图在诗与人之间寻找一种互证，一种内在的阐释关系。唯其如此，才能真正接近于一种“文学是人学”的理解。窃以为“新批评派”带给诗歌批评的最有价值的部分，正是一种专业化的意识，一套可操作性的范畴与方法，以及将文本的内部凸显出来的自觉。但如果真的脱离人本的立场，以纯然的技术主义态度来进入诗歌，在我看来恰恰是舍本求末的，绝非是诗歌研究和文学批评的正途，更谈不上是终极境界。因为从诗歌的角度看，也许从来就不存在一种与作者和人脱离了创造与互证关系的“纯文本”，从来就不存在一种单纯作为技术和知识的非审美范畴的诗歌阅读。假如是以“唯文本论”的态度来理解的话，我们永远也不会读懂海子的“我必将失败，但诗歌本身以太阳必将胜利”的含义，也不会读懂“屈原放逐，遂有离骚”的感慨抱负。即便是王国维所说的“无我之境”，也是抒情主人公的一种人格化的态度，一种超然物外的气度和风神的传达，是另一个“我”的呈现，而绝非没有主体参与的修辞与语言游戏。因此，真正理想和诗意的批评，永远是具有人本立场和人文主义境地的批评。

这也应和了海德格尔的说法：“探讨语言意味着：恰恰不是把语言，而是把我们，带到语言之本质的位置那里，也即，聚集入大道之中。”（《在通向语言的途中》）这种“大道”显然是言与思的统一，人与文的同在。无论是从哲学和玄学的层面，还是从审美和批评实践的层面，都应该把诗歌阅读看作是一种人与文同在的活动。

当然也有不同的理解——史蒂文斯就说："一首诗未必释放一种意义，正如世上大多数事物并不释放意义。"该怎样理解这样的说法呢？其实也并不难领会，"泛意义化"的诗歌阐释，也如汉代的腐儒们总爱将诗意解释为所谓的后妃之德，其实是违背了夫子的立场和观点，是一种可笑的"过度阐释"。夫子所说的"事父""事君"与"兴观群怨"的诸种意义之外，还有"多识于草木鸟兽之名"的游戏或知识的功能，用今天的话说，即"并不一定是有意义的，然而是有意思的"。这自然也是诗歌的应有之意。所以，人本主义的理解和批评，也并不意味着一切皆意义化甚至道德化，而应该也像人并不总是着眼于意义一样，还应该考虑到各种趣味的合理性。正如王国维讨论"'红杏枝头春意闹'，著一'闹'字而境界全出……"一样，在意义之外，还有一个"趣"字，"趣"也是人的情味与欲求所在，可以见出主人公的人格形貌与风度修为。对真正现代批评观念的理解，是不应该排除这些内涵的。

因此，对诗歌"总体化"和"人格化"的理解，并不意味着随时将文本大而化之地、笼统和搪塞地予以简单化的处置，通过"将主体神化"而将文本束之高阁，以推诿自己的低能和懒惰。而恰恰应该把诗歌的各种功能与处境，各种不同的范畴和价值，予以多向和多元地解释出来，甚至把无意识的内容也离析出来，这才是真正精细的批评工作。海德格尔并不广泛和通行的诗歌批评之所以充满魅力和"魔性"，就是他随时能够将诗句升华为形而上学的思辨和冥想，又随时能够将哲学的玄思迅速还原为感性的语句的例证。王国维也是这样，他总是能够从少许的诗句中提炼出精妙的见地，使之由单个的案例生成为一般的原理，给人以深远而长久的启示。他的那些概括总是能够以少胜多，直奔真理。

有没有一种“总体性意义上的诗歌”？当我们说“诗歌”的时候，其实意味着在说形而上学意义上的，或者“总体”意义上的诗，这时我们说的不是具体的文本，而是由伟大作品或伟大诗人所标定的某种标准和高度，由他们所生发出的文本概念或规则。如果是从这样的意义上讨论的话，那么它是存在的。正如我们说“语言”，并不是在说某个具体的话语和言语，而是在说所有话语和言语的可能性，以及其存在的前提，是指全部语言的规则与先验性的存在。那么据此，我们再讨论“作为文本的诗歌”，即具体的作品，每一个具体的文本从一开始产生就面临着一种命定的处境——即与总体性的概念和规则之间的关系，这是我们讨论一首诗的前提。它的水准与品质、美感与价值的认定，无不是在这样的一种关系中来辨析和认定的。

在“总体性文本”之外，还会涉及“作为人本的文本”，即从一个诗人的整体性的角度来考量诗歌，因为一个具体的文本与它的作者之间的关系是必须要考量的，这其中包含了复杂的“互文”关系：单个文本与其他文本之间的关系，单个文本与该位诗人的全部文本之间的互文关系，单个文本与诗人的生命人格实践之间的见证关系，这三者都须要考虑在内。比如，假定我们没有读过海子的长诗，假定我们不了解他悲剧性的生命人格实践，就不可能会理解他的《祖国（或以梦为马）》这样的诗篇，为什么会使用了如此“伟大的语言”，也不会真正理解它的境界与意义；假如我们对于食指的悲剧性人生毫不知情，那么也不会读懂他的《相信未来》这类作品中所真正生发的历史的和人格化的感人内涵。

我当然没有必要再度将“文本”和“细读”的问题玄学化，绕来绕去将读者引到五里雾中。只是说，作为文本会有不同的处理层次，我们的细读必然要时时将总体性的思考与单个文本或诗句的讨论建立联系，就像海德格尔和王国维所做的那样。当他们谈论一首甚至一句诗歌，无不是在谈论总体意义上的诗歌；反之亦然，当他们谈论总体性的玄学意义上的诗歌的时候，又无不是迅速地落在一句或一首诗歌的感性存在之上。我认为这才是最有意义且最迷人的讨论。我虽然尚没有自信说自己也做到了这一点，但是自觉不自觉地，在朝向这种方向和方式努力。

去岁，我偶然读到一位四川的青年诗人白鹤林的一首《诗歌论》，这种作品在现今其实并不十分罕见，许多诗人都有“元写作”的实践，即在一首诗中加入关于诗歌写作的问题的思考。但这首诗给我的启示似乎格外敏感和心有戚戚，所以我忍不住还是在这里再引用一下其中的几句：

难道诗歌真能预示，我们的人生际遇
或命运？又或者，正是现实世界
早先写就了我们全部的诗句？
我脑际浮现那老人满头的银丝，
像一场最高虚构的雪，落在现实主义
夜晚的灯前。我独自冥想——
诗歌，不正是诗人执意去背负的
那古老或虚妄之物，或我们自身的命运？
…………

难怪海德格尔动辄会无头无尾地引述一两句诗，来表述、代替或跳过他紧张而中断的哲学逻辑，因为诗歌确实有比哲学更靠近真理、更便捷地通向真理的可能。在这首诗中，写作者揭示出许多用逻辑推论都难以说得清楚的道理。比如：诗歌与人生的必然的交集与印证关系；真正的诗歌都充满了“先验”意味，仿佛早已存在一样；诗歌作为生命的结晶，可谓既是“纯粹现实的”，又是“最高虚构的”；诗歌是此在之物，但又是古老的和历史的虚无与虚妄之物；而这一切就是诗人注定无法改换的处境和命运……

这样的“细读”当然会变得十分多余。但有一点，看起来无用或多余的文字，与诗歌的充满灵悟与神性的文字的交集，还是会生发出一些必要的东西。就如白鹤林在史蒂文斯的诗句上衍生出了这段神来之笔的文字一样，我们的细读，或许还是会在多余与无用的碰撞中生发出迷人的新意。

与一场自然的细雨一样，文字的作用同样是这样一种充满偶然与相遇的神奇境遇。在这春日迷蒙的夜色之中，那些冥冥中的幽灵，语义或意象的游魂，文字和诗意的鬼魅，都不自觉地出笼了。远在大洋彼岸的一位从未相识也不可能相识的诗人，就在这夜雨中复活，她的诗句也变成了无边的细雨和水滴，在这夜色中游荡并且召唤。

天空下着有气无力的水滴
这死亡的姐妹，这痛苦地下来的
致命的水滴，难道你们还能
再沉睡？……

这是米斯特拉尔的《细雨》中的句子，她已谢世多年了，但读这样的诗歌有近在眼前的幻觉。透过句子我们仿佛看到一个犹疑的灵魂，一个在细雨中忧伤又生发着灵感的人的徘徊。以永恒诗歌的名义，她在召唤着古往今来的一切幽灵和我们。此时此刻，仿佛杜甫的春夜之雨，又仿佛杜牧的南国烟雨、韩愈的天街小雨，或是戴望舒的丁香之雨、顾城的灰暗之雨，它们俱各还魂复活，彼此交集。但这雨中最显眼的，仍然是它们的主人的身影。

一切似乎越来越言不及义。我想我将这当作一种启示和比喻，是想借以说明什么是诗歌和细读，它们与什么有关，怎样才能使两者走近，获得意义。我确信我说清楚了，但也知道又近乎什么也没有说。

2016年春日午夜，于北京清河居

为何要谈论当代诗歌的民间文化地理

——关于《中国当代民间诗歌地理》[1]所引发的话题

这是起始于柏格森还是更早的时候？空间在以往被当作是僵死的、刻板的、非辩证和静止的东西；相反时间却是丰富的、多产的、有生命的、辩证的……十九世纪沉湎于历史。[2]

——米歇尔·福柯

大约2004年初，笔者应《上海文学》当时的副主编杨斌华先生的邀请，为其筹划一个诗歌专栏。考虑到那时适逢新世纪之初，民间诗歌运动大有波澜再起之势，各地出现了众多依托网站或民刊的民间性诗歌群落，且在文化与美学上呈现出显著的差异性与丰富性，我以为有必要对这些群落的样貌有一个粗线条的勾勒和初步的反映，遂取题“当代诗歌的民间版图”，为其选择了二十余家活跃于当时的民间诗歌群落予以介绍，内容包括其活动简史、主要成员的新作，同时每期配发一个随笔式的简评。该栏目持续两年后，因基

① 张清华主编：《中国当代民间诗歌地理》（上、下），东方出版社2015年版。

② 福柯：《地理学中的问题》，转引自爱德华·W.苏贾：《后现代地理学》，王文斌译，商务印书馆2004年版，第15页。

本达到目的而告终结。

之后在2006年初，时为春风文艺出版社社长的韩忠良先生当面邀约，要我将该栏目发表的内容结集出版。我考虑到如果要成书，简单化地汇编处理，其文献意义不大，因为一则内容不全，未能详细介绍民刊活动历史、各主要成员的代表作，以及代表性言论与诗歌观念等，二则收入的群落数量也有较大缺漏，所以尚不能反映中国当代民间诗歌群落的全貌，因此我主张重起炉灶，在搜集更多材料的基础上，编一部更有代表性、更全面和更有文献价值的书稿。

这无疑是给自己找了一个难题，之后的工作可谓旷日持久，因为涉及大量的人员联络工作，资料的搜集与选择整理也至为复沓琐碎，故一直到2008年底，经历近三年时间，其间还蒙张德明博士的协助——彼时他恰好随我做博士后研究，才最终完成了书稿。2009年秋该书基本完成了编校，其临时做好的“样书”甚至已经参加了当年的法兰克福书展，正准备付梓之际，却又因为一个意外而搁浅。之后，出版计划夭折，历经数载辛苦居然功亏一篑所导致的沮丧之情，甚至使我产生了一种“选择性遗忘”的病态心理，将之作为“精神创伤”而尘封，不愿再提起。拖至2014年，才忽有冲动要重新找一家出版社将之面世，以慰众多与此书有关的诗人和朋友们的关注关爱之意。

以上就是《中国当代民间诗歌地理》一书的诞生小史。之所以要花费笔墨来交代这个历史，是希图说明“中国当代民间诗歌地理”这一学术话题的一个背景简史，因为近年来已逐渐有很多同行和友人在谈论此类话题，或从事相关研究，笔者在此提及此书的前因后果，亦非属临时起意，而是有年深日久的来龙去脉。

我们为什么要谈论“当代诗歌的民间文化地理”的问题？这显然还是一个必须要回答的命题。其实，早在2010年该书出版之前，笔者就已将其序言稍加修改发表在《文艺研究》上了，文章取题为《当代诗歌的地方美学与地域意识形态——从文化地理视角的考察》[1]，该文就为什么要从文化地理的角度谈论当代诗歌，当代诗歌的地域文化特征的历史流变，当代诗歌中的“地域意识形态”的特质，以及在文化地理属性影响和规定下的地域美学等问题，都做了梳理。如今看来，这些梳理仍然有效，但“为什么要谈论这一话题”，仍是我必须回答的。

正如我在文前所引的福柯的质询与追问，我们谈论该话题的起点，其实针对的是一个时间的“神话”和“政治”[2]。“沉湎历史”的其实何止十九世纪？二十世纪才真正堪称登峰造极。而且关键的是，一切还都遵从了一个“进步论”的价值模具，以此来铸造一切历史的叙述，连文学的历史也不得不与社会历史一样，被构造为由资产阶级文学，到无产阶级文学的进化。即使不是从政治的角度，按照另一套“先锋派”的话语体系来评估和描述，也仍是一种时间构造的叙事，正如英国人彼得·奥斯本所一针见血地指出的，“‘现代性’和‘后现代性’、‘现代主义’和‘后现代主义’以及‘先锋’都是历史的范畴，它们是在理解历史整体的水平上建构而成的”，或者说，它们是一种将“历史总体化”的方式和结果，是一种“与这些时间化相关联的……历史认识论”，因而也是一种“特定的时间的政治”。“现代主义和后现代主义——与保守主义、传统主义和反动一样——侵入了时间的政治的领域”[3]。奥斯本一针见血地揭示了“现代性”作为一种“价值虚构”，所体现的西方社会的文化霸权与统治力量，也指出了这种评判方式对于现代人类的深刻影响，包括对于文学、文学史观、文学创作的不容置疑的价值规定性。

---

① 张清华：《当代诗歌的地方美学与地域意识形态——从文化地理视角的观察》，《文艺研究》2010年第10期。

② 参阅彼得·奥斯本：《时间的政治——现代性与先锋》，王志宏译，商务印书馆2004年版；唐晓渡：《时间神话的终结》，《文艺争鸣》1995年第1期。

③ 彼得·奥斯本：《时间的政治——现代性与先锋》，王志宏译，商务印书馆2004年版，第3～4页。

很显然，从空间与地理的角度谈论文学，与从时间和历史的角度谈论是不一样的。前者通常并不企图在多个文学现象或文本间建立“历史的”逻辑关系，即甲影响或派生了乙，或者反之乙“发展”了甲，实现了甲的变革云云，所有文本之间并不具备时间序列上的必然联系。中国古代的“文学总体性”的建立，其最早的模型是孔夫子对《诗经》的删定，其格局显然不曾看重时间因素的重要性，虽然其产生的时间可能横亘数百年的差距；相反是正面展开了其空间的“地理构造”，如“十五国风”的编排，其实就是体现了一种文学分布的“地域意识形态”。很显然，每一国风的内容与风格都是有所侧重和差异的，会体现其风俗与文化的不同，音调与语言的微妙差别。所谓“恶郑声，郑声淫”之类，自然也是对地域性的强调和凸显方式。其“修辞的总体性”当然是十分广阔而浩大的，是一个几近无限丰富的效果，却未曾有一个“文学史”的想象在其中，与某种格局的时间模型几无干系。

其后历代的文学经典或诗歌总集，多是以夫子为范例的。南朝梁太子萧统所编的《昭明文选》，其同代徐陵所编的《玉台新咏》，南齐钟嵘所编的《诗品》，宋人郭茂倩的《乐府诗集》，直至清人沈德潜编纂的《唐诗别裁集》，以及吴楚材、吴调侯所编的《古文观止》，等等，都是“以人为本”或以风格品级为界的选择，即便以文出的朝代为序，也不曾在时间链条上建立太多联系性；即便有，也是强调了“复古”的合法性，而从不以“进步论”来观之，更不会以某种固化的历史逻辑来予以阐释。这是我们必须要意识到的。

进步论起自何时？当然是起自近代中国人“睁了眼睛看世界”之时，是西方人近代以来的时间观与历史观所赐。这当然没有错，进步论赋予中国人基本的现代观念，开启了近代中国启蒙主义的历史进程，但也在中国人的思维中种下了根深蒂固的观念，就是用“时间价值”的眼光看待衡量一切，包括文学和诗。然而殊不知，作为一种“时间政治”的进步历史观，恰恰又是来自现代地理学意义上的空间知识的获得。正如黑格尔所说："世界的新与旧，新世界这个名称之所以发生，是因为美洲和澳洲都是在晚近才给我们知道的。"[①]现代性在西方的自觉，实际上是空间意义上的地理大发现的产物。无独有偶，近代中国人的现代性观念的生成，也是由于林则徐主持编译的《四洲志》和魏源的《海国图志》等近代地理学著作的出现——在《山海经》这样的古代"神话地理学"基础上，当然不可能产生出"进步论"价值与现代历史观。某种意义上，是先有了现代地理学意义上的新视野之后，中国人才意识到，我们的国家并非是亘古不变的"天下"的"中央之国"，世界上还有比我们更先进和更合理的文明。因此才会出现严复的《原强》中所表达的那种"宗天演之术，以大阐人伦治化之事"的社会进化论思想，以及邹容的《革命军》中所说的"革命者，天演之公例也，世界之公理也"的革命逻辑。很显然，无论是进步论还是革命理论，其真正来源都是近代中国人在地理学上的自觉。

这也就可以反过来进行反思：为什么我们从现代的地理学上得以启蒙，却以单一时间维度的价值观屏蔽了空间意义上的地理观？而且还病态地坚持了一种简单化的观点，即，将来一定好于现在，现在一定胜于过去。在文学史中必定要建立一个从"低级向高级"的成长逻辑，或者改头换面，由政治的模型，改装为技术的或美学的模型，即"新"一定胜于"旧"，"现代"一定好于"传统"。综观二十世纪七十年代末以来的当代诗歌，我们确实是以这样一个逻辑来建立文化与审美价值逻辑的，"新的就是好的"逐渐成为所有人的共识，从"朦胧诗"到"新生代"，从"九十年代诗歌"到"新世纪"，这个轨迹确乎在一定程度上反映着当代诗歌的进步道路。我个人也从不反对这样一个价值逻辑，因为当代诗歌为了从意识形态的

① 黑格尔：《历史哲学》，王造时译，上海世纪出版集团、上海书店出版社2001年版，第83页。

藩篱中解放出来，曾有多少人付出了多少血的代价，这个进步论的历史模型是不可以轻易怀疑和动摇的。但另一方面，我们又必须看到，一维的和简单化的时间构造，也同样会遮蔽历史本身的丰富性，遮蔽和压抑每一时期诗歌生长的可能性。假如我们一味被时间意义上的变革逻辑所攫持，也会发现我们的诗歌本身其实已经“走到了尽头”，有了一种山穷水尽的感觉，曾经有效和充满反叛意义的先锋写作在上述逻辑的促动和逼迫下，已变成了仅具有标志意义的“极端写作”，虽然有人声称可以“先锋到死”，但再往前走似乎已经没有路了。

显然，从写作的角度看，进步论造成了一个价值陷阱，即一个并不总是有效的逻辑，因为异端并不总是有意义的，原先代表变革与希望的先锋写作在今天差不多已“异化”为另外一种东西，即除非维持“非诗”和“反诗”化的策略，否则便无法保持其“先锋性”，这样的写作如果成为常态，便成了一个问题；与此相反的另一种趋势，是不得不蜕变为一种“中产阶级趣味”的复制与仿造品，两者都走向了先锋艺术的反面，也如哈贝马斯所说，现代主义与先锋派已经走到了尽头，耗尽了现代性本身的推力。关于这样一个演化和蜕变的线索，笔者已在《先锋的终结与幻化——关于近三十年文学演变的一个视角》一文中做了较详细的梳理，这里不拟展开。我的意思是说，我们要对写作本身的价值陷阱做出反思，需要借助另一个价值维度，这个维度便是非时间性的“文化地理”——引领写作者更重视自己的空间背景，或者至少可以少一些“时间焦虑”，多一些万古不变的看法。在我们的新诗百年节点到来之际，在经历了走马灯式的兵荒马乱的变革之后，多一些静水流深的开掘和潜滋暗长的化育，或许是更有意义的。

再者，从研究者与诗歌批评的角度看也同样值得反思，某种意义上，与写作者一样，当代诗歌的研究与批评被现代性价值逻辑所推动甚至绑架，与现代主义的时间政治之间，是有着密不可分的关系的。在刘勰那里，“时运交移，质文代变”，虽然也隐约包含了一个“时代观”，但只是表明他对于文学与诗歌的观照是因时而变的，并没有为时运交移设定价值上的抑扬依据。“新时期”以来，尽管我们为重建现代性价值不懈奋斗，挣脱了政治学意义上的进步论的价值陷阱，但不知不觉也重新设定了另一个困境——因为“现代性”与“先锋”也同样是一种“时间政治”。基于此，研究者已习惯于用过于简单的方式，用那些在文学史上“刻下痕迹”的现象来构造文学史的框架，而对于诗歌运动内部的复杂性以及并置意义上的众多文本现象视而不见，或失去了处理能力。尤其对于其艺术上的复杂性，更是缺少悉心的辨识与有说服力的分析。所见文学史和诗歌史式的描述，大抵近似，就是这一简单化处置方式与逻辑的表现。

有没有可能构建一个“非单一进步论视角的”当代诗歌史，或者不依赖于单一时间叙事的当代诗歌史呢？我以为是值得我们思考和努力的。或者即便一时没有，那么替代性的方式也会具有意义，从这个意义上说，《中国当代民间诗歌地理》便是一种探索，一种建构的尝试，其中时间的谱系感并非全然缺席，但更重要的是一种共时性的展开，相比时间构造的和进步论逻辑的诗歌史文本，它可能更有利于呈现当代诗歌的复杂性与共生性的特征，更有利于读者观赏文本的丰富性，而不是随之将之简单化地判断和予以“知识化”的认知。虽然这种总体性的努力还不完整，但至少，它是一种建立对照性和反思性文本的尝试。

这种反思在我看来，还有一种强烈的“隐喻性”，民间诗歌地理构想的提出，就像二十世纪九十年代初期陈思和的“民间性”或“民间文化”这些概念的提出一样，是有其清晰的针对性的，它是对于某种中心论观念与种种权力固化秩序的反抗的隐喻。这个隐喻的意义究竟有多大，每个人可能会有自己的判断，但在今天看来，它之于当代中国社会的三种文化元素——即权力文化、知识分子文化与民间文化——的构造与互动关系的巧妙指涉，对于二十世纪九十年代初期精英写作的合法性的重建，给出了必不可少的和关键性的支持。很明显，“民间”的意义从来都不限于其自身，而是政治与知识分子都从未放弃的合法依托，因此这个隐喻有可能是政治意义上的，有可能是文化意义上的，只有在最低限度上才是文本意义上的。在二十世纪九十年代初期到中期的历史情境中，民间其实就意味着对于权力固化秩序的反抗，意味着对于精英文学思想与潮流的一种合法护卫与道义援助。

另一方面，在笔者看来，现代性还有一个很重要的法则，即在时间派生的价值之外，同时还应有一个“民主化的价值标尺”，这个价值类似于丹尼尔·贝尔所说的“天才的民主化”，它有天赋的合理性，当然也意味着一种蜕变和丧失。即从先锋文学运动、从现代派到后现代主义的一种转折，就像凡·高，或是某位现代主义的大师，由最初的无限孤独到最后生成为一种“制度化的美学风格”，成为一种消费品一样。丹尼尔·贝尔把这个过程描述为先锋文学的没落和“中产阶级趣味”的弥漫。我最近写了一篇文章谈论“先锋的终结与幻化”的话题，主要逻辑也是从他的观点生发出来的：对于先锋艺术的接受与认同，也意味着其思想价值与反抗意义的最终丧失——它变成一种中产阶级客厅里的观赏物与消费品，而不再是一种孤独的艺术创造。这就是由先锋艺术到中产趣味的一个必然降解。在我看来，某些为了保持其先锋性的写作者，不得不将写作转化为一种“极端文本”，变为德里达所说的“文学行动”，即单纯靠文本已经没有价值，而必须要靠同时存在的一种“行动”，才会建立其意义关系，尤其是靠人格范型的分裂性、自我贬谪意味等，来维持其讽喻意义。这自然是另外一个问题了。民间的隐喻性显然十分丰富，我们在这里主要是强调其对制度性的反思和反抗因素来加以肯定的。

最后一点，是“诗歌民间文化地理”的本体性意义。各位刚才的谈论非常重要，西川兄所警惕的“伪地方性”，或是欧阳江河先生谈到的“被全球化惯坏的地方性”，或者“被地方性装饰过的一种所谓的全球化”，等等，我们确实要设置这样一些反思的前提，但在此前提之下，还是需要做本体性的研究。在今天，地方性问题我个人认为还是存在的——哪怕是有局限的、被扭曲或者放大了的地方性。比如北京的写作整体上与广东的写作，确实是有较大差异的——我们在理解个体性的同时，也不可能完全回避“地方性的总体性”这样一个问题，尽管当我们谈论时必须要有限制性的前提。广东作为“世界工厂”的那种极端性，其两极分化导致的那种作为底层人物或打工角色的写作，“天高皇帝远”式的形形色色的实验写作，还有他们无限具体与丰富的地域场景，与北京作为首都的敏感的文化氛围，强大的信息与观念资源等所支配的写作之间，都是很不一样的；还有上海的写作和大西南的写作，那几乎是不可同日而语的；在杭州生存的诗歌群落，包括像“北回归线”群体的那种纤细、唯美与颓废的写作，同西部的某种地域性的存在也一定是不一样的。当然我们也不能把这些东西无限夸大，但是我觉得这些现象的认真研究和梳理也还是有必要的。一旦这些“非时间性”的特征被我们所注意和察觉，我们原来的文本判断中便会出现一些新的维度，关于当代诗歌以及整个新诗的经典化的工作也会出现新的视点与看法，原有的谱系与标准便会产生一定的改变，更多的有意义和有意思的文本便会被挖掘出来。一句话，整个新诗与当代诗歌的历史与经典的构成，便会有新的景观。

以上便是我对于“诗歌文化地理”这一话题的一些浅见。地理维度当然也不可能解决一切问题，但它可以补足时间维度所带来的弊病和欠缺，可以给我们的研究提供新的视点和动力，也会大大减少我们的价值困境与美学焦虑。

“先锋的蝙蝠把我们引向黑暗”

——从《燃烧的麦穗》看当代维吾尔族诗人的创作

一

……先锋的蝙蝠把我们引向黑暗
愚昧的灯蛾把我们引向火焰
我们没有第三种选择在黑暗与火焰之间

在祖国遥远的大西北，在塔克拉玛干沙漠稀疏的绿洲中，我们看见这些燃烧的麦穗，跳荡在火一般的土地上，在夏夜的阵阵暖风中，发散着耀目的信念与精神之光，辉映着收获日的满月，以及一切生存的喜悦与悲伤。

这是帕尔哈提·吐尔逊的《木乃伊》中的诗句，它让我感到亲切而又陌生，震撼而又似乎颇有些茫然。作为一个只能通过汉语来感知他们的读者，我世居中原，即便蓄了黑白掺杂的须髯，也只是这些维吾尔族人遥远的异族兄弟，对他们的生活实在是向往而又陌生。甚至在五十余年的人生中我也只是去过一次北疆，而对天山南麓的那片壮美而辽阔的土地，只是远远地投去了一瞥。还有一次是访问阿拉伯世界的途中，从万米高空掠过。飞机从北京起飞，在将近五个小时之后才飞出了冰雪覆盖的帕米尔高原，飞出了祖国遥远的疆界。我知道，其中有很长的一段是经过南疆，那时我俯瞰到的，是白、黄、赭三种交错的颜色，白当然是雪山和冰川，黄无疑是沙漠，而赭石色的，大约就是无边的荒凉山峰与戈壁了。这就是我所知道的新疆，在一生的大多数经验里，我只能在地图上抚摸这片神奇的土地，去想象那里的人们的生活。

但是，书本和地图上的知识告诉我们，这里并非想象中一味的干燥与蛮荒之地，而是有来自雪峰融水的一条条河流，有河水孕育出的一个个绿洲，有高大的白杨树和葱绿的葡萄架，有金黄的麦地和各色瓜果……新疆之美，其物产之丰，文化之多姿多彩，远超人们的想象。特别是，这里还有古老的宗教与艺术、诗歌与乐舞的传统，作为丝绸之路的必经之地，在他们长达千年的文学流脉中，断续产生了大量的史诗、抒情诗、宗教文学与民间故事，涌现了诸如喀拉汗时期的马合木德·喀什噶里、尤素甫·哈斯·哈吉甫、艾哈买提·尤格纳克、艾哈买提·雅萨惟，以及察合台王朝的拉布乌孜、阿塔依、赛喀克、鲁提菲和纳瓦依等作家与诗人。在当代，则又有尼米希依提、艾里坎木、铁依甫江、克里木·霍加等众多老一辈的诗人，其影响可谓广远而重要。

就有限的知识而言，我大体知道维吾尔这个古老的民族，其文学中有很多元素，比如崇尚正直和谦逊，比如喜爱幽默与智慧，比如在叙事中喜欢渲染的道德训诫与惩恶扬善之类的主题，还有在抒情中常常刻意注入的华美修辞和语势的一唱三叹……这些当然都是固有的西域风尚，有很多来自阿拉伯文学和古波斯文学的影响痕迹，并不是我个人的什么独到的认识。但当我读到这些作品——这些以“当代维吾尔族先锋诗歌”自认的作品的时候，可谓真切地感受到了他们的“新生”，因为其视野已经远不止于本土、地域，自身的古老传统，而是以世界，以当代的诗歌思维与广阔的文化视野来展开其写作的。而且这个群体是如此之大，其写作的视野与水准，风格的陌生与新奇，内容上的深度与广度，都可以与任何一个当代族群的写作媲美和争雄。

二

但即便如此，我还是首先看到了其古老和内在的东西。这是西域固有的广阔的自然神性的所在，即它与生俱来的精神性、信仰与宗教感。作为世代的伊斯兰信徒，我发现他们的兴趣其实并不只是限于本族教义，对于基督教、佛教、世界各地的文化也十分关注。在他们的诗歌中常引用大量的佛学掌故，或是与《圣经》有关的内容。像开篇诗人艾尔肯的《蛇颂》，便引用了撒旦化身为蛇引诱亚当和夏娃的故事，来讲述人性之罪与罚、世界的善与恶，讲述这一切的纠结与共生、混杂而互悖的关系。这当然是一个非常有哲学性的命题，但诗人没有将之处理为简单的善恶二元道德命题，而是还原了其固有的复杂性，甚至对蛇的处境以无意识的方式给予了悲悯的理解——

蛇是肉体
或者是一个器官——肉体的一部分
而它不愿以无花果树叶为衣
因此在阿丹前感到羞愧
就离开他隐居起来

阿丹即亚当，这样的处理使得问题变得晦暗和复杂起来，也就达到了其作为“先锋诗歌”所独具的意义，即，诗歌本不是为了呈现判断和结论，而是为了展开人性与生命世界内部的景观。

我自然无法全面准确地把握住这部诗集中丰富的思想与内涵，只是朦胧地感到，他们是如此喜欢写黑夜、梦境、内心的纠结与斗争，写到文明的悖谬，固有人性与现代世界之间的冲突。比如女诗人阿依库提的《飞蛾无火可扑》便是如此感人，在被现代化笼罩一切的都市中，甚至没有给投火的飞蛾准备下牺牲的条件，因为人们所用的都是电灯。“城市里没有火／飞蛾远远地燃烧在火焰之外／罪恶的灯／以虚假的光欺骗它／飞蛾围着灯泡飞／飞呀飞，直到突然累死／无火的城市／无爱的城市/没有火可以赠予飞蛾／没有心可以付出爱／便宜的许诺……”一个简单的物质化问题，居然被诗人升华到这样一种文明悖谬的高度，且将置于绝地的飞蛾的形象刻画得如此悲伤和感人。

如同阿拉伯世界普遍崇尚的“新月”一样，维吾尔族诗人也都喜爱且善写黑夜，甚至宣称“种植黑夜”（夏依甫·沙拉木《种植夜晚者说》），猜想其中原因，或许是与这里白天过于炽烈酷虐的阳光有关。在历经白天的暴晒之后，夜晚的凉风与安谧会带来无限的慰藉；当然，也会有冬日漫长而寒冷的黑夜，他们也会因之对黑夜有本能的恐惧与厌弃。也正是因了这样复杂的缘由，他们赋予了黑夜太多东西，悲欢离合与爱恨情仇，似乎都与之有扯不清的瓜葛，这些最终又都化为了“梦”——我也注意到，维吾尔族诗人们是如此喜爱写梦。但他们并不沉湎于梦境的无意识或欲望的渲染之中，而是喜欢以哲理将之搁置。

比如在夏依甫·沙拉木的《梦之叶》中有这样的句子：

凿出了一千个房屋，但没有凿出一个梦
一千个王宫倒塌了，但没有一个梦倒塌

足以成为万古传诵的格言了。虽说是虚幻的东西，却比实在的东西还要难得；尽管容易消散，却比王权和一切实有的东西都更加坚韧。这便是精神的作用与梦的力量。

三

崭新和宽广的世界视野，是每个民族的先锋诗人共有的属性。如同二十世纪八十年代中国的汉语写作一样，我看到，当代维吾尔族先锋诗歌的原初实验也差不多始于同一个年代。他们在二十世纪九十年代所写下的作品已然相当成熟。在他们的作品中，我们会看到与博尔赫斯的对话，嗅到埃里蒂斯笔下的疯狂的石榴的气息，看到对卡夫卡的理解与冥想，甚至与中世纪法国神秘的预言家诺查丹玛斯的唱酬……可见这些与当代中国的汉语写作之间，并无丝毫的不同，从视野与方法的意义看，也已无限接近当代世界诗歌的潮流。

在艾尔肯·努尔的《老虎进屋》中，诗人用了近乎博尔赫斯式的幻觉，来描述一位美女子富有“杀伤力”的容貌与眼神，从而生动地记下了这灾难性的一刻：“我的末日之交哇／你多么像美女子的贼眼／仿佛即使那眼睛多么恐怖／而一个男子被它们迷住／于是他祈求上帝让它们更加恐怖一样／但愿这恐惧更加凶猛／而你带来的恐惧／令我欣喜若狂……”这是被丘比特之箭射中的一刻，以近乎死定的预感，来设想这场将死去活来玉石俱焚的爱情。我无法不被这样的修辞所震撼，因为没有什么比“末日”和“恐怖”一类的字眼，比一只老虎闯进屋子这样的比喻，更能到位地形容爱情在主人公心里产生的震颤。甚至剩下的一切，都无须再写。

还有帕尔哈提·吐尔逊，他的诗仿佛是一部维吾尔族诗歌与西方诗歌，与文学的对话集。他写到了耶稣，写到了悉达多，从《圣经》到《吠陀》，从游方修士到苏菲教派，从预言家到苦修者，从卡夫卡到博尔赫斯……读他的诗歌我们能够看到，这一代维吾尔族诗人已然完全具备了与世界对话的能力。甚至从他自己的角度看，都可以用卡夫卡式的镜像与幻觉来解释世界与自身处境的互为转换，或者说，他与卡夫卡就是互为镜像的一对："我总能听到卡夫卡无声的呐喊……"在面对世界的荒诞与生命的痛苦之时，卡夫卡与佛祖一样，似乎都达到了相似的境界，对人间万象有了通透的认识。但"我"在这最后一步上尚有距离，虽已"出家"却仍无法"摆脱诱惑"，还需要向"超越自身成道"的佛祖学习，与他和卡夫卡那样抵达最终"精神开悟"的境界。

四

然而，与上述的一切相比，我更看重的还是语言与修辞。思想的、精神的、信仰的、哲学的，一切观念的东西固然重要，但最终都要成为诗；无论是先锋的还是传统的，本土的还是世界性的，都必须在语言与修辞的层面上落到实处，成为有魅力的诗歌。从这个角度看，我们也应该满怀着喜悦和钦敬，因为他们确实为我们呈现了成熟的诗歌技艺，呈现了饱满的语势与激荡的意绪，传达了奔放的韵律与音乐的节律。尤其，当读到这样的诗句的时候，我不能不为它的简练和传神而感到由衷折服——

她在行走。停下片刻
宛如一棵正在燃烧的小树

这是塔依尔·哈木提的《她》中的诗句。值得指出的是，这个译者也可谓是个十二分的高手，将一个有情人眼中的她，其神态与情境，点染得淋漓尽致，活脱脱映现在读者的眼前。

还有另一位吾吉麦麦提，他的一首《我的坟墓，让我挖得更深一些》，也可以看出类似的功夫，相比之下，他似乎更擅长世俗性主题的书写，日常生活的情态与人物的刻画显得精细而微妙。在这首表达内心忧郁与孤独的诗中，他用了至为简练的笔法，呈现了一个充满自虐冲动的形象：“我的坟墓，让我挖得更深一些／以免我的幽灵逃走……”还有另一首《我的心》，也同样具有格言式的精炼与结实：“如果要被钉死，我的心会被钉在太阳上／如果要萌芽，我的心会生根在黑暗中／／在我的头骨饮酒者，会成为帝王／披上我的皮肤者，会变成奴隶……”这种诗句往往比长篇大论的抒情或者说理更有效力，更能够精确地传达出内心的观念与真实。

当然，我还要避免因为喜欢上述短诗而忽略数量更为客观的长诗的成就。或许是古老的游吟与歌唱传统的作用，维吾尔族诗人喜欢写长诗，或是形制与体量稍大的抒情诗，这在现代诗中并不多见。通常汉语新诗中，写作者要么写长诗，要么写短诗，很少有百行以上的抒情诗的体制，但在维吾尔族先锋诗人的笔下，我们看到了非常之多的“长抒情诗”，这也可以看作他们在诗歌文体上的一个特色和贡献。我必须说，这些长篇抒情诗的笔力大都是饱满而酣畅的，是如同海子所说的出于“不得已”，而不是刻意的注水与拉长。

五

不知不觉已经写了太多，虽然不得要领且游移不定，但该说和能够说的话，差不多也尽在其中了。在最后我想说，我之所以不揣浅陋和无知，冒着风险答应青年诗人麦麦提敏来作这个序，是要表达一种态度，即对自我作为一个汉语书写者的“中心主义幻觉”的反省，通常我们会更多注意到国外的诗歌写作，但对兄弟民族语言的诗歌写作缺少应有的关注，这是不应该的。这不只是一个事关“民族团结”的政治命题，更是一个文学内部的命题，如果不能在各民族语言之间建立更有效的沟通与借鉴关系，我们所说的“中国诗歌”“当代新诗”等，充其量也只能是“汉语写作”而已，而不可能获得应有的广泛代表性。因此，我希望对于自己而言这是一个机会，通过研读维吾尔族先锋诗人的作品，可以稍稍打开我这方面过于封闭窄狭的视野。

最后，我想以帕尔哈提·吐尔逊的那首《燃烧的麦穗》中的诗句来结尾，因为它似乎是某种标志性的符号与象征，可以代表这个民族的一种期许，在语言与诗歌、精神与情感上的一种沟通的渴望：

我就是那个麦穗，天堂里也会痛苦地燃烧
在酷暑中也会冰冷地发抖
爱我吧，就像受虐狂
非理性的人群中对理性的渴望……

这也有似凡·高笔下的五月的麦地，像海子的高居于他的头顶的“绝望的麦子”，如不死的灵魂徘徊于他的墓地的麦子，都是对生命的歌赞和对世界的祈愿。

所有的诗人灵魂都是相同的。

2016年9月5日夜，于北京清河居

在空白的尽头或背后

——贾平凹《空白》阅读散记

一

“采采卷耳，不盈顷筐。嗟我怀人，置彼周行……”

三千年前的山野间站着的这位劳作中的少妇，因为思念她去往北地的男人，有些心不在焉，有点失魂落魄，有一搭没一搭地动作着。这是《周南·卷耳》中的诗句。“周行”，当然是去周地远行的意思，因为这是“周南”之地，所以笔者的理解是去往北方。此周南，大抵即是指周地之南或以南的地界，当然也包含了今日的陕南至江汉流域的诸地。这歌谣因某种“异域情调”，遂有了几分浪漫的气质。夫子在编纂《诗经》十五国风的时候，将之置顶，或许也是出于这样的趣味或考虑。

显然，夫子也喜爱浪漫的风格气质，虽然他不喜过于“饱和”式的表述——所谓“恶郑声，郑声淫”也。这个“淫”，自来不是淫荡之淫，而是过犹不及也，所以他说自己“好色而不淫”。《关雎》作为首篇，讲的即是从单相思，到执着求爱，再到敲锣打鼓迎娶新人的完整的爱情故事，风格缠绵而又直露。不管后代的宿儒怎样牵强附会，将其过度解释为什么“后妃之德”之类，可在夫子那里，则只可用三个字概括，曰，“思无邪”。自然，这些都是题外话，但溯源一下也是有用的，它会让我们隐约意识到，这周南之地，自古就有温婉而浪漫的民风、多情又率真的传统。

这大抵可以成为我们理解贾平凹，感知其文学风格与地域美学的一个背景。那些古商州的形形色色，那些传之久远的古老习俗，那些兼具南北地气的风物地理，还有他那既饶且丰、既朴拙沉实又华美纤细的个人风格，都可以找到一个遥远的回声。这不是生拉硬扯，有此神情酷似的诗句为证——

背着一把琴
我不知怎么歌唱
乐谱上没有一个音符了
线条起伏着是无数的沙梁……

这是他写于二十世纪八十年代之初的一首《北上（之二）》中的句子。与《卷耳》中的诗意是如此神似，只是吟咏者的性别置换了一下——由女换成了男，但表达的柔情与蜜意、思虑与忧伤是酷似的。“离开妻子，我穿过沙漠北上……”“你不要孤单，也不要忧伤，你的忧伤会添我无限彷徨……”主人公离乡远行，心中思念着妻子，步履踟蹰。与三千年前那位周南的少妇思念她北行的丈夫而心意缭乱、不思劳作，真是何其相似：

陟彼崔嵬，我马虺隤。我姑酌彼金罍，维以不永怀。
陟彼高冈，我马玄黄。我姑酌彼兕觥，维以不永伤……

不由我不生出这番拐弯抹角的联想。

二

从地图上看，平凹的出生之地，秦岭之南的商洛一带，就在《周南》和《召南》的诞生与流传之地中。今春三月，我有机会到商洛参加一个活动，随朋友一起顺道造访了这片传说中的土地。从长安驱车越秦岭，所见莽莽苍苍，皆为高山大野，山林间又值迎春怒放，桃花灿烂，一路上几个人除了感慨叹息，只瞠目无言。仿佛穿越千年梦回大唐，与王孟与李杜同游故国。车子在丹凤境内下了高速，拐了几个弯，便来到闻名遐迩的棣花镇。这棣花镇的“棣花”，也让人不由得想到《召南》中的《何彼襛矣》，还有《小雅》中的《鹿鸣之什》，两篇都以棣花起始，前者感叹“何彼襛矣，唐棣之华”，后者咏唱“棠棣之华，鄂不韡韡”，语句如出一辙，都是在感叹棣花之美艳和繁盛。料想这棣花镇的名字，也必有此一番来历。或许三千年前那个少见多怪的人路经此地，也会与我们一样目瞪口呆，只是他在一番叹息之后，脱口而出留下了这诗句。

我们却没有看到诗中所述那古意浓郁的棠棣。或许是花期未到，或是早已开败了也未可知，但见粉色的桃花，鹅黄的迎春，如梦的柳烟，也让我们不由得又一番大呼小叫。这村落哪似一般的山野乡下，分明是前世的梦中之地，藏于秦岭和大巴山深处的桃花源。又恰似一座南国小镇，历经千年的劫后遗存。这地方的古老与奇异，庄严与精巧，可谓将周南的古朴与楚汉的流韵融于一体了。虽是历经重建与修葺，多了些今人的点缀与装饰，但那葱绿的笔架山，村前碧澈的溪水，硕大的二郎神庙，不远处虽已残损却还气势巍峨的魁星楼……都印证着地灵与物华的种种说法。

说这些当然不是为了神化接下来要说的这个人，神化他的诗，而是要给读到的这些诗找一找地气，寻一寻根脉罢了。我确信，这便是《周南》和《召南》的流传之地了，它们的意境和风神是如此契合：

我要去云天歌唱
请你把明月看守
镜子里永远有一株高塬垂柳
垂柳上年年会飞来一只斑鸠

他很自然地便吟出了这些诗句，画出了这些禽鸟与明月、自然景致与人间风情的互相交会。这些诗与百年来的“新诗”之间的距离，和与古老的《周南》《召南》之间的距离，到底哪一个更近呢？我一时真的难以说清。

葛之覃兮，施于中谷，维叶萋萋。黄鸟于飞，集于灌木，其鸣喈喈。

这是《周南》的另一首《葛覃》中的句子，前面的是平凹的《高塬上的一只斑鸠告别着一株垂柳》中的片段。它们之间看上去是如此暗通款曲和眉目传情，但我又并不认为他在写这诗的时候，是在有意仿造一种古意，而是出于这里地理的天然，是老实地遵守了他自己的日常经验，而并无鹦鹉学舌的做作和移花接木式的现代转译。

这产生了一个新诗诞生以来我们会经常面对，却几乎从未令人信服地回答过的问题：“新诗”之“新”，到底谓之何意？除了形式上的破，在诗意上也与传统彻底断线了吗？或者说，那些古老的诗意在今天还会有生命力吗？它们是否还能以新的形式再度获得呈现？假如不存在一个断线的事实的话，那么它们之间又是一种怎样的内在联系？

南风浩荡，没有一个言之凿凿的答案。我知道，或许平凹的诗是一个实例，他在某些方面确实显示了一种古老的神合，一种合理的、看起来比“新诗”更“旧”的特性，但我也知道，他或许又是一个特例，别人很难照此复制。现代诗意的常态会是趋于混合与复杂、晦暗与无解的状态，而不太会是“思无邪”式的单纯。但那些古老的命题，自古而然的生命境地，那些万古难移的人性经验，难道就没有一丝存在之地了吗？它们是否会乘着这夜风入梦，变成这般纸上的句子？

三

这本《空白》中收入了贾平凹1976年至1986年十年中总共三十一首诗。我不知道他为何会给这本诗集取名“空白”，也说不清他为何在此后又一举搁笔三十年。总之在整整三十年之后再读这些诗，真的会有一种沧海桑田、往来古今的感觉，与当年的阅读感受是截然不同的。

我大致把这些诗分为这样几类：数量最多的“赠答诗”——说平凹的诗更像古人，这也是一个原因——约占总数的一半，细读可知其中多数为表达爱情的篇章。第二类是叙事意味很强的诗，如《一个老女人的故事》《二月》《我的父亲》《初恋》等，数量不多但分量很重，且因向度不一而显得尤为丰富。第三是“感怀”之类，亦如古人，或咏物述志，或感慨世道人心，数量少但质量高，且多有或诙谐或幽暗的现代意味。它们表明作者彼时并非仅是出于“玩票”的冲动而写，而是相当专业的状态。最后还有一类，大约只有《致陕北黄土高原》和《致关中平原》两首，此两首分别写于1981年和1986年，刚好昭示着从二十世纪八十年代初的风俗文化自觉，到中期的“文化寻根热”的过程。

赠答是古人为诗最常见的形式，它独有的针对性和私密意味，会令人专注于其对话的具体性，但常常也会因其对于人性与人心的指涉，对情感的敏感回应而具有超乎个别的共通性。换言之，其具体性在流传中会变淡，而其情意本身和表达方式会因共同性而上升至首要位置。平凹深知此理，所以出版时干脆去掉了原来题中的名姓，变成了《天·地——静夜给A》《太白山——劝××君》《北上（之一）》《北上（之二）》《无题（之一）》《送友人李××出任周至县》《分手给××》《告别——题××与××》，等等，诸如此类，使它们由“具体的诗”变成为瓦雷里所推崇的那种“纯诗”。

以笔者之见，赠答诸篇中最好的还是表达爱情的部分。当然，评价诗人的爱情诗是危险的，须要小心地规避与生活中的“对证”。好在我对他那时的情感生活一无所知，于是便不存在诗之外的想象与无端猜度。不过看得出来，这时他的情感经验是丰富的，表达也堪称大胆和率真。但有意思的是，他总是喜欢在两性关系中将自己置于“悲剧性角色”之中，借此而获得一种“升华”的美感。这无疑是正确的处理方式，悲剧性使它们获得了纯粹而感人的品质。诗中他常扮演一个无望地爱着的、终将被抛弃的，或是无果而终的“单相思”的角色，像《啊，亚克利兰》《单相思》《初恋》《二月》诸篇均是。尤其在具有叙事意味的《初恋》与《二月》中，他更是堪称细腻地描写了其“求之不得、寤寐思服”的熬人和恼人的境地：

夜里也常常梦见你
梦醒来我就发迷发痴
这梦境是我前世的历史呢
还是下一世生活发出的暗示？

仅仅发问还不够，他要把这“转辗反侧”的情景也做一番精细的描摹：“但离开你你的面容就模糊迷离／我曾检点过我是不是真心爱你？／却至今你的肖像我默画不出／只记得你的鼻子又小又直／耳垂下有一颗小痣／却说不准痣的深浅色泽……”确实作者是出色的小说家，擅长细节与心理的揣度，此诗虽略有些“铺陈其事而直言之”的味道，但这些心理描写的细腻和准确程度，是一般诗人笔下所鲜见的。

《二月》一首也让人读之难忘，仿佛是在回忆年轻时代的一个春梦，一个黄粱美梦，读之让人怅然若失。二月春暖天气中，于田间劳作的年轻人倦中小憩，梦见了自童年起就暗恋的阿小，仿佛两情缱绻，又悄然分离。梦醒来时，不免无法释怀，将身边依偎的小狗亦唤作“阿小”，还一直沉浸在那美妙的回忆和玩味之中。春雷阵阵，春雨淅沥，年轻人怅然接受了现实，却无法自拔于那挥之难去的梦乡——

……雷声是云层上什么车辆在奔跑
要接远处的阿小吗
还是一台石磨在转动
轧碎着我数年数月的烦恼

或许这就是“空白”题意的来源之一。如苏东坡所说的“春梦无痕”：“东风未肯入东门，走马还寻去岁村。人似秋鸿来有信，事如春梦了无痕。”梦醒时分若是手中有封鸿雁的传书也还罢了，恼就恼在连一丝痕迹也寻它不得。所谓“何人把酒慰深幽，开自无聊落更愁”。平凹只是换了一种语言表达，而那神韵，还是如千年前的旧时明月与昨日东风。

四

我如此设想平凹的作品与旧诗之间的关系，或许被看成是一种刻意的辩护，是出于“为贤者讳”——因为平凹是小说界的大家，于是其诗也得“搭车”而行，不能不叫好。但事实上，像旧诗只是他的一个侧面，他还有很“新”很“现代”的一面。假如没有这一面，他的“旧”便成了单面的、让人怀疑的旧。

在《空白》中我读到的最早一首，是标定写于1976年的《鱼化石》。假如这个时间是没有错讹的话，那么可以肯定，它比复出的艾青在“归来”之后所发表的一首《鱼化石》还要早两年。艾青写《鱼化石》当然是一种自况，是用了他一贯擅长的象征手法，对自己沉默于冰封尘埋中二十余年、被剥夺了写作权利的境况的一个比拟；而平凹的《鱼化石》除了“咏物”之意，更平添了几分此时诗歌中鲜见的谐趣：“四十五条鱼在一个石头里游动 / 它们是自由死的 // 死了 / 才保持了上千年的自由 // 石头陈列在博物馆 / 这就是一块历史 // 参观者经过了这里/想到了水”——

一只猫跑进来

想到了腥味

这猫的“腥味”，与艾青诗中的庄严和悲剧意味显然是不一样的。他最后结尾呈现的是那个年代无法逾越的“升华”诉求——“凝视着一片化石，/ 傻瓜也得到教训：/ 离开了运动，/ 就没有生命。// 活着就要斗争，/ 在斗争中前进，/ 当死亡没有来临，/ 把能量发挥干净。”虽然在前面的句子中它们有太多的相似，但这最后的结局早已分道扬镳。

显然，就是这看起来一点点的诙谐和反讽，使平凹的诗歌在那时显得与众不同，即便不是以“专业”心态去写，也有了更多偏离常规的可爱之处。

《野游》一首，是纯然表达“野趣”的诗，因为思绪的野马式散步或畅想的状态，这首诗在平凹诗歌总体的持重而“老实”的风格中，显得不同寻常：

麝是獐的肚脐眼

香气传着爱之信物

花是草的生殖器
蜜蜂做着情之结合

“寺是世的幽静处 / 钟声熨着生之平和 / 野游到深山 / 石头里藏了寂寞。”真可谓是奇谈怪论和奇思异想，山野之趣与诙谐之趣的相互交叠，他信步踏去，跳荡开来，凭着思维的漫步跳跃，传递着无意识的联想，几乎暗合着弗洛伊德“文学是力比多的升华”的说法，或是可以看作“超现实主义”的实验文本了。便是谓之这个时代的先锋，大约也不为过了。因为很显然，它与这个年代流行的朦胧诗趣味相比，似乎还要多了一点点“越界”的颠覆性。

同样的篇章还有《过马嵬坡杨玉环墓致E信》《广岛的老鼠——并非攻击人的一则寓言》等，尤其后者，应是对于现代人类困境与人性分裂的生动隐喻以及绝妙讽刺。这首诗虽语言简练直白，但个中寓意堪称复杂。广岛上爆炸的原子弹在灭绝人类的同时，也几乎同时灭绝了猫和鼠害。这本身已是一种令人惊惧的灾难，但果真同归于尽也罢，事实似乎没那么简单，人还是有一些活下来了，老鼠和猫也部分地活下来了，原来三者间的游戏，鼠猫两者的争斗也还在继续，并且还发生着某些微妙的变化。诗中没有单面和道德化地处理这种关系，而是将之放到一个多角度的悖论关系中加以审视：“地球是活人的地方 / 也活老鼠 / 人会写历史 / 老鼠就是丑恶 // 于是有猫 / 异化了的老虎 / 为着谄媚人 / 对老鼠大开杀戒……”读者或许在这里都被弄糊涂了，作者究竟要说什么，在猫鼠争斗之间，他究竟站在哪一边？但这恰恰就是他要表达的一种现代的价值悖论：

善和恶该怎么说？
平均分配着存在
这就是生活

其实，猫鼠之间的对峙，何尝不是人类自身的斗争游戏。在现代的文明悖谬之中，这首诗给读者带来的启示，要远高于一种确定的道德判断。而这也正是平凹诗歌之直白中见深意、质朴中见复杂的原因所在。

五

还要谈一谈平凹的叙事功夫。作为小说家，叙事自然是看家的本事，但在诗歌中的叙事并非易事。不断有人谈到当代诗歌的“叙事性”问题，认为在二十世纪九十年代它成为一个显在的诗学命题。但事实是，在更早的朦胧诗那里，叙事已成为一个显著特征，只是因为他们使用了一套特殊的编码——大量的象征意象，喜欢用第二人称“你”来处理，并且由于情境与语义的某种“定型”化的对位关系，诸如大海、船桅、黑夜、星星、灯、乌鸦、紫云英……它们几乎都已符号化了，所起到的叙述暗示或表达作用都已程式化，因此才不易被人们觉察。但实在说，二十世纪八十年代初，叙事恰是诗歌中一个颇为流行的风尚，至少在北岛、舒婷、顾城的笔下都是十分突出的。

自然也是同样的原因，使得平凹的诗中出现了大量的叙事因素。《空白》中有几首篇幅很长的叙事诗，如前文提到的《一个老女人的故事》《我的父亲》等，其中《二月》《初恋》已作为爱情诗谈及，此处重点要谈的是前两篇，以及最末的一首《我的眼睛有了特异功能》等，这些作品在平凹的诗中有着特殊重要的意义，因为它们在很大程度上代表了他的写作风格，也显示了其写作的追求与分量。

《一个老女人的故事》称得上篇幅很大的“中篇小说的诗歌版”，假如要在平凹的诗歌中找一篇代表作，那么笔者以为非此篇莫属，不只因为它的长，更是因为它的感人与分量。它所叙述的一个女人的命运，可谓起伏跌宕感人至深。这个貌美如花的女子，年轻时为众多追逐者所围困，他们的争风吃醋最终闹出了人命，而她因此被视为祸水般的“扫帚星”。没人愿明媒正娶给她以名分，夜里却又争相来摸到她的炕上，享用她的身体和青春。慢慢地，等她老了，容颜衰败，村里的人便将她赶出了村庄，让她独自在山野间自生自灭。漫长的寂寞余生中，她种下的牡丹花开出了争奇斗艳的花朵，仿佛暮年的花神用尽最后力气的不屈绽放。人们一边遗忘和鄙夷着她那年老衰弱的躯体，一边又贪婪地享用着她浇灌出的花朵，直到她在一个暴风雪的冬夜，冻死在买花籽的路上。

后来就倒在雪窝里
眼睛里有两颗寒冷的星星
她用手脚爬着往回走
雪地里犁开了一道沟

这个夜里好多人都在喝酒
喝醉了扬着钱骂孩子和婆娘
天亮时有人到村口挑水
路畔上隆起一个雪堆

至此，平凹完全将这个故事诗化了。宛若一曲悲凉婉转的秦腔，在曲终人散之际，突然出现了一个高亢而悲怆的旋律，这不幸的女人变成了冰雪中的“一具化石”。可故事还未讲完，她死后，那破败的房屋也被人们拆散，“小屋的椽被人抽去搭了牛棚／四堵墙推倒是一个坟墓”，人间的冷酷在这里达到了极致。但诗人并不甘心以此作结，他要升华出一个以德报怨的神话，他的笔法显现了化腐朽为神奇的力量，“第二年的夏天／河畔的羊角葱先绿了／塬上出现了奇观：／一道百花带一直开到村口”。人们开始由恐惧和忌惮转而迷信她的力量，开始挖她坟上的土，将其种出的牡丹花根作为中药材买卖，并因此发了财，终于连她的坟头也被挖平了……

她的坟年年被堆起来
堆起了年年再被抓平
发财的是村里每一个人
每一个人是她的墓碑

就这样，由美好的青春到红颜祸水，从男人的玩物到被始乱终弃，从风雪中贫病而死到感动花神的灿烂绽放，从生前的备受侮辱到死后的造福一方……这首如歌如哭的诗，读之让人心潮激荡，悲愤难平，生发出撼人的道德力量。

另一首《父亲》，也以轻松浅易的笔法，刻画了作为乡村教师的父亲的形象，他的朴实和愚讷、卑微而执着，都给人留下了至深印象。哪怕是在“文革”中遭到批斗，他也不忘自己的身份和职责，去执拗地纠正他人的读音，不免令人忍俊不禁：

“文革”中他受到批判
低着头听批判者的宣告
父亲却还做着更正：
“不念‘逃之夭夭’念‘夭夭’”
甚至为纠正检讨上一个别字
连夜还去汇报
说：打倒可以打倒
知识上不能潦草……

这个父亲可谓世上最卑微而又最不平凡的教师，也因而是最可爱的父亲了。

六

与他小说的风格与写法相近，平凹的诗歌也是散淡的、平实的，但这散淡平实中又充满土地般的深厚与幽远、丰富和辽阔。不知为何，我读他的诗，耳边总响着他那质朴的乡音，仿佛他是用了方言将它们写出的。是这方言赋予了它们特有的声调与气息、专有的朴素与鲜活、独有的节奏与韵味。

这是很有意思的，《诗经》中的十五国风大约也是因为其方言的声调与气息的不同，才有了多样的风格与韵味。夫子之所以喜爱这“教材”，想必是考虑到了它丰富的“总体修辞”。也应了罗兰·巴特的话，诗人可以改造一种语言，正如莎士比亚、但丁和歌德对于他们民族的语言的改造一样。平凹的诗固然没有那么大的作用，但他至少可以让我们感受到他与《周南》《召南》那古老的音调与气息之间的贯通，感受到他与那片土地之间的诞生关系，感受到他对于他的乡音的固守与热爱。也可以说，他的乡音在这些诗中彰显了迷人的腔调，释放了恰如其分的表现力。

还有一点，是平凹诗中所包含的丰富的时代信息。不只二十世纪八十年代之初中国乡村与西部的世态人心，还有这个时期急剧变化的诗风，以及他与这诗风间既区分又共生的张力关系，在其中都有丰富的折射。显然，他的许多诗，特别是赠答诗中，显示着与朦胧诗之间的影响与共生关系。比如在《分手给××》中，便可以看出他对于那时趋于陌生化的修辞趣味的一种靠拢，以及对“北岛式”句式的致意：“我不希望天上的月亮在满盈 / 我不希望神话一代一代传诵 // 我不希望田野里放起了风筝 / 我不希望夜里做着迷离的梦……”

但愿我的诗不要把你打动

但愿我不要成为你的英雄

但愿喜剧从此在舞台上绝种
我不是疯子演员你不是傻子观众

明显地昭示着对于时代的反思之意。这足以表明，平凹的写作并不完全是山野民歌的遗响，也同样有时代风潮所激起的涟漪。只是在总体风格上，它们与土地之间，与这土地上久远的传统靠得更近些。

或许这也是他之所以给诗集取名《空白》的一个深层原因。仿佛中国人喜欢的画中“留白”，或是老庄哲学中的“大音希声”与“大象无形”，他并不希望在他的文字中承载太多观念的东西，只是希求通过质朴去彰显丰富，通过浅显去抵达幽深，通过“无形”去传达“有意”——就如他自己在原版《后记》中所说，“中国人感知和把握世界是整体论的意识”，诗“贯通其中，是有意而无形的”。是的，或许“无形”就是最好的“有意”，“空白”即是对于“表达”的最好处置。

地没有一朵云舒展在天空
水便万斛流出纹漪而自生

草没有一颗星灿烂出光明
花便五颜六色一起在显容……

还是这首诗中的句子。它们是对于“空白”，对于平凹诗歌观念和艺术方式的一个最好诠释。正所谓山川无语，桃李不言，它们的美是自在的，无须大声地叫喊自证。这是存在的至理，也是艺术和诗歌的辩证法。

平凹确乎深谙此道。

2017年1月1日深夜，于北京清河居

“70后”如何续写历史

地质史上发生了无数次造山运动，有时十分剧烈，伴随着巨大的地震和火山爆发，释放出难以想象的破坏力，有时会导致物种的大面积灭绝——比如恐龙的消失，一说就与此类活动有关。但也有的崛起是比较平缓和渐变的，比如最晚近的喜马拉雅造山运动，其结果就是造成了青藏高原的持续隆起，但这个过程并没有发生十分剧烈的火山灾难。

回顾现代以来世界范围内的诗歌运动，颇有点像是这种造山的过程。有时过于激烈，对于既存的传统与秩序造成剧烈的冲击，说“美学的地震”也不过分。现代主义初期的“达达主义”和“未来主义”者们，甚至还曾高呼“捣烂、砸毁一切博物馆、图书馆和学院”，声称“诅咒一切传统文化，扫荡从古罗马以来的一切文化遗产”。当初白话新诗的诞生，也曾让多少人感觉到愤怒和恐慌，章士钊斥之为“文词鄙俚，国家未灭，文字先亡”。二十世纪七八十年代之交的“朦胧诗”出现之时，也引起了几代人之间激烈而持久的论争，以至于有的老诗人说，这是资产阶级的艺术向着无产阶级“扔出了决斗的白手套”。

最晚近的例子是1986年，由徐敬亚策划的“中国现代主义诗歌大展”，其中的多个流派都喊出了新一轮颠覆与崛起的狂言。诸如，

“捣乱、破坏以求炸毁封闭式假开放的文化心理结构”（莽汉主义），“它所有的魅力就在于它的粗暴、肤浅和胡说八道，它所反击的是：博学和高深”（大学生诗派），“我们否定旧传统和现代‘辫子军’强加给我们的一切，反对把艺术情感导向任何宗教与伦理”，我们会“与探险者、偏执狂、醉酒汉、臆想病人和现代寓言制造家共命运”（新传统主义）……

回望这些，是想给我们将要描述的一代新人——“70后”——找到他们的起点。相比前人，这确乎是温文尔雅不事张扬的一代，是心气平和甚至低声下气的一代，相比他们前人的张狂和粗暴、躁乱与峻急，他们属于“和平崛起”的一代，没有通过战争和暴力夺权，甚至也没有通过运动，而是几乎静悄悄地蔓延成长起来。这当然足够好，只是代价也大，他们无法不承受更久的压抑，更迟一些登堂入室，面孔更加模糊，更加难以在理论上给出名号和说法，经典化的过程更加缓慢和漫长……甚至，他们都没有得到一个明确的标签或头衔，只是被笼统地称为“70后”。他们的前人是堂而皇之当仁不让地将自己唤作“第三代”——可以与革命时代的颂歌诗人、以“朦胧”标立反叛的“第二代”相提并论的“第三代”，而之后的他们，只能被按照“年代共同体”的含糊其辞，来给出一个语焉不详的称呼。

可见平和的方式、小心翼翼“挤进”诗歌谱系的方式，某种程度上也可能是一个悲剧。靠美学暴乱获得权力的“第三代”不止在1986年一举成名，而且持续地塑造了二十世纪九十年代的诗歌美学。迄今手握经典权力的，仍是这群由蒙面强盗转身而华丽加冕的家伙，一如其领袖级人物周伦佑的名作，《第三代诗人》中所自诩和自嘲的：“一群斯文的暴徒，在词语的专政之下／孤立得太久，终于在这一年揭竿而起／……使分行排列的中国／陷入持久的混乱”——

这便是第三代诗人

自吹自擂的一代，把自己宣布为一次革命
自下而上的暴动；在词语的界限之内
砸碎旧世界，捏造出许多稀有的名词和动词
往自己脸上抹黑或贴金，都没有人鼓掌
第三代自我感觉良好，觉得自己金光很大
长期在江湖上，写一流的诗，读二流的书
玩三流的女人。作为黑道人物而扬名立万……

这是一代人的自画像，带了骄傲的自嘲，把这一代的历史处境、自我意识、写作及“文学行动”的方式，都惟妙惟肖地描画出来，甚至将其集合的理由和解散的前缘，也都言近意远地暗示出来。

与地质史上的造山运动结束之后大地依旧壮丽地存在一样，“第三代”并未终结历史，尽行毁弃诗意之美，反而是有力地深化和续接了由朦胧诗再度开辟的现代性传统。因为很显然，朦胧诗在面对历史张开自身抱负的时候，还单纯得如同一个美学上的儿童，光明洁净而未谙世事，故其诗意也是单薄的。只有到了“第三代”，才开启了一种渐次成年的、看似平庸而实则复杂的诗学。朦胧诗固然富有道义上的力量，但也有“经得住压力而经不起放逐”的缺陷，对此，当年的朱大可曾有一个绝妙的比喻——“从绞架到秋千”，言当初的社会压力，刚好成就了朦胧诗，使这一代人获得了近乎英雄和“密谋者”的身份，北岛最初的“纵使你脚下有一千个挑战者，就把我算作第一千零一名”，以及稍后的“在一个没有英雄的时代，我只想做一个人”的转变，就是这种时代变化的微妙反应。但这还不是本雅明所说的作为文化形象的“密谋者”，直到周伦佑的笔下，他们的身上的“现代性的暧昧”似乎才得以确认。从社会学的绞架，到民间在野者的秋千，这是一个戏剧性的也是非常幸运的变化，当代诗歌至此才算是回归了本位。

就这样，“第三代”塑造了自己，也趁着社会历史的重大变迁建立了自己的美学功业，在二十世纪九十年代写下了成熟而更加复杂的文本，并最终又在1999年的“盘峰诗会”上完成了必要的分蘖——将写作的两个基本向度再度进行了标立。尽管“知识分子”和“民间”这两个关于立场的说法显得言过其实又言不及义，却象征式地给这一代张开了文化与美学的两种“极值”。至此，他们作为一个写作的代际，可谓已几近功德圆满。当代诗歌由此建立了相对成熟和复杂的意义内质，以及多向而完善的弹性诗学。

“第三代”以后历史如何延续？这是“70后”必须回答的命题。这一代是何时登上历史舞台的？种种迹象表明，这个时间节点大约是2001年。虽然他们最早的汇聚，据说是在1998年深圳的诗歌民刊《外遇》上，但那时其影响基本上还是地域或“圈子性”的，诗歌观念尚未形成。但2001年就不同了，他们的出现几乎使人想起了一个久违的词：崛起。这一年的民刊突然成了“70后”一代的天下：《诗参考》《诗江湖》《诗文本》《下半身》《扬子鳄》《漆》《葵》《诗歌与人》……其中多数都是由“70后”诗人创办的，即便不是，主要的作者群也已是“70后”。这一年的他们可谓是蜂拥而至，突然占据了大片的诗歌版图。其咄咄逼人的情势，不禁令人依稀记起了二十世纪八十年代曾有过的场景。

但是，与前人相比，“70后”的出现并没有以“弑兄篡位”的方式抢班夺权，而是以人多势众的“和平逼挤”显示了其存在。而且他们还相当诚实地袒露了自己得以出道的机缘，沈浩波就说，是“‘盘峰论争’使一代人被吓破的胆开始恢复愈合，使一代人的视野立即变得宏阔，使一代人真正开始思考诗歌的一些更为本质的问题……”“可以说，‘盘峰论争’真正成就了‘70后’。”[①]现在看，“70

① 沈浩波：《诗歌的70后与我》，《诗江湖》创刊号，2001年。

后”的和平演变，或许正是因为“第三代”的内讧，居于外省的“民间派”对于在国际化和经典化过程中获益偏多的“知识分子”群体的讨伐，以及由此引起的纷争，恰好使他们得到了一个跟随其后粉墨登场的机会。

关于“70后”的“内部图景”，仍可以引用其“内部”人士的分法。朵渔将这一人群划成了四个不同的“板块”，大致是客观的——

A. 起点很高的口语诗人：他们大都受过高等教育，这是“70后”诗歌写作者的主流。

B. 几近天才式的诗人：他们一般没有大学背景，他们一入手就是优秀的诗篇，很本质，娘胎里带来的。这种人很少。

C. 新一代“知识分子写作者”。

D. 有“中学生诗人”背景者：对发表的重视、对官方刊物的追求，对一种虚妄的过分诗意化的东西过分看重，大多没有受过正规的高等教育。①

显然，“70后”一出道，就天然地遗传了“第三代”的格局。最后一类肯定是无足轻重的，第二类是极个别的特例；那么剩下的一两类，无疑分别是“民间派”和“知识分子写作”的信徒或追随者，区别已很明显，但与前人相比，在他们之间或许只是写作立场与观念的分歧，并不带有那类意气恩怨与利益纠葛。在朵渔的言谈中，我们似乎不难看出他的谨慎小心，虽然其文章的修辞有刻意的耸人听闻之处，但在事关其内部观念分野的评价上，还是看不出明显的厚此薄彼或非此即彼。

总体概括“70后”诗歌写作的特点，或许又是我们力所难逮的，因为经验上的隔阂犹如鸿沟横亘。所以我们这里只能给出一个

---

① 朵渔：《我们为所欲为的时候到了》，《诗文本》（四），2001年。

大致的描述。首先，一个最为鲜明的特点，是写作内容与对象的日常化，审美趣味的个人与细节化——这似乎也是小说领域中这一代际的共同特点。虽然“第三代”业已在写作中强调了日常与琐细、粗鄙与放浪，但那更多的是姿态性的文化反抗，有大量的潜意识与潜台词在其中，而对“70后”来说，这毋宁说是他们的常态、本色和本心，他们在道德与价值上所表现出的现世化、游戏化和“底线化”，并不带有强烈的反讽性质，而是一种更为真实和丰富的体认和接受。仍借用朵渔的若干“关键词”来说：“背景——生在红旗下，长在物欲中；风格——雅皮士面孔，嬉皮士精神；性爱——有经历，无感受；立场——以享乐为原则，以个性为准绳……”[①]这些概括，大致涵盖了“70后诗学”的最重要的文化与美学特征。

其次，“70后”所涉及的另一个比较核心的范畴，便是评价不一的“下半身美学”。听起来这有点耸人听闻，但其实在巴赫金的小说理论，在其对拉伯雷和中世纪民间文化的讨论中，早已反复提及。这种刻意粗鄙的美学，其主要的表现是语言及行为的“狂欢化”，在中世纪是借民间节日的形式打破社会的伦理禁忌，以粗鄙与戏谑的仪式，来短暂地取消权威与等级制度所带来的压抑。巴赫金用这种解释，赋予了《巨人传》中大量粗鄙场景与器官语言以合法性。固然我们不能机械搬用，借以给沈浩波等人的《下半身》及其写作策略以简单化的合法解释，但无疑，我们也不能完全道德化地去予以比对，沈浩波们所强调的“贴肉”状态，以及所谓的“消除……知识、文化、传统、诗意、抒情、哲理、思考、承担、使命、大师、经典……这些属于上半身的词汇”[②]的说法，其实都是一种极端化和“行为化”的表达。这应了德里达所说，现代以来的艺术，常常只是“一种危机经验之中”的“文学行动”，是“对所谓‘文学的末日’

① 朵渔：《我们为所欲为的时候到了》，《诗文本》（四），2001年。
② 沈浩波：《香臭自知——沈浩波访谈录》，《诗文本》（四），2001年。

十分敏感的文本”[①]。为了显示其拯救“文学危机”的自觉性，才刻意夸大了其立场，他们试图用一种极端的修辞或者表现形式，来体现对于精神性的写作困境的反拨，或者修正。

显然，对于在诗学和美学上尚显稚嫩与含混的“70后”来说，“下半身美学”或许暂时充当了一块有力的敲门砖，误打误撞地帮助这一代挤开一道进入谱系与历史的缝隙，但也不可避免地使某些成员背上了坏名声。稍后，它便因为先天的缺陷而被弃若敝屣了。不过，“下半身写作”的终结，并未影响狂欢的氛围，因为历史还给了这代人另一个机遇，那就是世纪之交网络新媒体的迅速蔓延。从这一角度看，粗鄙的“下半身”或许只是个牺牲了的“替身”，“网络新美学”才是不可阻挡的新的写作现实。从根本上说，这是一次人类历史上罕见的文化变异，正如历史上每一次书写与传播介质的改变，都带来了文学的巨变一样。网络世界的巨大、自由和“拟隐身化生存”，给每一个写作者都带来了前所未有的机遇，它几乎从根本动摇了之前的文化权力、写作秩序与制度，给写作者带来了庇护与宽容。“70后”幸运地赶上了，使他们对于个性、自由、本色和真实的追求，获得了一个足相匹配的空间。

上述都是从宏观上给出的一些解释。在最后，我们或许更应该从风格与修辞的角度，来谈一谈选定这十位诗人的理由。事实上，“70后”在写作上的丰富性，曾使我们在对其代表的想定上犹疑不决。可能最终我们更多地还是考虑了其几个大的取向，比如姜涛和胡续冬，便是作为“北大系”或者“知识分子写作”脉系的可能的后来者，但是，此二人不同又相似的自由与机警、诙谐或洒脱，又分明标记着他们的逃离与变异，相似的只是他们作为学院中人在理论与诗学上超强自觉与自我阐释能力；与他们略近的是孙磊，亦是

① 雅克·德里达：《文学行动》第8～9页，中国社会科学出版社1998年版。

就职于高校，有置身书斋画室生活的底气，但写作方面则比较强调“感觉的悬浮”，早期他曾偏重形而上的自述抒写，《谈话》和《演奏》诸篇，均有非常系统和哲学性的个人建构，晚近则以生活的小景与片段入诗，常刻意给读者一种邈远苍茫、无从求解的含混，一种个体存在的虚渺体验与感叹；另一位轩辕轼轲，即朵渔所说的没有大学背景的“几近天才”的诗人，最初他的出现几乎可以与二十世纪九十年代初的伊沙相提并论，他的《太精彩了》《你能杀了我吗》《是××，总会××的》等诗，都以极俏皮和谐谑的语言，来挠痒痒式地触及当代文化心理或价值的敏感与隐秘部位，产生出奇妙的解构与反讽意味。可以说，伊沙之后真正领悟了解构主义写作秘诀的，正是轩辕轼轲。

同样没有大学背景，却写得让人过目难忘的还有江非，他简练而又准确的叙事性，将二十世纪九十年代发育起来的“叙事诗学”又发挥到了极致。他有关故乡“平墩湖”的回忆，用了精细的微观修辞，克制但又恰到好处的悲悯情致，将那些卑微的生命和原始自然的风物讲述得摇曳多姿，动人心弦；没有学院背景的还有黄礼孩，他的诗歌写作同他对诗歌所做的贡献相比，或许要略逊一筹，但他刻意卑微和弱化的主体想象，对日常生活细节的精细描摹，也总能产生出言近意远的绵延，给人留下深刻印象。当然，将他列入，也确有褒奖其不遗余力且总有惊人之笔的“诗歌行动”之意。

早期作为“民间写作”的举旗者的朵渔，眼下正表现出日渐做大成器的迹象。在早期追求反诘和颠覆的机智之后，他晚近反而更多地体现了对于知识分子精神的传承。他的关怀现实的、追问历史的、咏怀史籍人物的系列作品，都体现出独有的犀利和到位，弦外之音的居高声远。同时，他刻意跳脱琐细、间隔顿挫的修辞，也显得陌生感十足，成为“70后式修辞”的标志性模式。另外，在修辞方式上值得一说的还有阿翔，或许先天在听力方面的缺陷，让他对这世界多了几分疑虑，所以他的语言常带有失聪者的幻感、“遇见鬼了”的狐疑，这种对世界的认知方式，先天地使他的诗带上了浓厚的无意识色彩与超现实意味，使他笔下的个体处境更具有了令人诧异的诗意。

需要提到的还有两位女性——巫昂和宇向，或许从诗歌成就看，“70后”之中可以与她们比肩的诗人很多，但从体现一种“代际新美学”的角度看，她们两位所体现出的陌生与新鲜无可替代。其实，应该入选的还有尹丽川，只不过从文本数量，还有眼下的状态而论，尹丽川已不再是诗歌中人，或者即便是，其作品数量也难以成册。这是个矛盾。巫昂出身学院，曾就读社科院研究生，但自参与“下半身”群体的写作开始，她便体现出一种独有的“意义出走”的倾向，不见痕迹的俏皮与在无意义处找见意趣的抒情天赋，都令人吃惊。另一个宇向从未上过大学，但她一出手就显现出异样的奇崛与近乎妖娆的机警，她不再像前辈中经典的“女性写作”那样常带有“女巫”的气质，她所显现的，乃是另一种“女妖”的属性。她的《我几乎看见滚滚红尘》《一阵风》等作品，都几乎在读者中刮起了一股小小的旋风，其诗意的无意识深度、语言的跳脱诡异，都成为人们想象中的“70后新美学”的典范文本。

说了这么多，最后还要向更多的诗人致歉——因为名额的有限，致使更多应该入选的诗人被遗漏：像微观书写中见奇迹的徐俊国，在诗学建树上贡献颇多的刘春与冷霜，在同传统书写的接洽中多有独到之处的泉子，由“下半身写作”的领衔者到“蝴蝶蜕变”的沈浩波……我们没法不对他们说抱歉。或许等这一群体还有机会展示之时，再行补充吧。总之，列入的十位诗人，只能部分地显示了这一代际的写作格局以及大致的风格样貌，而真正的写作成就，还是靠每一位出色的诗人本身。

作为虚长年齿的研究者，我们无法不保留若干对这一年轻代际的写作的看法，比如过于相信日常性经验的意义，过于琐细的修辞，对于生命中无法回避的许多责任与担当的游戏性处置，等等。

但是我们又相信，任何代际的经验、写法、美学和语言，都是结构性的存在，所谓优势亦即劣势，长处也即短处，很难貌似公允地予以区分和评判。作为读者，我们只能期待他们有更坚韧的追求、更卓越的创造。我们期待着。

苍凉的相遇，或抵近神与自然的两种方式
——关于梅尔诗集《十二背后》[①]的读札

在人类发展的河流里，当理智从深处升起，黑色的泉水涌到表面时区别出灵魂生活的恒常，辨别出无意识的边界……正义的阳光照射着，全部工作就会完成。

——保罗·策兰《埃德加·热内与梦中之梦》[②]

疯子劈开宇宙，向他自己的体内跳去。他顷刻间失去了踪影，被自我吞咽。……那爱是一块磁铁，整个世界吊挂在他身上。万物苏醒，冲破硬壳，展开双翅，自由飞翔。

——奥克塔维奥·帕斯《大自然的颂歌》[③]

假如策兰所说是基于“灵魂生活”的一个侧面或者极点的话，那么帕斯则说出了精神创造的另一个极点。前者标举的是理性和正

---

① 梅尔：《十二背后》，人民文学出版社2018年版。

② 保罗·策兰：《保罗·策兰诗文选》，王家新、芮虎译，河北教育出版社2002年版，第155～156页。

③ 奥克塔维奥·帕斯：《奥克塔维奥·帕斯诗选》，张景冬等译，河北教育出版社2003年版，第350～351页。

义的引领，后者倡扬的则是非理性和潜意识的支撑。这两者离开了任何一点，都无法抵达诗意、现代性的和真正的诗意。所以，诗歌既是天路，也是人道，是向外和向上的过程，也是向内和向下的过程。支撑诗人的灵感和想象的东西，可能源于向善的本能，但也来自大自然的启示，来自其充满神性的宗教情感，也来自其灵魂渊薮的古老召唤。总之，我主张将诗歌写作看作精神现象学范畴中的事物，而不只是文本和修辞活动。它是主体的精神创造，是写作中所有精神活动的总和，是触及人类一切精神领域的复杂现象，对于有抱负的和好的写作而言，尤其如此。

眼下的这位诗人和她的文本，正是一个典范的精神现象学的研究案例。因为她的诗歌中不仅包含了上述活动，而且显示了对于两个原始命题的执着追寻，即由《圣经》文化谱系所标定的信仰与道德主题，以及由雄奇的高原胜境“十二背后”所标定的自然母题，这样两个极地或坐标，使这部诗集中蕴含了格外复杂繁难的哲学元素和诗学命题。基于此，我不得不尝试在精神现象学的视域中，来对它做一些基础的解读。不期深入透辟，但求浅尝辄止，只把问题提出来，以供读者参考。

一

那是一支箭要去的地方
遭遇钻石的地方……

这是旷野。我随着她的诗句，开始了这漫长的旅程。仿佛漫无目的地周游世界，又仿佛只是在那些与信仰、与存在和命运攸关的场景处驻足盘桓；或者相反，是在那些不可逾越的节点处流连忘返，又彻底历经着漫无目标的周游，那种无止境的漫长与沧桑。

并不是所有的旅程都值得回味。但这一趟，是不容置疑的天路，一趟精神和生命的天路历程，足以让人难忘。

所以，这《旷野》是生命的真正处境。无处皈依，无所依傍，只有天地间命定的行旅。“从拐杖里长出盐／从石头里长出信仰／悖逆的昆虫／寻找微弱的光亮……”仿佛冯至笔下十四行中的意境，也如同《西游记》取经人置身于大荒的情景，抑或《旧约·出埃及记》中的一幕场景，她的诗句使我们可以领悟到什么是起始或结束，什么是繁华或大荒，什么是执念或彻悟。这是无止境的行旅，也是无处不在的终结。

这个人的兴趣似乎都与痛感有关，与生命和心灵之间最具摩擦力的事物有关。她驻足在那些令人悲伤、感愤、惊悸和怅惘之地，不加节制但又恰如其分地表达着她的态度，仿佛一位剑气逼人的侠客，又如同一位悲天悯人的使者，她以博大的心胸一路安抚，唤醒那些驿路的冤魂野鬼，并以词语的魔法使它们一一安顿和安静下来。

当然，她也会用来自洪荒和原初世界的纯正，去理解和赞美那些伟岸的事物、那些存在的奇迹。她的自然精神与历史神经都足够发达，一路指点和感喟，抚摸着那些善与恶的界碑、功与过的泾渭、人性的光亮与幽暗的分野……但令我感奋的，不只是那些壮阔的自然或不朽的史迹本身，而是这令人感到畏惧的旷远而无所不在的理解力。

并不是所有的歌赞都能够成立——如果歌者之心不够博大，那么，赞美便不能对称；如果人格的境地不够干净，那些高尚的理解也不能够成立。所以，这路途终究是一趟生命与精神的修习之旅，一趟自我净化和升华的灵魂之旅。

然而，对于诗歌而言，还有另一种佳境，那就是以内心的单纯应对外在的复杂，以灵魂的光洁应对世界的浑浊与晦暗。那种纯洁的诗意与丰沛的歌性即由此而生。单纯是最好的禀赋和立场，所谓“单纯者的辉煌”——海德格尔以此来赞美荷尔德林。唯年深日久，我们方能真正领会其中那深远的奥义，或它的一点点。唯有他那样的纯粹和真实，才能够担当得起真正的赞美，担当得起那些壮阔而朴素的咏叹，因为他与神性同在。

我还没有来得及展开主人公的履历，就开始喋喋不休了。我得赶紧收住，免得又陷进一个“过度修辞”的陷阱里。其实，说得过多与说得太少，或者没有说，在本质上都是一样的。我必须要小心一种说话方式的钳制，它柔软而又坚固，如一位沉默不语的绑架者不离左右，随时准备同归于尽。我得跳出来，抖落一下这些词语的碎屑，以及语势的绳索。

二

你像一片云行走在天地之间
穿梭于顺服与背叛之间……

从哪里开始理解世界和人？这无疑是个哲学追问。大多数人从自身的无意识出发，去观照世界，当然没什么错。但真正能够观照且能够理解世界的，往往是这样的人——他或者她，会将外部世界与自我构成一种对应的镜像，互为镜像，因而对外部世界的理解就是探究自我的过程；反之亦然，对自我的探究就是对于外部世界的体悟的过程，这是双向的抵达与重合。唯其如此，才称得上是灵魂的显现与自我的生成。

因此，我从不把叙述或者记录看成是客观之物，它们无不是目击者自己灵魂的曝光、生命质地的自我呈现。

我注意到，在这部诗集中，作者——也就是梅尔，她的起始不是别的，是《圣经》。从这首《回到你的殿中》开始，她已找见了看待世界的出发点以及坐标与方法。她以《圣经》人物与事件为起点，来获取耶稣和玛利亚的视角，然后巡游世界，俯察万象，体味人性与人世的一切光明与黑暗，当然也用圣者的宽宥来收纳一切。

这让我想起2000年暮冬，我在巴黎罗浮宫亲眼看到的萨尔瓦多·达利的那幅《哀悼耶稣》时的情景，那幅画让我感到了震撼和头晕。因为达利不是从下方信徒的视角仰望受难的耶稣，也不是以人世的角度平视充满哀愁的圣母怀抱着的耶稣，那些常见的构图关系全然不见了，我所看到的，是站在“圣灵的高度”才能够看到的耶稣。这真是一个奇迹！谁能够获得一只蜂鸟，或是一架“直升机”的角度，悬停于空中，从上向下，以悲悯的眼光看见这悬浮于宇宙、暴尸于洪荒的受难者的疼痛，以及他无力地垂下的头颅？唯有圣灵，唯有万能的圣灵方能够从这样的角度，去打量这耶稣——这个受难者，或他自己。

达利找到了有史以来最让人震撼的角度，他以圣灵“悬停于上方”的视角，诠释了什么是“三位一体”。当然，他也并未因此而成为圣贤，因为一切的罪与罚，都需放到人性的天平与生命的处境之中，来处置和认识。

因此，《圣经》题材对于梅尔来说，具有主调的和主导性的意义。她以此来开始她的巡游，且不得不变成了一个自上而下俯瞰人间的飞行者。我找不到一个合适的比喻，无法断言她的角色相当于《圣经》中的哪一个人物，只是觉得她如同一个信徒，一个精神史的考古专家，一个来自遥远东方的使者，又或是一个但丁式的游历者，有时她甚至还不知不觉地扮演着圣母或任何一个可能的角色……以此来评说人间的罪与罚，人性的善与恶，以及命运与神示、信仰与悖反的一切母题。《约伯》《大卫和拔示芭》《大卫的辩解》《旷野》《回到你的殿中》……这些篇章可谓集中地表达了她的这些感受。而且，她不仅作为一个评判者用理性来叙说，更重要的是她不自觉地就参与其中，变成了一个生命的“在场者”，一个达利式的凭吊者：

我会提前到达伯利恒

成为马槽里一根柔软的稻草
或者，错后三十年
我会提前到达耶路撒冷
摘掉你荆棘冠冕上所有的刺藜
成为另一个背负你十字架的西门
或者另一个玛利亚

我无须用太多笔墨来细细评点这首《约伯》，还有这些与《圣经》的人物谱系有关的诗作。只是想说，它们会对一个严肃的读者产生灵魂的撞击与震撼，因为参与其中同旁观者或旅行观光者的精神难度是不一样的。我深信这些诗所具有的灵魂的力量，至少它们让我得以借此烛照自己的内心，让我与这些古老的故事与人物也有了一个迎面相撞，一个无可回避的“苍凉的相遇”，使我的阅读也变成了一个精神攀登的天路里程。

三

一只猎犬一般积极的勃莱
舔着我被词语熏黑的伤口

如果灵魂能够相遇，那么这些对话便可以视为幽灵的复活，或是附体后的自白。从埃及艳后克里奥佩特拉、圣母玛利亚，到莎乐美、卡夫卡、安徒生、凡·高、勃莱、曼德拉……到哈姆雷特这样虚构的文学人物，从诸神到王子到宵小，到失散在星球各处的诗人与艺术家的孤魂野鬼，甚至还有活人，如昆德拉和霍金。她一路扮演着各种角色，或是以通灵者扑向她的主人公们，与他们同悲共欢，与他们构成互为镜像的彼此映照。

我当然知道，行吟或巡游都是诗歌史中的常态，荷马和但丁是两个最原始的代表；中国的诗人更是如此，从屈子到李白，到苏轼、辛弃疾，诗歌总是产生于“万里路”的行走，抑或是失意潦倒的贬谪途中。“同是天涯沦落人”的“迁客”与“骚人”，是一双命定的伴侣。新诗以来，写作者的“人格化”程度不再像古人那样显豁，诗人的命运与故事与古人比便显得稀松贫乏，因此与“文本”相比，“写作者”已变得不那么重要——或者说，诗人作为巡游或行吟者，角色感已几乎销蚀殆尽。某种意义上，“现代性”也就变成了一种主体性日益贬损或匮乏的写作状态。所以，任何行吟或巡游，也都同样存在着一种终极意义上的“无法抵达”的悖谬。很简单，当我们乘着飞机或旅行巴士经过那些古迹或者纪念地的时候，我们便不可避免地变成了世俗意义上的“游客”。

这本身便充满了危险以及悖谬性的复杂。当陈子昂叹息着“前不见古人，后不见来者”的时候，他与自己所凭吊的古人以及来者都是一样的境遇，无须为之做具体的诠释，所有诗意便尽显其中；但作为现代的“游客”，抒情者必须尝试进入对象之中，来设定这个关系，以建立阐释与书写的合法意义，并解决今人与古人生存境遇中的分裂属性。对梅尔来说，这是一个必须面对的难度。在我看来，很少有人能够深入其间，并恰如其分地处理好这种分裂。而梅尔之所以能够大面积地进行这种书写，是因为她坚信自己有能力处理，她至少从史诗、宗教以及哲学中获得了三样东西：悲剧的宿命、人性的永恒困境以及作为真理和镜像的认知，因为有了这样三重理解的自觉与深度，她便有资格进行这种对话与阐释，这就像我在一开始所引的策兰的话：理智、灵魂生活（也即宗教——引者）、无意识和正义，这是参与诗歌之中、处置一切事物的几个根本依据或尺度。梅尔同样自觉而清晰地援引和使用了这些尺度。

她的《埃及艳后》是一个例子，它重释了这个历史上被反复描摹和演绎的传奇女王的形象：“你浓重的眼影 / 是大片的疆土”“亚麻穿在你身上，抵得过千军万马 / 一如东方的丝绸 / 颠覆过多少江山”——

英雄的落花

成就你陵墓的辉煌　与从容

爱情　是一个

掺杂着血泪的梦想

越过战争与死亡

在你的微笑里

存活下来

从莎士比亚到后代无数的人们，都曾为这位毁誉不一的女性，这位权倾一时的王者悲歌叹息，但我相信，梅尔的吟咏仍然不显多余。她甚至通过一件衣服的隐喻，将之“世界化”了——与东方的那些“倾城倾国”的历代传奇女性做了互喻的理解。在梅尔的笔下，她与武则天甚至杨玉环们之间也不可避免地发生了关系，互喻和映射出女娲或者夏娃作为人类之母的共同的性别境遇以及接近的命运。而且作为女性，她让我们从中读到了更多的宽宥与理解、悲悯和同情。

与美国诗人罗伯特·勃莱的深度对视与互文，则显现了梅尔作为诗人而非作为女性的“超性别”意识。这首诗在我看来，不只精细而传神地诠释了勃莱作为“新超现实主义者”的那种灵敏，擅长在细节处的勾画“深度意象”的手段，而且作为“精神交会”的方式，它更彰显出梅尔对于现代诗歌，或诗的现代性的深度理解。信仰、理性、审判、使命，这些正面的元素，同厌倦、宿命、死亡、无意识，这些黑暗性的元素纠结一起，构成了她诗歌中可贵的深度构造。但这一切又都自如地熔铸，轻逸地呈现出来——“每个词都可以宁静地带着光”，委实令人钦佩。

这当然不是唯一的例子，事实上这也是梅尔诗歌中的另一个问题，她不只倾心于耶稣，而且热衷于阐释凡·高、蒙克、卡夫卡和安徒生，并在这一切理解中同时隐含着“创世”与“救世”两种主题——注意，是两种！这确实令人惊讶，在这个意义上，她的诗歌中的主题原型，确乎有“雌雄同体”的性质。

四

我整夜守着那些星星
等候你月光下的脚步声……

宗教与精神命题，当然是梅尔诗歌难度的一个原因，但显然还有另一个，即一个现代性范畴中的自然主题。如果不能有效进入这些诗，也将无法真正读懂她的世界。因为很显然，它们不是“景区”，而是一个巨大的形而上学的陷阱。

这是一个谜。她的最后一辑“十二背后”中的几乎全部，都是写给这块地球上“最后的自然”——这件令人心惊和畏惧的“美学凶器”的。《双河溶洞》《古特提斯海》《废墟之花》《余下的时光》《三米之外》《从今以后》《十二背后》，大约都是她阅读这片史前之地的产物。显然，所谓的“文明”是人类的创造之物，而“自然”是诸神的创造之物。史诗是记录人类之创造史迹的，神话则是拟喻诸神创造之历史的。而梅尔是试图构造“自然史诗”的一位。从写作资源上讲，她除了身后的美景，几乎一无所有，无所依傍。即便是二十世纪八十年代以来从杨炼、江河到部分“第三代”诗人留下了一些“重构史诗”的实验，但他们的文本基本上限于“文化史诗”的范畴，靠的是神话和民俗，以及启蒙文化运动所提供的狂飙突进式的激情这类资源；稍后的海子试图在他们的基础上，再加入形而上学、文明与宗教元素，以及来自结构主义的哲学启示的语言实验等因素，试图创造一种无所不包的“超史诗”。他们留下了一个巨大的精神废墟，一片未完成，也不可能完成的巨大工地。在整体性业已瓦解的今天，几乎无人再敢涉足这片废墟或洪荒之地。

但梅尔有异样的雄心，她试图以“雌性的话语”来重构和“创造”这片自然世界——这符合“创世”的隐喻，虽然由盘古开天辟地，但补天和造人的是女娲。她以此将自然镜像化，如帕斯所说，“劈开宇宙，向他自己的体内跳去”，她是将自己化为这片自然的感官与生命，来进行无所依傍的自我命名。当然，她可以借助的还有“地质史”以及万物有灵的自然意象，但除此之外，一切就都靠她自己了。

大地，请你收留它们英雄的尸体
昆虫，鱼类，甚至
包括熊猫和犀牛
七亿年后，人们会找到它们的化石
并奉若神明
…………
石头被遗忘
石头里长出了另一种石头
石头以另一种形式抛弃了自己
石头，盛开成自己晶莹的花朵……

我只能撷取这些片段，它可以让我们体味这些诗是如何创建她的“女娲创世”式的“话语形构”的。地质史、自然生命系统，以及一个对象化的“自动抒情的自我”的独白，构成了她书写的基本喻体，构成了她“救世”不成之后，又重新“创世”的一个悲剧隐喻与英雄逻辑——因为很显然，从全书的排列顺序看，以基督教文明为引领的巡游与审判的书写在先，以重归自然再度创世为归宿的构建在后，也仿佛出儒入道，展现着一个中国式的心路历程或心灵构造。梅尔在构想她的旷古之业的同时，也创造了她独一无二的诗篇；或者相反，她在自己写作的道路上，重新创造和命名了“十二背后”这片无双不二的雄奇自然。

但我依然不能自信，我是否说清楚了这些文本的奥秘。我只能说，我大体弄懂了它们之所以产生的因由和来历。但这些巨型的造物，是这本诗集中最为瑰丽，也最为危险和困难的部分。千岩万转，迷花倚石，我在其中感受到了她的强大，仿佛一位物我合一的女王——“十二背后”这一命名，如果用拆字法解释即隐含了一个“王”字，“王”即“十二”二字的拆卸，喻示着她作为造物的代言者，一个穿越时空的永恒统治者，在细细地寻访、命名和守护这片疆域，这座生气勃勃和诗意盎然的伊甸园——

……鹰尝试过飞进我的内心
它俯冲的速度过于猛烈
我在有限的阳光里存满了水
茂密的树木是昆虫的天涯

她成功地讲述了它的历史，地质史，描述了它无限丰富的地貌与样态，它近乎无法描述的美丽与神奇，也坚定地表达了她“从今以后”皈依于此的决心，但也让我这凡夫肉胎感到了巨大的疲惫。我相信这或许也就是一切现代史诗的困境，无论它们如何构建，以何种方式搭建，最终只能是一个形而上学的修辞之物。

五

波罗的海，犁开原始的森林
让我胸口的土地，变成琥珀的乡愁……

假如有一种世界主义的写作，是不是如此模样：她可以将波罗的海的波涛看成自己生命中的故乡，然后作为一个亲人，去近距离地阅读蒙克，去领悟他那些让人惊骇不已的画作，并劝慰他那充满焦灼与孤独的人生。我相信，无论是歌德所畅想的“世界文学”，还是革命家所梦想“英特纳雄耐尔”，还是为女性主义的理论家们所勾画的世界化的“妇女的写作”，都有一个共同的特点，就是对于地方主义、民族性的一种超越。这种超越不只是从理性观念的层面，更是在无意识之中。如果从这种意义上，我宁愿相信无意识，梅尔在她的诗中，正是呈现了一个诞生于无意识的“世界主义的自我”，这是颇令我惊讶的。

细读整本诗集，我清晰地感到了她的两个精神的原乡：一个是出自“《圣经》地理”的“耶稣的受难地”；一个是来自云贵高原深处的“十二背后”。当然，或许还可以从第四辑“缤纷的寒冷”中的《故乡》和《奶奶》几首中，依稀看到一个实有的故乡，但这个故乡在除此之外的作品中几乎是隐而不显的。另外的两个，尤其是“《圣经》原乡”，却几乎无处不在。这表明，经由某种人类主义的或者普世性的信念所建构起来的“超我精神”，在她这里产生了一种巨大的牵引作用——它使得梅尔变成了一个了不起的世界主义者，而这是读其诗所必须要考虑的一点。

所以，她从不把自己变成一个感伤主义的过客、一个“梁园虽好，非是久留之地”的局外人，以此来绵延生发自己的诗意；而永远是作为一个参与其间的成员、一个当然的在场者出现。当她从俄罗斯向西飞越波罗的海，就要降落挪威的时候，俯视下方海岸线上的葱翠的森林，她居然泛起了一股乡愁般的情愫。但这乡愁不是对遥远东方的幻念，而是对于眼下这块土地的恰似久违的怀想，“这汹涌的麦地，蓝得／深过我的眼睛／让我胸口的土地／变成琥珀的乡愁”。

挪威，坐在一首歌里

手捧一本书，会继续飘过我
　　恍惚的
梦境
从上船的那一刻起，海盗
成为我的亲人，所有的珍宝
咸得让人掉泪

你是否可以设想，这是一个来自东方遥远之地的小女子的口吻，一个过客的感受。我之前总还是希望从“博大心胸”或“经多见广”的角度去解释她，但细读全部作品之后，我可以清晰地感受到，她基于原乡的召唤所建构起的这个超越族群和地域性的自我，在这部诗集中所起到的内在作用。她所有的抒情，都是基于这样一个“世界主义的自我”所建构和生发的。由此我们就可以读懂她对于那些自然的热爱，对于那些壮美景物的赞叹，也读懂她对于跨越一切时空的那些永恒的人性之罪的历数与叩问。

但这并非意味着她对所有主题的处理都是“非历史”的，她的具有主题性意义的《苍凉的相遇——马丘比丘》，便是深怀悲愤的一种追溯与凭吊。殖民者的铁蹄或他们所带来的瘟疫，毁灭了这座大陆上最后一个曾经繁盛的文明。她从这里展开了她对于一种历史正义的追想冲动。我必须说，梅尔诗歌中的救世情结，在这首诗中得到了最为充分的体现。她所设定的一种审判，在这首诗中生发出了强烈的道德力量。当然，我相信她一定也清楚，在历史正义和普世伦理之间，一定也存在着无法弥合和兼顾的缝隙。不只这段历史不是一本书和一首诗能够解析清楚，而且一个文明的建立本身就是野蛮的产物——就像古埃及的神庙和中国的长城一样，世界上没有哪一个伟大的文明不是用奴隶的生命和血汗铸就的。所以，她在表达了她的悲愤之余也只能叹息：“时间成全了一切 / 又毁掉了所有”“这东方的女子，如何能用豪迈 / 去假想挽救你的沦丧?”

是的，打开我的伤口
打开印加帝国的伤口
打开秘鲁的伤口南美的伤口
世界的伤口！

这是诗歌的方式，当然也是唯一能够成立的伦理，唯一可以表达的态度。它足以警示我们，人类不能以野蛮创造了文明，又以野蛮毁灭这文明。如果说前者本身包含了历史的基本逻辑的话，那么后者则彰显了人性的黑暗本性。

呜呼，男权的历史应当感到羞耻，唯有超历史者方有资格去做这样的审判。一个东方的女子，若非有一颗世界主义的心脏，何以能够这般落笔；世界性的书写，抑或写作的世界视野，非此而又其谁？

六

旷野，一条长啸的河流
从受伤的马背上滚过

从写法上看，这本诗集有一个十分统一的视角，我称之为“极限式的抒情”。它至为庞杂的内容，上下数千年乃至数亿年的时间涵括，包罗了大半个地球的空间尺度，都给了写作者一种巨大的暗示。正是这一暗示决定了这些诗的写法与风格，决定了其“创世”与“救世”的巨型想象，也牵引着她的词语和诗意。用帕斯的话说是：“整个世界吊挂在他身上。万物苏醒，冲破硬壳，展开双翅，自由飞翔……”她被这巨大的想象所攫持，既找到了抒情的浩大理由，同时也发明出了一个居于对象世界之中的“自在之神”——作为抒情主体的“我”。他（她）无处不在，隐含或跳转于所有巨大的歌吟对象之中，担负着创世的使命、审判的职守，演绎着救世的激情和皈依的冲动。

这样的写法在新诗中已有过例子了，郭沫若的《凤凰涅槃》《天狗》和《站在地球边上放号》中，都有一个抒情者“我”，一个“一切的一，一的一切”的原初之物，即创生与造化之神，同时也是一个抒情的“新人”。朦胧诗人如舒婷、江河等人的作品中，也都习惯于以“我”作为抒情视角，“我是你河岸上破旧的老水车，多少年来纺着疲惫的歌”“我想，我就是纪念碑”之类，他们也都是将自我放进了对象世界之中，或者相反，是“劈开宇宙，向他自己的体内跳去”。而梅尔是将这种物我合一、“世界即我”的独白话语与抒情模式发挥到了极致。

我一直希望能够解开梅尔的“抒情法力”之谜。是什么使她获得了这样的自信，以及巨大“自我”的形象设定？当然是两个巨大“超我”牵引的结果。《圣经》人物与基督精神的谱系，首先内化为她巨大的道德力量；而《苍凉的相遇——马丘比丘》一类诗，使这一人格想象获得了悲剧与历史正义的坚强支撑。还有“十二背后”的巨型的自然系统，给予了她神力与造物之光的照耀……所以这一切将她加冕为一个集圣母与女娲于一身的“原我”或“元我”，也奠定了她“极限抒情”的合法身份与话语轨道。这应该是我对于她的笔法与修辞、风格与语调的基本解码。

当然，仅有光明和赞美诗是不够的，人性的黑暗与历史的悲怆是支撑梅尔诗歌复杂质地的另外两个东西。某种意义上，这两个黑暗性的元素构成了她诗歌中潜隐着的“本我”之体。很显然，“没有植根于本我的超我”是不存在的，对于现代性的诗意而言尤其不存在。所以梅尔非常聪明地，也搭配巧妙地结合了她对于人性与历史之罪的书写、宽宥与审判。这是该诗集能够集原始性与现代性于一体，成为一个丰富语体与想象场域的重要缘由。这也正像诗人在最后所自陈的：

……我更多的时候像个天使
怀揣着婴儿，乘着精灵的马车
把美好的生活涂抹得光怪陆离

不，更多的时候我像个巫婆
把明明一帆风顺的生活描述得
荆棘重生，陷阱密布

我交替着左右，重叠着前后
怕不能与深奥的你重逢

她重逢了，是的，与深奥，与多重的语义，与这种罕见的巨大极限的抒情，实现了拥抱。读到多遍我才能体会到这一点，尽管也还有着粗粝和冷硬之处，甚至有着不可回避的迟疑与陌生。但她与自己的世界通过她的诗句产生了交融，在诗歌中创生了她广阔和原始的自己；同时，她充满灵魂升华与思想历险的自我创建，也与她周游世界的旅行一起，完成了她诗歌的天路历程。

当然，就诗艺而言，或许她路途正遥，某些匆忙中的一挥而就，也还远不到天衣无缝的境地。但这些对于一个真正怀抱理想的写作者来说，都是可以宽宥的，因为无论有什么样的粗粝或者粗糙，它毕竟不是小女人的吟风弄月，不是裙间的碎花小草。

2017年12月28日深夜，于北京清河居

大女人与软现实

——关于谭畅的诗集《大女人》[1]

一

假如从视野和方法看，谭畅的诗集《大女人》所秉持的，确乎不是一般女性诗人的抒情与述怀式写作。

没有曲折的回廊，绝少朦胧的隐喻，没有普拉斯式的激烈和伍尔芙式的幽暗，甚至也没有当代中国女性写作中惯常的那些个体性与身体性的诉说与哀怨。她几乎是以“元写作者”的身份闯入诗歌的——不只写作，而且直接讨论写作的观念和方法，或者说，她不像是一个“作者”，而是一个“分析者”。方法论来自西蒙·波伏娃、苏珊·桑塔格，甚至是埃莱娜·西苏，当然，也还有弗洛伊德、福柯和德里达，等等。以观念入诗，有无数失败的案例，但在谭畅这里，让人很难怀疑她的试验。从其“序诗”《大女人主义》的片段中，即可窥见一斑。

这首诗的重要，使我不得不做这样大段的引用：

---

① 谭畅：《大女人》，作家出版社2018年版。

我不说大女子，因为“子”字不够女人
虽然它可以尊如老子，重如子时，贵如子爵
滑如子鼠，利如子弹，迷惑如妻子

我也不说小女人，虽然“小”居下而尽得渔翁之利
年龄小（或假装年龄小）也是女人一生的迷狂
终属小猫小狗的自我矮化，小妾小人的心头大痛

我更不说小女子，把女和子混搭占便宜的小诡计
女儿和处女的隐喻，与男子打交道的撒娇派
像把“不”当成“好”般低眉顺眼的假拒绝

我说大女人，还要加上气势汹汹的主义
以表明我告别女孩走向女人的专心，长大成熟成美的信心
还有一个性别面对敌人硬打压、爱人软收编的决心

我说大女人，跟大男人相对而非敌对
如河流对自己身上阳光的赞美
大女人就是大女人，不折不扣的女人

上善若水，上上之道的女人
要博大、广大、阔大，大在精神
要柔软、丰富、尊贵，很女人，绝不是男人婆
大女人是人，她不是无恶不作的非人，也不是忍气吞声的超人
她是女人引以为荣、欣欣向荣、一荣俱荣的大女人

姐妹们，打开大门请进来

当然，允许可爱的观望和犹疑
翻墙也行，走后门也可以
手拈而嗅的青梅可以丢进院来
包括以书掩面的窃喜，以手支颐的微哂

一并收纳了，换作深深一揖
万福还是拱手，全凭当时喜好
总是自家觉得好看才紧要……

瞧瞧，真是天衣无缝、万无一失了。这是铁了心的、完美的、自足的、几乎是高居于人间净土的一个世界，比奥林匹斯山低，但比人世要高，就像埃莱娜·西苏所描述的那个男人被逐出的世界一样干净、完美、自立、自决。她没有弱点，没有疏漏，没有一丝男人世界的龌龊与污浊，却叫我这男权主义的余孽，压根就没有发言权的人如何置喙、说三道四？我只能说，谭畅的女性主义确乎超越了以往的任何形式和范畴，但又与以往的写作之间构成了延续的谱系，且自我界定、矫正、补充和完善到了无以复加的地步。如果我硬要阐释，只能借助西苏在《美杜莎的笑声》中的说法："当我说'妇女'时，是指在同传统男人进行不可避免的抗争中的妇女，是指必须被唤醒并恢复她们的历史意义的世界性妇女……妇女的想象力是取之不尽用之不竭的，就像音乐、绘画、写作一样，她们涌流不息的幻想令人惊叹……"

现在妇女从远处，从常规中归来了：从外面回来了，从女巫还活着的荒野回来了；从潜层，从"文化"的彼岸回来了；从男人们拼命让她们忘记并宣告其永远安息的童年回来了。[①]

---

① 埃莱娜·西苏：《美杜莎的笑声》，见张京媛主编：《当代女性主义与文学批评》，北京大学出版社1993年版，第190页。

现在是新妇女从旧妇女在解放出来的时候了，通过认识了解她，来解放她；通过爱她，因为她活过来了，因为她毫不迟疑地超越了旧妇女……[①]

可引用的段落还有很多，但我想已经够用。从西苏和谭畅几乎可以“互文”参照的话语中，我们应该能够感受到这个谱系的成长与日臻完善。谭畅诗中所说的“是”与“不是”的种种，正是对于这个成长的谱系的界定和描述，她的前世与今生。如今她已不再是被压抑的女娲，也不是自禁的嫦娥，不是作为玩物的貂蝉飞燕，也不是权倾变态的吕雉武曌，而是作为智慧与美之化身的、不依赖于男权世界的、对于二元对立关系有足够警惕的、对种种病态与变态有着免疫能力的妇女，是业已长大的、博大的、大气而大度的、大人大量的妇女，是返璞归真的、洗尽铅华的、落脚于足下土地的——妇女。

用她的话说即是：

重新找到自己的脚趾，以及脚趾下一视同仁的大地。

一切已接近完成了。古往今来的一切问题就此解决，多好哇！至少在语言中是这样。西苏的滔滔语势和谭畅的语势滔滔，几乎可以其语言的快意，勾画出一个与时间和《圣经》相对峙的世界，一个独属于女性的伊甸园了。

谁敢说——谁能够说——不是？

然而，问题不可能就这么结束了。语言变成了现实，不只是现实的开始，也是写作的开始。而写作一旦开始，问题便重新变得复

---

① 埃莱娜·西苏：《美杜莎的笑声》，见张京媛主编：《当代女性主义与文学批评》，第192页。

杂起来。上述只是相当于作者的序言和总纲，如《题记》中所说，该书不是宣言，而是追问，是“对女性崇拜、女性问题、女性主义和女权主义的追问”。作者还必须展开这些追问，并试图一一梳理和回答它们。

接下来便是作者为我们展开的几个部分：“女人传”是对于女性作为文化谱系的那些典范人物的评说；“女人类”则是对现实意义上各种职业、处境、角色、属性的妇女，以及作为三教九流——包括底层在内的妇女的写真，当然，这部分中还有相当数量的是作为女性比喻或者女性化的若干事物的吟咏；“女人心”是从观念到肉身的回归，所写的是日常的，甚至是恢复到“小”的女人的诸般悲欢忧惧和爱恨情仇，以及她们作为肉体凡胎的种种感性与感受的集合；最后是“女人家”，此“家”当然是双关，一个是“女人家”，一个是“女人之家”，女性的伦理身份与家庭角色自然也是必不可少的，只是这部分中作者必须要给自己一个界限，即要时刻牢记其身份的二重性，乃至分裂——既要坚持“大女人主义”，又免不了实事求是，要时常还原一个现实中“不主义的女人”的身份。这确乎很难，然而诗歌的可能性正好是因此而得到了释放。

二

上述一一细数，似乎有点困难，我还是拣重要的和有感受的谈一谈。“女人传”这部分是最有文化深度的，也是建立谭畅的“新女性观”及其“大女人主义写作”的依据。之前的女性写作，无不是以“谱系化”或“反谱系”为基础的：女权的、女性的、女子的、女人的、小女人的……但这里作者不再按照曾经的那些规则和尺度去阐释她们，而是用了种种颠覆和拆解的方式去寻找新的可能，或者干脆玩花样绕开它们。我所能够肯定的是，这些阐释的难度和陷阱真是太多了，而谭畅闪转腾挪的本事也真是够用，她在复杂的地方采用了后现代式的戏谑或者置换——直接将古人置换为现代的替身，像《精卫》这类；而在可以建设性阐释的地方，她当然也不放过，比如《嫦娥》中写道：

你是被迫先离开的那个女人
被自私男人的算计惊醒
抢在命运之前选择了命运
你才不介意别的男女嚼舌根

显然，既有的神话都是由男权所创建的，所以古典时期的说法不可能对女性有利，“嫦娥应悔偷灵药”，这与《圣经》中的女人何其相似，嫦娥和夏娃一样，也是原罪的。从“唯女子与小人难养”，到这位因偷食丈夫的份额而遭放逐的妇女，似乎都是很难翻案的。但作者在这里成功地翻了案：“谁有资格品评你选择的生活？”男权的自私和虚伪所编纂的一切，在这里完全失效了。“你的美超这世界一截”，而这才是你的“错误”。以往她的独处是被解释为自禁或被逐，而这里，是傲然地成为自尊与自立的典范。

类似《观音》这样的题目，从常理说，其诗意近乎“无中生有”，所以读此诗我不禁为作者捏把汗。但她处理的机智超乎我的想象，“夜月锋利，背后水域沉默／风轻吻脖颈，灌满耳郭／噙住滚烫耳垂／翡翠照亮一炉残灰，／红烛空耸。／闭目高台，有谁祈求似我落拓”。她居然用了“落拓”，来解决一个悲情角色的命定之困。但你不能不承认她很厉害，她的处理是合适的、得体的，确实很难。

而类似“杨门女将”、李清照、唐琬……这些形象，在此谱系和语境中所生发出的意义，更远超出了她们在其他语境中的意义。谭畅将她们从历史中解放出来，恢复到一个女性的应有处境，以新的两性观诠释了她们的命运逻辑。相比之下，更难处理的是西方文化背景中的那些女性，从夏娃到羊脂球、洛丽塔、波伏娃，作者将她们放置到历史和哲学的语境中，试图来做出相对整体的文化思考。虽然与前者比，这个数量规模稍显单薄了些，但她将东西方两个谱系所做的无缝衔接，是高人一筹的。

三

大女人的“大”字表现在哪里，或者因何而成立，这是我一直在考虑的。谭畅和既往的女性写作到底不同在哪里，我必须想清楚，但这委实是一件难事。显然，她也试图在寻找自己的前世与今生，否则不会是叫“大女人”。“大女人”当然是相对于“女人”或“小女人”的，以往的写作或文学形象中，也不外乎这几种情形。李清照的《声声慢》是小女人的，她一生中大部分写作都是小女人的，但一首《夏日绝句》“生当作人杰”是大女人的，这就够了，单凭这一点，我们就很难将她视为小女人。而谭畅亦应如是，她说出了大女人的立场，但也应该允许她写小女人的诗歌；或者反过来，即使她写了小女人的诗歌，她在总体上也称得起是大女人主义的写作。

但她很少，或者竟没有写这样的东西。即便是在“女人心”一辑中，她也总是将那些日常的、并不高大的女性经验“他者化”，而很少见到那种“小女人主体”式的抒情，这也几乎构成了她写作的独一份的属性。她的做法，简言之就是不只将妇女谱系化，而且也将其“非历史化”——变成活在当下、活在她身上的部分，去体验她们的处境与命运，而在这命运中去发掘她们的大：

命运就是一辆辗转迁徙的车
载着家国的过去，背着诬告和流言
却由一个弱小身子护送
追着高宗仓皇南逃的脚步

把项羽没走完的路走下去

这是谭畅重新诠释的李清照。在她看来，这弱女子正是以娇小之身，肩负起这个昏聩和战乱年代的道义、光明与价值，成为一盏照耀于历史寒夜的精神之灯，并独自前行。

显然，大女人不是一味的完美和理想化的，而是包含了承受与担当的处境与命运的，是自我认知和启蒙的慧根与自觉，是看问题的广阔视域，是天生高人一等的聪颖，犹如莎士比亚所揭示的，女性即人文主义的天然同盟；或是像歌德所盛赞的，“永恒之女性，引领我们上升”。谭畅诗中对于三教九流、各色人等，各个层次妇女的描述与诠释，显现了从观念抗争、道德反诘、身体承受，到认知分析的转变，甚至于连经验的体味也交杂她的理性分析。这些分析在我看来，都超出了简单的道德与情感维度以及写作的常理与常态，对于女性写作的所谓本色也构成了挑战。她时常穿越在哲学、伦理、历史、文明等不同范畴之间，在人类学的欲望与身体，同社会学的伦理与身份这些复杂的纠结中闪展腾挪着，信笔挥洒和评说着。

所以这大女人的“大”字，不只是说女性本身之大，还体现着言说之态度的大。比如她也写妇女的弱点，《骂街女》就以舞台人物式的笔法，描画了一个“披头散发的婆娘”“歇斯底里的撒泼女人”的样态。在我看来，这种自曝女性之丑的坦然，也是“大”的表现之一。

那些骂过街的女人形象会不会受损
比如你很难将美少女和骂街女联系起来
只能像佩服老戏骨一样佩服老大娘
要多大的勇气才能登台表演
多饱满的情绪才能把自己弄得那么难看

也许这是女孩成长为女人的一个必须路径
在家族利益和柴米油盐纷争下
耽于幻想的仙女下降为寸土必争的妇女
在男人怀里，小猫咪终于长成了母老虎

这种喜剧性的自曝，是既往女性写作中见所未见的。这也从一个方面表明了谭畅的自信，作为女性她并未“神化”自己笔下的人物序列，而是将她们放还现实之中，去放胆展示其不同的侧面。

四

这也就说到了“现实”。曾有一个时期，我记起来，谭畅热衷于一个叫作“软现实主义”的观念运动，她与批评家夏可君等还写有许多阐述性的文字。我也曾很着迷于此类说法，但对于什么是“软现实”未曾深究，一直在懵懂之间。然而读到此刻，我似乎忽然明白了一点点：或许“软现实”就是这样经过“转换”的现实，是“软化”的、个体的、非意识形态化的、有后现代意味投射的、有着各种生动境遇的……现实。

艾布拉姆斯在研究十九世纪文论时，曾提出了“镜”“泉”“灯”三个概念，他将这视为古希腊以来文学基本观念的变化逻辑。“镜”当然是“模仿”，“泉”是“抒情”，“灯”是“勘探”或“照亮”。他说，这不只是方法的变迁，也是“认识论的历史”[①]。这句话至为关键。关于现实，人们的看法确实历经了非常大的变迁，后结构主义以来，人们已不再相信作为纯然“客观存在物的现实”，因为这样离开人的认知立场与方法的“现实”，可能并不存

---

① 艾布拉姆斯：《镜与灯——浪漫主义文论及批评传统》，北京大学出版社2004年版。

在。也正是因为这一点，“现实”曾经被政治绑架得太久。而一经“软化”，这现实或许就不再是概念的、意识形态的、权力操控的、绝对正确的……而是有了各种限度的，且被反思的——不只反思现实本身，更反思我们对现实的认识，至少，是以认识的局限为前提的。

这便是谭畅笔下的现实了。这些年，我看到了她对于底层妇女的关怀，对于各种妇女处境的观察，她不是如同“底层写作”那样直接将写作道德化，或呈现其社会问题性，而是兼做文化的分析、人性的探究，并施以后现代式的戏谑。这样，就使她对于现实的关注延展成为对于现实的柔性处理。类似《猪笼妹》《面条妹》《织帛女》诸篇，简直就可以看社会学、民俗学、人类学加心理学的分析，它们充满了现实感，却不是“现实”的直接传达与书写，而是现实的探究与分析。

或许这就是所谓的软现实主义？

一首更简短的《美女》，或许可以是一个例子。当买主在市场上遇到这样一个微贱的卖主，按照流俗叫出了一声“美女”，却又发现这“词与物”之间所构成的反讽关系——十年前我在珠海的街头，听到当地朋友这样称呼路人时，还感觉非常吃惊，而今在中国乡村的大街小巷，差不多都是同样一种称呼了。仿佛人们习惯于在群发或诈骗短信中看到的“亲”或“亲们”，是专门对于陌生人的泛称一样。真是世事变迁，无法不让人百感交集。

这称谓冷不丁爆响在耳边
涂抹掉她蜕皮时撕扯的一地血迹
夸大额头渐皱真相
看吹捧嘴角泄露嘲讽
遮住悲凉眼神
那可怜的绣花袋子

竟掏不出块像样地瓜

当这个底层的妇女为了卖出一袋品相并不好的地瓜在农贸市场蹲守时，遇上了别人对她的“美女”称呼。可以想见这称呼的搪塞与漫不经心，它程式化的含义与事实上所生成的讽刺式含义之间的偏差，恰好构成了我们这个时代奇怪的“软现实”，充满了让人啼笑皆非的喜剧含义的现实。

自然，不管“软”与“硬”，关注“现实”总是好的，是“大女人”一种担当与勇气的表现。这与谭畅生活的城市、地域有关，更与她写作的观念与抱负有关。

然而还有一点也必须要指出，“大女人的软现实”之一，就是她也偶尔会成为瞬间的“小女人”，必须要接受这现实。这就是我在诗集中读到的另一类，如《活下去》中所写的，那种对于另一性别的可能的依赖——

每次想你都只能使我更想你，舍不得沉入睡眠
夜太长了，我怎能这么久见不到你
若我用梦暖着你，记忆会冷却的，时间也企图把我剥夺一空
我看到天鹅雪白的颈交缠，蚊蚋在池塘边私语
而我的心，我的你呀，在哪里

这似乎有点悖于“初衷”了，那个独立的、无懈可击的女性，似乎也有了这么一丝丝软弱的流露，“不，宁愿划破我自己的心脏我也不忍伤到你 / 你是我的糖，我要把你含在口里用唾液润着 / 即使你变成一块燃烧的炭，我也会颠三倒四痴笑 / 咳出血来滋养你。和爱一起活下去”。这句子甚至让人想起比翟永明的《女人组诗》更早的“林子式的抒情”，只是作者对于抒情还是酌加了一点控制，而不至于使之显得太“软”。但即便软一点也没什么，再大，也毕竟是与

男人一样有着永恒困境与缺陷的女人。我反倒觉得有了这些诗，该部诗集显得完美了许多。

五

最后不免还要谈一点诗艺方面的印象。我向来对于“有自我阐释能力”的诗人都抱以敬畏，不敢也不愿置评，因为你所能说的，人家已经说过了，人家自己说出的，你又未必能够说得出。更何况谭畅还有着专业的理论素养、后现代趣味的偏好，有一大堆经纶抱负观念方法想要在诗中展示——想来这也是我多年延宕的原因了。而且在我看来，她也毫无例外地将自己在潜意识中做了身份的设定：某种程度上不是这个“谭畅”在写，而是那个基于女性主义的现实境遇的，基于代际与使命、须在前人的基础上有所变化的、负重前行的“文化角色”在写作。所以，“大女人”不是谭畅，而是一个概念，一个旗帜和口号，一尊尚未完工的女神雕像。

而一旦想到这一点，问题便渐渐清晰了许多。我意识到，谭畅的任务，是要一笔一笔慢慢完成这个雕像，所以她“单个的文本”或许并不自足，而是具有某种“未完成性”，换言之，她是要用整部诗集，甚至全部写作的互文，去完成一个作品。这个难度是可想而知的。基于这样一个前提，我认为谭畅是了不起的，她有着整体性的巨大构想，同时又以轻代重、以逸待劳、以某种程度上的轻逸与“软”，处理着单个的文本，并最终以戏剧式的智性和适度的诙谐感，搭建起了她的女性话语与个体美学。

也因此，信息量巨大成为谭畅诗的一个显著特征。在《春节2008》中，作者仿佛是一架航拍的摄像机，从高空俯瞰，或是一个穿梭于茫茫人海中的记者，在记录着千千万万的卑微生命不同而又大抵相似的处境与命运：

返乡的任性，是拗不过来的亲情
城市的叶子纷纷跳下树枝
要把地上的蚁穴填饱
抛得水泥空壳像没了芯的铃铛
弟弟反向南奔吃饺子
却被北风冻在郴州
悬空的还有迎面的几十万人
爸爸一直担心火车的粪水把城市淹没
2008春节挂在树上

这是十分微观，同时又无比宏观的视角，它与新闻中那些字正腔圆充满导向感的报道相比，更具有个体生命的无奈以及混乱而逼真的现实感。与大量的写作者追求抒情者的主体性以及诗艺的个性气质不同，谭畅首先考虑的或许不是“如何写得好与美”，而是“如何体现真”，这使得她的“智性写作”的追求获得了另一个支撑，即“朴素之真”。真支持了智，智又升华了真。

在另一首《回家过年·李红霞》中，她甚至采用了河南或某地的方言，借助一位回乡途中因事故惨死的打工妹的母亲之口，来表达悲痛与悲悯：

闺女，恁打小儿就性急
不就是车站这头到那头的路吗，跑啥呢
看人家把恁挤倒了不是！磕到脑袋吧
多疼！来，娘给吹吹
看这双手，咋全是泥
乌黑青紫的，快伸到俺袖筒暖一下
还有这小脸，蜡黄不是正色儿
恁红通通的大圆脸哪去啦，当年还犯愁

瞧现在下巴多尖。娘不是教过恁
别用城里人的洋玩意儿，抹蛤喇油就好
都是老天爷给咱女人的，润着呢
娘说大半天，你可算笑了
娘也把心放肚里了。看娘这胸口堵的
叫你哥给揉揉

在这里“作者”似乎并不存在，没有作者的腔调，只有一个绝望的声音，一个真实、细微，又震撼人心的声音。“万家墨面没蒿莱，敢有歌吟动地哀”，这似乎是那种壮阔低音的前奏或者领唱。谭畅的戏剧性能力与她的现实关怀之间，达成了一种内在的统一。这似乎无关技巧，但又是真正的手艺的体现。

还有机智，她的诗歌给人最强烈的一个印象就是机智了，思维、修辞、词语的机智，有时极短小，却如快刀闪过，一击致命。如在《情人节》中，她只用了短短数语，便将这个日子里普天下的男男女女，他们所面对的隐秘与尴尬，剖析得完全彻底——“像场预谋已久的战争 / 陷入糊喳喳闹剧 // 玫瑰嘴唇血紫，哆嗦成蔫巴树叶 / 底线越逼近错误越清晰”。

宿命般真实
一个爱人，背叛所有爱人

人间的虚伪与真爱、悲剧与喜剧，人性的可爱与可怜、可笑与可悲，都在这寥寥数语中显露无遗。当然，某种意义上，我们也可以将其理解为对于男性虚伪文化的一种揭破，并且以此回到“大女人主义”的正题。正如美国的女诗人和批评家埃德里安娜·里奇所断言的：“父权制的创造力在迅速衰退。”她精辟地指出，过往的女性写作，大都“是一种痛苦的呐喊，受害者的呐喊，诱惑的抒情诗”，而如今“我们知道得更多”“因为我们的生活更加复杂”[1]，因此，妇女的写作也必将是趋向于这种复杂。

谭畅确实是在努力接近着、实践着这种复杂的理解与写作。

2018年8月，于北师大京师学堂

① 埃德里安娜·里奇：《当我们彻底觉醒的时候：回顾之作》，见张京媛主编：《当代女性主义与文学批评》，第140～141页。

变奏与对话

——二十一世纪以来当代文学研究的理论问题及其旨趣[①]

一晃“新世纪”已经过去十几年的时间了，很快我们将迎来五四新文化运动一百年的时刻。“新文化”与“新世纪”都已不再那么“新”，一切似乎应该显现出某种历史的踪迹与逻辑了。然而，当我们试图要梳理这些踪迹与逻辑的时候，又发现它们并不是那么容易找寻。“却顾所来径，苍苍横翠微”，用语焉不详的诗意描述，确实难以找到令人信服的解释，但我们也只能寻着这个来路，大致地画出一个轮廓。

因此，回顾这十余年的当代文学研究的历史，可能的办法只能是就其中几个主要的理论话题做一些梳理，希望借此能够辐射或暗含更多的问题，在“隐喻”的意义上指涉或容纳近十几年来比较重要的理论命题。正如美国的新历史主义理论家海登·怀特所说，任何事件一旦进入历史的叙事之后，都会变成一个被“扩展了的隐

① 本文为作者为《二十一世纪中国文学大系·理论卷》所做的序言，将由南京师范大学出版社出版。

喻”[①]。也正因为如此，要想“叙述历史”几乎是不可能的，可能的只有“叙述事件”，而“叙述事件”本身实际上也就是“叙述历史”。从这个意义上，我们总结几个主要的理论话题，也就可以看作是对新世纪当代文学研究的梳理与总结了。

一、文学史写作与“重返”研究

二十世纪六十年代以来，对文学史的反思与“重写”，常常作为当代文学研究的核心问题引发关注。从钱理群、陈平原、黄子平“二十世纪中国文学”概念的提出，陈思和、王晓明在《上海文论》主持开设“重写文学史”专栏，到九十年代北京大学“批评家俱乐部”对五六十年代“红色经典”的系列解读，唐小兵、黄子平、刘再复、刘禾等海外学者所推动的“再解读热”，以及唐小兵编辑的《再解读：大众文艺与意识形态》的问世，还有九十年代末几部各具特色的中国当代文学史著的出版，再到新世纪“重返八十年代”“重返五十至七十年代文学”的“重返”热，历史总是不断被招魂和再叙述。看起来这只是对历史问题的重新认识，但实际上暗含了对历史逻辑本身不断的修正，还有历史观念与方法的悄然变更。

回顾二十世纪八十年代“重写文学史”的意图，其核心自然是将意识形态主导的文学史结构替换为以人文主义思想为主导的结构模式，或至少要让这个结构模式中性化——变为一个“纯粹时间范畴”。这一思维源于海外学者论述模式的影响，如夏志清的《中国现

---

① 海登·怀特的原话是：“作为一个象征结构，历史叙事不是再现其所形容的事件……”而是“使事情的形象浮现在人们的脑海里，如同隐喻的功能一样……历史是象征结构、扩展了的隐喻。”“它利用真实事件和虚构中的常规结构之间的隐喻式的类似性，来使过去的事件产生意义。历史学家把史料整理成可提供一个故事的形式，他往那些事件中充入一个综合情节结构的象征意义。”见《作为文学虚构的历史本文》，张京媛主编：《新历史主义与文学批评》，北京大学出版社1993年版，第170～171页。

代小说史》，却升华于本土学者普遍的自我反思，并非像有人所定论的，是出于对于“要把一个资产阶级现代性的叙事硬套在中国现代的历史发展上，用资产阶级现代性来驯服中国现代历史”[1]。所以在这样的思维主导下，沈从文、张爱玲、钱锺书等一批作家的地位得以被重新评估，而原有的因为政治上居于“左翼”优势而被大谈特谈的一些作家，相应地被压低了其地位。这个过程很长，包括后来二十世纪九十年代的“重排大师座次”也是其中有标志意义的一个事件。而九十年代“经典再解读”的起因与含义就更为复杂，开始可能包含了某种意识形态的压力，因为九十年代初期思想界的回潮以及文学领域中的某些禁忌，使人们产生了重操旧业或迂回而行的冲动，重新研究五十至七十年代的红色经典，便成了一个有意味和含义丰富的事情；而这时，西方解构主义的思想理论也正在悄然改变着中国学界的思想方法，“文化研究”兴起则使红色经典获得了全新的多维视野，对于海外的研究者来说，并不存在意识形态方面的压力，他们反而找到了进行文化研究或者结构主义叙事学一类研究的绝好例证，黄子平的《革命·历史·小说》即是一个例子[2]。将文学文本转化为语义更加复杂的文化文本来研究，不但回避了其敏感的意识形态问题，同时还强化了研究者的理论形象，推进了当代文学与学术研究的方法变革，使文本中的文化命题彰显为首要问题。特别是，在此基础上还催生了本土式的“左派理论”，一方面是通过意识形态的解读找到了“民族国家立场”与“社会主义文学”的某些历史合理性，另一方面则是通过对其内部结构的重新梳理与阐释，寻找其中的“被压抑的文学性”。这些复杂的理论话语在进入文学史观念与叙述之后，极大地丰富了方法、视野以及研究的深度。

---

① 旷新年：《“重写文学史”的终结与中国现代文学研究转型》，《南方文坛》2003年第1期。

② 黄子平：《革命·历史·小说》，牛津大学出版社1996年版；该书后来在中国出版时定名为《“灰阑”中的叙述》，上海文艺出版社2001年版。

“重返”研究在近年的热度，首先是上述研究思想与路径的自然绵延，当然也包含了更具体的新诉求。“文学的历史研究”的兴起，加上福柯的知识考古学思想，成为这些研究的主要理论与方法动力。其实早在二十世纪九十年代末洪子诚讲述中国当代文学的“问题与方法”课程时，便已经提到了“历史批评”的重要性，他引述美国学者特雷西的话说“历史批评的方法……就是‘那些被作为事实陈述的事实是如何成为事实的’。”他强调，要“从过去那些表面看起来很平滑、被词语所抹平的‘板块’里头，发现错动和裂缝，然后来揭示其中的矛盾性和差异。这种方法是在原先已有的叙述的结论上发现问题，或者说，把既有的叙述‘终点’作为出发的‘起点’”[①]。这些论述实际上已非常接近福柯式的理论，“在一些话语的重大的建树的间歇中，它揭示出以话语重大建树为基础的脆弱地基……”[②]或许与这些启示有关，2005年前后，以程光炜为代表的一批学者强化了“文学知识考古学”式的研究实践，推动了“重返八十年代”的研究，陆续推出了一大批相应的成果[③]。

说到底，从“重写”到“重返”，既是一脉相承的对原有经典化秩序的改变、调整、颠覆，也是一个从“更注重主体的立场”到“更注重历史的客观真实”的转换。这个过程充满了戏剧性的逻辑，在中国当代不断回转、巨变、跳跃和断裂的历史情境中，产生出众多的研究现象与研究范例，也极大地改变了文学史的叙述格局、分析方法、结构面貌与知识生产，改变了当代文学的经典谱系与知识谱系，打开了研究领域中的广阔空间。某种意义上说，以往学界的一

---

① 洪子诚：《问题与方法》，生活·读书·新知三联书店2002年版，第89页；同时参见作者《“当代文学”的概念》，《文学评论》1998年第5期。

② 福柯：《知识考古学》，谢强、马月译，生活·读书·新知三联书店1998年版，第174页。

③ 参见程光炜编：《重返八十年代》，著者有洪子诚、李杨、罗岗、李陀、贺桂梅、旷新年、王尧、吴俊等，北京大学出版社2009年版。

种所谓当代文学“只有批评没有研究”的偏见，已然站不住脚了。

本卷中试图呈现这一过程中最新的代表性成果，因为题目是新世纪以来，所以不能追溯之前的重要文本，只是对近十年做一个简要的梳理。洪子诚先生的《中国当代的“文学经典”问题》[①]一文，可以看作是一个方法性的提醒，对于当代文学的经典谱系所谓何来、其“不得已”而又必须认可的性质的一个更本源性的追问与诠释。他以一贯的客观与精细，从当代的制度渊源与文学体制、生产方式及作家身份等因素入手，探究了当代文学的经典谱系演化中的诸种参与力量，有助于我们对于“重写”与“重返”问题做出更清醒的预设以及更内在的思考。陈思和先生的《先锋与常态——现代文学史的两种基本形态》，也同样承续了他以往擅长的宏观思考，从规律的意义上解释了当代文学的一种精神衰变。从“战争文化心理”、“广场”与“庙堂”、“民间”与“岗位”、“潜在写作”与“民间隐形结构”，到“先锋”与“常态”，他的一系列准确而传神的关键词，总是以富有思辨意味，然而又总有敏锐的触动力与辐射力的思考，对当代文学的重大问题做出宏观的、历史的和思想性的诠释。他将“先锋”与“常态”看作文学运变的两种基本形态，从而在更长的历史跨度中解释了当代文学的演变逻辑，在以往新与旧、雅与俗等二元对立模式之外，释解出更多被压抑和忽略的文学因素。

作为“重返八十年代”研究的领军人物，程光炜主张深入这个年代的文学知识“被建构”的历史语境之中来拓展研究空间。《“重返”八十年代的若干问题》重在梳理有关二十世纪八十年代文学观念构建的几个最核心的问题：“现代派”“纯文学”“文化热”“多元化”等问题是如何在历史情境中发生作用的。这正是抓住了二十世纪八十年代文学之所以成为一个新神话、被不断追忆和怀念的根本原因。尤其他指出的在“现代派”之争中内置的“创新”/“保守”

① 洪子诚：《中国当代的“文学经典”问题》，《中国比较文学》2003年第3期。

的对立思维可能会压抑其他创作取向，“文化热”“多元化”可能导致的价值上的“绝对相对主义”，“新启蒙”话语中隐含的将“自我”置于“大众”之上的精英主义倾向等问题，打开了更为广阔和多维的思考空间。李杨的《文学分期中的知识谱系学问题——从“当代文学”的“说法”谈起》同样具有方法论意义，它甚至对于中国新文学以来历史叙述中方法与知识谱系的建构都进行了回溯，对于二元对立的历史模型以及断裂式历史思维在新文学的发展以及谱系的生成过程中的作用与问题，都做了深度的思考。他使我们在对待新文学与当代文学的知识系统时，有了更多审视与疑问，更多预设与纵横联系。罗岗的《在“缝合”与“断裂”之间——两种文学史叙述与“重返八十年代”》探讨了几种文学史叙述的思路以及难题，他认为，在如何认识现代文学与当代文学的联系与差异上，在如何认识二十世纪五十至七十年代文学与现代文学、新时期文学的联系与差异上，研究者各自有其侧重与困境。“二十世纪中国文学”的叙述试图打通现当代文学，但内含将五十至七十年代文学甚至现代左翼文学排挤出去的“窄化”“断裂”倾向，因此这一思路看起来“缝合”了历史，却“以牺牲研究对象的丰富和复杂为代价”；与此对应，洪子诚的“中国当代文学研究”认为，五十至七十年代并非“五四”文学传统的“断裂”，而是“具有深层的延续性”，这是另一种沟通现当代文学的努力，这一思路的问题是容易忽略现代与当代文学在文学体制等方面的巨大差异。由以上两种叙述方式，作者认为“重返八十年代”研究在方法的意义上可能是一种突破，它将历史叙述作为“历史处境、社会背景和知识范型所架构”的产物，从而悬置了“断裂”或“延续”的一元选择，转而深究话语场域中叙述被建构的多重机制，这是再次激活“历史”与“现实”的有效尝试。

贺桂梅不止在“重返八十年代文学”多有论述，她的《重读“二十世纪中国文学”》一文重新诠释、廓清、强化了这一概念的意义，她对该命题中所包含的历史情境，以及试图疏离政治、返回文学自身、走向世界、整合现代性逻辑的整体规划等意图，进行了非常充分的解释。当然，这与其说是对钱、陈、黄三人观点的重述，不如说是在新的研究格局中独自的深入思索和解读。

在关于文学史建构模型的思考方面，南帆的《当代文学史写作：共识的结构》似别出心裁，他认为“时序并非文学的唯一坐标。人们至少要意识到，线性的时序可能无法解释某些文学事实，甚至形成某种遮蔽”。由此他指出了中国传统的通过编选经典谱系来隐含判断与区分的方法，吸收现代西方结构主义方法以生成“结构分析的方法与历史发生的方法同时并用”，来使得历史的叙述与构造方式多元化。这些看法对于过分依赖社会历史模型的当代文学史构建来说，无疑有重要的改造与借鉴的作用。

郜元宝的《没有“文学故事”的文学史——怎样讲述中国现代文学史》，一针见血地指出了体制性的文学史写作的弊端，即写作者试图以文学史来涵盖“大历史”的思路，“使本应该凸显文学的历史讲述变成各种针对大历史的价值立场、学术话语、概念术语、观念与结论的堆积”，这样的文学史实际上使写作者“难以胜任”，阅读者“望而却步”，本末倒置地淹没了应予突出的文学细节。因此，作者主张将文坛掌故、社团纷争、文人交往、作家个人经历等细节还给文学史，恢复自然时间主线并置纷纭的文坛事件，“摆脱‘宏大叙事’的‘定论’”，写一本有“文学故事”的文学史。他的观点让人想起勃兰兑斯的名著《十九世纪文学主流》的写法，那种既有大历史的清晰逻辑，同时有充满了迷人细节与文学故事的诗意磅礴的历史叙述，或许真的值得中国的学者重新学习。

二、“再解读”及文化研究的左与右

将“再解读”与文化研究合为一个单元，是因为“再解读”本身即接近于一种“文化研究”，尽管这些解读中有的侧重于对文本的文学性的解释，有的则侧重于对文化、制度、文学生产、背后的民族国家意识、性别政治、身份认同等问题的解释，但总的看是文化研究的一种实践。前文中其实已涉及，“再解读”研究兴起于二十世纪九十年代的海外学界，在国内也有分析实践，只是在方法与文化研究诉求上没有像前者那样自觉。某种程度上，“再解读”是一次重新解析革命时期文学内部要素的冲动，以此来重新找到当代文学研究的起点。

检视“再解读”的成果，无疑是以唐小兵主编的《再解读：大众文艺与意识形态》和黄子平的《革命·历史·小说》为代表。其中大多是以二十世纪四十至七十年代问世的红色叙事作品为研究对象，名之以“再解读”，暗含了与作品发表与成名时期的“红色解读”以及八十年代“重写文学史”时期的审美解读不同的研究取向。这种不同首先表现在理论背景的差异上，无论是早期“再解读”的先行者，还是近年继续这一研究范式的追随者，支撑他们的主要理论资源是“西方二十世纪六十年代之后的各种文化理论——包括结构主义与后结构主义、精神分析、后殖民理论、后现代主义、女性主义、西方马克思主义等”[①]。借助新的理论视野，研究对象被重新打开，“一旦阅读不再是单纯地解释现象或满足于发生学似的叙述，也不再是归纳意义或总结特征，而是要揭示出历史文本背后的运作机制和意义结构，我们便可以把这一重新解码的过程称作‘解读’。解读的过程便是暴露现存文本中被遗忘、被压抑或粉饰的异质、混乱、憧憬或暴力”[②]。总体上说，“再解读”不再把“作品”作为一个封闭独立的审美对象去做超历史的价值判断，而是作为一个在具体历史语境中受各种影响编码而成的“文化文本”，通过知识考古学式的追索，呈现其编码的过程，解释其中被凸显、压缩、

① 贺桂梅：《文本分析和历史解构》，见唐小兵编《再解读：大众文化与意识形态》，北京大学出版社2007年版。

② 唐小兵：《我们怎样想象历史》，见《再解读：大众文艺与意识形态》代导言，北京大学出版社2007年版。

压抑、修改、排斥的原因与效果，这个过程也被称为“解码”。解码的目的有很多种，有的是要呈现被压抑的历史中潜存的合理性，有的则是通过暴露编码的缝隙解构看似合理的历史叙述，有的解码显示了批判的深度，寻求“了解之同情”（陈寅恪语），有的意在将“文本历史化”，借助“历史”还原“文本”。立场不同，即使面对同一段历史、同一个“文本”，也往往会看到完全不同的景观。

在内地学界，“再解读”大约经历了两个潮头，二十世纪九十年代到世纪之交，以旅居海外的学者黄子平、刘禾、唐小兵、孟悦，以及北京大学的李杨、贺桂梅、戴锦华等为代表，其主要成果即是唐小兵编纂的《再解读：大众文艺与意识形态》以及黄子平著的《革命·历史·小说》，在内地的主要成果则是由山东教育出版社在2003年推出的李杨的《五十至七十年代中国文学经典再解读》、贺桂梅的《转折的时代：四十至五十年代作家研究》等。2001年，黄子平著作在上海文艺出版社出版时更名为《“灰阑”中的叙述》，该书出版后引起巨大反响，其运用叙事学理论所做的细读分析，彰显了革命叙事内部的丰富景观，其旨趣并不在于对这些文本进行批判，而更多的是在揭示其生成机制、隐含的趣味。这与一般的文化研究的方法与诉求拉开了距离。在李杨的著作中，也较多地运用了叙事学的分析，他对于《青春之歌》中“性与政治的双重变奏”的分析，对《林海雪原》中“儿女”“鬼神”等通俗因素的分析，对《红旗谱》中“家族复仇”故事底色的分析，都给人耳目一新的感觉。当然，这一时期的再解读式研究并不仅限上述，其实有不少学者都曾有类似的分析，如张闳的《灰姑娘·红姑娘：〈青春之歌〉及革命文艺中的爱欲与政治》等文章在二十世纪九十年代末即有较大影响，笔者在2003年之前也曾经用精神分析的方法讨论过《青春之歌》等作品[①]。

---

① 张清华：《从“青春之歌”到“长恨歌”：当代小说叙事及美学变迁的一个视角》，《当代作家评论》2003年第2期。

“再解读”的第二个潮头，大约就要数最近的十年了，伴随着布尔迪厄等西方学者的文学社会学理论的引入，有关“社会主义文学”的研究似乎更加强化了其社会学研究诉求，当然，关于民族国家的、现代性的、身份政治的、文化认同的理论诉求在这类研究中也渐渐凸显出来，也正因为如此，“再解读”也就变成了“文化研究”——变成了对于文本背后的文艺制度、文化生产、意识形态、审美观念的某种“历史合理性”的解析与诠释。这里当然有被称为“新左”的蔡翔、旷新年等学者，也有以文艺制度的内部景观与秘密作为研究旨趣的学者，如李洁非等，他的《典型文坛》和《典型文案》两部书就以大量的史料以及精当的分析——包括精神分析——生动地、许多是前所未见地披露和梳理了上个时代的文界的人物遭际、笔墨公案、文坛逸闻与制度秘密。在字里行间我们还是能够看出作者隐含其中的反思立场，或许他对历史中的个人会抱以悲悯或者理解，但至少不会对大的环境与方向表示肯定与认同。除此之外，有大量的学者都参与了对于“十七年”及“文革”的文艺生产的研究，如吴俊对于《文艺报》的研究，孟远对《白毛女》文本生产过程的研究，钱振文对《红岩》文本生产过程的研究，都是很有发现与启示意味的。其中后两者都是以博士论文的形式，用了大量一手材料，对于生产过程中的各个环节与阶段有深入细致的发掘与发现，以直观的形式揭示出这个时期的文艺制度、文艺生产方式内部机制，以及构造与奥秘。

还要再回过头来谈谈被视为“新左”代表人物的蔡翔的研究。他引述陈寅恪在评点冯友兰的《中国哲学史》一书时给出的“了解之同情”的说法，以暗示和概括自己的出发点与研究立场。蔡翔用其相当强大的思辨能力，处理着“传统中国”“现代中国”“革命中国”三个互相联系的概念，指出了“革命中国”与“现代中国”之间复杂纠结的关系，由此来诠释当代文学所处的特殊的历史情境以及地缘政治环境，也通过将中国当代的历史当作一个不断演化的

"历史运动过程"，一个"空间"或"场域"，一个"生产性的'装置'"，来努力地诠释出其在现代历史进程和国际关系情境中的不得已，其世界性与本土意味的兼而有之，其理由或合理性，由此来解释当代文学作为一种文化构建和文学想象的由来、构造、功能与秘密[①]。这种以大历史和国际共产主义运动的大背景、革命中国的大逻辑为出发点的解读当然也非常有启示意义，但也正像他自己所反思和警惕的一样，亦不免有一丝"将历史解释为伊甸园"的逻辑悖论，尽管他努力以"弱者的反抗"作为价值起点，试图以此建构起一个人文性的姿态与立场，但分析社会历史的理由与分析文学文本的理由并不是一回事。所以，作为一种再解读的样本，他在历史大逻辑上的思辨才华确乎胜过了他对于文学本身的细读分析。

文化研究的领域着实广泛之极，笔者难以在此尽显其丰富景观，但其一个明显弊端是必须指出的，即趋同化、同质化。不仅研究对象过于密集集中，研究方法大致相似，研究者所操的话语口音相近，甚至观点结论也有趋同和简单化之嫌。某种程度上说，文化研究既成就了当代文学研究，也彻底绑架和捆束了它，因为它基本上不会顾及文本的文学属性，而一律将其纳入"文化文本"的研究范畴，虽然极大地扩张了方法的意义，却使文学研究丧失了"文学本位"的意义。当然，这些也都不能是单面的结论，我们同样必须要承认它对于实现当代文学研究的"文化高度"的意义。

在笔者看来，仅仅局限于意识形态、文学制度、文学环境与文学生产等"外部因素"的研究，可能无法完全解读革命时期的文学，甚至解决不了一个基本问题，即其"合法性"的问题——这些作品如果没有基本的文学性，研究的价值何以确立？所以我主张，要在革命叙事的表层结构下探寻属于无意识的东西，那些属于个体

---

① 详见蔡翔：《事关未来的正义——革命中国及其相关的文学表述》，《上海文化》2010年第1期。

无意识的内容，还有属于集体无意识的叙事结构与模型，也就是“潜叙事”与“潜结构”。因此在多篇文章中，笔者提出应该发掘革命叙事中的个体无意识描写，如对《青春之歌》中主人公梦境的分析，对《洼地上的“战役”》中主人公在负伤后片段的无意识活动的分析，等等，以此来建立革命叙事的个体精神深度；同时注重探寻某些叙事中的“传统潜结构”，即找出隐藏于革命文学中的老模式与旧套路，如《林海雪原》中明显的“才子佳人”式的叙事模型，《青春之歌》中多重的“才子淑女”或“英雄美人”的模式，《红岩》中“洞窟”“魔鬼”等叙事原型的变种，等等，将这些东西做出深入的解析可以表明两点，即：革命叙事并非简单的叙事，而往往是一种不得已的改头换面，是在意识形态的外衣下包裹了非常传统的东西，这使得它们获得了革命文本与文学性的双重身份；即便是那些比较粗糙和简单化的作品，也同样有可能潜伏着各种各样的老模型与旧套路，这是民族集体无意识决定的，假如我们能够有效地诠释出这些东西，也能够使得那些缺少深度的文本获得解析的意义[①]。

本辑所选的文章试图呈现文化研究的基本格局，所谓的“左与右”只是比喻的说法，并非为各位作者定性。事实上，涉及左与右的不同倾向的，只有在涉及对文学制度、社会背景的理解评价中才隐约可见，旷新年《人民文学：未完成的历史建构》试图以“从‘人的文学’到‘人民的文学’”的大逻辑，来梳理“五四”以来新文学的整体演化过程，从制度和意识形态的规定性上来阐释“人民文学”之所以出现的历史因由，这是一个自然而合乎历史环境的过程，而非只是个别意志。也算是一个“了解之同情”的阐释例证了。但他也并非完全肯定这种方向与逻辑，而是试图承认其现实与逻辑的理

① 参见笔者：《探查“潜结构”：三个红色文本的精神分析》，《上海文化》2011年第5期；《当代革命文学中的“潜结构”与文学性——以几部代表性作品为例》，《东吴学术》2011年第1期；《“传统潜结构”与红色叙事的文学性问题》，《文学评论》2014年第2期。

由，即，略有些羞羞答答地说明，“人民文学”也是一种“新文化的历史建构”，或至少是一个阶段性的产物。希望这不是一个曲解。

显然，方法的重要性会对同样历史中的阐释逻辑起到决定性的影响。以所谓的历史建构为本位，还是以人的主体与命运为本位，决定了其叙述历史的不一样。李洁非的《萧也牧现象》同样也是叙述新中国成立初“文艺政治”的变化，将围绕萧也牧的《我们夫妇之间》展开的批评作为“典型文案”予以分析，但没有给这些新的文艺政治以合法性解释。作者精细地分析了萧也牧之所以遭遇厄运的原因，认为他虽然作为一个“解放区作家”的新兴作家，其“思想内容其实是符合革命意识形态的，可是，他讲故事的方法，切入情节和人物的角度，不大符合《讲话》以来一些套路和标准”。小说因为使用了小知识分子李克而不是工农干部“张同志”作为叙述人，选取了“日常化、生活流的视点”，这些都与当时主流的写典型、写重大题材有微妙差异，在一体化意志凸显的时代，萧也牧试图以“人情”作为其文学观念的基石。虽然“给当时的文学创作打开了很不一样的局面”，但因为他不幸“走在时代前头”，尽管根本上地“合乎时宜”，却遭遇了实际历史境遇中的“不合时宜”。

这种以小见大和以人为本的解释，或许更符合历史的阐释逻辑，也更接近文学本身的立场。与之相似的是敬文东的《在革命的星空下——二十世纪中国文学中的“革命”主题》，作者虽然也试图寻求一种大的逻辑解释，但他落脚于“革命话语”与“革命力比多”的微观考察，揭示出在革命叙述的文体、方法、语言上的演化过程。

姚丹和孟远的文章所体现的方法是典型地“将文本历史化”，通过解码历史、呈现文本建构的复杂性来解释文艺生产的制度性要素，由此解密历史逻辑本身。姚丹的《“新人”想象与“民族风格”建构》试图离析长篇小说《林海雪原》定稿过程中“‘工农兵’作者与‘知识分子’编辑交锋互动的复杂状况”。作者将曲波的《林海雪原》部分手稿与经编辑秦兆阳修订出版的定稿做了详细的文字比对，以翔实的例证呈现了两者的差异、冲突以及作家声音最终被修改的过程。如关于“民族风格”，姚丹提出尽管“小说原稿自身已经具备比较明显的‘民族化’特征”，但是“研读手稿”“我们会发现，作者努力挣扎着使用‘五四’以来的汉语书写语言，并不避忌‘洋腔调’，甚至以为此类‘技术’乃是进入文学殿堂的‘入场券’”。然而原稿中大量的欧化修辞比如被动句式、长句式、风景描写及抽象或现代的词汇都被编辑“尽数予以删除”了。由此，作者认为“‘工农兵’作者用‘现代汉语’‘笨拙’地构筑起来的‘新的生活世界’，包含着作者对于‘现代’的诸种想象，如人的解放、科学‘崇拜’等，亦包含着作者对现代语言的追求。但这些方面，首先遭到作为知识分子的编辑的删改，使《林海雪原》文本中的‘现代’的质素未得到充分重视，而‘民族风格’特点得到凸显”。二十世纪五十至七十年代有大量工农兵作家遇到了与曲波同样的情况，甚至可以说一些作品是作者与编辑共同创作的结果。如何探讨这类文本的生产，由文本生产的历史中可以发现什么，此文提出了颇富启示的方法与思路。

与姚丹的文章异曲同工，孟远对歌剧《白毛女》文本历史的研究，也重在揭示“集体创作”的“文化生产方式”背后“多种文化力量的对话和博弈”。他指出，“《白毛女》的叙事变迁历程，就是意识形态话语、知识分子话语与民众话语之间对话与较量的过程”。此文的亮点表现在，首先，作者借助大量的原始资料重构了这个“对话和较量的过程”，梳理出主题如何由“神怪故事”“破除迷信”“反封建”转变为“新旧社会对比”，喜儿怎样从一个先动摇而后逐渐成长的女性变成了一个表征阶级复仇和解放的符号，地主黄世仁为什么由最初的“挨批斗收场”陡然转为“被枪毙”的结局。作者将被删改的因素重新恢复，通过“在场”/“缺席”的并置，故事的“编码”属性与过程暴露无遗。其次，作者还原了“编码”的话语场，阐释了编码背后各方话语势力的深层动机：主题为何要改？喜儿、黄世仁、王大春、赵大叔形象的每一次转变背后的博弈目的是什么？最后，作者得出的结论是："各种文化力量表达着不同的诉求，它们之间的张力关系构成《白毛女》叙事变迁的主动力。在这个过程中，虽然政治话语渐趋强势，却不能封杀已经进入民主空间的其他话语的潜在影响。正是这种多义结构，使《白毛女》获得了最大的阐释空间，不同文化背景的观众都能够从中寻找自己的情感契合点，从而接受意识形态的'询唤'。"

另外的两篇文章侧重于方法的归纳与辩驳，程光炜的《文化研究：中国现当代文学史的多样观察》客观梳理了当前的几种研究类型：如围绕媒介、主体、城市文化、大学教育的研究，强调"文化研究是学科重组与另寻发展出路的一个重要信号"，也是一种重新审视"文学史"的新视野。赵勇的《谁的"日常生活审美化"，怎样做"文化研究"》主要侧重向理论界发声，是对文化研究中关于大众文化研究方法与立场的辩驳，针对部分学者倡导的"日常生活审美化"研究视点，他指出，这一命题的深层含义其实就是对现实的粉饰和装饰，"让人沉浸在一种虚假而肤浅的审美幻觉当中"。对此，"人文知识分子所能做的工作"应是"祛魅和批判"，然而，当下的文化研究学者纷纷从法兰克福学派的文化批判、伯明翰学派的文化反抗"后撤"到了后现代主义的协商对话与多元阐释领域。这种仅以"阐释者"自居的文化研究违背了人文主义的根本立场。

三、宏观研究、国际视野与关于中国当代文学的评价问题

将三个部分放在一起来谈，是因为它们都属于"宏观研究"的范围，且互相联系，彼此在视野内容上互有交叉与呼应。

进入新世纪，当代文学界似乎出现了新一轮的"学科自信"与"学科焦虑"。用陈晓明的话说，即"文学共同体期待以新的理论重

新审视历史的总体性”[1]。这个“总体性”的构建当然首先是一个自足性的学科观，在笔者看来，其出现的基础和理由，无非是前文所详述的文化研究以及历史研究所生成的“热度”。所谓历史研究的背后是一种强烈的“历史化”冲动，类似洪子诚教授所提倡的“历史批评”、李洁非的《典型文坛》与《典型文案》等著述、程光炜等推动的“重返研究”，许多关于“十七年”红色文本“生产史”的研究，都倾向于一种历史研究，而非传统的文学研究。上述两种研究的热度完全改变了当代文学原有的研究格局，前所未有地扩展了其内部空间，丰富了研究的方法，也催生出一种新的总体性冲动与整体观。当然，这里也还有另一个原因，即世纪交替带来的时间绵延与断裂感，也为当代文学的“历史化”增加了新的动力，催生了学界的“历史意识”，正如海德格尔所说的，不断演化的“时间概念提供了一盏指路的明灯”[2]。世纪之交的特殊境遇为当代文学照亮了更为深远和纵深的道路与里程。

假如我们要把体现“总体性”的宏观研究与同样体现“共同体”诉求的“现代性”研究看作互相给予对方的一个机遇，或许是比较公允的看法。“现代性”问题的研究由来已久，与世界性的文化思潮有密切关系，当然也与中国人自身强烈的“现代化情结”有关。“现代化”冲动当然更多是表现为运动，而“现代性”研究更多是一种理性的意识，认识什么是现代，由此构建一个符合现代社会的文化，大约是现代性研究在中国的终极诉求。很显然，释解历史是解决现实问题的必由之路，因此它会与中国现代以来“传统”“启蒙”“革命”“民间”等一系列关键性问题持续发生复杂的纠结。围绕这一问题展开多向度的探求，是宏观研究的热点与核心。

首先是现代性与传统与启蒙之间的多重关系的问题。中国传统

---

① 陈晓明：《现代性与文学研究的新视野》，《文学评论》2002年第6期。

② 海德格尔：《时间概念史导论》，欧东明译，商务印书馆2009年版，第7页。

观念与理论范畴中有没有通向现代性的暗道与可能？启蒙运动及其诉求作为现代性的一种实践形式，在当代还有没有被重新唤起的必要？许久以来一直被当作正面价值或人文精神之依附与变体的“民间文化”还有没有合法性？当代文学中审美现代性与启蒙现代性之间是怎样一种关系？当代文学研究中由“去政治化”到“再政治化”说明了什么，有没有正面积极的意义？王德威、张光芒、崔卫平、何言宏的文章可谓很有代表性地回答了这些疑问。

在王德威看来，“中国文学的现代性问题不能由革命、启蒙的话语一以蔽之”，他发现事实上是通过中国诗学中固有的“兴”与“怨”的观念，以及在此基础上诞生的“抒情”与“诗史”的传统，中国现代诗才找到了赖以依存和生长的文化与美学根基，而这一宝贵的本土资源并未得到充分认识与阐解。尽管由于中西文学概念与理论范畴之间天然的差异，他的《现代性与传统》一文并不能完全清楚地说明传统诗学是如何通向现代性转换的，但他看问题的角度以及丰厚的传统学养，可以给当代的研究者们以方法论意义上的启示：

经过一个世纪的西学洗礼，我们的文学现代性论述难道仍然只能在谈论革命、启蒙、国家，还有弗洛伊德定义下的欲望主体等话题中打转？眼前无路想回头。在一片后殖民、反帝国的批判话语之后，作为中国文学研究者，我们到底要提供什么样的话语资源以引起对话？还是只能继续拾人牙慧，以西方学院所认可的资源，作为批判或参与西方话语的资本？我们对本雅明、德曼这些西方大师的理论朗朗上口，但对和他们同辈的陈寅恪、朱光潜、宗白华、瞿秋白、胡风、钱锺书，有多少理解？我们口口声声地强调“将一切历史化”，但在面对中国历史（尤其是文学史）时，又有多少尊重和认识？[①]

---

① 王德威：《现代性与传统》，《复旦学报（社会科学版）》2008年第6期。

与王德威从海外而回头的视角不同，陈晓明力图要打开的，恰恰是西方资源对于中国文学现代性认识的参考角度。他分析了韦伯、哈贝马斯、福柯、利奥塔等人的现代性理论，在概括了现代性的三个基本内涵——普遍主义、反思性、断裂性之后，也指出了西方现代性普遍准则与中国特殊道路之间的差异与冲突，认为“向前看的现代性批判”和“向后看的批判现代性”两种现代性反思形态在中国当下的共存，使得我们在考虑中国文学的处境及价值时会更加面临各种矛盾[①]。作为启蒙主义先驱的现代性梦想，同作为传统、民间文化摧毁者的现代性弊端，在中国当代文学中都有多样的体现，而这正是我们的研究所要面对的和必须要做出全面解释的。

与卡林内斯库等西方理论家在考量现代性时所持的辩证观一样，中国当代的研究者们也一直将现代性看作一个多样的文化范畴。但这也带来了无限相对主义的价值困境，即“没有什么是没有现代性的”，左派理论家们在对革命时代的文化与文学的考察中也同样言之凿凿地解析出了其中的现代性诉求，这成为一种中国式的新而怪的“批评循环”。在卡林内斯库看来，包含了启蒙主义运动、现代科学与理性发展的“资本主义现代性”本身，同在这一社会根基上诞生出的充满批判意识、个人主义与反抗性的、反中产阶级的、先锋的“文化现代性”之间，是如此充满了对立与共生的关系，同时它们又各自充满了无法自决的悖论[②]。而这正是资本主义时代两种最典型的文化样态。然而在当代乃至当下的中国，这些矛盾在意识形态的参与、扭结与绑定下，便更加以悖谬与冲突的、改头换面或偷梁换柱的形式表现出来，在为批评家提供了不断循环的对象与批评资源的同时，也让读者在望文生义乃至望而生畏中感到头晕目眩。

---

① 陈晓明：《现代性与文学研究的新视野》，《文学评论》2002年第6期。

② 马泰·卡林内斯库：《现代性的五副面孔——现代主义、先锋派、颓废、媚俗艺术、后现代主义》，顾爱彬、李瑞华译，商务印书馆2004年版，第48页。

当然，这也丝毫不能减低本辑选入的几篇有关现代性问题的文章之意义。崔卫平对于海子和王小波这样两位有着特殊代表性的诗人与作家的两种解释，其实是富有纲领性地解析了两种典范的“反现代的审美现代性”与“启蒙现代性”的特点及其意义；张光芒的文章则富有启发性地质疑了“民间文化”及其价值取向在当代中国的“反启蒙性”，它们可能在某种情况下会获得一种审美现代性的理由，但又借着民间的自由与暧昧而拒绝承担理性与批判的角色，这有可能会成为当代文学的一个文化乃至审美的误区；何言宏的文章从更大的历史逻辑中重新透视了当代中国文学“政治化”的道路，认为将当代文学研究与重大命题的“再政治化”即是一种“自主性”的历史反动力，也暗含了当代知识分子的精神担当与使命意识。

宏观研究中当然还有“新世纪文学”的问题，这一命名看起来是一个自然时间延伸的结果，但同样隐含了某种价值预设或期许。2005年开始，《文艺争鸣》率先提出了“新世纪文学”的概念，并且展开了持续多期讨论。用发起人之一张未民的话说，“‘新世纪文学’从一个纯时间性概念”，会“很快走向一个具有独特历史性和审美特性的文学史概念”。他认为所谓“‘新时期文学’很可能是‘新世纪文学’与‘二十世纪文学’之间的一个过渡，因此更为重要的也许是如何区别界定‘新世纪文学’与‘二十世纪文学’各自的性质及其相互的关系。在这个意义上，‘新世纪文学’是一个相对于‘二十世纪文学’颇有理想立场和抱负的词汇，这也是它所具有的可能性阐释空间之一”[①]。这一“向着未来敞开”的比过去的文学史视野远为宏大的构想，确实给我们很多的想象，赋予即将来临的这个文学场域以巨大而新鲜的可能性。这些年文学的进变也已部分显示了这些可能性，即祛魅的、日常生活的、世俗化的和平民性的向度。只是，与某种进步论的预期相比，它显得略有些让人失望而已。

---

① 张未民：《“新世纪文学”的命名及其意义》，《文学评论》2009年第5期。

国际视野几乎是一个难以描述的问题。从二十世纪八十年代“走向世界”的口号，到九十年代日益融入世界潮流的作家写作，到世纪之交以来全球化运动加速背景下的本土意识复苏，这是一个潜滋暗长的过程。当代中国文学的所有进步，几乎都可以看作一个世界视野的获得过程，但每一次世界视野的扩展又无不伴随了本土意识的再度觉醒。在这个意义上，世界性与本土自觉是一个一体两面的命题。从“现代主义”的觉醒到“寻根”的自觉，从“先锋小说”运动到“新写实”，从早期的各种试验探索到二十世纪九十年代长篇小说的文体回归——《废都》、《长恨歌》和“《人面桃花》三部曲”的问世，再到新世纪以来人们对“中国经验”“中国故事”的谈议……都是这一辩证命题的不断重现。用童庆炳先生的话说，所谓世界性视野，根本上是一个持续的中外“对话”的关系，“对话是生活的本质，也是现代性的本质，理所当然也是文学世界性的本质”。“既然是对话，就可能有同质性的成分，也有异质性的成分。”只有同时意识到民族性与世界性之间不可或缺的意义，才能真正让文学以自身的异质性成为世界性的一部分。所以，“我们只能从中国文学的民族性的独特性走向文学的世界性”[①]。毫无疑问这都是原则性的认识。还有一些研究是比较具体的，如整理爬梳中国文学在海外的研究与传播情况，王德威和刘江凯的文章都属于此类。为了提供一个单独的视角，我们还特意选入了汉学家顾彬的文章，他从语言的角度指出了中国当代作家可能存在的毛病，不无偏颇却也很有启示。

这也就引到了另一个话题，即围绕“中国当代文学如何评价”所发生的讨论。这场讨论始自2006年，到2009年前后达到高潮。有意思的是，讨论竟然也是由顾彬的言论而引发。2006年，有报纸刊载了顾彬关于“中国当代文学是垃圾”的说法，迅即引起一片哗

---

① 童庆炳：《当代中国文学的世界性问题》，《文艺争鸣》2008年第12期。

然，但学界似乎并未重视。稍后在2007年3月于中国人民大学召开的世界汉学大会上，顾彬作为一场报告的主讲人再度重审了这个看法，因为笔者恰好在现场，所以确信他说的是真的。他说，“我没有说中国当代文学是垃圾，但看法和这也差不多”“如果把中国现代文学比作五粮液，那么中国当代文学就是二锅头”。他又说：“中国当代的诗歌相比是好的，可以是世界文学的一部分；但中国的小说确实很差，包括莫言和余华。”理由很简单，“西方的作家都懂得好几门外语，因而对语言和不同的文化差异都很敏感；而中国的作家不懂外语，传统文化的修养也很差，所以对本民族的语言也不敏感，因而都不是好的作家，我也不会浪费时间去读”。我相信这些差不多是“原话”——如有出入，我愿意负责。很显然，顾彬的观点至少有三点站不住脚，一是不大可能存在这种情况：小说很差而诗歌很好。同是一个民族的文学，出于同一种文化与精神背景，不同的文类之间会存在截然相反的水准，从事实与逻辑上都是讲不通的。第二，懂外语和成为好作家是两种完全不同的才华，它们之间并没有必然关系，中国有很多人懂多门外语，但并没有成为好的作家，顾彬先生自己也懂得好几门外语，作为学者令人尊敬，但他也没有成为好的作家——虽然他声称自己也写诗。第三，有人问询顾彬先生读过多少中国当代小说，他说他不要读，因为太差了，是浪费时间。没有读怎么知道差呢？只能理解为偏见作祟。

顾彬的话之所以引发广泛反响和尖锐的观点对峙，除了媒体噱头化的传播，还有一个大的背景，就是新中国成立六十周年的时间节点引发了学界整体回顾与判断的冲动，各种关于“当代文学六十年”的出版与专题研讨（稍早前是“新时期文学三十年”）接连不断；另外，在一些中外文化交流场所，参与者也会被问及类似的话题，如王蒙就在2009年10月于德国法兰克福书展上被问及中国当代文学的状况，他的“我只能说，中国文学处在最好的时候”的回答便引起了国内的不同看法。肖鹰的批评文章《王蒙、陈晓明为何乐做“唱盛党”?》[①]即针对王蒙的观点而出。确实，在这样一个时刻，总体性的估价冲动是必然的，不同观点的对立也属正常。统观两派说法不难看出，分歧实际上是源自出发点的不同与观察问题的“身份感”的差异。在笔者看来，持肯定观点的是因为其使用了“历史的眼光”——看到了当代文学的某些“进步”，比如从作家的写作自由的角度、从公众舆论的参与程度、从作家处理当代以及本土经验的能力、从作品所达到的思想深度与艺术的复杂程度上……用王蒙先生的话说即是“作家的生存环境、写作环境”都显示了前所未有的改善，这与成就高低的判断并非一个问题。陈晓明所说的达到了“前所未有高度”，肖鹰将之概括为“陈四点”，也是试图从历史的演变与深化的角度，去描述和判断当代文学处理当代中国本土经验的深度、复杂性以及艺术的难度上的进步与提升。历史地看，这些论述当然也是成立的，犹如耕耘者盘算收成，是一种“身处其间”的专业判断，有“身份认同”的视角在其中，而且是从文本出发而言之有据的。

在批评者那里，则属于一种“场域外的挑剔”，自然也不是没有道理，按照横向的和绝对性的尺度，与“世界文学”相比，与历史上那些伟大作家相比，中国当代文学当然也会有许多不尽如人意之处。况且，健全和健康的批评生态也应该有多种声音，因此肖鹰、王彬彬等人的批评也是有理由的。特别是他们对于当代作家人文主义立场的衰变，媒体与市场参与所带来的商业化的濡染的批评与警惕，还有大量思想贫乏艺术水准低劣的作品的充斥等问题的提醒，都是有益的。不过，将问题绝对化，离开中国的文学现实、离开具体文本的分析，仅从逻辑出发来进行否定判断，显然也是值得商榷的。持批评观点的还有张光芒和张柠等，张光芒的文章指出了非常

---

① 肖鹰：《王蒙、陈晓明为何乐做“唱盛党”》，《羊城晚报》2009年11月21日，关于王蒙的话的国内报道见《羊城晚报》2009年10月24日；稍后发表了陈晓明：《中国文学达到了前所未有的高度》，《羊城晚报》2009年11月7日。

关键的一点，即"'中国立场'还是'人类立场'"的问题，他认为中国学者评价中国当代文学应该秉持人类性的立场，这在逻辑上无疑是准确的，但本土与世界两个维度原本也是无法分开和对立的；张柠的《中国当代文学评价中的思维误区》重审了他之前的"垃圾"与"黄金"并存的观点，同时又指出批评家在方法上的"账房思维"与"鉴宝思维"的问题，认为"一个时代的文学"的价值不在于出现了多么伟大的文本，而在于它在记录和书写时代方面所提供的有效性，"能够为我们解读那个时代的叙事秘密和精神演变提供典型文本"。随后，陈晓明、孟繁华等著文反诘回应了这些观点，主张将当代中国文学放到具体的历史与现实情境，而不只是逻辑当中，更不是放到媒体批评的场域中来予以观察，同时，要着眼于以最优秀的作品为估价的依据，因为任何时代的文学都是一样良莠混杂的，仅从最广泛和最基本的文本现象出发，而又试图以绝对性的标准去进行判别，只能做出南辕北辙的结论[①]。

---

① 关于该场论争可参见肖鹰、陈晓明、王彬彬、蔡翔、张柠、张光芒、赵勇、李洱以及笔者等的文章。肖鹰：《顾彬不值得认真对待吗?》，《文汇读书周报》2007年4月15日；肖鹰：《当代文学在走下坡路，中西对话中完成定位》，《辽宁日报》2009年12月16日；肖鹰：《王蒙、陈晓明为何乐做"唱盛党"》，《羊城晚报》2009年11月21日；肖鹰：《当下中国文学之我见——从王蒙、陈晓明"唱盛当下文学"说开去》，《北京文学》2010年第1期；王彬彬：《关于当代文学的评价问题》，《北京文学》2010年第2期；张光芒：《评价当代文学：我们需要"中国立场"还是"人类立场"》，《探索与争鸣》2010年第4期；张柠：《中国当代文学评价中的思维误区》，《北京文学》2010年第3期；张柠：《垃圾与黄金：中国当代文学评价的两个极端》，《羊城晚报》2009年11月14日；陈晓明：《再论"当代文学评价"问题——回应肖鹰王彬彬的批评》，《文艺争鸣》2010年第4期；陈晓明：《世界性、浪漫主义与中国小说的道路》，《文艺争鸣》2010年第12期；孟繁华：《"憎恨学派"的"眼球批评"——关于当下文学评价的辩论》，《北京文学》2010年第2期；蔡翔：《谁的"世界"，谁的"世界文学"——与德国汉学家顾彬先生商榷》，《文汇报》2007年4月22日；张清华：《人文主义与本土经验——如何评价中国当代文学》，《文艺争鸣》2010年第2期；张清华：《在世界性与本土经验之间——关于中国当代文学的走向及评价纷争问题》，《文艺研究》2011年第10期。

回顾这场规模不大但影响深远的论争，对于总结六十年文学的道路应该是很有意义的，它启示我们，既要从横向的世界性尺度出发来观照中国当代的文学，同时也要从纵向的本土性维度，从中国新文学自身的历史出发，来审视和考察中国文学的走向；同时，还要重新确认中国当代文学的身份——它是不断走向世界的文学，但终归又是我们民族自己的文学，它应该以揭示和解释当代中国的现实经验为基本使命。

四、关于“底层文学”的讨论及其他

按照初衷应该再设一个关于“新世纪文学”讨论的单元，但前面的宏观研究部分已经提到，加之篇幅限制，就只能暂时搁置了。事实上，关于新世纪文学的基本概念的讨论也许是没有太大意义的，因为总有一天“新世纪”也不再“新”，连这概念也要废止。问题的要害在于，什么是新世纪文学的特质，它与过去相比有什么传承，又有什么断裂与变异，这才是我们应该认真思考和辨析的。而关于这一方面特别有效的预设与讨论还不能算多，因为要想说清楚大约是需要“预言”能力的，而预言家是不常有的。

在二十一世纪初还出现了另一个非常独特的现象，就是“底层写作”概念的提出。这一现象大约包含了两类写作，一是出自精英作家的手笔，他们出于对底层社会的关切，写了许多富有现实针对性、社会问题性、命运感以及令人惊心的作品；二是许多身为底层劳动者的人直接成为写作者，他们以“打工文学”的名号发出了不平之音。这些现象当然首先由相应的社会问题引爆，经过日渐发达的传媒的推助，又在文学叙事中被变成了富有社会载力的形象和声音，昭示了社会伦理的空前震荡与凸显、世道人心的激烈分化与变迁。对此，批评界当然不能保持沉默，2005年，当《天涯》《文艺争鸣》杂志及部分国内刊物推动这一论题的时候，迅即引发了广泛的讨论，稍后，《读书》《上海文学》《北京文学》等文学期刊，新浪网等新闻媒体，都先后发起组织了多次关于底层文学的讨论，《当代作家评论》《南方文坛》《文艺理论与批评》《探索与争鸣》等刊物也相对集中地发表了与此有关的论文，一大批作家、批评家围绕着“何谓底层”“何谓底层文学”“谁来写、写什么、如何写”以及底层写作与“时代伦理”、底层文学与“左翼”传统和“新左翼思潮”、底层文学与“纯文学”、底层文学的价值与局限等问题展开了持续性的对话。至2009年前后，各类参与讨论的文章可达数百篇计，有人甚至说，这是“继1993年关于‘人文精神大讨论’之后，十几年的时间里唯一能够进入公共领域的文学论争”，可见其参与的广度与持续的程度。

回顾这场讨论，持不同观点的人大约分为三类，肯定者、质疑者、二元论者。谈问题的视角也很不相同，有的侧重谈写作伦理与知识分子的社会责任感，在两极分化、社会问题多多的时代写作应有的基本良知与道义承担；有的着眼于文学的主题类型与方法，底层写作的由来与谱系的梳理；有的落笔于它所附带的种种理论问题，比如与左翼文学的关系、同“普及与提高”理论的纠结、与写作者身份的交叉缠扰、与作为接受主体的是否可能；有的则驻足于文本的悖论分析，概念性命题对于写作本身的局限与伤害；有的则冷嘲热讽，认为是炒作和表演，根本不存在一个事实上的底层写作……但不论怎么说，这一场讨论的规模、对文学本身的影响、对社会公共伦理的召唤作用还是相当大的，所打开的问题空间也几乎覆盖各个方面。

在笔者看来，底层文学最首要的或许不是“写得怎样”，因为我们不能用所谓的纯文学标准去看待它们，而应该首先将之视为一个由“写作伦理通向公共伦理”的命题，要以此来审视这个时代写作者与知识分子的现实责任与精神承担。而且，我们还要思考什么是真正的“现实”，不能像过去的“现实主义”写作的观念那样，将现实归于某种没有主体的抽象之物，而应该将“个体主体”视为唯一的在场者。“真正的现实是回到人物的命运。这是活生生的‘具体的个人’，而不是建立在‘典型意义’上的概念化的代表。而且某种意义上，真实的‘多元性’中最重要的是真实的‘残酷性’，如果一个写作者认识不到这一点，那么他的写作就不曾达到应有的深度。事实上所谓‘深度’就在‘底层的现实’中”[①]这个问题如果没有意识到，讨论是没有起点和意义的。在南帆与何言宏的文章中，我们看到了谱系与资源的细致梳理，何文侧重阐释了在底层写作背后所隐含的文化关系，认为是一场“整体的新左翼文学运动”左右了这场讨论和写作实践，这无疑提升了讨论的时空视阈，赋予这一现象以广阔的社会文化背景。近些年社会思潮的变化与文学界的实践，也证实了这一看法。南帆的文章则主要梳理了理论方面所可能涉及的一切关系，显示了理论家的左右逢源与逻辑周延。他最具启示性的观点应该是在于，他指出了一个重要的事实，即“纯粹的底层经验”或许只是一种本质主义的幻觉，因为无论是底层自身还是知识分子修辞，都无法抵达一个所谓纯正的底层世界。从以往的文学创作来看，底层经验的成功表述往往来自知识分子与底层的对话。所以，文章提出“对话是一种有助于抑制专制主义和压迫意识的形式——对底层文学也是如此”，文学在其中的责任不是“创立一套独特的底层修辞，捍卫底层表述的纯洁性”，而是“再现这些对话关系，并且在对话网络之中鉴别、提炼和解读底层的诉求，想象底层人物的真实命运”。这一看法无疑揭示了底层写作最重要的属性，也预示了它在当下的作用、意义与前景。何言宏的文章对于这一文学谱系的梳理同样是很有眼光的，但他提出的令人鼓舞的前景可能有些过于乐观，他预言，这一思潮性的现象，表明“当代中国文学知

---

① 张清华：《“底层生存写作”与我们时代的写作伦理》，《文艺争鸣》2005年第3期。

识分子现实战斗精神群体性的再度复活”“意味着中国知识分子又一次以新的姿态直面现实”。在这一逻辑设定下，他略有些高调地发出了期许，“以怎样的新的历史意识在历史发展中深刻书写当下中国异常复杂的社会现实与精神现实，并将这种书写紧密联系于现代以来包括中国在内的人类历史上波澜壮阔充满悲怆的左翼实践，将是‘新左翼文学’所要面临的最为重要、最为艰巨的课题”。至于在文本上，他强调要使之“在广泛汲取包括人道主义和正义原则等人类历史上优秀的思想传统和精神资源的基础上，走向进一步的丰富与深刻”①。

相对而言，有批评家更多坚持了精英文学的观念，王尧《关于“底层写作”的若干质疑》一文，即聚焦了底层写作及其讨论中所反映出来的一些问题：怎样界定底层文学写作者的文化身份，底层文学是否与纯文学对立，底层写作的倡导是否暗含了“题材决定论”的陷阱，怎么看“底层写作”与“左翼文学”的关系，等等。针对上述问题，作者提出了质疑和警示的看法，认为应重视“知识分子写作者写底层”的重要性，不必过度强调写作者的“底层身份”；而且底层写作与纯文学不应是对立关系，“在重新建立文学与历史的多重通道时，对于‘纯文学’所确认的文学自律性、独立性和自足性仍然应当坚持不懈”；针对有可能产生的新的“题材决定论”倾向，作者主张“我们不应该窄化连接现实的通道，但需要在美学上连接包括‘底层’在内的中国社会问题”；此外，文章还提出，在讨论“底层写作”时应谨慎使用“左翼”“左翼文学”等概念及思想资源，在接收“左翼文学”遗产时，也要看到其“曾经在历史中产生过负面的影响”②。

洪治纲显然也是以精英文学为出发点的，他的《底层写作与苦

---

① 以上见何言宏：《当代中国的“新左翼文学”》，《南方文坛》2008年第1期；南帆：《曲折的突围——关于底层经验的表述》，《文学评论》2006年第4期。

② 王尧：《关于“底层写作”的若干质疑》，《当代作家评论》2008年第4期。

难焦虑症》一文针对某些底层书写一味凸显“苦难”的写法表示了质疑。他以几部西方同样涉及“生存苦难”的小说和当代先锋作品为引子，提出中国作家的底层苦难书写中的问题，在于“缺少温暖的人性”以及“对人自身的存在方式及其精神困境的思考”，因此陷入了“对苦难的迷恋性怪圈”。作者认为之所以出现这些问题，关键在于作家只有感受力而没有思考力，更缺少将苦难升华为更具有人性价值与哲学意义的复杂命题，作家只陷入了“迷惘性的同情误区，缺乏必要的叙事节制和独特有效的理性思考”。他建议，“面对当下的底层生活及其尖锐的苦难与冲突，我们的作家是否可以更理性一些，更节制一些，更温暖一些，更个人化一些”[①]。

关于底层文学的讨论还引发了“纯文学”问题的讨论，这似乎是必然的，因为“底层”—“左翼”—“政治”，这也是很容易就串联的一个逻辑，新文学的历史上它们之间也确实有些瓜葛，所以倡导底层文学马上就会引发某种警惕。孟繁华的《中国的“文学第三世界”》与郜元宝的《〈中国的“文学第三世界”〉一文之歧见》可以视为是“底层文学”与“纯文学”之争的一个范例，虽然两个人之间观点和立场有点错位。前者强调的是底层书写的弱势地位，从文学现实的权力格局出发，将之拟喻为“文学第三世界”，是想强调其值得扶住与重视之处。他认为在当下语境中，所谓多元文化的说法不过是一个虚构，与“强势文化的统治和控制”相比，在“一个消费文化或‘中产文化’的时代”，“那些表达工人群体生活、农民生活以及其他底层生活的写作”，是处在‘第三世界’的境遇中”。显然，其意是想说，在强势文化与中产文化之外，代表底层意识形态的弱势部分是我们应予关切的。与关键词的限定有关，文章似乎陷入了类似“左派”理论的话语逻辑，而这恰好成为郜文的靶子。在后者看来，所谓纯文学在当今时代仍然处于弱势，是真正应予以坚

① 洪治纲：《底层写作与苦难焦虑症》，《文艺争鸣》2007年第10期。

持的[①]。认真思忖，这话当然也是对的。谈问题的出发点和侧重点不同，当然会有如此鲜明的反差。有意思的是两个人所操的话语风格，让人想起新文学史上若干让人熟悉的段落，会格外有一种历史的会意与忍俊不禁。

总体概览整个新世纪的文学批评理论状况，对于我的视野、学养和能力而言，当然是无法胜任的，必然有挂一漏万甚至本末倒置的尴尬。但是几年前作为该项目总策划的何言宏兄不由分说地压给我这个任务，让我积年不能安生睡眠，常抓耳挠腮、如卧针毡，致使一拖再拖，耽误了出版社及各位同仁的宝贵时间。幸得几位学生慷慨相助，才得以勉力完成，仓皇交差。其中定有片面和盲区，重要的遗漏与闪失，还乞望学界朋友们见谅的同时不吝指教，他日有机弥补，再行订正。但还是要感谢言宏兄的信任和鞭策，感谢南师大出版社的副总编辑丁亚芳女士的催促，她的客气总是让我无地自容，但没有这些鞭策和鼓励，我确乎很难完成这个任务。最后，还要认真地感谢我的几位博士生冯强、周蕾、赵坤，他们都为本书的编选做了大量工作，此书的主要功劳应该归于他们。

---

① 孟繁华：《中国的“文学第三世界”》，《文艺争鸣》2005年第3期；郜元宝：《〈中国的“文学第三世界”〉一文之歧见》，《文艺争鸣》2005年第5期。

狂欢为何，悲戚由谁

——关于《狂欢或悲戚》的话题

人到了一定的年纪再出书，就不好再麻烦师长或别人来作序。这意味着，一方面是自己有了某些“资历”，可以不用别人来引荐，介绍你姓甚名谁；另一方面也意味着，不再有人对你抱以期望，或者也可以说，你已不再像当年的“可畏后生”有不可限量的“前景”那样被抱以期待。可你还得觍着脸，来进行一番自我推销和介绍。这似乎已不只是尴尬，而是还有几分悲凉和凄惨的意思了。

本书取名为“狂欢或悲戚”，是借了几年前的一篇小文的题目，该文是为一家美国的英文杂志《今日世界文学》的一个中国专刊而写的，只有规定的不到两千字的篇幅，因此也根本就不好意思拿来放到这本书里。但是这个题目我还是颇为珍爱，因为它似乎形象地传达出了中国这十几年来，甚至几十年来的社会文化与环境气氛。这是截然相反的、分裂和悖谬的、相交又相持的、交融而又互动的一个两极感受，犹如地球的磁极，或一块磁铁的两极一样，它们交互依存地构成了我们时代的“文化或者精神场域”。有人将这称作“中国经验”，我以为是准确的。什么是中国经验？借用余华《兄弟》后记中的话说就是，一个中国人活了四十年，好比一个西方人活了四百年。他经历了完全不同的两个时代，一个是“精神狂热、本能压抑和命运惨烈的时代”，一个是“伦理颠覆、浮躁纵欲和众生万象的时代”，“一个西方人活四百年才能经历的这样两个天壤之别的时代，一个中国人只需四十年就经历了，四百年间的动荡万变浓缩在四十年之中”。如果一个人足够敏感，那么他一定会有一种分裂而含混的五味交杂，有一种难以言喻的百感交集。这样的时代，如果出不了大作家，出不了伟大的文学作品，只能说这个时代的人没有福缘，没有才华，没有准备好，在一个需要巨人的时代碰巧只出了一群平庸之辈。

但事情没有那么糟，这些年中，中国的文学的确出现了一些不凡的迹象。在历经数十年的捆束之后，在二十世纪八十年代曾出现了一个冒进的时期。如果诗意地看，也许可以说是波澜壮阔，或者风云激荡。不管怎么说，人们在这个年代以仍旧保有的原始纯真和对文学的神话般敬畏，用了启蒙主义的精神之火，还有西方现代派的文学技巧等这些因素的混合相加，创造了一个迄今还在缅怀的美好时期，有人甚至还反复将之进行理想化和传奇化的描述。但在我看来，这只是一个必要的准备而已，二十世纪八十年代并不是中国文学的黄金年华，它只是一个青春时代，但还不是收获季节，那些概念化的主题和激进的形式探求，只是为了洗尽铅华的回返和成熟做准备罢了。虽然不能说没有留下传世之作，但这个年代的作品在艺术与形制上还是留下了各种欠缺。

二十世纪九十年代才是文学真正的黄金岁月。这个年代出现了成熟的叙事与形式，出现在艺术上综合而圆融的气象，出现在新文学诞生以来最优秀和最丰厚的作品。我曾经反复提到过这些作品，比如《活着》《九月寓言》《废都》《许三观卖血记》《长恨歌》《丰乳肥臀》《白鹿原》……这些作品至少在新文学诞生以来，都是在思想上最为丰富厚重，在艺术上最为复杂考究和最为圆融成熟的。在诗歌领域中也同样，诗歌艺术内部的复杂性被前所未有地打开了。但二十世纪九十年代注定在色调上是灰暗的，精神的低落与转折的不适，市场与物欲的日渐膨胀带来了世俗化的焦虑与脆弱，也导致了价值的分裂与荒谬感。在思想界出现的“人文精神讨论”，其实就是这样一种焦虑与不适的表现。但低落与荒诞的情绪——某种愤懑悲情与足够强烈的精神底色，也为上述作品的诞生准备了最好的动力与布景。二十世纪八十年代观念与形式的练习，在这个年代结出了成色更足的正果。

这种趋势延续到了新世纪之后。假如我说中国的文学在这个世纪之交的十几年、二十年中经历了一个小小的“文艺复兴”，一定会有人嗤之以鼻。但的确，这个罕见而差不多业已结束的收获期是我们曾期盼多年而未果、如今不期而至又被我们漠视和忽略了的。一方面是网络环境带来的民众意识的觉醒，个体权利面对公权力的顽强生长，给文学的公共意识与属性准备了更加广大的空间与土壤，越来越多的人可以相对自由地利于网络环境来发表和传布自己的言论与作品，利用博客、微博等“自媒体”来表达其对于社会与文化，包括文学的观点与态度；另一方面是一代渐趋成熟的作家开始了自觉的艺术的“返回”之旅。莫言的《檀香刑》《生死疲劳》等作品，都一改以往十分西化的风格与写法，转而采用了中国式的叙事，本土意味更加浓厚的叙事。格非的《人面桃花》《山河入梦》《春尽江南》三部曲更堪称刻意向中国传统叙事致敬的小说，它们更加典雅的中国式小说语言，与《红楼梦》《金瓶梅》等传统小说更加接近的美学趣味，包括其中“轮回”的和“衰败”的整体的世界观与人生观，都与典范的“中国叙事”有着神韵上的续接与融合。

不过，我之所以看重这样一个时期，不只是因为文学本身的丰富与成熟，我们这个社会本身的戏剧性和“传奇”意味也同样具有“文学化”的属性。在仿佛一夜之间生长出的鳞次栉比高耸入云的楼宇的丛林和因为“拆迁”而抗争而无家可归的人群之间，在GDP的急剧增长、财富的迅速累积与流向的不明之间，在因为汽车拥有量的过度饱和与飞速上涨使无房的人永远也买不起房的房价之间……我看到我们的社会与人群中出现的深刻的分化，这本身也上演着各色各样的人间活剧。犹如余华的《兄弟》中所描写的，有人为了炫富，不惜用纯金打造马桶，花巨资准备乘坐俄罗斯的太空船，有人却因为养家谋生而不得不将自己男扮女装，去做硅胶乳房的推销者，去车站与码头做可怜的扛包者，一任自己心爱的妻子被昔年的恶棍兄弟恣意奸淫。回过头来看看，二十年前读者曾吃惊于贾平凹《废都》中所写的混乱与荒唐，七年前又有人曾质疑余华《兄弟》的真实性，但没有想到“现实”比“作品”的发展只是稍慢了半拍，有时则是远远超前于文学本身的想象力，所有被认为夸张和“不真实”的描写，在我们的时代早已有过之而无不及地变成了“现实”。这种戏剧性，包含了真正的悲欢离合与爱恨情仇的戏剧，在我们的时代，实在是每天都在创造，在上演。

上述分裂的社会能量，也在写作领域中导致了两种分野明显的趣味：享乐主义、消费主义的闲适情绪，和对社会伦理颠覆的悲愤情怀。因此在文学领域中，我们几乎是同时看到了两种矛盾的文学思潮与流向：充满狂欢意味的、向下的、“祛魅”的、解构主义的、颠覆一切的、技术主义的、娱乐化和影像化的、以网络为平台的潮流；以及同时出现的凸显社会伦理的、悲愤和忧患的、批判社会分化的、关注社会底层的、部分地上升到对历史和传统高度进行再处理的、仍然具有思想价值或道德力量的、两种完全不同的、却有着内在的一致性与联系的写作潮流，如今在中国互相交叉、互为冲突又依存地共生着。

网络的出现，比历史上任何一种媒介的变革都更深远地影响着文学的方向和趣味，这一点现在就应该给予充分的认识。最根本的一个变化，是它在一定程度上改变了写作者的角色，由一个自足的、必须承担话语责任的个体，变成了一个虚拟和游戏世界里的“隐身人”。他不需要出具实名——即便出具也有着不一样的心态，因为“网络写作”的伦理要求和“书面写作”的伦理规则是完全不同的。另外，网络世界对中国人来说还有着不一样的意义，现实之中规则秩序的压抑越多，在虚拟世界中的反弹就越强烈，所表现出来的粗鄙和不负责任的程度也就更甚。照巴赫金的说法，“狂欢”的主要表现和特征就是对原有权威的“辱骂”和“贬低”，对原有秩序的恣意颠覆与破坏。因此，自由的合理和谩骂式的粗鄙几乎是同时出现的，这与当下中国的文化情境有着十分敏感乃至隐秘的合拍关系。

在严肃的文学创作中，狂欢气质，或说狂欢式的叙述格调，成了作家所喜欢和追逐的东西。以莫言为例，他在进入新世纪之后所发表的几部长篇小说《檀香刑》《四十一炮》《生死疲劳》《蛙》，都充满着狂欢化的叙述风格；余华积十余年时间才推出的《兄弟》，也更夸张了此前他在《许三观卖血记》中就已显露的喜剧风格。这不是偶然的，作家对于时代氛围的敏感捕捉，使他们不由自主地在作品中透示出这种感受。以《兄弟》和《生死疲劳》为例，它们都是对当代中国历史的巨大翻覆的戏剧性书写，从二十世纪五十年代到七十年代狂热的政治运动时期，到八十年代以后迅速的市场化运动，中国人经历了任何一个民族都不曾经验的精神巨变，在这场物质与信仰的巨大置换中，多少生命被席卷于喜剧的云顶，或悲剧的深渊，在沧海桑田式的动荡中历尽磨难，随后又在一个突然的转折中，被抛掷于历史的废墟或精神的荒原之上。那些历经苦难而后存的精神伦理，又被金钱和市场的巨大力量所肢解。《兄弟》中所谓的从“精神狂热、本能压抑和命运惨烈的时代”到“伦理颠覆、浮躁纵欲和众生万象的时代”的演变，就是对这样一个过程的生动概括，作家如果不用戏剧性的手法，是很难写出历史本身的这种戏剧性的，更不可能真正揭示在这种喜剧的表象与情境中，其真正的悲剧本质。

悲戚的情绪当然也来源于历史，但首要的还是来源于现实。经济的突变带来了社会结构的变化，带来了深刻的伦理危机，这在各国历史上曾是普遍的规律。但在现今中国，其剧烈的程度更难以估量。我在即将编就这本书的时候，读到了余华的新作《第七天》，再次深切地感受到这危机的围困与逼迫。我觉得余华是为我们这个时代各类的冤死者们，那些“沉默的大多数”中最沉默的部分——那些“死无葬身之地”的“亡灵”写了一部书，他们是拆迁的冤死者，是塌陷的替死鬼，是医疗黑幕、警察施暴、意外爆炸与各种事故的牺牲品，是心理失衡、迫于各种压力的自杀者。谁来为他们立传？我看到读者在网络上的各种批评，也听到批评界和作家同行们的讥讽揶揄，也狐疑于小说叙事中的某些处理，但我仍然为之感动和悲伤，为之震撼和深思。“如果这是一支歌，那一定是一支悲歌和哀歌；如果这是一部书，那一定是一部时代的亡灵书。”我在一个很小规模的讨论会中，这样概括了我的看法。不管它在技艺上是否是一部有瑕疵的小说，我首先要肯定它的写作立场，为沉默者书写和立传的立场。

也许所举出的现象还不足以说明问题，还有更多的现象和作品没有说到，但我要说，这个小小的黄金时代，小小的文艺复兴，也许正因为你我的无视和冷漠而陷于停顿，甚至湮灭和消散。因为我们的时代也正在发生微妙的弥散和消耗性的变化，文学的契机和一代成熟的作家也会老去，这当然不是人力所及、所能挽回和改变的。某种意义上，只有一切微妙因素的累积相加到了一个地步，文学的“场域”和气候才会达到一个沸点，才会出现一个“复兴”的局面。但这样一个契机并不是经常出现的。

莫言在2012年的获奖，有人用了“幸运”“命运的馅饼”来形容之，有人分析了文化关系、东西方政治、中国经济的因素、翻译的偶然性等因素对于这一事件的影响，这些或许都有道理，但说到底，哪一位作家获奖没有这些因素呢？归根结底还是文学本身作为一个各种因素相加的基础，确实达到了一个水准，这些才能构成影响关系。在我看来，莫言最应该感谢的，还是这个小小的文艺复兴时代的大气候，他赶上了这个有些波澜壮阔的、有着一个世纪以来最好的文学土壤和文学气候的时机，赶上了这个变化而动荡的、孕育着无数悲剧与喜剧、狂欢与悲戚的历史段落，也应该感谢他同时代的其他作家，他们共同构成和创造了这个文学的兴盛格局——当然，别的作家也应该感谢他，某种意义上，虽然金闪闪的奖牌和诱人的奖金是奖给他个人的，但文学的荣誉同时属于这个年代的中国文学，属于一切优秀的中国作家。

我从来不是一个单面的进步论者，甚至受到中国传统叙事的观念与美学的感染，还是一个轮回主义和悲观主义者，但我相信我对这个年代的文学的判断是有理由的。我记下了自己的这些感受，用肤浅或狭窄的视野谈论了一些问题，希望这些谈论能够不被理解为是左的或是右的，单向肯定的或者简单否定的。

批评的身份与限度、使命与尺度

谁在说话？

从前以为，说是一种本能，是本然与天赋之权利，开口就说。这么多年下来，却渐渐有了狐疑——这个说话的人是谁，批评者是谁，是天赋其权吗？

假如是读者，当然有权利对文本说三道四，因为他像是一个购买了货物的买主，或花了时间看戏的观众，自然可以评头论足。而批评家就不一定了，他要扮演的是一个公共性的角色，他一旦说话，就不仅仅是他自己，而是代表了一种身份，这上面附着了媒介、舆论、公共性等诸多因素，所以要小心。

不要以为批评家的身份是天赋其权的。多年来，我终于渐渐认识到，这种身份如果不能厘清，不只会出现坏的批评，甚至会酿成人间惨剧。

纵观现代以来的文学批评，大约有两种批评家：一种是将批评看作是一种"权力"，即作为"power"的批评；另一种是将之看作"权利"，亦即作为"rights"的批评。这个说法当然不是我的发明，而是受到多年前一位海派批评家的启发，他则是受到卢梭“权利本位”思想的启发，所以，发明权还要归卢梭。该兄在讨论某种社会政治伦理问题的时候，极为精辟地辨析使用了这两个词汇，令人有茅塞顿开之感。而我以为将之引入现代以来的文学批评史中，更显贴切和有意思。

显然，“权利”是个人性的、有前提的、受制约的，是所有个体主体都受到平等对待和保护的一种权益；而“权力”则是超个人、不平衡的，是带有压迫性、制度性或政治性的力量。一旦将批评当作了这样的东西，悲剧将无法避免。

所以我们看到了曾经的那么多触目惊心的例证。一般来说，“言能杀人”必是将言当作了权力。鲁迅虽然话一向说得重，出手通常有一击致命的力度，但他的身份从来都只是个人，并未秉权力所授，所以他批评的那些人，其实未遭遇过什么危险，都活得很好，也用差不多的方式对他进行反击。而且时过境迁再看时，他的批评也未见得总是正确，而这也没有关系，批评得对不对是一回事，有没有意思是另一回事。鲁迅之批评的魅力，通常是因为有意思的比正确的还要多些。

而对于有些人就不一样了。二十世纪五十年代之初的一位叫萧也牧的，因为写了一篇《我们夫妇之间》的小说，便遭到了灭顶之灾。当他羞答答地、试探性地想揭示一种人性弱点，构造了一个并不新鲜的“休妻故事”的降解版时，遭到了来自权力与正确一方之代表的警告，乃至痛斥。他于是乎自此在文坛销声匿迹，以至于在后来屡遭批判，抑郁而死。

这是《小公务员之死》的当代中国版，一种无形之力将之压倒。而具有讽刺意义的是，批评萧也牧的丁玲，也曾经遭受过同样逻辑的批评，只是她略微幸运些，才活过了历史的艰难期，并且因为某些冤屈和蒙难的履历而受到了后来的尊敬。可是她秉权力所授，自认为是正确路线的代表，将萧也牧的小说定性为资产阶级思想范畴之时，是谁给了她这样不容置疑的自信和置他人于死地的权力呢？

所以，说话者并不是无条件的，没有不加质疑的天赋其权。尤其是，当说话者试图自动获得正确的化身、真理的代言这样的身份的时候，就要警惕了。作为个人，务必要小心说话的身份：我是正确路线的代表吗？我不是。我是真理的化身吗？我不是。我是知识宝库吗？也不见得。我只是一个有限度的说话者，并不比人民群众高多少，也不是作家的指路人，我只是一个和别的读者一样的角色，有限度，有缺点，一切都需要商量。

因而所谓“古老的敌意”“必要的反对”，都是必要的，但也并非天然正确，而要看反对得有没有道理，自己是作为何种角色在说话，会给人造成何种后果。在此前提下，我也承认反对意见本身的意义，是构成好的“批评生态”的必要元素，是对坏的和粗制滥造的写作的一种“威慑”。但也还有一层逻辑必须要清楚，就是李健吾的提醒，“一部杰作的仇敌，往往不是读者，倒是同时代的批评家”。不要以为，批评家的平庸会只表现在庸俗的肯定和吹捧上，还有同样可怕的鲁莽和愚蠢，就是被李健吾所不屑的，也被历史的惨痛教训所证明了的，那种作为伤害和危险的批评。

说什么？

洋派的说法是“批评何为”。也即是问，所谓批评究竟想说什么，达到什么目的。批评何为？可以很小，小到为了一个细节，一个人物，一篇作品，也可以很大，大到为了讨论一切与文学有关的命题，为了探讨与真理、与价值、与美感、与社会、与历史和未来等一切有关的问题。批评如此之大，当然首先是靠批评家的能力，没有与批评的属性和使命相匹配的素质，还是勿要强为。即便要为，也要知道限度，把自己的使命压低、收窄些。

因此，动辄将批评当作经天纬地之大业的，看作是可以影响文学走势的，可能就有些夸大其词了。人民需要批评吗？需要，但远没有那么重要，人民需要的，首先还是好的和有意思的作品。假如从历史和文学史的角度看，批评不过是编纂、校勘、注释、评点等学术工作的衍生物，是其剩余，只是到现代以后，才有了职业意义上的所谓批评家，算是现代社会精细分工中一个“冗员”的职位——几乎算是一个“福利”了。未有职业意义上的“批评家”之前，中国早有煌煌数千年文脉，诞生了无数伟大的作家和诗人，留下来那么多的杰作。有没有文学批评家，实在没有那么重要。

但这并非轻薄那些有过重要的批评实践和贡献的先人，而是说，在我们的先人哪里，虽有杰出的批评，但批评者并不因之而显赫，不以为刀笔用，更不为稻粱谋。而且，他们是如此低调，从不以教训者或真理的持有者自居，不会贸用权力而置创作者于死地。他们只是一些小心的和睿智的对话者，持守了诠释和体味者的本分，故而，才成为一个为人钦敬的和不可或缺的角色。

批评作为学术之剩余的出现，大概始于夫子。在编订了《诗经》之后，他便在私学之课堂上，在与徒弟的对话中屡屡谈及，曰，“诗三百，一言以蔽之曰，思无邪”“不学诗，无以言”“诗可以兴、可以观、可以群、可以怨……”云云。后来汉代的大儒们渐热心于为先秦经书作注作传，学术昌兴之余，批评也渐渐成形。今人翻开《史记》，所见已不只是太史公一人的著述，其间夹杂了后人为之阐释、辨伪、考据的多种文字，计有“集解”“索隐”“正义”，至少四种文字互为夹杂，构成了一个奇怪的“复调文本”，或是一种“解构主义的集合物”，其中所夹带的这些穿凿与诠释，附会与闲话，便是“批评”的雏形。

很显然，这种方式延续为古人读书的一种本能，自唐与宋人所喜好的“诗话”，至明清四大奇书的批评文字，都已然是十分典型的中国传统意义上的批评范例了。读《张竹坡批评金瓶梅》《金圣叹批评忠义水浒传》（还有李卓吾批评本）、《毛宗岗批评三国演义》《李卓吾批评西游记》，都是在原文中夹杂了一个有意思的饶舌者，他不断地提示着原文到底是想说什么，与我们交换着阅读的体会，还常常要为作者的意图揣测辩解，为某个精彩或别致的细节场景击节赞叹……

如此说来，批评的动力产生于阅读中的交流愿望与意图，因此它在本质上也是一种“对话”。真正在本体论意义上的讨论，在“原道”的意义上探讨“文艺学”，在中国古人的论述中可谓稀有。曹丕的《典论·论文》、陆机的《文赋》、刘勰的《文心雕龙》庶几近之，但中国人真正乐此不疲的，是对话性的“批”与“评”，即在文章首末与行间穿插的各种见解，或无头无尾的心得文字。

上述当然也是掉书袋的说法，现代意义上的理解，应该是巴赫金意义上的对话，即，作为一种普遍意义上的，具有交流属性或诉求的工作。引申开来，我以为，批评便是批评者与作家的对话，批评者与读者的对话，或是以个别文本与作家的全部文本的对话，是批评者与全部文学历史的“拟对话”，与文学的一般观念的对话，是与历史和现实之间的“可能的对话”……完全意义上的、全方位的对话当然很难，但这是其包含的潜命题，是“假定”意义上的。简言之，最理想的批评应暗含着这样的潜命题：试图与所有的知识、历史、文本、经验，乃至生命，一切可能的主体，构成一个对话的、“拟对话”的、“潜对话”的、“可能的对话”的关系。

这便是我所理解的“批评是对话，也是创造”。意思是，第一，如果说有“本源”或者“本质”的话，它就是一种对话或潜对话。第二，它与文学创作和一切创造性工作一样，同样是“文学虚构”的一部分，与文学创造有着一致的属性和质地。后者主要是强调其同在的文学性，前者则是强调其“非自足”的文本属性。

如此在词源学的意义上深究，事情就显得愈发复杂了。回到简单的初衷，批评应该就是一种包含了多种可能的对话关系。所以，孔夫子是对话，柏拉图是对话，歌德是对话，中国历代的好的批评家都是对话——即便不是对话的文体，其中也包含了小心的体味，悉心的品咂，会心的领悟……总之都不太可能是武断的臧否，或简单的毁誉。

怎么说?

怎么说前面已有涉及，余下的只是“以什么说”之类，即事关批评“尺度”的问题。批评的尺度或标准，历来都被认为是最混乱的，因此总有人期冀一个一统天下、放之四海皆准的绝对标准，来廓清世间万千虚浮之物。然而这样的标准似乎并不存在，一切文学的谈论，说到底无非关乎人类的经验，而这些经验又无不在变动中。故而恩格斯十分明智地给出了一个方案，即“历史的和美学的”（有时也表述为“美学的和历史的”）两种标准，与其说是两个标准，不如说是以此表述了两个无限变化的维度，以其无限的相对性和辩证性，当作了打开和解决问题的钥匙。

显然，方法有一千种，而标准大抵不出这二者。何为“历史的标准”？其实就是将文本与历史之间，看作并建立起一种对话或呼应的关系。因此归根结底，历史的标准也是“非绝对的标准”。如同有人喜欢用历史上的伟大作家来做标准，用莎士比亚或托尔斯泰来考量一切，但这个标准并不总是有效的。道理很简单，假如我们以一千年为尺度，那么中国文学史上可谈论的作家就只有屈原、李白、杜甫、苏轼和曹雪芹了，连鲁迅都无法列于其中；假如以五百年为尺度，还可以加上陶渊明、白居易，或者还有“四大奇书”的作者，鲁迅有没有还很难说；假如以一百年为尺度，那么光唐代甚至盛唐就已是群星灿烂，鲁迅也肯定会在其中了……但更多的时候，谈论当代作家，可能就是在以十年、二十年为尺度，涉及的作家和作品会非常之多。那么这个时候该如何谈论？以一千年才会有的作家为尺度吗？以屈原为标准谈论晚唐的温飞卿，这样的谈论成立吗？当然不会。

所以，并非依据的标准越高，谈论就越正确，只有与历史和文本背后的谱系建立合适的对话关系，与文本诞生的现实语境建立准确的对应关系，与谈论者的当下情境建立敏感的对应关系，所有的谈论才会客观有效。

当然还有“美学的标准”。以笔者的浅薄，我认为美学的标准确乎是指一般的、“超历史的”标准，即谈论任何文本都要有的艺术原则，它不会因为历史的变迁而丧失，比如精神品质、艺术深度、文字之美，等等。但细究之，这个标准的尺度也无往不在变化中，不能离开历史而单独存在。尤其在批评实践中，也需要依据于历史维度而获得意义。比如，简约是先秦文学、是《诗经》的美感标准，但对于《楚辞》和汉赋而言，它就是无效的；对于老舍和王朔而言，北京的方言土语是迷人的，却不能拿来考量新感觉派、张爱玲或王安忆；鲁迅总体上是正确的，但他批评乃至痛斥过的那些人也并非一无是处；是否有必要以“现代汉语的规范”，来归化和规训某些作家的地方性与风格化的追求，也值得商榷，否则鲁迅《孔乙己》中“大约孔乙己的确死了”之类的表述，岂不都属语病？如果批评是能够用清晰的尺度来评鉴的话，由高明者审定一个标准体系，附以计算机、大数据等现代技术进行综合分析得出结论，一劳永逸不就结了？

但事情实在没有这样简单，无论体制还是人民，确实还需要些许多嘴和饶舌的批评家，靠他们的合力来共同生成一个场域，一个含混而又大致合乎实情的评价系统。基于此，我以为一个批评家，假如他要担当积极的角色，那么就应当尽可能地将其面对的文本，与历史上的所有文本小心翼翼地建立一种关系。它是传承的、致敬的、演绎的、颠覆的、反讽的、嘲弄的……是什么样的关系，要搞搞清楚。同时重要的一点，就是批评家要保持敏锐的现实感，说白了，也就是把所有批评话题转化为一种在现实场域里有“及物性”的话题。你置身于现实要说什么，你如何回应我们这时代，回应了才能保有关怀并承担责任——我不认为有永恒不变的责任，但必须有现实的责任。还有，我不相信一部好的作品会没有触及自己的时代，但假如它触及了，批评家却没有真正内行的认知与合适的诠释，那就是批评家的无能了。

总有人以鲁迅或者某个伟大作家为例，来指斥当代作家的畏缩与低能，乍看起来似乎很有道理。但我以为，非历史地去看待这类问题并无道理。当代有当代的情境，当代作家有千般问题都可以痛批，但唯独在传承鲁迅精神方面不乏其后。纵然学问不济，人格风范难立，那些最优秀的作家却可以“微贱”之人格，写出惊世之作品，且在“围观”“嗜血”以及“国民性”主题上并无愧色。为什么我们的批评家对此视而不见？其实也简单，要么就是预设的粗疏偏见，要么就是对于他们书写中艺术风格的微妙变化缺少体察的能力。很显然，他们对于荒诞的、变形的、狂欢的等诸种变异极不适应，便以上个时代的趣味来衡量今日的美感风尚与表达策略，如此自然会南辕北辙。这表明两点：一是对于叙事艺术的现代性变异不敏感；二是对于鲁迅精神本身的理解缺少深度。这些个看法，与刻舟求剑无异。

如上说了这许多，非是要与谁争辩什么，而是要絮叨一下我所理解的批评之限和批评之难。希望也是与同行的对话和求教，向历史的问询与追想。

文学中的现实或真相

现实主义的话题，可能是人类有史以来最难索解的难题之一。因为它很容易被认为与认识论的原则相联系，即“唯物主义，还是唯心主义，二者必居其一”的问题。因此，关于文学中的现实主义理论也被伦理化甚至政治化了，乃至产生了现实主义等于唯物主义，等于政治正确的逻辑。这是关于现实主义的讨论难以真正展开的原因。

现实主义的几个不同范畴必须首先弄清楚：作为历史范畴，它指的是十九世纪出现在欧洲的一种文学运动或者潮流；作为方法范畴，它指的是古今文学都可能有的一种按照客观现实的原貌来写作的手法；作为认识论原则，它意味着尊重现实认知、依照事实理解的思维和态度；作为美学范畴，它指的是强调客观真实性的一种样貌或风格。除此之外，在作为创作方法方面，恩格斯有非常清晰的界定，“现实主义的意思是，除了细节的真实以外，还要真实地再现典型环境中的典型人物”。在马克思、恩格斯和列宁等经典论述的基础上，在苏联又出现了“社会主义现实主义”的说法，将上述范畴更加综合化和政治化了。今天我们谈现实主义，首先必须要厘清我们言说的范畴。否则会陷入各说各话，甚至南辕北辙的境地。

实际上，根本问题还是谈论者主体和解释权的问题：谁的现实，何以现实，这是问题。朱门酒肉臭，路有冻死骨，现实对不同处境的人而言是完全不同的。鲁迅说：“穷人绝无开交易所折本的懊恼，煤油大王哪会知道北方捡煤渣老婆子身受的辛酸，灾区的饥民，大约总不去种兰花，像阔人老太爷一样，贾府上的焦大，也不会爱林妹妹的。”很显然，巴尔扎克的现实主义，与雨果的现实主义，与苏联的社会主义现实主义，与当下中国的底层写作，其理解与要求都是不一样的。

还有政治正确的问题，这并非可以用阶级和政治画线的问题。马克思恩格斯倡导现实主义，但他们对于左派或工人作家的作品也并不总是表示欣赏，反倒是经常引用莎士比亚的作品，来指点他们的写作。可见正确的、进步的政治立场，并不总是能够产生出好的文本。反倒是政治上的保皇党人巴尔扎克，超越了其政治上的局限，写出了更具历史和认识价值的作品。恩格斯对这一点的解释是“现实主义的胜利”。可见现实主义是一个好东西，只要能够忠于现实，就能够写出超越个人政治局限的作品。马恩对于类似费迪南·拉萨尔和玛格丽特·哈克纳斯等进步作家的批评，也是认为他们概念化地理解了时代以及作品中的人物。

然而他们的告诫并没有起到足够的警示作用。在很长一段时间里，我们的革命现实主义确实存在着类似的问题。用政治图解现实，观念先行地将人物分为不同的阶级与阶层，漠视甚至无视人性的基本内涵。作家们虽然大都有着积极的和正确的政治立场，也自认为秉持了唯物主义的认识方法，但是写出的作品，还是存在着各种各样的问题。或者说，他们以或许十分真诚的态度，写出了并不总是符合真实的作品，这是一个必须吸取的教训。从这个意义上说，今天我们重新倡扬现实主义的精神，应该充分意识到从前的各种误区，应该以更为客观和冷静的态度，来寻找那些成功的例证和合理的资源，而不是只从概念出发。

有的人会把主体性也作为客观的经验来对待。法国女作家玛格丽特·杜拉斯曾经讲述这样一个例证：她一度重病住院，其间在昏迷中做了许多噩梦，梦中一个叫作雷吉的朋友侵犯了她，她醒来时抓起电话，不由分说便痛斥他，当一头雾水的雷吉询问“我究竟怎么你了”时，杜拉斯对着电话说：“你在我的梦里伤害了我，我一辈子都不会原谅你！”她的这篇访谈文章的题目叫作《我把神话当真实》。这是一个极端的例子，但它启示我们，个人的经验与真实算不算“现实”？如果不算，那么现实究竟是谁的？谁来界定和提取那个非个人的、抽象的、作为“整体”的、终极正确和真实的现实？

当然会有人说，人民群众的“火热的生活”就是现实。不错，但人民群众也是由三教九流、各色各样的单个人组成的，作为文学的消费者，也不会只有一种趣味，不会共有同一种现实，悲欢离合，生老病死，爱恨情仇，他们也各有各的现实。所以我们的现实和主义，仍然必须是开放的，包括表现方式也应与时俱进。正像余华在二十世纪八十年代末的一篇叫作《虚伪的作品》的随笔中所说：“十九世纪文学经过了辉煌的长途跋涉之后，把文学的想象力送上了医院的病床。”“当我发现以往那种就事论事的写作态度只能导致表面的真实以后，我就必须去寻找新的表达方式。寻找的结果使我不再忠诚于所描绘事物的形态，我开始使用一种虚伪的形式。这种形式背离了现实世界提供给我的秩序和逻辑，却使我自由地接近了真实。”余华的这番话，揭示了现实主义在当代面临的问题，同时也探索了一条变革前行的道路。必须探索新的经验和方法，必须承认“现实”因为主体差异而具有的无限丰富性，必须在再现现实的同时，也承载写作者对于现实的思考。

因此，我以为，假如我们承认不存在一个先验正确且放之四海而皆准的“现实”，那么真实就存在于个体的心里和命运中。只有忠实于恩格斯所说的“这一个”，或者克尔恺郭尔所强调的“那个个人”的现实，才会在文学中真正走进那个美学意义上的“现实”。

丹麦文学之于我的启示

我不太清楚中国文学对于丹麦的影响，但我所知道的丹麦文学之于中国文学，则是影响深远的。早在二十世纪二十年代鲁迅的笔下，就多次谈到了北欧文学，谈到了安徒生，谈到了克尔凯戈尔，甚至后来也谈到了勃兰兑斯。他本人的散文诗集——也可以叫作哲学随笔集《野草》，其文体就是直接受到尼采和克尔凯戈尔文体的影响而创作的。

但今天我只谈谈我自己所接受的部分，虽然渺小得多，但它包含了个人的体验。它没有英国、法国、德国，甚至俄国和日本文学的影响那么大，却非常关键。

我第一次读到安徒生大概是在二十世纪八十年代初期，那时是从一本童话选集中读到的，有《海的女儿》《卖火柴的小女孩》，还有《皇帝的新装》。当时只是觉得很凄美，但并没有真正深入地思考。后来我读到了奥地利心理学家弗洛伊德的《梦的解析》一书，其中对于“皇帝的新装”的解读让我大为震惊，觉得安徒生不只是作为“儿童文学作家”而伟大，更是作为揭示人性与人类精神秘密的作家而伟大。每当人类历史中类似的现象重临，就会觉得安徒生化为了那个天真的小孩，说出了那个让我们恍然大悟的秘密。

大约在1985年，我二十二岁的时候读到了勃兰兑斯的《十九世纪文学主流》，那时我刚刚大学毕业不久，在一个很小的师范专科学校的中文系任教，勉为其难地讲授“外国文学”课程，当我既不满足于那时蹩脚的概念化教科书，又苦于没有什么新的思想来源的时候，这部书给了我巨大的震撼和支持。“暴风雨的1848年是一个欧洲历史的转折点”“我准备描绘的是一个带有戏剧的形式与特征的历史运动”。他的充满诗意的叙述让我惊叹，世界上居然还有这么动人而迷人的文学史。

我整夜读着那些振奋人心的篇章，看着他关于专制下的流亡者，关于戈蒂耶、雨果、巴尔扎克，法国的浪漫派与青年德意志的文学群像的描写，我将它们整段地搬运到课堂上，结果我的课得到了意想不到，也根本不配得到的掌声。我知道，那掌声不是献给我的，而是献给勃兰兑斯和他华美而伟大的修辞的。

那时我也还没有料到，这部书给我的影响是多么深远。我后来再读黑格尔的时候，觉得一下子没有了那晦涩和难懂。因为勃兰兑斯所做的文学史的描述，其叙述的逻辑，关于历史的必然性、正反合，那些虚构的“时代精神”“总体性”的宏阔思维，一下子有了直观的经验。仿佛勃兰兑斯是黑格尔的一个影子，一个兄弟，他们是那么相像，只是勃兰兑斯更富有诗意而已。由此，我产生了作为一个阅读者和研究者的自我想象，换句话说，我有了研究文学史的冲动，也在我思维的深处种下了一个牢固的模型，在想象我所面对的文学史与文学现象的时候，所出现的景观，就变成了《十九世纪文学主流》的一个个重影或派生物。我最初的一本尝试制作《中国当代先锋文学思潮论》，某种程度上就是模仿和复制这部书的一个产物，只是限于能力，我把这样的想象矮化了。

但直到现在我也认为，一旦接受过那样的思维的人，终生都会迷恋那种诗意的总体性构想。后来我可能会从福柯和海登·怀特那里接受他们对于历史想象的质疑，知道了另类的历史、微观和别样的历史观，知道了任何对于历史的叙述都是关于历史的一种修辞……但是黑格尔和勃兰兑斯依然是我们解决和建构某个想象的必由之路，某种意义上说，没有他们就没有历史。

至于克尔恺郭尔，我至今没有能够得到机会通读他的作品，但在二十世纪九十年代我部分地读到他的哲学寓言时，曾被他的文体所深深吸引和震撼，那时我才知道鲁迅毕生最了不起的作品之一《野草》与他之间的渊源。我喜欢那种上帝或者上帝的挑战者一样的口吻，揭破一切又重新言说的语调，包括那些深刻的晦暗与晦暗的深刻。我一直在尝试写出那样的文体，当然，我也知道首先要学习的是那样的思想，没有那样的思想便不可能有那样的文字——反之亦然，没有那样的文字也不可能有那样的思想。

我最欣赏的克尔恺郭尔的一句话是：群众是虚妄，我全部问题的起点只在于“那个个人”（That Individual）。是的，“个人”。没有“个人”的“群众”是虚妄和虚伪的，每当我们用“群众”这样的大词来搪塞无望的“个人”的时候，我就对这样的说法深信不疑。他接下来还说，“为真理做判断的集会已经结束，群众已经从广场上回了家，变成了单独的个人”，也是对于历史的一种传神的判断。从全人类看，这似乎是悲剧性的，但也是不可抗拒的现实，或者某种意义上的进步。

克尔恺郭尔教导我们，要永远站在个体（That Individual）这一边，因为他是真实的，作为一个读书明理的求知者，如果我们不懂得维护“每一个个体”的权利，就不可能“解放全人类”。经历了一个世纪的革命之后，中国人唯有懂得这一点，方能够真正进步。

感谢丹麦文学，他们贡献了这样的思想，便是为人类文明做出了贡献。当然，我只是知道这么一点点，而且理解很浅。

至于“后现代主义”，我只是了解一点理论的皮毛，在全球化的时代，我相信它是必须面对的新知，当然也是新的经验与世界观。作为哲学方法，我认同德里达关于认识论的颠覆性看法，我相信无论是德里达，还是杰姆逊，还是吉登斯，等等，他们的理论对我有吸引力的原因，都是他们根深蒂固的批判性，我们需要这种批判性。但对于信息和技术所支持的“后现代社会”与“后现代生存”，我又有一种隐隐的担心。即，在理论上，后现代主义似乎保有思维方法的反思与批评意识，但在社会与生存方面似乎也有丧失伦理与正义的隐忧。至于文学，在中国我还没有看到真正有文明范式意义的表达，所看到是只是某种“风格意义上的拟作”，因为在启蒙主义与现代主义尚未完成的国度里，过早地确信它的时代已经来临，未免有一点奢侈了。

古老的注视：在两个古老文明之间

大约两千年前的东汉时期，佛教传入了中国，从那时起，中印两个古老国家的交往与对话就开始了。佛经与佛教文化对中国的影响之巨大是难以估量的。中国在两千年中出现了多少佛寺，有过多少僧人，佛学中有多少词语融入了汉语，谁也说不清楚。唐代诗人杜牧的诗中说，“南朝四百八十寺，多少楼台烟雨中”，仅仅一个半壁江山的南朝一隅，就有这么多的寺庙。

佛经卷帙浩繁，仅敦煌莫高窟中所存的经卷就达数万卷。大部分佛经的翻译是一种奇怪的“硬译”，即从梵文中的音译。但奇怪的是，居然很多人能够读懂其意思。这是世界翻译史上的奇迹。这些古老而奇怪的音节，一直影响着中国人的精神世界。

仅举一例，《摩诃般若波罗蜜多心经》中结尾几句：

揭谛，揭谛，波罗揭谛，波罗僧揭谛，菩提萨婆诃。

梵文原文【गते गते पारगते पारसंगते बोधि स्वाहा】

藏　文　【ག་ཏེ་ག་ཏེ་པཱ་ར་ག་ཏེ་པཱ་ར་སཾ་ག་ཏེ་བོ་དྷི་སྭཱ་ཧཱ།】

英　译　【Gone, Gone，Gone beyond，Gone completely beyond，Praise to awakening】

汉　译　【依般若得渡去吧，依般若得渡去吧！渡到彼岸去吧！大家都到彼岸去吧，急速地来成就无上佛菩提】

佛教文化对于中国文学的影响至为巨大。诗歌中有专门的一类是禅诗，禅诗基本上是用中国化的佛学思想写成的，唐代中国的大诗人王维因为善写具有禅意的诗歌而被称为“诗佛”。即便是那些一般的诗歌中，也含有大量的佛学思想、佛学掌故，以及佛教的语言。

明清时期发育起来的长篇小说，像《金瓶梅》《水浒传》《红楼梦》都大量地涉及佛教文化元素，《金瓶梅》讲的就是“色”与“空”的故事，财色之欲终将化为空无，训诫之意众生应予汲取。《红楼梦》讲的是“几世几劫”的故事，是“人间繁华”与“归彼大荒”的往复轮回，以及盛极必衰的人间教训。至于《西游记》干脆讲的就是去西天取经，其实这个“西天”是古代的文化地理，指的就是古代的印度。绕过了高耸入云的青藏高原，玄奘和他的徒弟们绕行数万里，历经磨难，终于取回了真经，给东土的人们带来了无量福祉。他们自己也战胜了路途上的妖魔，在修行中剔除了“本我”——自身中的魔鬼，最后都成了佛。

这些都是来自佛教文化的影响的产物，例子不胜枚举，我这里只是蜻蜓点水地提到而已。

关于多语言写作的问题。古老的巴别塔神话昭示着人与神（上帝）之间的分歧，神为了阻止人类与他的过分接近，阻止了他们建造通天塔的行为，让他们说着不同的语言，互相听不懂对方的话语，从此人类走上了纷争的不祥之路。

但对于文学而言，语言的多元恰恰是沃土，可以孕生出多样的传统。

中印两国在这一点上很像，都是多民族、多语种的文化共同体，印度比中国更甚。中国有五十六个民族，其中大部分都有自己的语言，部分还有自己的文字与书写，所以文学传统是多个的。不同民族语言给我们的文学提供了丰富的源头。藏族有口头传唱的史诗巨制《格萨尔王传》，蒙古族有英雄史诗《江格尔》，壮族有创世经诗《布洛陀》，等等。

古代中国是一个奇异的架构，因为儒家文化的“超稳定性”，所有外来入侵的民族，虽然掌握了政治上的统治权，但在文化上又被中原汉族的儒家文化所同化，如大唐政权是鲜卑族的一支拓跋氏建立的，元代政权是由蒙古族人建立的，清帝国则是由女真的后裔满族人建立的，但他们都无一例外地采用了汉族的意识形态，依照儒家文化进行了“自我改造”。像清朝入关以后，干脆连自己的语言也不要了，他们除了仍坚持“八旗贵族”的身份以外，让所有汉人也扎上辫子，其余的便在实际上汉化了。

满族人曹雪芹用汉语写下了中国文学史上最伟大的小说《红楼梦》。我一直认为，只有看过《红楼梦》且真正看懂了的，才是真正的这个人，懂得这个人的心灵，懂得中国人的情感方式与思维方式。曹雪芹比汉族还要汉族，中国文化中的一切精髓都被他吸入其中，又发挥得淋漓尽致。

所以，中国文学是多民族文化融合的结果，只是其中的绝大多数是用汉语写出的而已。我本人极有可能是蒙古族人的后裔，单凭我的长相，这张脸，所有人都认为我像是蒙古族人，我的外婆的姓氏为索（音 suo），其实很有可能是来自蒙古族或者满族。但我在文化上，早已是一个典型的汉族人。

现代以来，中国的少数民族作家，有很多都在用汉语写作，但他们有可能在文化上仍然坚持自己的民族传统，如张承志，他和我一个姓氏，但他是回族，他用汉语写作，但坚持了回族的伊斯兰文化认同。阿来，他是藏族，但他一直用汉语写作，比我更像一个汉族。扎西达娃，作为一个藏族作家，他写得非常棒，简直就是中国的马尔克斯，但他也只用汉语写作。还有很多蒙古族和满族的作家，他们除了有一个民族身份，所写的作品已经与一个汉族作家没有任何区别。

新疆的维吾尔族人有很多还在坚持用维语写作，但我只读得懂他们的汉语翻译。前年我还给他们的一个多人的诗歌合集《燃烧的麦穗》写了一篇序言，我的序言的名字叫作《先锋的蝙蝠把我们引向黑暗》，是引用了维吾尔族先锋诗人帕尔哈提·吐尔逊的《木乃伊》中的诗句。这部诗集给我很大的震动，我觉得他们写得非常好，我们之间应该跨越语言的障碍加强交流。事实证明交流是最重要的，我的序言也引起了他们的反响，诗集出版以后，几十位维吾尔族诗人专门派了两个懂汉语的代表，前来向我致谢。我无意中为民族团结做出了贡献。

关于印度多语种写作的情况，我尚在了解中，希望从各位那里得到更多启发。

如何缅怀“黄金时代”

——关于马原和八十年代的一些话题[①]

今天的题目中有这么几个关键词：一个是“八十年代文学”，一个是所谓“黄金时代”，还有一个就是鹊起于二十世纪八十年代的作家马原了。合起来，大概就成了这本书——《重返黄金时代》[②]。本来还有一个余华，但他到底没来，于是就剩三个。但三个和四个的意义基本是一样的。

我简单谈一点我关于几个关键词的想法。

一　黄金年代的“虚构”

首先是“八十年代”和“黄金时代”的问题。今年是2016年，如果我们从1986年开始算，到今天刚好三十年，如果从1986年以前算，已经有三十多年了。1986年，余华还没出来——那时他开始写

① 本文为2016年8月在北京举办的《重返黄金时代——印象八十年代》读书分享会上的发言。

② 马原：《重返黄金时代——印象八十年代》，吉林出版集团2016年版。本文为2016年8月在北京举办的读书分享会上的发言。

作了，但到1987年才冒出来，而马原那时已经写了一批特别有影响的小说。1986年他特别有名的一个作品就是《虚构》，似乎是在《收获》上发的。到目前为止，这可以说是他短篇小说的代表作。还有莫言，他的“红高粱”系列基本上都是在1986年发表的。也就是说，在1986年前后，我们已强烈地感受到了中国文学的巨大变革。之前中国文学已经开始了变革，但在二十世纪七十年代末八十年代初还算是小打小闹，从技术层面还是牛刀小试，并未有根本改变。从内容上讲，还是写伤痕、反思、改革这一套，还是跟当前社会生活完全纠缠在一起。到1985年以后，相继出现了马原、扎西达娃、莫言、残雪，还有刘索拉、徐星、韩少功、王安忆、贾平凹等这批人，在他们的推动下，出现了两个文学现象：一个是“新潮小说”，一个是“寻根文学”，都是在1985年出现的。但是要说到文本，很多重要的作品都是在1986年以后出现的。显然，在二十世纪八十年代中期，中国文学出现了一个根本性的变革，照后来的说法，就是从“写什么”到“怎么写”。“怎么写”这里面很重要的一个代表人物，就是马原。

二十世纪八十年代文学至为丰富，但要谈起来会很烦琐，我不在这背书。我大意想说一个我们对历史的想象的问题。想象历史，我们通常会借鉴古代的资源，如历史、民俗、神话传说等，或者借鉴其他民族的说法，比如说俄罗斯文学。十九世纪的普希金时代，人们将它称为“黄金时代”；到了二十世纪，沙俄晚期和苏联早期这个时代被叫作“白银时代”；再往后来，就既不黄金，也不白银了，慢慢就变成了“黑铁时代”。当然，黄金、白银和青铜这些说法最早源于希腊神话，俄罗斯文学不过是借用了古希腊的比喻。王小波也有这样一个系列，《黄金时代》《白银时代》《青铜时代》《黑铁时代》。这是我们对历史的想象习惯，把比较早先的时代想象成特别美好的时代。今天很多人怀念二十世纪八十年代，便有这样的原因。确实，八十年代很重要；其次，八十年代又充满了精神性和理想化的氛围；还有一个原因，就是八十年代一去不复返了，它作为我们追怀、缅怀的一个对象，就像我们每个人自己的无可挽回的记忆与经历。童年时代就是黄金时代，青年时代是白银时代，到了中年再往后就是黑铁，再往后就返回黑陶了，再往后就没有了，又回到洪荒了。

这是自我想象和历史想象的一种合一的诗化方式。我们赋予了二十世纪八十年代很多美好的东西，因为它确实改变了之前三十多年文学的走向。如果做一个类比的话，整个二十世纪的文学，“五四”到三十年代，差不多也是一个黄金时代，一个新文学发育成长的时代；而四十年代以后，随着抗战的救亡主题冲淡了启蒙主题，文学开始变得和现实、和政治走得越来越近；到六七十年代，便走到死胡同里了；八十年代重新打开了国门，一代青年作家成长起来，他们身上吸纳了比较多的外来思想和手艺，给中国文学带来了一个全新的景观。八十年代文学对整个当代文学走向来说，具有继往开来的至关重要的作用的，所以我们给这个年代很多想象性的、美化的东西，也是很自然的。

其实我个人倒觉得，黄金时代结束以后，白银时代也许是文学最重要的收获期。比如说，二十世纪九十年代的文本就是更加重要的，有大量优秀的长篇小说开始出现。但是九十年代的马原有点游离了，他自己刚才也说，中间有二十年没有写作。但是这并没有影响到他的地位，因为八十年代他是一个极重要的开辟者，即便他没有再写，他的影响还在。因为历史总是不会抹杀那些重要的作家和文本的。

我这会儿想起了我写过的一篇文章，是关于马原《虚构》的一个细读[1]。《虚构》这篇小说很多年里成为当代文学批评的一个问题，一个范本。上海的批评家吴亮在1988年写了一篇非常有影响的

---

① 参见张清华：《春梦，政治，什么样的叙事圈套——马原的〈虚构〉重解》，《文艺争鸣》2009年第12期。

文章，叫作《马原的“叙述圈套”》[1]，此文也是现今中文系学生、研习当代文学历史与批评的人的一篇必读文章，吴亮在文中创造了一个词语，就是“叙述圈套”。当时结构主义叙事学的理论还没有引入，很久以后我们才知道有个词叫“metafiction”——就是“元小说”，或者叫“暴露虚构”，其实他说的那个叙述圈套就是元虚构或者元小说的概念，但是吴亮在还没有读到国外的结构主义与叙事学理论的时候，就已创造了一个本土化的批评概念。你看，马原不只影响了当代小说的进程，还间接地影响了当代文学批评的进程。

《虚构》这个小说我认为是特别重要的，因为今天马原坐在这了，很有点“见证性”的意思。之前作家写小说，主要考虑一定要写出历史的、特别正面的、“正能量”的东西，但这个小说写的是什么呢？我所做的分析是，写的是一个“春梦”，当然他赋予了这个春梦很多有意思的东西。他说自己把脑袋掖在裤腰带上，为了写一篇跟麻风病有关的小说，钻了七天玛曲村，玛曲村是一个藏族村落，是得了麻风病的病人集中居住的地方，应该是一个禁地。这个小说就写他“冒险”闯了禁地。到了那里以后，有个女病人看上了他，主动来和他搭讪。他有点恐惧，夜里便没敢在村子里住，跑到村子外面的岩石下，钻到自备的睡袋里。结果夜里下起了雨，来了寒流，他就感冒了，觉得自己迷迷糊糊发烧了。再醒来的时候，他就发现自己已经躺在那个女麻风病人的家里，成了“病人的病人”。(这会儿马原老师好像都不好意思抬头了。笑）后来那个妇女就诱惑了他，他也憋不住与她发生了不该发生的事。当然这是“虚构”的，小说的名字就叫《虚构》嘛。这里面寄寓了很多有意思的想法和无意识的因素，比如典型的男权主义的无意识，对女性既向往又恐惧，就像《红楼梦》中的“风月宝鉴”所表达的意思一样，这些我就不多展开了。

---

① 吴亮：《马原的叙事圈套》，《当代作家评论》1987年第3期。

但小说中还嵌入了另一个有意思的梦，一个奇怪的“政治梦”。本来只是一个相对简单的春梦，但单独描述这样一个梦显得有些单薄和无聊，他便试图要赋予它一些社会性和政治性的东西。我一直觉得，二十世纪五六十年代出生的人会有一个特殊的历史记忆，就是会做“政治梦”，做政治的噩梦。我们小时候因为每天在学校里接受的教育，就是阶级斗争是如何激烈的，阶级敌人总想复辟翻天，一旦翻天就会千百万人头落地，这是个非常危险的想象。那一时期还有很多“政治型的精神病”，这个可能是我们这代人独有的。其他国家一般可能不会有政治型的精神病，但我们的童年有很多，有的就在集市上演讲，一个衣衫褴褛的要饭的，讲的都是世界大战或阶级斗争的事。很显然，这个年代的人被植入了一个强迫症，会做可怕政治梦的强迫症。因此马原又写到，他从那个妇女的家里出来，来到大街上发现一个人很可疑，他就跟着那个人潜入其家中，从那人的抽屉里发现了一把盒子枪，还有一个“青天白日徽章”，暗示那是一个国民党特务——他似乎是一个哑巴，但是又“会说话”，这就更证明这是在梦境里出现的情景，而且他还“在这里等我”，我是来跟他“接头”的，自己又莫名其妙变成了那个和潜伏的国民党特务接头的人。居然把自己的身份改换、错乱成了一个潜伏的特务。

这些乱七八糟的想象，当然是来源于红色年代的教育或阅读的剩余。那些年中无论是电影还是文学作品，还是其他的宣传方式，都会衍生出这样的过剩想象。

随后就是和那个女麻风病人发生了关系，他便特别害怕，赶紧逃，逃出来以后他又玩了一个“解构的圈套”，在时间和空间上同时否定了前面的叙事。他原说自己是“过了五一，五月二号从拉萨出来，路上走了一天”，然后是“钻了七天玛曲村”，而现在他讲述自己在回来的路上搭了一辆车，在一个山区的青年旅馆住了一夜，第二天醒来的时候就问周围的人“今天是几号”了，周围的人告诉他，今天是五四青年节。他就回想自己从出发到现在，一共才两天多的时间，那么就是都在路上了，根本没有在玛曲村的时间。然后，周围的人还告诉他："你知道吗，昨晚下了一场大雨，北边的山都塌了。"这意味着玛曲村也被泥石流给冲没了。最后他从空间上也取消了这个故事，从地理上把唯一可能的实证给颠覆了，小说就这样结束了。

二　八十年代：复魅的意义

这个小说，要想从中找到什么特别正面和积极的意义，恐怕并不容易。但是我们读了以后会觉得特别有意思，它深入了人的无意识层面，展示了很多我们每个人都曾经验过但又无法表述的那些秘密。我想，这可能是"先锋文学"或者"新潮小说"的一个很重要的特点。即，从原来的写社会历史，写政治，转向写人的内心秘密，写特别敏感的无意识世界的秘密，这是二十世纪八十年代走得特别远、特别激进的那个文学的核心流脉。但是我们今天再回过头来看，觉得这些东西和今天的文学完全是贯通的，而它和之前的五六十年代的文学是完全不一样的，这就是八十年代的分水岭的意义。正因为它开启了文学的一个崭新的时代，回到它自身的一个时代，所以我们对八十年代的意义和价值会想象和赋予得比较多。

我说到二十世纪八十年代，其实也是说马原本人，他是第一批去西藏的人。当时在知识界和文学界，大家都意识到，仅仅关注当前政治、当前的社会生活是找不到出路的，那么文学往哪里走？学术往哪里走？学术界在八十年代前期做的工作，就是从社会政治学转向民俗学、文化学、人类学、宗教学、神话学这样一些领域，那么学术就发展起来了。作家呢，由两眼盯着当前写改革，写创伤，转而不玩这些，到最具有文化承载力的那些边远的地方去探寻，到秦岭大巴山里面，到太行山深处，到大兴安岭密林里，到湘西世外桃源中……还有到西藏，到了那里，才能找到和文学天然贴近的地方。这便是文学再度复魅和复兴的过程。比如很多诗人跑到西藏，就写出了特别神奇的东西，马丽华就是个例子。很多作家跑到了西藏，马原、洪峰，等等。他们在那里写小说，天然地就贴近了魔幻现实主义。扎西达娃写的小说，用了藏族人的思维方式，藏族人的思维就时间概念而言，是一个循环论，往生往世和来生来世，构成了一个一个的圆。我们现代的时间是线性的，历史是进步论的，藏族的思维方式却是循环论的，时间的延伸不具有必然的进步性，而是因果轮回、报应转世的，其时间和历史是循环往复的。这就改变了我们原有的那些价值观。之前革命文学的结尾处，常常都是领导站在高处说，同志们，我们已经取得了一个伟大的胜利，我们要从胜利走向新的胜利，然后是革命洪流滚滚向前，这是革命叙事的结尾。但是在马原、扎西达娃他们写的西藏题材的这些小说当中，一代代人的生命是在轮回的，历史也是有大轮回的。扎西达娃写的那个小说《西藏，系在皮绳扣上的魂》，最后作家走进了自己的小说里，和自己在小说里虚构的人物见了面，而且这个虚构的人物受到了现代性事物的伤害。作为一个生活在古老时空里的人，他身上带着皮绳，以结绳方式记事，他根本就不知道有现代历史，是个“不知有汉，无论魏晋”的人物，但是他遇上了一辆拖拉机，他很好奇地想上去试一下，结果翻车被砸死了。就在他将死的时候，扎西达娃来到了他的小说中，和这个人见了面。这个时候，将死的人听到了一种冥冥中的启示，说“香巴拉，战争开始了”，一千年一个轮回的战争开始了；但是扎西达娃本人听到的，是1984年洛杉矶奥运会的开幕式的盛况，是现代人的一场盛宴。这场现代人的盛宴和一个古老的战争，一个可怕的预言与人类现代文明的盛举居然是重合的。这就给我们认知历史，认知文化，认知人生，认知世界，提供了完全不同的尺度。

这是他们来到西藏这样一个偏僻的地方，又偏偏写出了不得了的小说的原因，他们直接改变了八十年代人的时间观、世界观、价值观，这就是八十年代一个非常重要的变化。

时间关系，我也不能喧宾夺主，抢了主人公的风头，简单说一下这本书。我首先觉得它特别有意思，有时记述历史就要看历史的边边角角和局部的东西。二十世纪八十年代究竟是什么样子的？我们通过其中上百个他访谈的人物，一看便知。这其中有学者、作家，也有批评家和编辑家，还有翻译家，各色各样。这些人物的触角深入八十年代社会结构的各个层面，承载了八十年代所有的文学信息，甚至社会历史的、文化的信息，从他们非常有趣的对话中，能够感受到那个年代人的精神风貌、所思所想，由此生出关于八十年代和九十年代初的印象。因为访谈的时间是截至九十年代前期。现在又过去二十多年，再回过头来看，年纪大一点的人会有一种沧海桑田、百感交集的感受，时光荏苒，真是不知不觉走到了今天。当年那样一个惊世骇俗的、奇葩的马原，今天变成了这个坐在大家面前的、见证了历史的、作为历史的讲述者和追怀者的马原。我记得有一年在网上看到，你在哪个地方被一帮小痞子、小混混还打了一下（马原：打到昏迷。众人吃惊）。我讲课时，把马原老师年轻时的照片，帅气的大胡子的那个，还有那个挨了打的照片一起贴在幻灯片上，学生看到以后觉得很荒诞。再有人欺负你时你要告诉我，我带着我的学生们去打架，坚决保护我们的马原老师（众笑）。

这本书我觉得是非常有价值的，不仅是一个珍贵的史料，也是活色生香的东西，是历史的活体的存在，充满了声音感和历史的质感，我觉得认真读一下会有收获的。

三　进步论的终结与历史的重建

还要谈一点关于时间的模式问题，因为这关涉到如何认识二十世纪八十年代。

我们的祖先看待文学，并不总是按时间来讨论，从《昭明文选》到《二十四诗品》，都是“分层法”，文学家都是选家，是被钱玄同和陈独秀骂为“选学妖孽”的人物。按照其标准，好的和次的分开层级，从不按时间来编排。孔子所编的《诗经》，其文本是几百年甚至更长时间的产物，但夫子并没有讲述一个进步论的模型，讲述诗经过了从原始的、粗糙的样态，到逐渐丰满的现在，这么一个发展的进程，而是直接将之分为“十五国风”，是按空间去划分的。现在的研究方法是采用了所谓历史的方法，过于依赖进步论的逻辑，将之总体化。我们过去读大学的时候，老师讲外国文学史，总是这样的一种模式：古代的似乎还好，古希腊和罗马，然后是一千年的中古黑暗，之后是文艺复兴。但到了近代以后的资本主义时期，就又进入了黑暗，只有到了巴黎公社之后的无产阶级文学时期，才有了最好的文学，讲来讲去就只剩了《国际歌》，欧仁·鲍狄埃、高尔基。讲十九世纪那么多文学作品，其核心思想都是对万恶资本主义的控诉。它把所有东西都简单化了。

后来这种思维看起来也有了“进步”，不再这么简单地讨论，但也还是一种时间化的逻辑，比如从“五四”启蒙主义开始，新文学的雏形得以构建，到了二十世纪三十年代渐渐丰满，到了四十年代，因为“启蒙和救亡的双重变奏”的问题，救亡压倒了启蒙，然后文学出现了问题，走了下坡路；到了八十年代重新启蒙，人文主义的、人道主义的、现代主义的，各种新的和属于文学自身的东西得到了恢复，逐渐发展，走到了今天。

但是在时间模式里，大家的看法也会彼此打架。有人觉得八十年代好，觉得八十年代是“黄金时代”，因为那时他们是年轻的，正在恋爱时期，而且那时候人们对于文学的理解也是有着神话般的崇敬——我记得那时候的杂志上登征婚广告都会说，某男，今年二十六岁，大学毕业，身高一米八〇，长相英俊……但这都不是最关键的，最关键的是一定要加上一句：“爱好文学。”（马原同说）它是一个择偶恋爱的必要条件。言下之意，如果不爱文学，这人就无趣，谈恋爱有什么可谈的？苏童写了一个小说叫《什么是爱情》，就是专门讽刺八十年代人谈恋爱的。八十年代虽然很美好，但有很多禁忌，一伙男青年女青年，他们想在一起玩，但是没有合法性，所以他们就设法组织了一个“读书会”，就像舒婷老师在诗里写的一样，年轻人谈恋爱必须要兼顾事业，如《双桅船》上的两根桅杆，一根是爱情，另一根是事业，这样才可以成立。还有《致橡树》中，女主人公必须“作为树的形象和你站在一起”，“爱你，不仅爱你伟岸的身躯，更爱你坚守的位置，足下的土地”。这就是八十年代的爱情，并非各位今天想的那么轻松美好，要想合法化，必须要有所寄托。这帮年轻人搞了读书会，然后开始假模假式地读书讨论，但内心里的“力比多”所指向还是男女两性的接触。这里面有个特别漂亮的女孩子，是群里的焦点，人人都想去追求，但是这女孩看不上同龄的男生，她喜欢比自己大很多、已经结了婚的那个男人，这个男人有思想，喜欢玩深沉，人称“小卢梭”。女孩很崇拜他，来往了一段时间，但是后来她发现了他的虚伪，爱情的天平就倒向了一个同龄的小伙儿。这小伙儿苦苦追求了很久，两个人终于约会了，可是初次约会出了个意外，小伙子不小心在生理上出了个丑——他憋不住放了一个屁，这女孩就气得拂袖而去了。

这就是苏童理解的八十年代，你可以将它看作是“黄金时代”，你也可以认为它是一个幼稚的时代。九十年代的女孩子会想，这不过就是一个正常的生理现象嘛，何至于如此。今天我们不会幼稚到认为一个屁就能毁坏一段爱情，但是八十年代不可以，这大概就是纯洁的幼稚，或者幼稚的纯洁。刚才说到八十年代的文学精神，其实和这个时代总体的氛围，整个文化成长的青春期是匹配的，它形象的说法，如同欧阳江河诗中所描写的，是“一个青春期的、初恋的、布满粉刺的”（《傍晚穿过广场》）形象。我们即便不用黑格尔的进步论逻辑去认识它，也必须承认它是一个激情澎湃的、身体发育的、感官强化的、思维活跃的、“力比多”旺盛的时代。要真正地把握八十年代，必须要落到它那既是启蒙主义的，同时又充满感性的时代精神上，感性当中又很压抑，这就是八十年代。在文学精神上它也是这样，它有特别强健的、叛逆性的一面，但也有压抑的和含混其词的一面。而这正是属于文学的时代，因为没有压抑就没有春梦，马原的《虚构》便是最好的象征——把个人的隐秘经验写出来，只有《红楼梦》这样伟大的作品才能够无所遮障和毫不回避地写出来。当然要把它巧妙地改装，并赋予它意义——政治性的意义，才能够使之成立。

从这个意义上说，回忆历史一定要有一种辩证观，既要警惕进步论，同时又要怀着一种还原基本经验的冲动。每个人的个体经验都是这样，当我们讲起自己童年的美好的时候，每个人都绘声绘色，这也是生命本身的一种诉求，或者是生命本身的一种自然的状态、一种本能的释放。

四 “白银”使“黄金”更耀眼

假如说二十世纪八十年代是“黄金时代”，那么有没有一个“白银时代”呢？我以为是有的，那就是文学的九十年代。九十年代是中国当代文学真正的成熟期，也是整个新文学的成熟期，不只大量优秀的长篇小说出来了，同时我们还看到了一种“传统的复归”。与三十年代中国现代文学中的那些作家比，无论是在作品的结构上还是在艺术形式上，在作品的艺术品质上、难度上、复杂性上、思想的承载力上，九十年代文学都要成熟得多，不可同日而语。巴金先生一辈子写得最好的小说，大家可能会觉得数得着《寒夜》，但是真正在文学史上有地位的还是“激流三部曲”，而《家》《春》《秋》里面我觉得最好的还是《家》。《家》我曾认真看了好多遍，每次都觉得不满意，觉得语言非常粗糙，但是《家》为什么会留下来呢？我仔细想想，就是一个古老的主题或者说结构挽救了它，《家》特别像是一部中国式的家族小说，它就像《红楼梦》的一个现代版，它讲的其实是一个大家族的衰败，这就是我们中国古代文学中最常见的主题了，豪门落败，红颜离愁，讲这样的故事，“旧时王谢堂前燕，飞入寻常百姓家”，它会让人叹息，一个大家族的解体象征着一段历史的衰亡，一个人的经验本身中所必然包含的衰败与终结。在这个过程当中，“新人”成长起来，但是新人在艺术上没有什么感染力，觉民和觉慧这两个人物有多少感染力呢？真正有感染力的，还是那个“半新半旧”的人，就是觉新。觉新身上的那些负重前行的、纠结的、命运的东西，会打动我们，会让我们读之百感交集。

显然，是一个《红楼梦》式的古老叙事结构挽救了《家》这样的小说。事实上，作为一个艺术品，如果要挑剔的话总能挑出很多毛病，但一旦我们将之与这些古老的经验相联系，它就不再是它自己。或者说，我们在读《家》的时候，会情不自禁地被一个古老的构造所攫持，我们的感受会因之而被修改。九十年代出现了大量有传统印记的文本，如贾平凹的《废都》，王安忆的《长恨歌》，还有风格不同、新旧交杂的大量的新历史小说，它们共同唤醒了我们古老的审美感受。

白银时代不会像黄金时代那么耀眼，却是实实在在的收获期，它看起来没有轰轰烈烈的运动与景观，却是真正属于文本的创造期。包括先锋小说作家在内，他们真正的代表作都是出自九十年代的创造。

还有经典化的问题，这个当然也是复杂的，我们今天所说的经典化，并非单纯是指文学意义上的经典化，还有一种是更多地作为历史的经典化——在历史或时间当中刻下痕迹。换句话说，它可能不一定是“最好的文本”，而有可能是“最重要的文本”。比如说胡適，“两只花蝴蝶，翩翩飞上天”这种诗，如果从今天的文学标准去看，你会觉得什么都不是。“我从山中来，带着兰花草，种在校园中，希望花开早。”这是儿歌，但是它们又很重要，因为是第一个。

我们要描述新文学的历史谱系的时候，缺了它是不行的。另外那些便是属于永恒的作品——但即便是“永恒”的，也是相对的，《红楼梦》再过五百年也会存在，再过一千年相信也会存在，再过一万年，如果人类还存在的话，那么可能我们之前的文学只留下了两个人，一个是莎士比亚，一个是曹雪芹，其他连托尔斯泰有没有都不好说，因为历史不可能容下那么多东西，这就是所谓的经典化。

我们现在缅怀八十年代，必须要清醒地意识到，有两个八十年代，一个是“个人所亲身经历的”，还有一个是“他者化的”。那些过来人亲身经历了八十年代的波澜壮阔，又经过了历史的总体性描述之后，就会感觉到一种梦幻般的、丰富的、充满了各种可能性的、洋溢着青春激情的、让人难以忘怀的那种经验；但是对于今天的年轻人来说，八十年代是一个客观存在，它和马原的八十年代，和今天没有来的余华的八十年代，和我这种六十年代出生、现在也已经五十多岁的人的八十年代，应该是不一样的。

但无论是哪一个，我们都没有必要将之看得高不可及。

阿来的多重文本

某种意义上，西藏这块古老的高原不只是中国的地理意义上的高地，也是当代文学的高地。当代中国文学的变革，在很大程度上即是从这里开始的，不只是小说，诗歌的文化热也是从对藏区文化的关注开始的，从杨炼的《诺日朗》到《西藏组诗》都是例子。而小说就更是如此，马原最初的小说形式实验都是始自西藏题材的小说，扎西达娃在1985年就写下了中国第一批具有魔幻现实主义与“元虚构”意味的小说[①]，这些作品在我看来可以说代表了这个年代中国作家写作的难度与高度。关于藏民族文化衰败与延续的寓言，关于古老信仰及生存危机的叙述，还有其对于循环论时间观的自然而然的运用，都在很大程度上改变了中国作家的时间坐标，从而也改变了中国文学的叙述方式。当然，同时意识到进步论作为叙事学方法的终结的，并非只有扎西达娃，但扎西达娃的小说因为其强烈的神秘主义与文化复魅的属性，对于中国文学在美学上的成长与修复，起到了至关重要的作用。

---

① 笔者在《从这个人开始——追论1985年的扎西达娃》一文中关于扎西达娃的意义有专门的论述，见《南方文坛》2006年第5期。

另外，洪峰等作家也有大量有影响的西藏题材小说，同样对于当代文学的变革起到了助推作用。

这里有几个关键性的因素：一是西藏文化本身的神秘意味，反现代的或边缘的、非主流历史的属性，为当代文学寻求“去主流化与去政治化”，寻求文化的多义性与复魅性，提供了合适的资源。二是藏文化所理解的世界，同进步论时间观历史观之间的根本不同，一方面契合了中国传统的轮回观，同时又构成了对于数十年来的进步论叙事的反思角度。三是从美学上讲，西藏特有的风情、充满魔幻意味的宗教习俗，构成了当代文学叙事中的一种陌生化的新美学。这对于中国文学的寻根热与新叙事浪潮而言，都是一个极大的启示与推动。

阿来作为二十世纪五十年代出生的作家，可谓是大器晚成的一个例子。他没有赶上1985年第一拨新潮小说作家的崛起，甚至也没有赶上1987年第二拨先锋作家的崛起，但他在九十年代以厚积薄发的态势横空出世。以《尘埃落定》奠定了他兼具先锋派与实力派双重属性的作家地位。自此他也可以说扎实地承接了上述西藏叙事的诸多特征与优长，既可以说是上述作家的继承者，同时又是文学实绩的体现者，是西藏叙事与新潮文学逐渐合流共生的杰出实践者。

阿来的贡献非常巨大，但最根本的，在我看来是他文本的多重性，这恰到好处地构成了他与整个当代文学叙事运动之间的明暗关系，因此也支持了他的这些贡献。

任何好的文本都是多重的，阿来尤其如此，在我看来，居于最核心的是他个人童年的成长记忆，这是他一切叙事的经验基础，同时也构成了他全部故事的根基。对于二十世纪五十年代出生的一代而言，悲剧性与挽歌性的记忆很自然地包含了革命、工业化与自然的毁弃，社会大动荡与创伤，传统伦理的颠覆与毁灭，其中最核心的仍然是亲人及族群记忆中的离散，这些本身就构成了史诗性的叙述，当代作家的史诗性叙事都同样源于这些因素。但像阿来这样，个体经验与公共记忆如此准确匹配，且生成了壮阔的史诗性景观的，并不多见。

成长中的悲剧性记忆，在阿来这里包含了身份的困境，这一点有许多评论者都已经谈到，作为一个藏族作家，他的成长中历经了起自内地中原的革命，革命对于他的族群来说，确实是一个外来之物。这就像“现代性”对于中国人本是个飞来之物一样，有一种特有的创伤性。如同余光中所说，现代化的到来“对于西方人来说，或许仅仅意味着机器声压倒了教堂的钟声；而对于中国人来说，还意味着强势文化对于本土文化的一种侵凌”（大意如此）。而其认同生成之中，经历了族群的他者、文化的他者、历史的他者，还有革命的他者这样的多重错位。即，革命是汉人的革命，现代文化是从汉人开始接受，族群历史的终结像是他们自己的身体中忽然长出了一个移植的异物，等等，这样的成长当然是伴随着自我的失落与暧昧，会有类似赛义德所揭示的那种东西方文化关系的命定属性。作为强势文化对于弱势文化的影响与被影响、制约与受制约、施与同接受的关系的记忆，以及对此的敏感与复杂反应。这一点，有许多学者已经有过详尽的讨论[①]，这里不再展开。

所以，在阿来的小说中我们看到了许多具有原点意义的人物：《尘埃落定》中麦其土司家的傻子二少爷，《空山·随风飘散》中的少年格拉、兔子，《空山·达瑟与达戈》中作为青年的达瑟与达戈（若觉·华尔丹），这些人物某种意义上都有阿来自己成长中的影子，是他自己的某些部分，或者童年玩伴的影子。他们在成长之中所经历的，是疾病、恐惧、衰弱与死亡，或者疯癫、变傻。总之是悲剧性的丧失的经历。

---

① 参见山口守：《作为离散的母语——阿来的汉语文学》，《阿来研究》第一辑，陈思广主编，四川大学出版社2014年版。

最壮观的，是作为历史与童年经验的隐喻与叙述之壳的部分，是《空山》中的《天火》一卷，它将个人童年的消失，与中国当代的悲剧性的大历史，与乡村社会历经政治革命、伦理解体之后自然的毁灭，非常自然巧妙地捏合为一个同构性的悲剧叙事。这场起自人类的愚昧、政治的混乱以及人性的糊涂与愚蠢的大火，最终毁灭了家园与记忆，毁灭了历史与生存，也毁灭了伦理与文化，终结了主人公的一种时间记忆，当然也构成了“现代性创伤”的基本模型。

黑格尔在分析“历史的地理基础”的时候，曾经从地理环境的角度，来分析人类大历史的若干类型。他将地理环境分为高地、平原和海岸地区三种[①]，他认为高地的生存形态主要是一种家长制的游牧生活，但在阿来的小说中，我们看到其居住的形式是一种混合体，他所描写的是青藏高原东沿的降雨丰沛的山地丛林，有非常丰富壮观的地貌，有河流与湖泊、茂密的森林、奇异的动物，族群是以农耕和狩猎、放牧等混合型的方式来获取生存条件的，所以日常生活不但保有了完整的信仰体系、民俗文化、社群伦理，还保有了美好的自然形态，是一个完整的生存体系，但这个亿万年来繁衍、延续下来的体系，随着一场愚昧的、肇始于人祸的大火毁于一旦。

阿来将这次大火隐喻化了。仿佛一场悲剧的上演，又或是一场巨大的音乐史诗的次第展开，阿来以饱胀的激情书写了这个过程。大火中各种动物失却家园的狂奔与野性复仇，人的疯狂、生殖激情的凸显与丧失，痛苦的藏族女人和山林的工人，失去理性的如山火一样蔓延的政治运动，与毁灭荡涤一切的时间末日一般的灾祸互为表里，互为隐喻，以死神的节奏与旋律展开着，毁灭着，终结着。

---

① 黑格尔：《历史哲学》，王造时译，世纪出版集团·上海书店出版社2001年版，第91页。

阿来与其他的藏族作家同时还创造了一种反现代的时间模型，这种时间在扎西达娃的小说中曾经反复出现过，也是当代作家在二十世纪九十年代之后普遍使用的，但在藏地文化、民俗与信仰的环境中，它更出现了一种奇妙的契合，一种复魅的效果。

进步论是近代以来世界性的价值观，但在文学叙事中，大历史的逻辑设定与个体的“必死”的悲剧经验构造之间，始终存在着一种内在的龃龉。故我们在大量“革命现实主义”文学中看到了进步论神话所缔造的种种故事，成长，进步，未来会更加美好，从胜利走向胜利，等等。但这种故事在1985年似乎出现了终结。扎西达娃的“西藏系列”小说中首次出现了循环论的故事模型，这种时间观当然是来自佛教，但中国原发的叙事形态，也是以道家思想和佛学观念支持的循环论叙事，《水浒传》的“聚—散—聚”模式，《三国演义》的“分—合（合—分）”模式，《红楼梦》中的“几世几劫”模式，等等，无不是循环式的构造。在莫言1987年出版的《红高粱家族》中，甚至出现了一种“非进步论”的故事模型，即从“爷爷奶奶”到“父亲母亲”到“我”的“降幂排列”的历史叙事。家族谱系所隐喻的大历史逻辑，并非是以进步为序列的，相反是以文化的丧失与衰败、人格的降解与矮化为突出特征的。莫言以此来为传统文化招魂，试图以生命哲学来重构历史。之后在九十年代，传统叙事的时间构造大量出现，《废都》《长恨歌》等作为《金瓶梅》《红楼梦》式故事的现代版相继出现，“中国故事”似乎又重新回到了文学之中。

显然，阿来也构成了这一进程或趋势之中重要的一员。他的《尘埃落定》和《空山》一方面是作为“地方性史诗”，讲述了家族传统、族群生活的历史在现代的失落，同时也将作为个体经验的悲剧记忆嵌入其中，将对于“童年丧失”的缅怀变为对个体乌托邦的书写与祭奠，在这一切之上，又隐喻了现代人类的文明悲剧，即在走向所谓现代历史进程之中不可避免的丧失与蜕变。

而支持这一切的，是一个作为人类记忆原型的“失乐园”构造，它在《荷马史诗》《圣经》《红楼梦》中以不同方式巧妙地存续下来，以隐喻方式承载着人类的永恒的集体无意识，即“个体中心论的历史终结模式”。限于篇幅，笔者暂不展开关于这一概念的讨论，我想说的是，阿来以此为根基或者为最终的升华标地而进行的历史叙事，是他的作品中所产生的磅礴而深长的、生动且细致入微的、震撼灵魂而又悲天悯人的美学力量。

这是阿来为中国文学所做出的最重要的贡献。

在现实和寓言之间

——南翔中短篇小说阅读札记

小说自然要贴近现实，这也算是近些年文学的基本命题了。常见的说法诸如“有现实感”“常识性”“经验”“接地气”等，有批评家还发明了“物感”“物质外壳”等说法，强调小说的写实属性、现实逻辑。这自然没错，但另一方面，我们也要意识到，小说与现实之间并不是单向且有终结性质的“回到”的关系——换言之，小说不是回到现实就万事大吉了，从文学史的角度看，这无论如何也难以理解为一个“进步论”的逻辑。事实是，历史上小说多数时候并不是“写实”的结果，相反倒多是“寓言”的产物。如果一个小说家不能将其写真式的故事上升到寓言的高度，那么这种写作的意义便显得可疑。不只是对于现代派而言，即便是中国古代俗到家的世情小说，类似“三言二拍”，也是把小说当作“警世”“喻世”“醒世”的“通言”“明言”“恒言”。可见小说不是“对现实的记录”，而应该是“对现实的发现”，或是“对于人生的启示”。这个发现不只是描摹，更是一个充满了思考和发酵的过程，应该同时是对于现实的提炼与抽象以及精妙的处理。所以好的小说家必须具有超越现实和总结现实的抽象能力，必须写出人的内心、灵魂、人性与命运，能够从现实走向更深层的世界，写出能够更具有认知与理解深度的真实。

这不免有“缅怀先锋写作”的意思，回头看，甚至会有些许“今不如昔”的感慨。存续十余年的先锋写作自然也有诸多不足，比如形式主义、不接地气等，但这些同时也可以理解为是充满探求的精神，充满了精神和艺术的难度。想当初，那些叛逆者不过刚刚二十几岁或三十来岁，但他们的叛逆精神不像如今的年轻人，热衷于以市场或撒娇为诉求的商业化、技术化与世俗化的写作，也不是犬儒的媚俗式的抄录现实，而是同样以青春和“力比多”为支撑，写下了那个时代最具有艺术难度与精神高度的作品。同样是叛逆，但两相对比，孰高孰低，一目了然。

这些话自然一说就多，不如不说。文学的潮流无可阻挡，不是个人好恶所能驱遣和改变的，刻舟求剑式地缅怀过去自然没意思。但不管怎么变，好的小说家要有“从现实通向哲学”的能力，是不能改变的基本特质。无论是艾布拉姆斯所说的“烛照”，还是昆德拉所说的“发现”，其实都不是指一望无余的具象世界，而是指对世界全部秘密的发现。但这个“秘密”不是刮去表面的一层浮土就会自动显现，归根结底这是一个再创造，一个通过哲学的烛照与精神发现去照亮世界的过程。

南翔的小说让人有眼前豁然一亮的感觉。原因是，他或许与眼下写作的流俗拉开了一点距离。因为我从其《绿皮车》中所得到的印象，不只是对现实的记录，而且充满了启示性和时代寓言的意味。表面看，他的素材或领域也不离眼下文学的大环境，也在写底层，写环保，写历史，但他对于历史的书写不只是叙述故事，也不只是用惨痛或者血腥来震撼我们的神经，而是用了人性寓言的方式，用了哲学探求的方式，揭示了历史深处的人性逻辑，这是令人欣喜的。而且在我看来，这部小说集中最具价值的作品或许不是大家都报以赞美的《老桂家的鱼》《绿皮车》诸篇，这些小说写得好，笔法细腻，有强烈的现实感，但或许与其他人的写法并无太大的距离。而另一类写历史的作品，因为更具有处理的深度而显得与众不同，因而也更值得重视。

以《抄家》为例，我以为这篇作品可看作极具哲学意味与人性深度的寓言。因为他对于历史的介入，已不是单纯讲述通常可以想象的暴力本身，而是深入主体的内心与灵魂之中。我甚至认为，它称得上是一个绝佳的电影剧本，可以由顶级的大师来导演，可以拍出与《朗读者》《辛德勒的名单》一类电影相媲美的杰作。一边是无知无畏、无法无天的抄家的红卫兵，一边是学富五车但又沦为被专政者的老师方家驹，他精通音乐、艺术，兼有历史、人文、文学和军事方面的知识，但此刻只有被强制剥夺一切的命运。而身边的这些学生，只懂得粗暴践踏他人尊严以及空喊"革命口号"，在随意地侵害着他人的家庭和私有财产。两相对比，一个让人灵魂战栗的场景被勾勒得惟妙惟肖。

小说的绝妙之处在于，这一切是用了戏剧性的对比手法展开的，一边是无知的学生在违背法律底线与基本人伦抄老师的家，一边则是卑微而虔诚的老师在耐心地给学生讲述无所不在的知识；一边是无知的极限，一边则是智慧的集合与化身。但一切价值在这里都被无以复加地毁弃和颠倒。这情景完全可以构成一幅人与兽的对照图。当然，对于这一切，作家不是用了概念去堆砌，而是用了大量的知识与艺术的符号或者信息，将它们极有意思地"嵌入"荒蛮的历史之中，嵌入与"无知无畏"的"革命者"对照与对立的情景之中，以构成一面人性乃至文明的镜子。

作为小说中的一个衔接两端的人物，被昵称为"燕子"的徐春燕在其中扮演了很重要的角色，她会拉小提琴，又有不同寻常的美貌，因此在两派抄家者中具有特殊而奇怪的威慑力：她一方面充当了帮凶，另一方面又在不断地接受来自老师方家驹的知识传授；她一方面显示出同样的粗鲁与冒犯，另一方面又暗示着某种人性的闪念以及对于知性的尊崇。即使是在这样酷虐的年代，她身上也还闪现着一丝文明的希冀，但这也如同《朗读者》中所暗示出的人性与文明的悲剧寓言一样，在某些时刻，艺术和文明同样不能挽救历史，也不能救赎人性自身。她告诉我们，即便在如此摧毁一切的年代，历史也从来没有单质化，也仍然保有了有文明以来最基本的悖论、冲突、戏剧与传奇。

主人公方家驹最后的失踪也是一个很有意味的处理，他成为一个未解之谜，对于小说而言是最好的处置。这意味着，历史的悲剧仍然是"没有主体"的一个谜团，受害者依然没有得到安抚，基本的人性正义仍然悬空而没有昭彰。但颇富戏剧意味的是，当年的那个燕子，最后成为历史的缅怀者与生命的凭吊者——她变成了一个"六十开外的美籍华人"，在业已拆迁的中学旧址处拍照留念，她的身后则是"跟他们生活的国家和城市越来越趋同的车水马龙"。

可见，戏剧性与寓言化是这个小说最核心的特质，由此它构成了一篇历史或者哲学的寓言，而不只是一篇小说，也不只是对历史的批判，而是对人性与文明的哲学思考。它所生出的历史的荒诞感与文明的悲剧性，以及对其人性渊源的深思，可谓有良多启示。

另一篇《无法告别的父亲》仿佛是另一个人性的寓言，小说借了罹患癌症处于弥留之际住在医院的父亲，来叙述已然沧海桑田的二十世纪七十年代的历史。那时父母亲分别作为警卫与护士，看护一个只有"编号"没有名字的病入膏肓的老人，年轻的父母亲冒了很大的政治风险，依照基本的医学伦理而给予他应有的照顾。后来他们都受到了组织的处理或处分，而病人也终于"被终止"了生命。对照现实的医院与医生的职业伦理，这篇小说不禁会令人感慨万端，即便是在号称没有人性的年代，其实人性的闪光依然无处不在，而在如今这样的年代，人们反过来怀念那时普通人的纯真和善良。另一篇《1978年发现的借条》，也有近似的历史的戏剧性在其中。革命时代也有讲道理的，李队长借了阿平家的枪与粮，留下一张借条，誓言革命胜利后还债，但并没有兑现——革命的逻辑也不可能给予阿平的先人以兑现的机会，只是在“划定成分”的时候对他家有所照顾。随后这家人贫病交加，想拿这张借条来救命，但始终没有成功讨还，最后不得不将其撕掉。三十年后似乎终于又有了机会，但立借据的人已死，历史也早已查无对证了，恩怨纠结，终有消亡。

再来说说《老桂家的鱼》，这篇广受赞誉的小说在我看来也不像是概念化的“底层”叙事，而更像是一个与鲁迅、沈从文等有内在传承的作品。固然它也写了贫病交加的渔家生涯，写了一户渔民（疍民）困顿的日常生活，但更让人流连忘返的是它对于点滴生活场景，对于人情人性的精细而传神的描写，有似沈从文笔下的湘西人家，或是鲁迅笔下鲁镇人的生活景致，人物的音容笑貌、性格情态可谓跃然纸上，极富神韵。这些画面不只弥合了小说对于现实问题——诸如过度捕捞、航运干扰、因病致贫等社会现象以及对于叙事本身的意义挟制，同时也使得这些问题永久化了——成为生存甚至一种文化和文明的悲剧。这样的悲剧与现代历史、与社会的整体进程息息相关，是自鲁迅、沈从文和许多现代作家以来共同的主题。

当然，至于小说的魅力，也来自它淡淡的伤怀与诗意，由质朴的渔家生活和尚存的伦理风习，由这些民间或底层的人物的命运所带来。他们作为历史的生存，或者作为生存的历史，在这里生发出了久远的时空与漫长的意蕴。不足之处是结尾的仓促，收得过于突然，对于老桂的死交代过于简单。在尤为有戏、有展开可能的地方草草结束了。

另一篇《绿皮车》的意义庶几近之，与《老桂家的鱼》有异曲同工之妙。它同样着眼于即将消失的人与事物，着眼于一种即将退出历史的生存与伦理，不同的是，它不是住笔于乡下或渔村，而是深情款款地描绘了一列老旧的“绿皮车”的景观，描绘了一个即将退休的绿皮车上的茶炉工的生涯与命运，也同样焕发和激荡出令人百感交集的诗意。这个并无名字的茶炉工，以“接班”身份入职，与绿皮火车同行，经历了曾经新鲜却逐年褪色，曾经满足却愈显卑微，最终彰显出草芥之身的人生，被时间和时代远远地抛下，并且最终还要告别这样一趟本就被历史抛掉的列车，确有某种深意存焉。在职业生涯的最后一个班次，即将退休的他，像以前三十五年中每一个班次一样，卑微然而生动地，与底层的芸芸众生摩肩接踵地紧挨在一起地，有嬉笑也有怒骂、有悲愁也有慷慨地履行了最后一次职责。虽然不无刻意的张扬，或者又显得过分克制地——这或许是这篇小说的妙处所在——画出了一个底层人的酸甜苦辣，彰显了历史或时代的一份淡淡的忧伤。真是妙极了。

因为作为穷人的专利，“绿皮车”是逐渐水落石出、归本复原的一个符号。当年改革开放的初期，这样的火车并没有给人如许的卑贱之感，遥想三十多年前1979年王蒙的一篇《春之声》，几乎是掀开了新时代的序幕，然而物是人非，相去霄壤。科学家岳之峰乘坐波音喷气飞机从现代化的美国访问回来，再在春节来临之际乘坐“闷罐车”回到贫瘠的乡间探视老母，在拥挤的车厢里，在五味交杂的烟雾与喧嚣中，他似乎听见了施特劳斯《春之声圆舞曲》的旋律，心中荡漾起无限的憧憬。那时谁会想到今天？确实，谁也无法否认历史的发展和进步，但是人的分化与历史的悖论仍然存在，从岳之峰到茶炉工，从回旋着《春之声圆舞曲》的闷罐车到鸣响着鸡鸭鹅鱼交响曲的绿皮车，相似而又不同的生命处境，在对于历史和文明的更深远的认知中，生发出新的诗意。

这是《绿皮车》中的一段：

绿皮车因了连年的亏损，铁路局也想停运。如果停运，那么职工通勤，学生上学，还有菜嫂和鱼贩子的日常劳作买卖，将是另一番景观，怎样的景观呢？人生就是这样，一直往前走哇走哇，年轻的时候，从不会去想终点在哪里，结果会怎样。一趟一趟地行走，一趟一趟地折返，似乎永无尽期；猛不丁就到了终点，该下车了。忽然明白了，永远需要你的，其实是你的家，而不是一拨又一拨的乘客，当然也不是单位，不是绿皮车，不是你的煤铲、捅火钩和袅袅冒着热气的茶炉。

他从衣兜里小心掏出一个瘪瘪的烟盒，那里面是一个著名医院血液科主任医生的名字，他拿不准要不要马上去找他；不管找不找，日后有更多时间陪伴生病的老婆，却是无疑的了。

仿佛刻意构成的戏剧性的对比与对话关系，岳之峰幻想中无限美好的未来，变成了茶炉工令人悲伤的过去。“发展”改变了许多人的人生轨迹，改变了陈旧的生活方式，“绿皮车”也沦为穷人的车，变成底层子弟们、乡下菜农和鱼贩的车，拉着过去岁月的车，勾连着日益衰败的乡村与不断扩展的城市的车。而今连这车也要因为亏损而退出历史舞台了，你不能说历史没有进步，但历史的进步最终能够解决的，仍然有限，对于茶炉工来说，他不过是延续了无数人——也许是大多数人，从哲学的意义上是所有的人——共同的经验：历史的车轮仍在前行，但终有一天每个人都要下车。

南翔的小说所揭示的是另类的历史，是历史背面的东西，这是令人欣悦的，没有哪一个成功的作家是兴冲冲地去写历史的正面的。而对于这背面的书写，也不能只限于表象与问题的描摹，而是要深入进去，去触摸容易让人“触电”的部分，被击中、被震撼、被俘获的敏感的历史之核。

需要赞美的还有细节，南翔的细节描写是过硬的，不只如前所述的民间风情与人物情态的刻画，即便是其叙述的文风，也可谓深得人心。假如非要“定性”不可，据我看来，他是持守了一种兼有“先锋小说”与“写实主义”的文风和文体，因而亲切而又陌生，准确而又洗练。比如在《1978年发现的借条》的开头，是如此有现场感与细节性的一段：

1978年初夏的某个下午，我正在窗前复习一本高三的代数下册的内容：若某事件概率为p，现重复试验n次，该事件发生k次的概率为$P=C(k,n)\times p^{\wedge}k\times(1-p)^{\wedge}(n-k).C$。这样绕梁三圈还不止的艰深公式，令我这样一个“文革”伊始混过三年初中，即到宣江站当工人已近七年的后生子，不免头大如斗。看着看着便走神。

窗外是无限风景，隔壁阿平种的几蔓丝瓜，从一棵柚子树的不同侧面攀缘而上，再蜿蜒蛇形而下，在我们这排光棍宿舍后屋檐下的电线上热烈地会合，几百朵雌雄邀约的黄花绽放如五线谱上的旋律，于是蜜蜂来了，蝴蝶来了，蜻蜓也来了。这样缤纷的场面，只有《列宁在1918》里的天鹅湖片段可以媲美，“若某事件概率为p”远远不能牢牢吸引一个旷废学业多年的后生的目光，尽管他早已厌倦按部就班的生活，对高考恢复之后的另一种可能，无限向往。

我忽然发现，在缤纷之中，有一只小小的寂寞的蜗牛，不知如何克服了险阻，攀上了丝瓜蔓，行走之慢，几乎看不出它的蠕动……

这不禁让人想起先锋小说时代的某些情形。语言是思想的直接现实，我相信，这不只是风格的近似或者模仿，同时也包含着一种观察的态度，一种再现现实的方法，那就是，不只是写真，而更是寓言，不只是反映论意义上的书写，更是发现论意义上的探求。

2014年3月10日于北京，3月29日改于台北

批评是对话，也是创造（访谈）

峻毅： 张老师好！由衷地祝贺您的《像一场最高虚构的雪》获得第三届“袁可嘉诗歌奖·诗学奖”。记得前两届获得此奖项的是王家新老师的《在一颗名叫哈姆雷特的星下》和胡亮老师的《阐释之雪》，您是怎么看待这个奖项的？

张清华： 这个奖当然是很重要的。袁可嘉先生是现代中国著名的翻译家、诗人、文学家，出过许多译著、学术专著，尤其是其诗歌创作和翻译，对中西方现代新诗做出了重大贡献，在诗界很有影响力。

记得我在二十世纪八十年代初期最早接触西方现代文学作品，就是通过袁可嘉先生编著的《外国现代文学作品选》这套书，它给我非常多的教益和启发。我想，中国诗歌走到今天，如果没有袁可嘉先生他们这代学者和翻译家筚路蓝缕的奋斗，不可能有现在这样一个开放的、包容的、多元化的、繁荣的局面。这个奖以袁可嘉先生命名，意义重大，对于做诗歌评论的来说，都很重视。前两届我忝列评委，这届评委们能把这个奖授给我，我很幸运，很高兴。

我是第一次来到袁可嘉先生的家乡，虽然到得晚，周边黑漆漆的，什么也看不清，但还是很高兴，很亲切！

峻毅：接到我们文联让我采访您的任务时，我正身处外地，一时找不到有关您这部获奖著作《像一场最高虚构的雪》的资料，前天晚上赶回来拿书，匆匆阅读，还没有来得及深入细研，但看书名和书中文本标题就很诗性。从您的自序里了解，“像一场最高虚构的雪”是四川青年诗人白鹤林诗歌《诗歌论》里的诗句，您为什么会选其作为您诗学集的书名呢？

张清华：白鹤林的诗句很有意境，“像一场最高虚构的雪，落在现实主义夜晚的灯前”，给我很大的冲击，当然，他的诗句大约也有来历，应是出自史蒂文斯的诗集名字《最高虚构笔记》的启示。我为什么会取这个书名呢？我认为，诗歌是一种精神的，形而上的，一种语言的创造性活动，它本身毫无疑问是虚构的，它来源于现实，来源于经验，但又必须是虚构的东西，属于“无中生有”。但是无中生有又是说它必然是“言之有物”的有。所谓的最高虚构笔记，应该是说诗歌写作的一个尝试。那么“像一场最高虚构的雪”，它是借喻虚构之美，这种精神创造的喜悦得以展现，同时又非常形象，这种像雪一样的意境，会带给人一种幻感——如果一场大雪降临，世界被改变，一夜之间被改变。

我有一个观点，就是诗歌研究、文学批评、诗歌批评也是一种创作，它也是一种无中生有的东西，它应该是和诗歌写作，和所有的艺术创作一样，是一种虚构，这是一种创造性的工作，它不仅仅是一种理论的活动，是一种知识的活动，也是一种经验的、精神性的、形而上学的，同时也是感性创造的活动。

我在2010年得过一个“华语文学传媒大奖”的批评家奖，颁奖的感言中我提出了这个观点：“批评是对话，也是创造。”就是说，所有的诗歌批评，是与诗人、与诗人的诗歌文本、与所有诗歌经验以及知识之间的一种对话；同时，它也是一种和诗歌写作同样的虚构性创造。所以我用了“像一场最高虚构的雪”来命名这本书。

这部书绝大部分是有具体的批评对象，是和诗人作品之间的一种对话性的交流。但同时，我觉得批评家必须言说他自己的经验，言说他自己的思想和感受，一切都不可离开诗歌本身的感性的属性，你不能把所有的东西知识化、逻辑化、理论化，你必须保有经验的原始性和原生性，这才能构成和诗歌的对话，而不是一种简单化的处理。这是我做诗歌批评的一个信条或原则。

峻毅：我个人侧重于散文和纪实写作，平时读诗歌不多，写诗更是少之又少。因为我觉得诗歌是一种语言的极致对撞，尤其是现代诗歌，它所激发的思想是跳跃式的，叙述是碎片式的，不怎么适合我的创作风格，我怕被它给带坏了，所以很少读诗，即便是诗人朋友们的诗，也只是一般地欣赏，很少进入鉴赏细读。我觉得，社会人中的大多数读者是以看故事为主的，品诗者是少数，品读诗歌评论著作的人更是少中之少了。读了您的《像一场最高虚构的雪》这部细读笔记诗学集，这才发现，其实真的很喜欢您的文笔。如果让您用一般读者一听就明白个大概的语言介绍一下您的这部大作，您会对普通读者说点什么呢？

张清华：一般的读者大约不会看，也没这个需求，没有看的必要。我认为诗歌批评的本质就是一种对话——首先是和诗人的作品对话，其次是和作者的对话，同时又是和所有的诗歌写作经验的一种对话，也是和历史上所有的诗歌、所有的诗人之间的一种潜在的对话。

假定你的读者不是普通读者，而是诗歌写作的人，你写的文章，不要准备写给一般的读者，一般读者有更多好看的东西。每一种写作都有“潜读者”，你在写的时候会假定你的读者是谁，这就决定了你写的时候所采取的态度。如果要写一个小说，一个通俗性的东西，那么你就会设定是写给一般的读者；如果你要写诗歌批评，那首先一定要写给诗人，你的读者首先是诗人自己，或者是对诗歌有兴趣、有一定的理解力的人。这个我也不勉强，我要对普通读者说点什么，其实很矫情。我就是对所有爱诗的、对诗有一定理解力的，对这样的潜读者来表达我的看法，就是和他们对话。我会设定这样一种小心翼翼的态度——“你看这样行吗？”“是不是可以这样理解？”“我解释得是不是有道理？”我是以这样一种态度去写。当然，同时也要考虑评论的对象。假定我评论你，我就会首先设定你是我的读者，我必须要让你看了以后觉得我不是在胡说八道，而是试图进行心和心的交流，真诚的交流，而且我保证我在一定程度上读懂了你，我才能说话。如果我没有读懂，我就不能乱讲。当然，不可能完全一致，所以才叫“对话”。

按照弗洛伊德的话来说，所有的阅读都是“误读”，所有的批评当然也是误读，必须保有对话的前提，保有对话的属性，才是实事求是的精神，也才有效，成为一种真正的沟通和共鸣。

先锋是一个时间性的概念或范畴

峻毅：您认真细读诗歌的文本，批评引领诗歌的趋向，让诗人和读者们敬佩和尊重。以您对先锋诗歌的关注和研究，您觉得先锋诗歌对当前诗歌有延续或推动的作用吗？

张清华：“先锋”和“先锋诗歌”的概念有很多范畴，有人认为先锋是一种“精神”，假如说它是一种精神的话，那它就是永远存在的。在古代有，现在有，未来还会有，就是一种创造性的，走在时代前面的精神。这是关于先锋的一个说法。但是，作为文学研究来说，你又得承认，先锋诗歌是个历史现象，它是一个历史范畴。意思是说，它一定是在历史上产生过的一个现象。这个现象是有始有终的，它不可能无限延长。所以说，我们现在说的先锋文学，或是先锋诗歌，指的是在二十世纪七八十年代之交产生的一个具有革命性的诗歌浪潮。然后，持续经过了八十年代，到了九十年代中期以后，基本已经分化瓦解了；也就是说，它的先锋性已经变得不那么明显了。

显然，先锋是一个时间性的概念，必然是走在时代前面的东西，它一定有这样一个属性。那么，有一些时代，它的时间性并不那么强烈，比如现在，世纪之交以后，一方面我们觉得时间过得很“快”，但同时作为艺术的生产，又觉得它变“慢”了，现在大家不再觉得艺术应该是一天一个样子，而是倾向于认为，艺术应该是一个长久而稳定的东西了。所以，在这样的时代，先锋文学还有没有呢？这是一个问号。也就是说，作为一个历史现象，一个文学运动，我可以认为它早已结束了；但作为一种精神，它可能依然存在。

去年我写了一篇文章，叫《先锋的终结与幻化》，我认为先锋文学作为一场旷日持久的变革思潮，或者说作为一个历史的文学运动，它已经终结并且幻化成两种东西，一种是复制和消费的“中产阶级趣味”，一种是以“狂欢”和“怪诞”为特征的“极端写作”和“文学行动”，与巴赫金所描述的“狂欢节”文化具有相似性，极端写作既是对文化规范与权力的颠覆，同时本身也充满娱乐性与自我解构性。“中产阶级趣味”这个理论是从美国文化批评家丹尼尔·贝尔那里来的；“文学行动”则是来自德里达的说法。丹尼尔·贝尔是二十世纪五十年代美国的一个重要的批评家，他当时认为美国的文化已经从先锋艺术抵达了一个“中产阶级趣味”的时代。什么意思呢？就是“天才的民主化”。天才原来是极少数人的，现在天才的艺术原则被大家广泛而迅速地接受了，成了民众化的东西，连一个一般作者的写作观念和欣赏趣味也跟以前的伟大作家没什么差别了。比如凡·高的画。过去，在凡·高活着的时候，他已是个先锋艺术家了，但是没人喜欢他的画，没人承认他的艺术。只有他弟弟提奥充当一个“托儿”，买了他一幅画。但是现在，很多中产阶级家庭的客厅或是餐厅里，都可能挂有凡·高的一幅作品，一幅复制的画。这就是说，原来的先锋艺术已经变成了普通人的兴趣，大众化了，制度化了。这种情况下，你再模仿凡·高，你还是先锋吗？这就不是了，而成了消费性的、流行的、日常生活的一种趣味。丹尼尔·贝尔把这种趣味叫作“中产阶级趣味”。

这是一种情况。另一种情况，我认为是它为了保有先锋艺术的叛逆性和它的那种外观上的属性，便采用了极端的处理方式——完全不要规则，变成“行为艺术”或“艺术行为”。用德里达的话讲，叫“文学行动”。也就是说，是一种“产生于危机经验的反应”，大家都认为诗歌死了，艺术死了，在这个时候，就出现了一个极端的处理方式，你看还没死。比如脱光了衣服朗诵，比如在路边表现行为艺术就是用这种行为方式来增加他写作的所谓先锋性。这就是先锋艺术在我们的时代业已蜕化成为的东西。

这算是我的一个基本判断。我这样说，并不否认艺术的先锋精神。真正的艺术创造者都坚信，创新、创造是在前人的基础上有所前进，有所不一样，这也是一种先锋精神。我承认这种精神的存在，但从大的艺术逻辑上说，已经变得不那么强烈，不那么明显了。

海子，属于几百年一遇的诗人

峻毅：读《像一场最高虚构的雪》，不难看出您对海子诗歌的研究。您感觉海子诗歌对当下诗歌有哪些影响？还能延续多久？

张清华：研究谈不上，有一些感受。海子的诗歌在年轻人里边确实影响特别大。就如我知道的，很多地方的年轻人常常会举行各种各样的纪念活动，这表明他们热爱海子的诗。因为海子的诗歌非常奇特和丰富，他的现代性和反现代性都是极其强烈的，他的现代性表现在作为一个现代主义的创造者，其观念有很大的超前性。他对浪漫主义诗歌、抒情传统，对于人类有史以来的诗歌遗产都有系统深入的理解，同时也表现出了整合一切、重新创造的决心与态度。尤其是，他具有创造一个伟大的现代史诗的理想，同时也有这样的实践，他的长诗就是一个伟大构想的实践；他的抒情诗也是成功地穿越和超越了浪漫主义的抒情传统，这是一方面。

另一方面是他的反现代性，坚持使用一套农业文明背景下的词语，使用这样一个系统，比如他的长诗和抒情诗里都是这样的词语：村庄、麦地、稻田、马车、女神、狮子、雪山等这样的一些符号。这些符号很显明和现在的城市经验、现代经验完全是不一样的，这也是他使用反现代性的一套语言系统，创造了现代主义的诗歌奇迹。或者相反，他用现代主义的诗语言，成功延续了伟大的抒情创作。现代以来，大家都以为，现代主义诗歌以后，抒情诗已经很难成立了，普遍的是一种经验的表达，或者叫书写，很难带有歌咏性的、抒发性的这样一种表现方式。但是海子呢，我觉得他实现了浪漫主义和现代主义的结合。借用恩格斯赞美但丁的说法——“中世纪的最后一位诗人，也是新时代的最初一位诗人”，他具有分水岭的、断代的意义，同时又连接两种伟大的创造，是两个时代之间的一座桥梁，一个转折和过渡。他改变了历史的方向，具有这样的能力。海子虽然小小年纪就死了，但我觉得套用恩格斯的说法，他可以被认为是“农业时代的最后一位抒情诗人，也是现代主义时代的最初一位诗人”。

海子诗歌的影响可能不是短时间就能体现出来的。他有可能几十年以后、百年以后影响还在，甚至越来越大。我做过这样的实验：我在我的课堂上，让学生高声齐诵屈原的《离骚》的片段，然后高声齐诵李白的《将进酒》，再高声齐诵海子的《祖国（或以梦为马）》。我问学生：你们认为，这三个诗歌文本，可不可以放在一起？学生高声回答：能！我问：海子和他的前辈比，逊色不逊色？学生齐声说：不逊色！我说：我可什么都没说呀。

我觉得，某种意义上可以说，汉语在变成现代汉语以后，是海子的抒情诗和史诗，使得现代汉语变成了一种伟大的语言。也就是说，有了《祖国（或以梦为马）》这样的诗，现代汉语不再是一种幼稚和单薄的语言，而已然无愧于一种伟大的语言。这个在胡適的

《尝试集》里是没有实现的，在郭沫若的《女神》里也没有实现，在艾青，在很多前辈诗人的诗里部分地实现了，而在海子这则“标志性地”实现了，我觉得这可以说是一个标志——现代汉语变成了一种伟大的语言，和我们的古代汉语放在一起毫不逊色。所以，我觉得海子是能影响几百年的诗人，他是属于几百年一遇的诗人，他和中国历代最著名诗人搁一块也不会逊色。这一点我可能武断了一些。有人认为海子的诗歌只是青春期的一种产物，言外之意是不愿意承认他大诗人的性质。我无法同意这样的说法，因为诗与别的东西不一样，它具有某种神秘性，也超越知识和成熟本身，兰波不到二十岁时已经基本完成了写作，你能认为兰波不是大诗人吗？历史上大多数浪漫主义诗人都没有活过三十岁，但大诗人有一大批。对于杜甫来说，有“晚年写作”的重要性，但对于李白来说就不存在这样的问题。

文本，还是人本

峻毅：传统诗歌在骨子里是“言志”，形式上是抒情的，但“诗是抒情的”在朦胧诗过后的先锋诗人那里似乎行不通了，他们好像对传统抒情艺术失去了信任，没了兴趣，而是提倡“反抒情”，为什么会发生如此逆转和变异呢？

张清华：刚才也说了，现代主义诗歌表达的，是对于社会的一种批判性、反思性的认识，是对于人类经验的分析与处理。而古典诗歌主要是抒发“情志”，所谓“诗言志”“诗缘情”。

宋代诗歌也表现经验，苏东坡的“横看成岭侧成峰，远近高低各不同。不识庐山真面目，只缘身在此山中”，陆游的“山重水复疑无路，柳暗花明又一村”，这些都具有鲜明的“经验”意味。宋代的诗人不像唐代的诗人那么牛。“黄河之水天上来，奔流到海不复回”，他不跟你讲理，他是“不讲理”的，是抒情的；那么宋代诗歌则主要是说理，所以，很多人认为宋代的诗歌乏味。毛泽东也说，宋人写诗“味同嚼蜡”，说的就是经验性。那么现代诗呢，专门表达经验，而且不仅是表达经验，还对经验做复杂化的处理，甚至还不表现正面情感，更多的是表现负面的情绪，表达无意识。所以，从波德莱尔以后，人们发现诗歌变得幽暗了，变得灰暗了，变得黑暗了，总之变得复杂了。那么复杂的系统，就是表明人类的认知——从对外部世界的认知，转向了对内部世界的认知。内部世界的复杂性和外部世界一方面是匹配的，另一方面则是更为复杂的。人看外面看得明白，看自己是看不明白的。所以现代诗是对内世界的一种反省，反抒情的属性很鲜明。这是一个原因。

我是从认识论这个角度来说的，人的认知方式发生了改变。另一方面，工业文明和农业文明是不一样的。或者说，现代文明和传统文明是不一样的。传统文明是田野牧歌，是和谐的、缓慢的一种生活方式。现代社会则是骏急的、嘈杂的、变动不居的一种生活方式，而且充满了异化性，就说现在的人工智能，好像大家还普遍感到很期待，但另一方面也意识到其巨大的威胁，总有一天它会制造出人类难以应对的麻烦，因为人工智能是人类所有智慧的汇合与结晶，单个人是难以与之匹敌的，这就是现代文明的异化。这是另外的一个原因。就是说，诗歌为什么会变得和以前有那么巨大的不同，这是没有办法的事情。就像现代艺术中的那些装置，乱七八糟的金属材料或者废物的堆积，人简直不可理喻，看一看米开朗琪罗的雕塑和现代艺术家的雕塑的差异性，对这一点就很容易理解了。

峻毅：在您的《像一场最高虚构的雪》里，虽然触及的几乎是现当代的诗人，其实不难看出您对中国文学批评不仅相当熟悉，而且颇有自己独到的见解。比如对于“批”与“评”的分别，比如对于孟子“知人论世”和司马迁“悲其志，想见其为人也”的解读等，同时从哲学的层面上对于中、西两种批评理论及实践做了相当精密的剖析。您也认为诗歌批评，更多的是试图在诗与人之间寻找一种互证、一种内在的阐释关系；唯其如此，才能真正接近于一种“文学是人学”的理解。我想问的是，对于中国现当代的诗人来说，是中国古人的批评方式更适合他们，还是欧美的批评方式更适合他们？

张清华： 这个问题问得特别好。我这本书的序言里，提出了“文本还是人本，如何做诗歌的细读批评”这样一个命题，我是针对英美的“新批评”方法提出的。英美的“新批评”把诗歌批评专业化，创造了很多技术性的概念和范畴，比如说“语境”啊，“张力”呀，“隐喻”呀，等等，他们发明了很多概念，然后对本文进行处理，这很好，但另一方面他们又主张假定作者不存在，而单独非历史地、非人格地去进行纯文本解读，故有人也称其为文本主义批评。用专业性、技术化的批评理念来处理文本，这种批评方式对于中国的批评界有很多影响，有不少人学习并尝试用这种方法，去进行批评实践，有人也将此叫作细读批评。但是中国传统文学批评当中也有一种细读批评，大家可能都忽视了，那就是历代的“诗话”。诗话其实都是细读批评，是针对某个文本，甚至是一句诗进行批评。比如说，王国维在评宋人的名句“红杏枝头春意闹”时，就特别说，“著一‘闹’字，则境界全出”，他就单纯讨论那一个“闹”字。可见中国传统的诗歌批评也针对文本。

中西两种诗歌批评有相同的地方，也有不一样的地方。归根结底，中国传统诗歌批评强调的是文本背后的那个人，从司马迁那开始，就常有这样的句子，读其文，想见其为人也。什么意思呢？就是理解诗歌其实不是理解文本，而是理解背后的那个人——那个人的生命处境，那个人的情怀和抱负、胸襟和人格，我觉得这才是诗歌研究的正途。这种方式，在西方现代也有，海德格尔和雅斯贝斯他们经常使用这种方法。比如他们讨论荷尔德林时，把荷尔德林作为一个人，将他的命运的悲剧性融进对他诗歌的理解，那个生存者不仅是一个伟大的诗歌文本的创造者，更重要的是生成了一个伟大的人格，一种感人的生命处境。我觉得，真正好的诗歌批评应该以这个为终极目标。所以我强调，不是“文本主义”，而是“人本主义”。虽然你是从文本出发，但最终一定要抵达人本；或者说，试图抵达人本。当然，有一些当代的诗人，他的生命人格也没有多了不起，你可以拿他当一个普通人来理解，一个普通人也有他的情志，也有他的生命处境，这些都应该作为解读诗歌的一部分。归结起来，就是孟夫子所讲的“知人论世”。“知人论世”的方法，就是细读批评的基本方法。这个话说起来很复杂，简言之，就是那么一个逻辑。这就是我认为当代的诗歌研究、诗歌批评的人应该有的一种理解，或是应该秉持的一种逻辑。我呢，就是希望从这个角度去讨论诗歌，所以我把诗人分成好多种，一种是伟大的诗人，伟大的诗人是用燃烧生命去创作的，不是用文本创作，而是用生命，像屈原。屈原如果没有愤而投江去辩证他的《离骚》，他还活着，比如投向了秦国，他的《离骚》就是一个笑话。是吧？像李白，李白如果后来还仰人鼻息，做了某个官员的门客，或者做了皇帝的御用诗人，那他的什么“斗酒诗百篇”“天子呼来不上船”“仰天大笑出门去，我辈岂是蓬蒿人”，就是胡说八道，都成了笑话，都成了骗子；他必须是知情合一的，他的生命实践和他的诗歌是统一的。所有大诗人，都是达到这个境界的。像海子也是，他用他的生命完成他的诗歌，海子如果活着，当了教授，或挤于我们中间，他写《祖国(或以梦为马)》“我不得不和烈士和小丑走在同一道路上”“万人都要将火熄灭，我一人独将此火高高举起”“我借此火得度一生的茫茫黑夜”，那不是吹牛吗？是吧。所以呢，你理解伟大的诗歌和伟大的人格是互相印证的，它缺一不可。也有很多诗人没有惊天动地，但是他像李商隐说的“春蚕到死丝方尽，蜡炬成灰泪始干”，就是“春蚕到死”“蜡炬成灰”式的写作，用漫长的一生去完成。你看杜甫就是这样的，他一生修炼，想成为儒家的典范人格，所以我们把杜甫叫诗圣，他用一生来完成他的诗。李白可能用一首诗就完成了，但是杜甫需要用一生，李商隐也需要用一生。像南唐后主李煜，他本是一个无所事事的皇帝，他的诗歌华美婉约、颓废奢靡，那样的东西就没有太大的意义，但他做了亡国之君，他一生的不幸见证了他的亡国之音，也是非常感人的。你读李煜的词，为什么觉得感动，因为李煜作为亡国之君，他的命运见证了这些。如果不是那些命运见证，他的词，也是一些虚头巴脑的东西。我把诗歌做这样区分，主要还是从人本上区分，分为伟大的诗、重要的诗、优秀的诗、普通的诗；诗人也是分为伟大的诗人、重要的（或者是杰出的）诗人、优秀的诗人、一般意义上的诗人。现代以来的诗人，大部分是一般意义上的诗人。当然，有些诗人的人格是分裂的，像顾城，读顾城的诗，你就会觉得有一种特别复杂的东西在里面，就是因为他的人格是比较复杂的。他一方面很善良，很懦弱，很软弱，很单纯，另一方面又干了特别让人不可思议的残忍的事，那么他的诗我们在理解的时候就有一种复杂性的设置在里头。所谓的人本和文本的关系，大致上是这样一个理解。

诗歌，代表一个民族语言的最精密、最高级的部分

峻毅：张老师，您是中国当代重要的诗歌批评家，那么请您梳理一下当代中国诗坛是什么样的状况，谈谈中国诗歌在世界诗歌的版图上有什么特色吧。

张清华：啊呀！这样总体性的话题，特别让人恐惧。我以前年轻的时候吧，还动不动喜欢做些概述，状况的一些描述。现在吧，几乎不敢了。就是说，现状呢，我觉得今年是新诗一百年，一百年呢，分几个大的阶段。一个是白话诗阶段，应该是头十年，就是1917年到1925年前后；1925年以后象征派诗歌出现了，意味着诗歌找到了一个内在的逻辑；到二十世纪四十年代，诗歌趋于成熟了，出现了很多重要的诗人，像冯至、穆旦、袁可嘉等九叶派，这条线

呢，到了四十年代又中断了。解放区革命诗歌出现以后，有了一个新的阶段，一直持续到七十年代末，有三十多年的时间，就是革命、政治、运动、号角、概念这些东西。到了七八十年代之交呢，出现了先锋诗歌运动，从朦胧诗到第三代，再到九十年代诗歌，这是一个基本线索。然后世纪之交以后呢，就是新媒体时代和消费时代，随着经济的快速发展、新媒体的涌现，诗歌的传播方式变了。原来的传播方式是制度化的，你写了诗寄给杂志或者报纸，那里有编辑审核你，你行就发，不行就发不了，制度培养你才行。现在呢，哪儿都能发，诗歌发表的平台太多了，你可以自印白皮书，可以自创民刊，可以在大量的地方刊物发表，还可以通过手机阅读平台发，通过网络来发表。诗歌作为一种文化权利，开始平面化、平权化（平等和权利），这也导致诗歌的审美和情趣多元化，你也可以说空前的繁荣，也可以说它泡沫化、粗糙化、粗野化。任何一种概括都不能以偏概全。当说它繁荣的时候，切不可忘记它的泡沫化。当指责它泡沫化的时候，也切莫忘记它有空前的生气和活力。这就是我们当下时代的诗歌状况，多元化、平民化、泡沫化；同时又有前所未有的生气和活力。

中国诗歌随着中国文化在世界范围内的不断传播，随着中国经济、政治、文化方面地位的变化，这不能简单地说提升，它是一个比较复杂的变化。比如汉语的重要性，肯定越来越突显了；汉语在全世界内的重要性，前所未有地突显。那么诗歌代表一个民族语言的最精密、最复杂、最严格、最高级的部分，我觉得它未来会有更大的影响。中国有许许多多特别了不起的诗人，我们可能跟他们生活在同一个时代，不觉得有多了不起，但放到世界诗歌的格局里面，我们可以明显看到中国诗歌的理论快速地成长。从朦胧诗，从北岛他们开始，像北岛曾无限接近诺贝尔奖，但后来就渐行渐远了。后来比北岛写得更复杂、更新的有很多呀。第三代诗人里有大量的诗人都写得非常厉害，非常了不起。

峻毅：中国诗歌近期有得诺奖的希望吗？

张清华：这个问题可不好回答……至少从目前的势头看，还不好说。要知道，日本第一个得奖的川端康成是在1968年，第二个大江健三郎是在1994年，中间隔了二十六年；印度的泰戈尔得奖是1913年，迄今已经一百余年了，印度还没有第二个作家获奖。所以这是一个无法预测的事情。显然，在世界范围内，汉语的重要性还没有完全凸显，这和许多因素有关系，文学本身的潮流，还有社会政治的大环境，"评奖政治"，还有某些特殊的机遇，因为它必须"跳来跳去"，在五大洲之间，在各种文类之间——小说家、诗人，现在还有了"非虚构"、摇滚等。特别是政治的机遇，像苏联，因为它在政治上跟西方的对峙，西方便喜欢给苏联的作家以崇高的荣誉，像肖洛霍夫、帕斯捷尔纳克、布罗茨基、索尔仁尼琴等，苏联作家的频频得奖，跟政治有密切关系。

峻毅：您对中国诗歌的发展和文学评论有哪些预期吗？

张清华：我真的不敢预测，"预言家"是不受欢迎的，我只是觉得中国的诗歌从文本和写作本身看，确实抵达了一个比较好的境地，单从技术上看，写得好的诗人很多。每年做一个年选，好诗可以说是琳琅满目的。但"好诗"和"重要的诗""伟大的诗"不是一个概念。这也就是从所谓及物性上看，你的诗写得很好，但是没有太大的价值，对于社会和文化的现实没有明显的及物性，也就是说，一个诗人在现代产生重大影响，常常不能单纯靠所谓的"好诗"来实现。一个大诗人不能仅仅写好诗，还必须要有重要的诗。而重要的诗不一定美，甚至也不一定好，这就是一个非常奇怪的问题了。古典时期不是这样的，古典时期你若写出了一部分量特别重的长诗和若干短诗、抒情诗，你就是一个大诗人了。像拜伦有《唐璜》《恰尔德·哈洛尔德游记》两部长诗，然后有大量的抒情诗，就构成了一个伟大诗人。而现代，还必须要有敏感地体现诗与社会、诗与历史、诗与时代之间的微妙关系，你还必须强大到足以影响诗歌写作的可能性以及诗歌写作的历史和方向，有这样的文本，才能够构成一个大诗人。这对于一个诗人来讲，几乎是难以实现和接近的。所以，有人企图写破坏性的诗，写“非诗”和“反诗”，这都是现代主义的写作逻辑决定的。也即我前面说过的，德里达的“文学行动”意义上的写作，不只是一个文本行为，而且是一个极端的实践行为，或者一个主体行为。所以我觉得不能盲目乐观地认为一定会出现伟大诗人或伟大诗歌。因为伟大诗歌是需要牺牲的，在我们的时代，这可能是一个奇怪的悖谬逻辑。你要想写出不同凡响的诗歌，那么你就要试图破坏写作的规则。破坏写作规则同时也是通向伟大写作的损失，它几乎是一个宿命性的东西。

写作是为了建构另外一个自我

峻毅：请您谈谈您所理解的现代诗歌在当下时代社会人心中的位置；在实际生活当中，您是怎么看待诗歌的？

张清华：现代诗歌在一般读者心目当中那就是怪物、奇怪的东西。这跟中国古代是不一样的。中国古代所有读书人都要读诗，读书人很大一部分工作都在读诗上。孔夫子第一个兴办私学，他所教的学生，最多的时候不知有多少人，所谓“弟子三千，贤人七十二”都是不详的说法，他那时的教材就是《诗经》。古代的诗歌表达的是人的“情志”和经验，所谓“诗言志”和“诗缘情”，所有人对诗歌的理解不存在障碍，诗歌是通过美的语言、有韵律和节奏的词语来处理这些东西，它的技术性，它的通约性，它的稳定性、形式感，都是可以通过训练来获得的。但现代诗歌，主要是内在功夫，它不再要求有格律、韵律和节奏，连排列都可以不讲究，但它有一种内在的东西是比较晦暗和复杂的，一般的读者对这个东西不经过较长时间的修习和训练，很难进入，所以一般人觉得很奇怪，敬而远之。有一部分人从好奇到长期地关注，最后走近了诗。

所以说，诗歌变成了小众性的艺术。

对我来说，任何写作都是试图建立另一个自我的一种努力。所有的写作，最后都是为了建立一个“我”。因为不满足于世俗生活中的我，试图实现另外一个我，通过文字建构自己的精神王国，自己是这个王国的统治者、创造者。因为创造会带来喜悦，会觉得对自己有一种尊敬和喜欢，这是我对写作的一个基本理解。

还有，建构另外一个自我，其实就是“扮演一个角色”，因为每一个人从精神现象学的意义上来说，都有一个自我认知。一般人的自我认知通过镜像，通过镜子来看——这个人就是我。从精神分析学来讲，一辈子都在寻找自我，这个自我和我之间是一个若即若离的关系，当你不断地通过文字建构自我的时候，就能发现新的自我的可能性。写出了一部好的作品，你会想，这是我写的吗？这是我的创造物吗？我有这么厉害吗？你会不断地发现自我的可能性，所以你的自我就越来越值得尊敬，值得认可，一个写作者的自信和一个“作家”的身份就逐步建立起来了。这是写作的基本动力和秘密所在。所有的写作，都源于对自我的一种不满足和不断的突破与建构，即延展自己人格的边界。就像一个好的建筑师，建筑了伟大的建筑，他自己不一定住，但那是他的创造物。他即使是看着别人居住，他也会想，我是个了不起的建筑师，我又创造了一座了不起的建筑。

峻毅：我在读您的《桃花转世——怀念陈超》一文时，正是这位至诚至性、真心热爱诗歌、具有自由的学术精神和深度的专业自觉的优秀诗人和著名诗歌评论家离开我们三周年的日子，诗和诗歌理论最终没能挽留住他，让人悲痛，让人伤感。如今，他人不在了，但有些精神上的东西是不会消失的，将会以另一种方式存在，在另一拨人的笔下生长，继续影响喜欢诗歌的人们。您跟陈超先生是同代人，您是怎么看诗歌精神的？

张清华：诗歌对于一部分人，可能就是语言游戏，但对于那些比较有抱负的人来说，诗歌的精神其实就是一种形而上的忧愁，用李白的话讲叫“万古愁”。这个万古愁是一种“闲愁”，没有一个固定明确的原因的愁，所以我认为是一种“形而上学之愁”。当然，在有的人那里，它也对应着一种性格乃至骨子里的“忧郁”，甚至是病态的“抑郁症”。但总的来说它就是诗人对于世界的忧虑，对于生命本身的一种感怀，对一切身边的和遥远事物的关怀，是没有理由也没有利益的一种关怀。当然，最根本的还是对自我生命的一种忧愁，像“君不见黄河之水天上来”，“黄河之水天上来”关你啥事？倒是“君不见高堂明镜悲白发，朝如青丝暮成雪”，这和自己有关，它是一个巨大关怀和一个当下关怀的结合物，一下看到自己的白发，啊呀，觉得很悲伤，一种无限的悲伤延伸到目光所及的所有对应物之上。

峻毅：诗歌是无限的，有无数种可能性，其实散文也是这样，小说也是这样，任何文学作品都是如此，因为文学作品是随着时代的发展而发展的。但是，任何一种文学本体的文本都是有局限性的。您是文学院教授、博士生导师，很想听您谈谈当下时代的文学批评的局限性和问题性。

张清华：人人都在数落和鄙夷文学批评，那么“文学批评的局限性”到底是什么呢？在我看来就是赋予了它太过巨大的使命。在很多方面都是无法避免的一个问题。批评本身在古代是一种非常个人的、极其小众的工作。比如古代的“诗话”，是古代的学者在编撰或品读诗歌的时候说的一些闲话，积累多了就变成了所谓的诗话。比较典型的批评，比如“四大奇书”的批评，毛宗岗批评《三国演义》，李卓吾批评《忠义水浒传》，张竹坡批评《金瓶梅》，都是著名学者或藏家对一个版本进行的研读，当然不单是研究版本，还研究文章，在文章的边角处进行批注，后人就把这个叫作“批评”。现代文学把批评变成了公共性的文化实践，在某些时刻是代表官方来做定论。做定论有的时候正确，有的时候也不一定正确。所以人们对于文学批评寄予了太多公共性和官方色彩，这个对于批评既有一种提升，也有一种不可避免的扭曲。历史上因为这种批评所造成的悲剧实在是太多了。

一个批评家处在这样一种复杂的关系当中，我以为应尽量回归他的本位。他的本位归根结底就是一种对话和创造。如果不是对话性的，而是居高临下的、颐指气使的，就是非常致命的问题了。

峻毅：我因为个人原因，略知一些中国佛教与中国古代文学的渊源，所以很想听听您这位当代大家谈谈佛教对现代文学，特别对现代诗歌的创作有哪些影响。

张清华：佛教是中国文化的内在结构当中非常重要的部分，中国原发的道家思想，外来的佛家思想，还有多种思想交杂产生的禅宗思想，这些都是中国人信仰系统当中非常重要的部分，古代很多写作跟这有关系。从南北朝时期以后，佛家的思想在文学中含量越来越多，特别有代表性的像王维，像苏东坡，这两位大诗人都深受佛家思想影响。小说也是一样，《红楼梦》和《金瓶梅》中，佛家思想很多，“几世几劫”“由色入空”都是佛家的概念。在《水浒传》中也有佛家思想主导的一个构造，就是前世来生、聚散有缘。佛家思想在汉语里面也生成了很多“语言无意识”，很多汉语里的词汇都是从佛经里来的。现代以来，革命和西方文化的涌入，使中国传统文化的气脉出现了一个中断，那么佛家的东西比过去相对少了很多，但也还是有的，比如现代文学里的许地山，他是受佛家思想影响比较大的。

峻毅：是的，我读过许地山的散文集《空山灵雨》，除了佛家思想，文笔也像他的书名，很空灵。

张清华：当代的诗歌里面，我没有专门研究，只是注意到有一些诗人，他们会利用佛学思想里的一些东西。“第三代”诗人里面，像“整体主义”诗歌里面有佛学思想；海子的诗里面也有一些，因为他的地理空间十分巨大，从尼罗河、恒河，到两河流域，再回到黄河，海子的诗歌道路是超国界的，中国、印度、埃及、巴比伦……都是他诗歌的版图，所以，海子诗歌当中也有一些佛教思想。其他的，我还没有特别梳理过。

峻毅：感谢张老师接受我的采访，给我补上了一堂难得的诗学理论课，拓宽了视野，学到了不少东西。谢谢。

2017年11月2日于慈溪白金汉爵

后　记

要说的话，都在前面的自序中了，这里关于书本身似乎已没有太多可交代的了。

书中的文字，基本上是近五年来文字中所选，只有2014年的两篇，其余都更为晚近一些，一半以上的都为最近两三年的东西。

需要感谢的是促成这些文字的人，特别是这些文字的编辑，有很多情况下它们是在鼓励或催迫之下诞生的，有些文字的写作历程可能长达数年——我想说，我的写作是如此之慢，产出量是如此之低。除了才力不逮，还有一个原因便是某种习惯性的延宕症作怪。往好处说，是我对于文字有些苛刻，往坏处说，便是慧根差，体悟慢。总之我这么多年，并不敢敷衍朋友，亦不敢敷衍文字，或许在这讲究功利和产出的年代，多少也还算是一个不好意思自诩的美德吧。

想列出的这串朋友的名单可能很长，那就干脆不列了，让我在心中默念他们。但是春风文艺出版社和《当代作家评论》杂志还是要列出的，多年来与他们的合作一直保有着最为美好的记忆。感谢韩春燕主编，还有即将为本书付出辛劳的编辑。

2019年3月孟春日